DAS GEGENTEIL VON WILD

KYLIE GILMORE

Übersetzt von

ANNA DRAGO

Übersetzt von

KATRIN DOLLE

First Edition July 2019

Cover Design von The Killion Group

Veröffentlicht von: Extra Fancy Books

Übersetzt von: Anna Drago und Katrin Dolle

ISBN-10: 1-947379-38-0

ISBN-13: 978-1-947379-38-1

1

Ryan O'Hare saß an der protzigen Bar des Hotels Vier Jahreszeiten in New York, das Bier vor ihm unberührt, den Blick auf sein Ziel geheftet. Der kleine, kahlköpfige Mann im Anzug am anderen Ende der Bar hatte noch nicht bestellt und sah nervös in Richtung Lobby. Ryans Handy vibrierte. Er warf einen Blick auf die Nummer, sein jüngerer Bruder Travis. *Nicht jetzt. Ich warte darauf, ein lukratives Foto schießen zu können.*

Eine junge Rothaarige – höchstens fünfundzwanzig – in einem hautengen blauen Kleid, das kaum ihren Arsch bedeckte, näherte sich ihm, ließ ihre Hüften schwingen. Er zog die Mikrokamera aus seiner Tasche und wartete. *Ein flüchtiger Begrüßungskuss auf die Lippen. Das ist doch mal ein Anfang.* Jetzt brauchte er nur noch den Beweis, dass sie gemeinsam an irgendeinen privaten Ort gingen. Er würde jedoch abwarten müssen, wie viele Drinks nötig waren, bis der bald geschiedene Stew Harbinger die hier in sein Zimmer bekam. Stews Hand glitt an ihrem Innenschenkel empor – er musste wohl nicht allzu lange warten.

Wieder vibrierte sein Handy. Eine weitere Nachricht von Trav. Verdammt. Trav wusste, dass er heute Abend arbeitete. Er ignorierte sie. Mrs. Harbinger wollte vorher und nachher Fotos ihres treulosen Gatten für den kommenden Scheidungskrieg. Untreue Gatten machten den Hauptteil seines Detektivgeschäfts aus.

Ehe war Schwachsinn.

Stew zog eine samtene Schachtel aus seiner Tasche. Die Rothaarige war entzückt. Diamantohrringe. *Oh, Stewie, für die wirst du bezahlen müssen.* Er machte weitere Fotos. Sein Handy vibrierte. Dieses Mal eine Nachricht von Trav: *Ruf mich an. Es geht um Gran.*

Ryan verkrampfte sich. Gran war zweiundsiebzig und erst letzte Woche ohne auch nur eine Schramme aus einem Autounfall auf der Route 84 davongekommen. Ein verdammtes Wunder. Sie war in ihrem kleinen Corolla von einem Lkw gestreift, mehrmals über zwei Fahrbahnen im Kreis geschleudert worden und schließlich auf dem grasbewachsenen Mittelstreifen gelandet. Der Notarzt hatte gesagt, dass es ihr gut ginge. Dennoch hatten er und seine Brüder in der letzten Woche abwechselnd nach ihr gesehen. Er hatte sogar eine Anzeige aufgegeben, um jemanden zu finden, der sie im Sommer etwas regelmäßiger betreuen konnte. Seit dem Unfall hatte sie merkwürdige Dinge getan, zum Beispiel Snickers zum Frühstück gegessen und ihre Cholesterintabletten vergessen. Seine süße Oma hatte ihn sogar einen alten Griesgram genannt, weil er nach ihr gesehen hatte.

Er warf einen letzten Blick auf Stew und die Rothaarige, die einander bezirzten, und entschied sich, es zu riskieren. Er verschwand in der marmorverkleideten Lobby, um Trav zurückzurufen. „Ryan hier. Was ist los?"

„Flipp jetzt nicht aus …"

Ryan sagte nichts. Trav schüttete einem immer gleich sein Herz aus, um die Stille zu füllen.

Und tatsächlich kam Trav gleich zur Sache: „Ich war gerade bei Gran, und sie war wirklich glücklich."

„Ja, und? Das ist doch gut." Er sah sich in der Lobby um, für den Fall, dass Stew und seine Geliebte in ihr Hotelzimmer gingen.

„Als ich sie fragte, warum, sagte sie, weil sie sich deine Harley für eine Fahrt geborgt habe und, ich zitiere", Trav hob seine Stimme, „den Wind in meinen Haaren gespürt habe."

Ryan stieß ein paar Flüche aus, worauf sich einige Köpfe umwandten. Er senkte seine Stimme. „Wer hat ihr denn die Schlüssel gegeben?"

„Sie hat gesagt, dass sie dir eine Lasagne bringen wollte. Da hab ich ihr meinen Schlüssel für dein Haus gegeben."

Woher zum Teufel wusste sie, dass die Schlüssel zu seiner Harley in der Schublade in seiner Küche waren? Gran auf einer Harley. Sie war verdammte zweiundsiebzig Jahre alt! Er ging auf und ab, stellte sich sämtliche Worst Case-Szenarien vor – ihr zerbrechlicher Körper, wie er ausgestreckt oder gekrümmt am Straßenrand lag. Ihr durfte nichts passieren. Er würde das nicht zulassen.

„Bist du noch da, Kumpel?", fragte Trav.

Er schob sich eine Hand durchs Haar. „Ich werde die Schlösser an der Garage austauschen. Und du gibst ihr meinen Schlüssel nie wieder!"

„Tut mir leid, Ry. Aber Gran und der Harley geht es beiden gut. Ich dachte nur, du solltest es wissen. Vielleicht kannst du ihr ja gut zureden."

Ryan rieb sich seine pochende Schläfe gegen den Kopfschmerz, der sich dort bereits ankündigte. „Ich werde mit ihr reden." Seine Großmutter brauchte auf der Stelle einen Betreuer. Er steckte sein Handy ein und ging zurück in die Bar.

Verdammt! Stew und die Rothaarige waren weg.

Liz Garner sortierte das geschnittene Gemüse nach Farben in einer großen Schüssel um den Hummus herum und sagte sich noch einmal, dass nichts falsch daran war, Single zu sein. Klar, sie feierte das Ende des Schuljahres allein – die anderen Lehrerinnen waren alle verheiratet und hatten Kinder – das hieß aber nicht, dass sie nicht einen lustigen Abend haben konnte. Außerdem hatte sie gehört, dass dreißig das neue Fünfundzwanzig war. Was war da schon eine zweijährige Trockenphase? Sie holte den Pinot Grigio aus dem Kühlschrank. Es war ja nicht so, dass sie verwelken und sterben würde, nur weil sie keinen –

Die Türklingel meldete sich und erschreckte sie. Sie hatte keine Besucher erwartet.

Sie sah durch den Spion und riss die Tür auf. „Daisy! Du hättest anrufen sollen. Ich hätte dich doch am Bahnhof abgeholt."

Ihre ältere Schwester stand vor der Tür, ihre langen, blonden Haare hatte sie zu einem unordentlichen Pferdeschwanz hochgebunden, ihre Augen waren rot und verquollen. „Ich habe ein Taxi genommen. Oh, Liz", sagte sie, bevor sie die Arme um ihre Schwester warf.

Liz blinzelte und löste sich von ihr, um nachzusehen, was sich da zwischen sie drückte. Unter Daisys fließendem rosa Sommerkleid zeichnete sich ein unverkennbarer Babybauch ab.

Sie schnappte nach Luft. „Daisy, du bist ja –"

„Ich weiß!", rief sie und brach in Tränen aus.

Du meine Güte. Liz führte sie zum Sofa. Daisy musste mindestens im sechsten Monat sein, und sie hatte nicht einmal über ihre missliche Lage gesprochen – Single, schwanger und mit dem Gehalt einer Empfangsdame. Sie reichte ihr ein Taschentuch, legte einen tröstenden Arm um Daisys zuckende Schultern. Daisy lehnte sich an sie und schluchzte in Liz' liebste lavendelfarbene Bluse. Daisy hatte Vorrang. *Ich werde die Bluse halt morgen in die Trockenreinigung bringen.*

Sie wartete, bis Daisys Schluchzen nachließ, bevor sie vorsichtig drängte: „Du musst mir alles erzählen."

„Kann ich ein Glas Wasser haben?", fragte Daisy mit zittriger Stimme.

„Natürlich." Sie holte ein Glas aus dem Schrank und goss ihr gefiltertes Wasser aus der Kanne ein.

Meine impulsive, unstete Schwester – eine Mutter? Kinder brauchen Struktur, Routine.

Liz hatte schon früh gelernt, wie wichtig Struktur und Routine waren, da sie selbst keine bekam. Ihre Eltern waren so darauf konzentriert gewesen, ihr Restaurant, das Garner's

Sports Bar & Grill zu führen, dass ihr Familienleben extrem unorganisiert und chaotisch gewesen war. Wäsche wurde nicht gewaschen, Geschirr blieb schmutzig stehen, Butterbrotdosen wurden nicht gemacht, und niemand kam jemals zu ihren Schulveranstaltungen, es sei denn, es passte gerade, was selten der Fall war. Und obwohl Daisy drei Jahre älter war, hatte sie, anstatt Liz zu helfen, die gutmütige Vernachlässigung durch ihre Eltern ausgenutzt und war ausgeflippt. Ihre Schwester hatte Dinge getan, von denen ihre Eltern immer noch nichts wussten, zum Beispiel hatte sie sich an Schulabenden davongeschlichen, um ihre Freunde zu treffen, war zu unerlaubten Partys im Wald gegangen und ohne Führerschein gefahren. Von dem Fahren ohne Führerschein wussten sie. Daisy hatte einen Bleifuß und war gleich am ersten Abend rausgewunken worden. Und an ihrem fünften. Und noch ein paar Male danach. Jedes Mal war Liz bereit gewesen, ihr zu helfen.

Liz schaute über die halbhohe Wand, die Küche und Wohnzimmer voneinander trennte. „Hast du Hunger?"

„Immer", erwiderte Daisy, griff in ihre leuchtend orange und lilafarbene Hobo Bag und zog eine Packung Sno-Caps heraus.

Liz schnappte sich das Gemüse, die Schüssel mit dem Hummus und das Wasser und ging zurück ins Wohnzimmer.

„Lass uns das doch für später aufheben", schlug sie vor und tauschte geschickt die Schüssel mit dem Gemüse gegen die Sno-Caps in Daisys Hand aus. Sie steckte die Süßigkeiten hinter ein Kissen, um sie später zu entsorgen.

Daisy zuckte kaum die Schultern und griff nach dem Gemüse. „Du glaubst nicht, wie hungrig einen die Schwangerschaft macht."

„Dann erzähl es mir", bat Liz leise. Daisy hatte sich immer bei der geringsten Schwierigkeit an sie gewandt. Es tat ihr weh, dass sie dieses Mal so lange gebraucht hatte.

Daisy stellte die Gemüseschüssel auf den Beistelltisch und seufzte. „Zuerst war ich schockiert. Wusstest du, dass die Pille nicht hundertprozentig schützt, wenn man Antibiotika nimmt?"

Liz schüttelte den Kopf.

„Nun, ist so. Dann dachte ich, *ich kann dieses Baby nicht behalten*. Ich habe überhaupt keine Ahnung von Babys. Ich bin nicht verheiratet. Ich habe kein Geld. Ich teile mir ein Apartment mit zwei Mitbewohnern." Sie legte ihre Hände ganz fest ineinander. „Ich bin sogar schon in eine Praxis gefahren, doch ich konnte mich nicht dazu überwinden."

„Da bin ich froh drüber", brachte Liz hervor. Sie hätte beinahe ihre Nichte oder ihren Neffen verloren. Es tat weh, daran zu denken. Ihre eigene biologische Uhr tickte mittlerweile lauter und lauter.

„Ich bin immer noch nicht bereit", gestand Daisy. „Mitten in der Nacht wache ich schweißgebadet auf, weil ich träume, dass ich das Baby irgendwo vergessen habe, oder dass ich nicht genug Geld habe, um es zu füttern, oder dass es von einem dieser winzigen Wickeltische, die sie in den Damentoiletten haben, herunterrollt." Ihre Stimme war nun ganz leise und am Ende wie erstickt. Sie atmete einmal tief ein. „Ich habe an Adoption gedacht, aber …"

„Du hast Zweifel?"

Daisy biss sich auf die Lippe und nickte.

Liz nahm die Hände ihrer Schwester. „Wir werden das gemeinsam schaffen. Du bist nicht allein. Wenn du das Baby behalten möchtest, helfe ich dir dabei, dich um ihn oder sie zu kümmern. Weißt du schon, was es wird?"

Daisys blaue Augen, so ganz wie ihre eigenen, zeigten zu gleichen Teilen Hoffnung und Sorge. „Es ist ein Junge. Bist du dir sicher?"

„Natürlich!" Ihre Gedanken rasten nur so, durchdachten Details. „Wir können uns abwechselnd um das Kind kümmern! Ich nehme den Nachmittag bis zum Abend, damit du im Garner's bedienen kannst, und du nimmst den Schultag –"

„Ich werde aber langsam zu schwer, um zu stehen –"

„Wir setzen dich an den Tisch der Platzanweiserin. Mom und Dad werden dich über das Garner's versichern lassen. Und du kannst hier wohnen. Du kannst mein Zimmer haben und –"

„Ich kann dir doch nicht dein Bett nehmen", protestierte Daisy.

„Auf dem Sofa hättest du es nicht bequem. Es ist ja auch nur für so lange, bis du bereit bist für eine eigene Wohnung." *Oder eine größere Wohnung für uns alle drei.*

Daisy lächelte sie mit Tränen in den Augen an. „Entschuldige." Sie lachte kurz auf. „Die verdammten Hormone lassen mich schon bei Werbespots für Versicherungen heulen. Kennst du den einen, wo das Eichhörnchen beinahe von einem Auto überfahren wird?"

Liz nickte ernsthaft.

Daisy rieb sich mit einer Hand über den Bauch. „Ich bin schon im siebten Monat." Sie suchte in ihrer Tasche herum und holte ein Ultraschallbild hervor.

Liz legte eine Hand auf den Mund und blinzelte die Tränen beiseite. *Meine Güte, ich werde Tante!* Er war so schön. Sie konnte sein Gesicht sehen mit den geschürzten Lippen, einer winzigen Knopfnase, geschlossenen Augen. Sein Körper war zusammengekrümmt, die eine Hand an der Seite seines Kopfes. „Oh, Daisy! Wann ist dein Termin?"

„Am 22. August. Ich habe Mom und Dad noch nichts erzählt, also sag ihnen bitte nichts."

Liz schwieg. Die Leute in Clover Park, Connecticut, waren nicht gerade bekannt für ihre Diskretion. Es war ganz klar, dass ihre Eltern in dem Moment, in dem Daisy auch nur einen Schritt aus dieser Wohnung setzte, von der glücklichen Neuigkeit erfuhren. Sie betrachtete ihre Schwester, die auf einem Stück roter Paprika herumkaute und die Schachtel mit den Sno-Caps an sich zog. Soviel zum Thema gutes Versteck. „Ähm … Was ist mit dem Vater?" *Und weißt du, wer der Vater ist?*

Daisy schüttelte den Kopf. „Er spielt in der unteren Baseballliga bei den Norwalk Tigers. Er will nichts mit dem Baby zu tun haben." Sie wandte den Blick ab.

„Er sollte aber schon etwas für das Kind bezahlen", sagte Liz und war gleich wütend auf diesen Idioten von einem Spieler.

„Ist schon in Ordnung. Wir waren nur das eine Mal zusammen."

Liz' Lippen formten eine schmale Linie. Sie hatte nicht vor, den Vater einfach so davonkommen zu lassen, doch sie ließ es erst einmal dabei bewenden.

„Vielleicht muss ich mir etwas Geld leihen." Daisy verzog das Gesicht, fuhr aber fort. „Ich habe nicht viel gespart, lebe irgendwie immer nur von einem Gehalt zum nächsten, doch ein Baby braucht nun mal ein paar Dinge."

Liz hatte fast Angst zu fragen. „Wie viel?"

„10.000 Dollar?"

Ihr Kopf pochte. „10.000? Ich habe keine 10.000 Dollar! Kostet es denn wirklich so viel, ein Baby zu bekommen?"

Daisy sah auf ihre Hände hinab. „Ich habe ein paar Kreditkartenschulden. Allein die Zinsen verschlingen mein Gehalt."

Nicht, dass man bei einem befristeten Job in einem Spa in New York City wirklich viel Gehalt bekam. Liz wünschte sich nicht zum ersten Mal, dass Daisy endlich bei etwas bliebe und sich hocharbeiten würde, um eine besser bezahlte Position zu bekommen. Daisy war klug, doch sie hatte die Uni im ersten Jahr geschmissen und seitdem mehrere willkürliche Jobs angenommen. Vielleicht konnte Liz sie auf das College vor Ort bringen. *Eins nach dem anderen.*

Daisy fuhr fort. „Ich habe jeden Monat das Minimum gezahlt, und es ist einfach nur immer schlimmer geworden. Mit Freunden ausgehen, reisen, Kleider, Schuhe, Handtaschen, Make-up. Aber das ist alles vorbei, ich schwöre es!" Sie hob eine Hand bei ihrem Versprechen. „Ich habe meine Schulden mit einer Kreditkarte bezahlt, die weniger Zinsen verlangt, aber dennoch … Es ist *schlimm*. Liz, ich verspreche, ich werde alles Erdenkliche tun, um diese Schulden abzubauen, und ich werde dich nie wieder um einen weiteren Cent bitten. Jetzt mit dem Baby ist alles anders für mich, und ich möchte eine Chance, um für uns beide ein neues Kapitel aufzuschlagen."

Als sie so von dem ernsthaften Gesichtsausdruck ihrer Schwester zu ihrem schwangeren Bauch hinuntersah, formte sich ein Kloß in Liz' Kehle. Für Liz war nichts wichtiger als die Familie. Ihre war nicht perfekt gewesen, doch sie hatte immer gewusst, dass man sie liebte. Sie würde alles für Daisy tun, und für Daisy galt das Gleiche. Daisy war zu ihr gekommen, als Liz' Verlobter Craig sie zwei Wochen vor der Hochzeit verlassen hatte, hatte sich darum gekümmert, die Hochzeit abzusagen und alle Gäste zu verständigen. Ihre Schwester mochte vielleicht dorthin flattern, wohin auch immer der Wind sie trug, doch sie war immer für Liz da, wenn es wirklich zählte, und sie brach *niemals* ein Versprechen.

„Ich werde einen Job für den Sommer finden", sagte Liz, „du musst mir schwören, dass alles, was ich dir gebe, für das Abbezahlen der Schulden und für das Baby genutzt wird. Keine Shoppingtouren mehr."

„Ich schwöre es." Daisys Augen füllten sich mit Tränen. „Ich danke dir so sehr! Du bist die beste Schwester und Tante!" Sie stand auf mit offenen Armen, und als Liz sich erhob, um sie zu umarmen, warf Daisy sich in ihre Arme, schluchzte, weinte und lachte zugleich.

Liz hielt sie fester, ihre eigenen Augen brannten vor unvergossenen Tränen. Liz würde das Baby haben, nachdem sie sich sehnte, auch wenn es nicht ihr Traum von einem weißen Gartenzaun war – Ehemann, Kinder (ein Junge, ein Mädchen), ein Hund, der nicht haarte. Sie würde die beste Tante sein, die sich dieses Kind nur wünschen konnte.

Eine leise, nagende Sorge ließ Liz sich von ihr lösen. „Daisy, hast du immer noch, du weißt schon …" Sie deutete ein Würgen an. Sie konnte es nicht aussprechen. Schon wenn sie jemanden sah, dem schlecht war, musste sie sich übergeben. Sie hatte ein Problem mit Erbrochenem, seitdem sie sich als Kind im Bett auf sich selbst hatte übergeben müssen. Ihre Mom war viel zu müde und erschöpft gewesen, um sich mitten in der Nacht um diese eklige Sache zu kümmern, und hatte sie selbst sauber machen lassen. Sie hatte sich noch zwei weitere Male auf den Badezimmerboden übergeben müssen, weil sie sich um ihr eigenes Erbrochenes kümmern musste. Ihre Mutter war nicht gerade glücklich über den Schmutz gewesen, um es vorsichtig auszudrücken. Liz war elf gewesen.

„Nein", sagte Daisy. „Ich hatte Glück. Überhaupt keine Morgenübelkeit."

Liz stieß einen erleichterten Atem aus. „Ach, das ist gut. Willkommen in deinem neuen Heim!"

Nachdem Sie den Film gesehen hatten, den Liz sich für heute Abend vorgenommen hatte, *Leoparden küsst man nicht* – was ganz passend war, denn der Leopard wurde Baby genannt –, machte Liz es sich auf dem Sofa bequem. Sie hätte lügen müssen, wenn sie gesagt hätte, dass nicht ein winziger Teil in ihr neidisch war. Sie war vor zwei Jahren so nahe an ihrem Traum von einem weißen Zahn gewesen. Bis zu dem Punkt, als Craig sie für seine schwangere – von ihm – Sekretärin hatte fallen lassen. Sie hatte alles richtig gemacht, trotzdem war sie Single und hatte keine Kinder, während Daisy das Leben einer Wilden geführt hatte. Und jetzt hatte sie, was Liz sich immer am meisten gewünscht hatte.

Sie seufzte. All das spielte jetzt keine Rolle. Das einzig Wichtige war ihr Neffe. Sie liebte ihn bereits jetzt so sehr.

Sie nahm sich ihren Laptop. Sie hatte zwei Schüler, die von ihr Nachhilfeunterricht haben wollten, doch das Geld reichte nicht. Sie wollte nicht bei ihren Eltern im Garner's arbeiten. Da waren zu viele ihrer Schüler und deren Familien. Es wäre nicht leicht, im Klassenraum noch Autorität auszustrahlen, wenn sie die Kinder im Sommer hatte bedienen müssen. Sie machte es sich wieder auf dem Sofa bequem, legte die Vliesdecke um ihre Schultern und klappte den Laptop auf. Als erstes öffnete sie Quickbooks und trug die Ausgaben für den Wein ein, den sie noch nicht einmal probiert hatte. Sie schrieb sich ihre täglichen Ausgaben gerne auf, um sicherzugehen, dass sie ihr Budget nicht überschritt. Ihr Konto wies genug Geld auf, um über den Sommer zu kommen, doch nicht annähernd genug, um Daisys Schulden sichtbar abzubauen.

Sie sah sich die Stellenanzeigen für Sommeraushilfsjobs an. In Eastman suchten sie Angestellte in der Mall, nur Mindestlohn, und vermutlich würde sie mit vielen Teenagern zusammenarbeiten müssen und sich uralt fühlen. Nachdem sie eine verschwendete halbe Stunde lang gesucht hatte, erinnerte sie sich daran, dass *The Clover Park Record* ebenfalls Jobangebote im hinteren Teil hatte.

Vorsichtig zog sie die Zeitung aus ihrem ordentlichen Stapel von Dingen, die sie noch lesen musste. Glücklicherweise hatte sie sie noch nicht gelesen, sonst wäre sie bereits im Altpapier. Als sie mit ihrem Finger über die entsprechende Rubrik strich, fand sie genau drei Jobangebote: die Zeitung brauchte Freiwillige, die über die Stadtversammlungen berichteten, eine Umzugsgesellschaft brauchte im Sommer Hilfe (mit eins sechzig und vollkommen muskellos, war sie dafür eventuell unterqualifiziert), und jemand suchte nach jemandem, der sich um eine ältere Person kümmern konnte. Nun, *das* konnte sie eindeutig.

Sie würde gleich morgen früh anrufen. Sie legte die Zeitung zurück auf den Tisch, rollte sich auf dem Sofa zusammen und schlief innerhalb weniger Minuten ein. Sie erwachte, als sie am nächsten Morgen ihre Schwester in der Küche herumwirtschaften hörte. Sie knallte Schranktüren zu, suchte vermutlich nach den Frühstücksflocken.

„Guten Morgen", sagte Liz, als sie die Küche betrat.

„Guten Morgen", murmelte Daisy. Sie war immer ein Morgenmuffel gewesen.

„Lass nur, setz dich", sagte Liz. Sie holte die Cheerios heraus, Milch, eine Schüssel und einen Löffel und stellte alles vor Daisy. Dann goss sie ihr ein Glas Orangensaft ein.

„Danke dir", sagte Daisy. „Um mich hat sich so lange niemand gekümmert." Wieder traten ihr die Tränen in die Augen.

Herrje, Schwangerschaftshormone ließen einen wirklich bei jeder Kleinigkeit weinen.

„Nur dieses eine Mal, dann kannst du dir dein Frühstück selber machen", sagte Liz brüsk, versuchte, einen weiteren Weinanfall zu verhindern. Es war noch zu früh für all dieses Drama, und sie musste einen Telefonanruf tätigen.

Daisy nickte und machte sich an ihre Frühstücksflocken. Liz nahm sich ihr Handy und ging damit in ihr Badezimmer, um ihre Intimsphäre zu wahren. Sie wählte die Nummer und nach ein paarmal klingeln sprang der Anrufbeantworter an.

„Ryan O'Hare hier. Hinterlassen Sie eine Nachricht."

Sie ließ das Handy fallen.

Ihr Herz galoppierte in erschreckender Geschwindigkeit. Ryan O'Hare. Der Mann, dem sie seit Jahren aus dem Weg ging, seit DER Demütigung. Ryan O'Hare suchte jemanden, der sich um eine ältere Person kümmern konnte? Sie hob ihr Handy vom Boden auf und drückte auf den Knopf, der das Gespräch beendete.

Sie ging im Schlafzimmer auf und ab und versuchte nachzudenken. *Sollte ich noch einmal anrufen? Wie dringend brauche ich diesen Job?*

Sie atmete tief ein und wählte noch einmal, biss die Zähne zusammen, als sie seine Stimme auf dem Anrufbeantworter hörte. Dann hinterließ sie in aller Eile eine Nachricht. „Hallo, Liz Garner hier. Ich rufe wegen der Anzeige an, die Sie aufgegeben haben. Sie suchen jemanden, der sich um eine ältere Person kümmern kann. Ich wohne in der Stadt und habe viele Referenzen, rufen Sie mich doch bitte an, um ein Bewerbungsgespräch auszumachen." Sie hinterließ ihre Nummer und legte auf.

Dann ließ sie sich auf ihr Bett fallen und schrie in ein Kissen.

2

Ryans Abend war kein vollkommener Reinfall. Er hatte dem Angestellten am Empfang Geld für einige Antworten geboten und Stews Zimmernummer und einige weitere nützliche Informationen bekommen: Das lebenslustige Paar zog gerne durch die Clubs, bevor sie dann in das Vier Jahreszeiten zurückkehrten. Der fette Scheck, den er von seinem Auftraggeber bekommen hatte, wog das Bargeld, das er losgeworden war, mehrfach auf. Er rollte aus seinem Bett und nahm sich sein Handy aus der Jeans, die er spät in der letzten Nacht auf den Boden geworfen hatte. Eine Nachricht. Er drückte auf Abspielen – Liz Garner wegen der Anzeige für die Pflegerin. Seine erste Bewerberin, seitdem er die Anzeige gestern geschaltet hatte. Er erinnerte sich an Liz aus seiner Zeit als Bademeister am Grant Lake im Sommer vor seinem letzten Schuljahr. Sie war in jenem Sommer der einzige wirkliche Notfall gewesen. Wie hätte er das vergessen können? Seitdem hatte er sie nicht mehr gesehen. Das war nicht weiter überraschend, wenn man bedachte, dass sie vier Jahre unter ihm war. Er wusste, dass sie seit letztem Herbst an der Clover Park Grundschule unterrichtete, das wusste er von seiner Gran, die es als ihre Pflicht betrachtete, ihn über den neuesten Tratsch in der Stadt auf dem Laufenden zu halten.

Er wählte Liz' Nummer. Erste Bewerberin oder nicht, eine

Grundschullehrerin klang für ihn wie die perfekte Kandidatin.

„Hallo?", meldete sich Liz.

„Hi, Ryan O'Hare hier. Ich rufe wegen des Pflegeangebots zurück."

„Aha … Ja. Hallo." Sie räusperte sich. „Wie geht es Ihnen?"

„Gut. Ich brauche jemanden, der zweimal am Tag nach meiner Großmutter sehen kann. Der ihr bei den Dingen im Haus helfen kann, bei dem, was so anfällt."

„Das könnte ich machen", sagte sie. „Ich kenne Mrs. O'Hare. Sie ist eine nette Frau."

„Ja, nett." *Wenn sie sich nicht gerade verrückt verhält.*

„Hätten Sie gerne die Nummern meiner Referenzen?"

Im Grunde ist sie ganz harmlos, entschied er sich auf der Stelle. Außerdem kannten alle in der Stadt ihre Eltern von ihrem Lokal. Gute Leute. Er würde natürlich trotzdem ihren Hintergrund überprüfen.

„Ich kenne Ihre Familie", sagte er ihr. „Das reicht für mich."

„In Ordnung also!", sagte sie mit nervtötend schriller Stimme. „Ich werde mein Bestes geben, und Sie werden nicht enttäuscht sein."

„Der Job umfasst also zwei Stunden täglich, fünf Tage die Woche."

„Ich hätte lieber vier Stunden an fünf Tagen die Woche", sagte sie, und ihre Stimme klang nun nicht mehr schrill, sondern sicher wie die Stimme einer Lehrerin. „Zwanzig Dollar die Stunde."

Er versteifte sich. „Das ist'ne Menge."

„Das ist das, was ein Kindermädchen hier bezahlt bekommt. Ich bin Altenpflegerin."

Das sagte sie mit solch arroganter Selbstsicherheit, dass er meinte, gleich würde sie über ihre eigene Nase stolpern. Er musste seine Brüder dransetzen, dass sie ihr Geld zusammenlegten, doch es würde sich lohnen, wenn es ihre Belastung ein wenig reduzierte. „Abgemacht."

„Ich fange Montagmorgen an", informierte sie ihn. „Ich kenne die Adresse."

„Das ist für mich in Ordnung." Er beendete das Gespräch und überlegte, ob er seine Gran anrufen und sie schon einmal auf Liz vorbereiten sollte. Er verwarf die Idee gleich wieder. Sie würde nur mit ihm darüber streiten. Sollte Liz doch alles erklären. Bei ihr würde seine Gran niemals wütend werden. Wahrscheinlicher war, dass sie Liz betütteln wollte, ihr anbot, sich um sie zu kümmern. Zumindest hätte seine alte Gran das getan.

Er rief Trav an und bat ihn, am Abend Shane auf einen Burger mitzubringen, damit sie sich überlegen konnten, was sie mit Gran machen sollten.

Dann ging er nach unten, um sich eine Kanne Kaffee aufzuschütten. Nachdem er reichlich mit Koffein versorgt war, fuhr er rasch in die Stadt, um sich etwas zu essen einzukaufen, und als seine Brüder auftauchten, war der Kohlegrill bereits angeheizt.

„Ich habe eine neue Geschmacksrichtung mitgebracht, Leute", sagte sein jüngster Bruder Shane, als er auf die hintere Veranda kam. Er hielt eine braune Tüte in die Höhe. „Erdnussbutter Banane. Versucht es. Sagt mir, was ihr davon haltet." Shanes Eisdiele, Shane's Scoops, boomte in der Stadt. Er bot nicht nur selbst gemachtes Gourmeteis an, eine Kaffeebar und Candy-Boxen, sondern er belieferte auch eine ganze Reihe von Restaurants mit seinem ausgefallenen Eis. Wer hätte geahnt, dass sie bereit waren, so viel für Eiscreme zu bezahlen?

„Zu Eis werde ich nicht Nein sagen", sagte Ryan.

„Ich bin immer froh, für einen guten Zweck hilfreich zu sein", sagte Trav, der ihm von hinten folgte. „Und ich habe Bier und Chips mitgebracht."

Ryan nickte ihm kurz zu. Er hatte noch nie einen Tropfen Alkohol angerührt, nicht nach dem spektakulären Unfall und den Verbrennungen seines Vaters. Es gefiel ihm nicht, dass seine Brüder etwas tranken, doch sie waren gute Jungs. Und sie tranken selten mehr als eins. Zumindest nicht, wenn er dabei war.

„Erst nach dem Eis", sagte Shane. Er zog die Box hervor und legte Plastiklöffel auf den Terrassentisch. „Probiert es jetzt, während euer Palatum noch unberührt ist."

Ryan unterdrückte einen sarkastischen Kommentar. Sein Bruder war in eine Feinschmeckerschule gegangen, deswegen konnte er bedenkenlos mit Wörtern wie Palatum um sich werfen. Auch wenn er sich dadurch wie ein Snob anhörte.

Trav wischte sich die Zunge mit einer Serviette ab. „Mein Palatum ist sauber."

„Idiot", sagte Ryan liebevoll.

Sie probierten beide einen Löffel. Shane sah sie hoffnungsvoll an.

„Ist gut", sagte Ryan.

Mmmph, machte Trav nach einem zweiten Löffel.

„Zu viel Banane?", fragte Shane. „Zu viel Erdnussbutter? Die Konsistenz?"

Ryan zuckte die Schultern. „Ist in Ordnung. Gut."

Trav war gerade zu sehr damit beschäftigt, die Box auszulöffeln, um mehr als zustimmend zu nicken.

„Heißt das, ich sollte es anbieten?", fragte Shane.

„Ja", sagte Ryan.

Trav sagte mit vollem Mund: „Das Beste bis jetzt."

Shane begann zu strahlen. „Danke."

Ryan legte Würste und fertige Hamburger auf den Grill, während seine Brüder einander Schmeicheleien an den Kopf warfen zu Shanes wachsendem Bauch – *Schicksal eines Eiscremeherstellers,* sagte er – und Travs ständigen Stoppeln – *ein heißes Aussehen, auf das die Bräute stehen,* beharrte er. Ryan kommentiert das nicht. Shanes Bauch war immer richtig. Und sein eigener Bartschatten hing davon ab, wie viel Schlaf er abbekommen hatte. Ob er nun rasiert war oder nicht, es war nicht schwer, eine frisch Geschiedene aufzureißen. Das waren heftige Rachesexpartner. Und ein schneller Abgang durch die Tür danach wurde erwartet. Leicht. Spaß. Keine Verpflichtungen.

Dennoch hatte er das Angebot der baldigen Ex Mrs. Harbinger letzte Nacht abgelehnt, als die ihn zu einer „heißen, feuchten Dusche" eingeladen hatte. In letzter Zeit hatte er das Gefühl, dass es eine schlechte Idee war, das Vergnügen mit dem Geschäftlichen zu vermengen. Als würden seine weiblichen Auftraggeber ihn für einen weiteren Service bezahlen. Selbst bei seinen hohen Honoraren fühlte er sich dadurch billig.

Er stellte den Teller mit dem gegrillten Fleisch auf den Tisch und wartete, dass seine Brüder sich was nahmen, bevor er sich selbst einen Burger und eine Wurst nahm.

„Also, was ist los mit Gran?", fragte Shane, nachdem er seinen Hotdog zu Ende gegessen hatte. „Geht es ihr gut?"

„Sie braucht jemanden, der nach ihr sieht", sagte Ryan.

„Gestern Abend hat sie sich Rys Harley für einen Ausflug geborgt", ergänzte Trav schmunzelnd.

Shane fiel die Kinnlade herunter.

Ryan warf Trav einen Chip an den Kopf. „Das ist nicht lustig." Er wich dem Chip aus, den Trav zurückwarf. „Ich habe eine Anzeige für eine Altenpflegerin aufgegeben, schon bevor sie meine Harley gestohlen hat. Jetzt bin ich heilfroh, dass ich das gemacht habe."

Trav grinste. „Könnt ihr sie euch mit ihrem knöchrigen Hintern auf diesem riesigen Ledersitz auf dem Highway vorstellen?" Er ergriff imaginäre Lenkradgriffe und schob seinen Kopf vor wie eine Schildkröte.

Ryan lächelte unfreiwillig. Shane sah einfach nur besorgt aus.

„Ich hatte schon befürchtet, dass etwas nicht mit ihr stimmt", sagte Shane. „Wer isst schon Snickers zum Frühstück?"

„Jedenfalls habe ich heute Morgen jemanden eingestellt", sagte Ryan. „Liz Garner." Er biss einmal in seinen Burger.

„Liz war in meiner Klasse", sagte Shane. „Nettes Mädchen. Seitdem sie wieder da ist, war sie ein paarmal mit Rachel Miller in meinem Laden."

„Ihre Schwester ist wild", sagte Trav mit einem lüsternen Lächeln, bevor er einen Schluck von seinem Bier nahm.

Trav war selbst als Kind ziemlich wild gewesen, doch Gott sei Dank hatten sie ihn mit Ryans Hilfe und der des Polizeichefs Bailey vor dem Jugendknast bewahren können. Obwohl

Trav mittlerweile Landschaftsarchitekt war und seine eigene Luxus-Landschaftsdesignfirma besaß, wartete Ryan immer noch auf die nächste dumme, impulsive Aktion, in die er sich hineinziehen ließ. Es war schon eine Weile her; das musste man ihm lassen.

Ryan fuhr fort. „Liz möchte zwanzig Stunden die Woche und zwanzig Dollar die Stunde, d. h. –"

„Vierhundert Dollar die Woche!", rief Trav. „Verarschst du mich?"

„Nein, ich verarsche dich nicht. Sieh mal, Gran wohnt allein in diesem großen alten Haus, und im Sommer haben wir alle sehr viel zu tun."

„Wenn ich mich mal einmischen darf", sagte Shane. Er biss einmal in seinen Burger. „Perfekt Medium, nicht schlecht für einen Fertigburger. Aber wenn du einen wirklich guten Burger möchtest, musst du das Fleisch selbst durch den Wolf drehen."

Ryan grüßte Shane mit einem Finger und wandte sich an Trav. „Komm schon, Mister Landschaftsarchitekt für die Reichen, wirst du dich jetzt beteiligen oder nicht?"

„In Ordnung", sagte Trav. „Aber wenn sie Ende des Sommers immer noch Hilfe benötigt, sollten wir vielleicht jemanden Vollzeit beschäftigen."

„Also, das ist jetzt das Vernünftigste, was du den ganzen Abend von dir gegeben hast", sagte Ryan.

„Auch ich habe so meine Momente", sagte Trav und klimperte mit seinen Wimpern.

Sie aßen zu Ende. Trav bot sich an, den Grill zu schrubben, um nicht in der Küche helfen zu müssen, deswegen half Shane Ryan dabei, alles hinein zu tragen. Ryan stellte den Ketchup, den Senf und die Mayonnaise zurück in den Kühlschrank, als Shane leise sagte: „Ich habe Dad gesehen."

Ryan erstarrte. Sie hatten ihren Vater nicht gesehen, seitdem er sie kurz nach dem Tod ihrer Mutter verlassen hatte. Shane war erst dreizehn gewesen. Das war verdammte siebzehn Jahre her.

„Er ist im Laden vorbeigekommen, und ich habe einen Kaffee mit ihm getrunken."

Ryan knallte die Kühlschranktür zu, drehte sich um und sah seinem Bruder in die Augen. Shanes Augen sahen völlig ruhig aus. „Was hat er gewollt?"

Shane zuckte die Schultern. „Er wollte nur wieder Kontakt aufnehmen. Er ist seit drei Jahren trocken."

„Das ist schön für ihn."

„Er hat nach dir gefragt. Und nach Trav. Wollte wissen, ob es okay ist, wenn er dich anruft."

„Scheiß auf ihn."

Shane hob die Hände. „In Ordnung, ich dachte nur, ich frag dich mal."

Ryan schüttelte den Kopf. „Du bist einfach zu verdammt nett."

„Ich bin einfach zu verflixt nett", murmelte Liz, als sie die Tür zum Buchgeschäft ihrer besten Freundin Rachel aufzog. *Ich muss irre nett sein, wenn ich für diesen unsensiblen, schrecklich …* heißen, so heißen, *nein* arroganten *Mann* arbeiten will. Sie grüßte kurz die Kassiererin und blickte in die Gänge auf der Suche nach ihrer Freundin, immer noch brodelnd vor Adrenalin von ihrem Telefongespräch mit Ryan.

Sie fand sie auf einer Leiter, während sie einige Bücher auf das oberste Regal stellte. „Rachel! Ich muss mit dir sprechen!"

Rachel ließ den Stapel mit *Gregs Tagebüchern,* die sie gehalten hatte, zu Boden fallen. Liz sprang gerade noch rechtzeitig aus dem Weg.

Rachels brauner Pferdeschwanz peitschte ihr ins Gesicht, als sie den Kopf herumriss. „Du hast mir einen Mordsschrecken eingejagt!"

Liz verzog das Gesicht. Sie sollte vorsichtiger sein und sich nicht so an Rachel heranschleichen. Ihre Freundin war immer noch schreckhaft, weil sie vor sechs Monaten einen Freund gehabt hatte, der sich am Ende als Stalker entpuppt hatte.

„Entschuldige!" Liz bückte sich und hob die verstreuten

Bücher auf, reichte sie dann Rachel, damit die sie aufs Regal stellte.

Ihre Freundin kam die Leiter herunter und stellte sich in ihrem selbst entworfenen roten T-Shirt mit der Aufschrift „Leser haben's drauf" vor sie. Rachel Miller war ein stolzer Bücherwurm und die erfolgreiche Eigentümerin des Book It. „Was gibt es denn für einen Notfall?"

Sie sah sich um. Ein paar Leute schlenderten an den Regalen vorbei. Sie konnte es nicht riskieren, dass getratscht wurde. „Das ist privat", flüsterte sie.

Rachel nahm ihre Hand und zog sie nach hinten in ihr Büro, dann schloss sie die Tür. Liz nahm eine Kiste mit Büchern von einem Stuhl und setzte sich an Rachels Schreibtisch, nahm wie betäubt eine Tasse Kaffee und Kekse, die Rachel ihr von einem niedrigen Bücherregal aus anbot, das als Angestelltenküche diente.

„Ich habe einen Job bei Ryan O'Hare angenommen", platzte Liz heraus. „Ich werde im Sommer Zeit mit seiner Großmutter verbringen."

„Du zitterst ja." Rachel nahm ihr den Kaffee und die Kekse wieder ab und stellte sie hin. Sie setzte sich auf den Tischrand neben Liz. „Ich dachte, du wolltest dir diesen Sommer freinehmen und nur ein wenig Nachhilfe geben und Onlinekurse belegen."

„Und das alles werde ich auch machen, aber ich brauche Geld. Für Daisy. Ich kann dir nicht sagen warum."

„Ich werde es niemandem erzählen." Rachels schokoladenbraune Augen glänzten hinter ihrer Brille, da sie sich auf eine weitere Geschichte über Daisy freute. Sie hatte sie zu hören bekommen, seitdem Rachel im sechsten Schuljahr in die Stadt gezogen war. „Was hat sie dieses Mal angestellt?"

Liz hielt ihren Mund für ganze drei Sekunden geschlossen. „Das wirst du bald sehen. Sie wohnt jetzt bei mir."

„Oh mein Gott, sie ist schwanger, stimmt's?"

„Ich kann es wirklich nicht sagen", sagte sie und nickte gleichzeitig.

Rachel pfiff leise. „Wow. Also, was hast du jetzt mit Ryan vor?"

„Ich hoffe, dass ich ihn niemals sehen werde. Ich kann ihn doch bitten, mir meine Schecks per Post zu schicken, oder?"

„Du bist ihm seit jenem Vorfall immer aus dem Weg gegangen."

„Es war nicht irgendein *Vorfall*. Es war DIE Demütigung." Liz gestikulierte wild. „Seitdem hatte ich mehrere Vorfälle und, glaub mir, das ist immer noch DIE Demütigung."

„Schlimmer als DIE Qual?", fragte Rachel und bezog sich damit auf die schreckliche Zeit, als Liz jedermanns Mitleid hatte ertragen müssen, weil Craig sie verlassen und eine andere geheiratet hatte.

„Nein, nicht schlimmer als das", gab Liz zu.

„Es ist schon, was?", fragte Rachel vorsichtig. „Sechzehn, siebzehn Jahre her? Können wir es nicht langsam zu einem Vorfall degradieren?"

Liz legte ihren Kopf in die Hände. „Ich wünschte, ich könnte das."

Rachel rieb ihr den Rücken. „Ich bin mir sicher, dass es in Ordnung sein wird. Die Demütigung hat einen großen Platz in deiner Erinnerung eingenommen, aber er hat es vermutlich schon längst vergessen."

Liz sah auf. „Also, ich werde es nie vergessen."

„Lass es doch los, Liz."

Sie biss sich auf die Lippe. „Du weißt, wie sie mich genannt haben", sagte sie leise. „Mit dem Spitznamen konnte ich hier bis zum College kein einziges Date bekommen."

Rachel sah sie mitleidig an. „Ich weiß, aber das war nicht wirklich seine Schuld. Also, er hat dich nie so genannt. Und du hast schon viel hinter dir. Du bist nicht mehr das Mädchen, das du mal warst."

Sie richtete sich ein wenig auf. Rachel hatte recht. Sie war nicht mehr dieses übergewichtige, merkwürdige, schüchterne Mädchen mit dem schrecklichen Spitznamen. Sie war schlank, selbstbewusst und kontrolliert. Sie hatte einen Job zu erledigen. Und Ryan O'Hare würde sie nicht davon abhalten.

3

„Klopf, klopf!", rief Liz um zehn Uhr am Montagmorgen durch die offene Fliegengittertür an Mrs. O'Hares Haus. Mrs. O'Hare wohnte in einem wunderschönen viktorianischen Haus, weiß mit schwarzen Fensterläden und einer umlaufenden Veranda. Ihr war klar, dass ihre drei Enkel ihr hier halfen. Das Haus und der Garten waren wunderschön in Schuss. Ihr gefielen die rosa Rosen, die über fröhlichen blauen Geranien wuchsen, alles sorgfältig in Landschaftsbeeten vor der Veranda angeordnet. Das Haus stand auf der anderen Straßenseite von Travs Landschaftsarchitekturbüro in der historischen alten Schmiedewerkstatt, und nur ein paar Blocks von Ryans Haus entfernt, an dem sie sich standhaft weigerte, vorbeizufahren oder zu gehen. Shane wohnte in dem Apartment über dem Shane's Scoops, nur einen kurzen Fußweg entfernt an der Maine Street.

Mrs. O'Hare erschien an der Tür. Sie trug ein weißes T-Shirt mit bunten Blumen, blaue Leggins und Sneaker. Kurze, weiße Strähnen von ihrem Kurzhaarschnitt schauten unter dem dunkelblauen Schirm der Mütze hervor, die sie auf dem Kopf trug.

„Hallo, Liz. Was führt Sie denn heute hierher?"

„Hi, Mrs. O'Hare. Darf ich hereinkommen?"

„Klar, kommen Sie rein."

Liz folgte ihr über den glänzenden Hartholzfußboden des vorderen Eingangsbereichs in ein repräsentatives Wohnzimmer. Ein Kamin, der so richtig zum Haus passte mit seinem weißen, gemeißelten Kaminsims und der Ziegelfassung, bildete den Mittelpunkt eines Sitzbereiches mit passenden roten Samtsesseln, einem kleinen Sofa in goldenen Schattierungen mit fröhlichen Gänseblümchen und einem antiken Kirschholzbeistelltisch. Eine große, pflaumenviolette, selbst gehäkelte Decke war über das Sofa geworfen. Sehr anheimelnd.

„Kann ich Ihnen einen Tee machen?", fragte Mrs. O'Hare. „Ich habe das Wasser schon aufgesetzt."

„Das wäre sehr nett", antwortete Liz und folgte ihr in die kleine, vollgestopfte, aber gemütliche Küche. Die Fenster waren offen, sodass es einen angenehmen Durchzug gab. Die Luft roch frisch und nach einem Hauch von Rosen. Sie sah der älteren Frau zu, wie sie die Teebeutel herausholte. „Wie geht es Ihnen denn seit dem Unfall?", fragte sie.

„Ach, gut, einfach gut", sagte Mrs. O'Hare. „Das Beste, was mir je passiert ist." Sie hielt kurz inne, um Liz anzulächeln. „Sahne oder Zucker?"

„Weder noch, ich mag ihn einfach so." Verwirrt runzelte sie die Brauen. „Wie kann denn der Unfall das Beste sein, das ihnen je passiert ist?"

„Ganz, wie ich gesagt habe", erwiderte Mrs. O'Hare. Sie stellte die Tassen und Untertassen auf ein Tablett und wühlte in ihrem Schrank herum. „Ah, Kekse. Nur schade, dass ich keine Scones habe, aber die hier werden wohl reichen."

Mrs. O'Hare schüttelte die Tüte mit Doppelkeksen ein wenig. Fünf Kekse flogen heraus.

„Ich verstehe nicht. Was ist denn mit dem Unfall?"

Mrs. O'Hare griff in die Tüte, zog eine zerknüllte Papiermanschette hervor und schüttelte die Tüte erneut. Weitere fünf Kekse.

Liz hob ihre Hand, um den Keksstrom zu stoppen, doch weil ihr kein höflicher Weg einfiel, ihrer Gastgeberin die Tüte abzunehmen, ließ sie sie wieder sinken. Das waren bei weitem viel zu viele Kekse für den Blutzucker einer älteren Frau. Und Liz hatte vor, nur einen zu essen. Sie hatte festgestellt, dass, wenn sie ihre Zuckerzufuhr einschränkte, sie ihr Gewicht halten konnte. Sie war keine Kalorienzählerin, doch nachdem sie als Kind übergewichtig gewesen war, achtete sie auf ihre Ernährung.

„Nun ja, durch ihn habe ich einen neuen Vertrag mit dem Leben geschlossen", sagte Mrs. O'Hare, während sie die Kekse im Kreis anordnete.

„Wie das?"

Die ältere Frau sah sie an und zog noch eine verknüllte Papiermanschette hervor. „Genau genommen habe ich eher eine neue Perspektive."

Schauder. Weitere fünf Kekse wurden in die Mitte des Kekskreises gestapelt. Sie sah in die Tüte hinein, um sicherzustellen, dass sie leer war, und warf sie in den Müll.

Liz machte ganz große Augen, als sie ungläubig auf den Stapel Kekse auf dem Teller starrte.

„Liz, ich bin zweiundsiebzig Jahre alt und irgendwer da oben" – sie deutete auf die Decke – „meint, dass ich auf dieser großartigen, grünen Erde noch nicht fertig bin. Ich packe das Leben an den Eiern und lebe es!"

Entsetzt fiel Liz die Kinnlade herunter. Der Teekessel pfiff, und Mrs. O'Hare machte sich daran, den Tee einzuschütten. Hatte Mrs. O'Hare tatsächlich gerade gesagt, dass sie das Leben „an den Eiern packen" will?

Sie bemühte sich um einen neutralen Tonfall. „Haben Sie irgendwelche Pläne?"

„Ich habe mir Ryans Harley gemopst und eine Fahrt unternommen. Was halten Sie von dem Plan?" Mrs. O'Hare lachte und klopfte sich auf ihr Knie. „Habe den Wind in meinen Haaren gespürt, mein Mädchen. Das war eine gute Zeit." Sie runzelte die Stirn. „Aber jetzt hat Ryan davon Wind bekommen, und ich vermute, dass dieses Motorrad besser verschlossen sein wird, als seine eigenen Polizeiakten. Der Junge müsste mal ein wenig lockerlassen." Sie nahm das Tablett und brachte es ins Wohnzimmer.

Liz machte es sich in einem der großen Samtsessel bequem und nahm sich einen Doppelkeks, während Mrs.

O'Hare fortfuhr: „Ryan meint, dass er mich überlistet mit seinen schicken Schlössern und Sicherheitssystemen. Ich kaufe mir einfach meine eigene Harley. In Pink!"

Weil sie so plötzlich nach Luft schnappen musste, verklemmte sich der Keks in Liz' Kehle, und sie musste verzweifelt husten. „Ah, ja", brachte sie endlich hervor. „Das könnten Sie wohl." *Gott sei Dank habe ich nicht als erstes den heißen Tee genommen. Den hätte ich wahrscheinlich über diesen wunderschönen antiken Sessel gespuckt.* „Ist das nicht etwas gefährlich?", fragte sie vorsichtig.

„Sehen Sie sich doch an, was mit meinem Toyota passiert ist! Das Ding ist wie ein Kreisel auf dem Highway herumgewirbelt."

„Ja, aber sie haben *überlebt*", gab Liz zu bedenken. Die arme Frau stand offensichtlich immer noch unter Schock. Vielleicht konnte man sie mit Vernunft wieder zu einem ruhigeren Lebensstil bringen.

Mrs. O'Hares Augen begannen zu leuchten, und sie deutete mit einem knöchrigen Finger auf Liz. „Ganz genau! Ich habe überlebt. Und wofür? Um in diesem Haus herum zu sitzen, zu stricken und fernzusehen, bis ich sterbe? Nein. Ich habe Pläne. Große Pläne."

Liz spürte, dass sie das erste Mal Panik bekam. Dieser Job könnte sich als schwieriger herausstellen, als sie anfangs gedacht hatte. In ihren Erinnerungen war Mrs. O'Hare eine süße Frau gewesen, die sich um drei aufsässige Teenagerjungs gekümmert hatte, Respekt und Aufmerksamkeit mit ihrer sanften, aber festen Stimme gefordert hatte.

Liz stellte ihre Teetasse ab. „Mrs. O'Hare, Ryan macht sich Sorgen um Sie. Er hat mich gebeten, jeden Tag vorbeizukommen und nach Ihnen zu sehen, Ihnen bei allem zu helfen, was Sie brauchen … Was tun Sie da?"

Mrs. O'Hare hatte ihr Handy vom Beistelltisch genommen und drückte auf ein paar Knöpfe. Sie hob einen Finger, um Liz zu unterbrechen. „Ryan", sagte sie mit stählerner Stimme, „ich brauche keinen Babysitter. Was immer du Liz angeboten hast, was du für sie tun wirst, das kannst du streichen, weil ich sie nach Hause schicken werde. Und übrigens kaufe ich mir meinen eigenen Bock."

Ryan hatte ihr von dem Job überhaupt nicht erzählt! Sie hörte, wie Ryan im Hintergrund lautstark protestierte, bevor Mrs. O'Hare mit einem dramatischen Druck auf die Taste das Handy ausstellte, ihr Mund zu einer entschlossenen Linie zusammengepresst.

Liz rutschte auf ihrem Platz unbehaglich hin und her. „Was hat er gesagt?" Ihre Stimme zitterte.

„Er sagte, er werde kommen."

Liz drehte sich der Magen um, und sie begann zu schwitzen.

„Sie müssen nicht hierbleiben", sagte Mrs. O'Hare. „Das hier könnte laut werden."

Liz dachte kurz daran, die Flucht zu ergreifen, doch sie brauchte diesen Job. Und vielleicht würde Ryan seine Großmutter davon überzeugen, dass Liz absolut notwendig war. Vielleicht hatte Rachel recht und er hatte DIE Demütigung ganz vergessen. Am Telefon hatte er beiläufig und professionell geklungen, als sie vor wenigen Tagen miteinander gesprochen hatten. Nichts deutete darauf hin, dass er sich an irgendeinen grässlichen Vorfall in der Vergangenheit erinnerte.

„Ich werde bleiben und meinen Tee zu Ende trinken, danke", sagte Liz, als genieße sie gerade ihr letztes Getränk auf Erden vor der Hinrichtung.

„Wie Sie wollen. Dann erzählen Sie mal, wie läuft Ihr Liebesleben?"

Liz biss einmal kräftig in ihren Keks und deutete auf ihren Mund, während sie kaute. *Jetzt sehr gründlich kauen. Ich kann unmöglich über mein nichtexistentes Liebesleben sprechen.*

Mrs. O'Hare lehnte sich in ihrem Sessel zurück. „Vielleicht gefällt Ihnen ja mein Jüngster, Shane. Netter Junge. Süß."

Liz schluckte und nahm sich ihren Tee. „Shane war in der Schule immer nett zu mir. Aber im Moment bin ich nicht auf der Suche nach einer Beziehung."

Unbeirrt begann Mrs. O'Hare, ihr lang und breit von Shanes Karriere zu erzählen, begann damit, wie er ihr schon als Teenager so gern in der Küche geholfen hatte, erzählte von all den wundervollen Broten und Desserts, die er zubereitet hatte, über seine Zeit in der New Yorker Kochschule, dem Culinary Institute of America, über seinen Schwerpunkt Gourmeteis, und sie endete damit, dass er vor Kurzem erst noch eine Kaffeebar im Shane's Scoops eingerichtet hatte.

Liz nickte höflich und machte *mmm-hmmm* an den wie sie hoffte richtigen Stellen. Sie betete inständig, dass Mrs. O'Hare sich nicht ernsthaft ans Verkuppeln machte.

Mrs. O'Hare nippte an ihrem Tee und betrachtete Liz über den Tassenrand. „Ich habe drei Enkel um die dreißig und kein einziges Enkelkind."

Liz saß sprachlos da, fühlte sich von Minute zu Minute unbehaglicher.

„Wie alt sind Sie, meine Liebe?", fragte Mrs. O'Hare.

„Sie ist neunundzwanzig", sagte eine tiefe Stimme hinter ihr. „In ungefähr zwei Wochen wird sie dreißig."

Liz zuckte zusammen und stieß mit ihrem Schienbein gegen den Couchtisch, auf dem die Teetassen zu klappern begannen. *Er weiß, wann ich Geburtstag habe?* Sie drehte sich um und sah ihren Auftraggeber an, der in der Tür stand. Sie hatte ihn erwartet, dennoch, der Effekt in diesem kleinen Raum war spontan. Hitze flutete ihren Körper – Beschämung und ihre merkwürdige Anziehung zu ihm kämpften um die Vorherrschaft. *Man hätte meinen sollen, dass DIESE Demütigung das abgewürgt hätte*. Die Schamesröte gewann.

Er näherte sich ihr. „Liz?" Er bekam große Augen. „Liz Garner?"

Sie sprang auf. „Ryan, hallo."

4

Mit einem deutlichen Geräusch schloss er seinen offenen Mund. Sie war seit dem letzten Mal, dass er sie gesehen hatte, kaum zu erkennen. Sie war ungefähr so alt wie Shane, also musste sie in jenem Sommer dreizehn gewesen sein. Sie war vollkommen rund gewesen, ihr viel zu enger orangefarbener Badeanzug hatte sie aussehen lassen wie, nun ja, eben wie eine Orange. Jetzt war sie dünn. Er musterte sie kurz, von ihrem kleinen, aber festen Vorbau hinunter zu ihren Zähnen, blieb an ihrer schmalen Taille und der Kurve ihrer Hüfte hängen. Und ihr Gesicht sah so anders aus – sie hatte Wangenknochen, einen Hauch von Sommersprossen um die Nase, blaue Augen, volle Lippen. Seidiges, glattes, blondes Haar. *Verdammt,* Liz Garner war schön.

Abgesehen von dem spießigen Bibliothekarinnenoutfit. Ihre Bluse war bis ganz oben zugeknöpft, und ihre beigefarbene Hose hatte an jedem Bein eine Bügelfalte. Er fragte sich, ob sie auch ihre Unterwäsche bügelte.

„Hör auf, sie anzustarren, Ryan", sagte Gran einigermaßen amüsiert. „Das ist unhöflich."

Sein Gehirn setzte wieder ein. „Schön, dich wiederzusehen, Liz", sagte er und schüttelte ihr die Hand. Er setzte sich neben seine Großmutter auf das Sofa. „Gran."

„Ich brauche keinen Babysitter", informierte Gran ihn.

Wie ein Eimer kaltes Wasser, ergriff die Realität Besitz von ihm. „Liz ist kein Babysitter. Sie ist Altenpflegerin."

„Ich bin Altenpflegerin", warf Liz ein.

„Das brauche ich auch nicht", sagte Gran.

„Gran, sei nicht so unvernünftig. Wir machen uns Sorgen um dich. Du musst schon zugeben, dass du dir vor dem Unfall meine Harley niemals genommen hättest."

Sie hob ihr Kinn. „Vielleicht hätte ich das sollen. Obwohl ich glaube, dass etwas damit nicht stimmt. Ich konnte nicht schneller als fünfzehn Stundenkilometer fahren. Du solltest sie in eine Werkstatt bringen, damit sie überprüft wird."

Ryan rieb sich die Stirn. „Wahrscheinlich bist du im ersten Gang geblieben. Du musst ... Ach egal." Er warf Liz einen Blick zu. *Hilf mir hier heraus.*

Liz setzte sich noch gerader hin, wenn das überhaupt möglich war. „Mrs. O'Hare, bitte. Ryan hatte gehofft, dass meine Besuche Ihnen helfen, da ich die sicherste Person bin, die er kennt –"

„Sieh sie doch nur an." Er gestikulierte in Liz' Richtung. „Sie ist das genaue Gegenteil von wild."

Liz sah nachdenklich und merkwürdigerweise auch ein wenig gekränkt aus. „Ich vermute, das bin ich auch" Sie lächelte Gran an und sagte etwas Perfektes. „Ich weiß, dass Sie keinen Babysitter brauchen. Das sehe ich Ihnen an. Aber wie wäre es mit einer Freundin? Als Lehrerin habe ich im Sommer frei. Wie wäre es, wenn wir einfach gemeinsam Zeit verbringen? Als Freundinnen?"

Grans Gesichtsausdruck wurde weicher. „Das würde mir gefallen. Meine beste Freundin, Rita, ist vor ein paar Monaten gestorben, und ich fände es schön, eine Freundin zu haben, bei der ich nicht befürchten muss, dass sie jeden Moment tot umkippt." Sie schüttelte den Kopf. „Es ist verdammt deprimierend, alt zu werden, Liz. Machen Sie das nicht."

„Dann ist es abgemacht", sagte Ryan erleichtert.

„Kommen Sie morgen vorbei, Liz, wir werden shoppen gehen." Sie reichte Liz ihr Handy. „Tragen Sie Ihre Nummer in meinen Kontakten ein."

Liz machte, worum sie sie gebeten hatte und speicherte

sich auch Grans Nummer. Sie stand auf. „Ich werde dann jetzt gehen, aber ich sehe Sie morgen. Danke für den Tee." Sie nickte ihm zu und ging zur Tür.

Er sah ihr hinterher, wie ihr fester, herzförmiger Hintern wackelte, während sie davonging.

„Sie hat sich verändert, nicht wahr?", fragte Gran, nachdem Liz gegangen war.

Widerwillig drehte er sich zurück. „Ja. Ich muss arbeiten."

Er küsste sie auf die Wange und ging, sah noch, dass Liz mit geschlossenen Augen in ihrem Wagen saß und anscheinend Atemübungen machte. Er klopfte an die Fahrertür.

Liz wäre beinahe aus der Haut gefahren, als sie sah, wie Ryan zu ihr in den Wagen blickte, als sie so hart daran gearbeitet hatte, sich wieder unter Kontrolle zu bringen. Ihre Nerven konnten keine weiteren Begegnungen mit ihm ertragen. „Ja?", fragte sie und hoffte, dabei normal zu klingen, eine ruhige Stimme zu haben. Er war ihr so nahe, dass sie die Stoppeln an seinem starken Kinn sehen konnte.

„Meditierst du?" Er lächelte und hätte ihr damit fast den Atem genommen. Es ließ sein Gesicht strahlen, das sonst so ernst war. Er sah jetzt so sehr aus wie in jenem Sommer, mit seinen zerzausten, karamellblonden Haaren, seinen scharfen, haselnussbraunen Augen, denen nichts entging, den langen Wimpern und Wangenknochen, für die Frauen getötet hätten. Als Teenager hatte er gut gesehen, als Mann war er die wandelnde Sünde. Eine sehr muskulöse Sünde.

„Nein, ich habe nur gerade … versucht, mich daran zu erinnern, wohin ich meine Autoschlüssel gesteckt habe." Sie suchte übertrieben in ihrer Handtasche.

„Hast du es mal am Zündschloss probiert?"

Beide sahen auf das Zündschloss, wo der Schlüssel baumelte. Ihre Wangen brannten.

„Hab sie gefunden!" Sie stieß ein peinlich schrilles Lachen aus und hustete dann, um es zu überspielen.

Einer seiner Mundwinkel hob sich bei dem Anflug eines Lächelns. „Ist dir nicht zu warm, wenn du diese Bluse bis ganz oben zuknöpfst?"

Sie widerstand dem Drang, sich den Schweiß von der Oberlippe zu wischen. „Mir ist ganz kühl und angenehm. Also, ich sollte dann besser mal los."

Sie wartete, dass er vom Wagen zurücktrat. Was er nicht tat. Genervt wandte sie sich von ihm ab und tupfte sich unauffällig das Gesicht mit einem Tuch ab.

„Du warst großartig bei Gran, dass du die Freundschaftskarte ausgespielt hast", sagte er. „Ich werde dich natürlich trotzdem bezahlen."

Das ließ sie erheblich abkühlen. Er war ihr Auftraggeber bei einem Job, den sie dringend brauchte. Jetzt war sie wirklich genervt. Er hatte nicht einmal die Höflichkeit besessen, seiner Großmutter im Vorfeld von diesem Job zu erzählen, sonst hätte sie ihn gar nicht sehen müssen.

Sie sprach mit seinen Augenbrauen. Das war einfacher, als ihm in die Augen zu sehen. „Weißt du, du hättest sie wenigstens vorbereiten können, dann hätten wir nicht diese" – sie funkelte mit den Händen – „diese unangenehme Szene gehabt."

Er hob die Augenbrauen. „Ich wusste, dass sie vor dir nicht ausrasten würde. Ich musste es so machen. Möchtest du den Job noch?"

Sie stieß einen Seufzer aus und sah zur Windschutzscheibe hinaus. „Ja. In ein paar Monaten werde ich ein Baby großziehen müssen, und ich brauche wirklich das Geld." Als er schwieg, sah sie auf, weil ihr klar wurde, dass sie gerade Daisys Geheimnis ausgeplaudert hatte. Er sah auf ihren flachen Bauch. „Es ist eher so etwas wie Co-Parenting", fügte sie hinzu.

Er nickte. „Ich habe gehört, dass Daisy schwanger ist. Du bist also die Miterziehende?"

Sie hätte wissen sollen, dass sich die Nachricht schon in der Stadt verbreitet hatte. Daisy hatte nie gut zu Hause bleiben können. Am Wochenende war sie mehrmals ausgegangen, um sich mit alten Freunden zu treffen. Und auch ihre Freunde waren nicht gerade von der ruhigen, häuslichen Sorte.

Liz nickte. „Sie wohnt jetzt bei mir, und wir werden das Baby gemeinsam großziehen."

Er trat einen Schritt zurück. „Okay." Er zog eine Karte aus seiner Brieftasche. „Hier ist meine Visitenkarte. Da steht die Nummer bei meiner Arbeit. Ich gebe dir auch noch meine Handynummer."

Sie suchte in ihrer Handtasche nach einem Stift. „Woher wusstest du, wann ich Geburtstag habe?"

„Hab dich überprüft."

„Ach so." *Also doch kein besonderes Interesse an mir.* Sie fand einen Stift. Auf seiner Karte stand schlicht Ryan O'Hare, Privatdetektiv. Während sie seine Nummer auf die Rückseite schrieb, musste sie sich unwillkürlich fragen, was für Fälle er wohl verfolgte. Vielleicht half er der Polizei bei Mordfällen. Sie wusste, dass er mal in Norhaven eingesetzt worden war, wo es so eine hohe Kriminalitätsrate gab. Vielleicht hatte er Erpressern das Handwerk gelegt oder Drogenringe oder kriminelle Organisationen gesprengt, wie auch immer man das nannte. Es schien ihr eine gefährliche Arbeit zu sein.

„Ruf mich an, wenn Gran irgendetwas Verrücktes macht", sagte er jetzt ganz professionell. „Ich werde dich jeden Freitag bezahlen."

„Perfekt, wirf es einfach in den Briefkasten. Ich gehe davon aus, dass deine Nachforschungen auch meine Adresse ausgespuckt haben." Sie setzte ein Lächeln auf, versuchte, sich normal zu geben, trotz der Tatsache, dass er möglicherweise durch seine Recherchen peinliche Dinge über sie wusste. Sie hoffte, dass ihr Aufgebot beim Standesamt nicht darunter war. Oder ihre lange Einkaufsliste von Ordnungssystemen aus dem Containerstore. Oder ihre zahlreichen Internetverläufe auf der Suche nach Hunderassen, die nicht haarten (sie wartete noch auf das Haus mit dem Garten, bevor sie sich einen kaufte). Oder ihre langjährige Besessenheit für neue Reinigungsprodukte.

Er nickte ihr kurz zu, drehte sich um und ging über den

Bürgersteig zu seinem Haus. Langsam atmete sie auf und erinnerte sich selbst daran, während sie den breiten Schultern, die sich zu einer schmalen Taille und einem sehr hübschen Hintern verjüngten, hinterherblickte, dass selbst, wenn es DIE Demütigung nicht gegeben hätte, Ryan O'Hare immer noch nicht im Rennen war für ihre Fantasie von einem Ehemann mit weißem Holzzaun, Kindern und einem nicht haarenden Hund. Jeder in der Stadt wusste, dass er nie etwas Ernsthaftes mit irgendjemandem anfing.

Sie drehte die Klimaanlage auf die höchste Stufe, um die permanente Röte, die sie seit seiner Ankunft in Mrs. O'Hares Wohnzimmer gespürt hatte, loszuwerden. Nachdem sie aus der Einfahrt gebogen war, fuhr sie fünf Meilen schneller, als die Geschwindigkeitsbegrenzung zuließ, da sie es nicht abwarten konnte, nach Hause zu kommen und (bei geschlossenen Vorhängen) zu ihrer Pink Playlist zu tanzen. Seit Jahren schon war das Tanzen für sie Stressabbau. Dann fiel ihr ein, dass Daisy da war und sie nicht einfach so drauf los tanzen konnte. Sie wollte ihre Schwester ohnehin nicht mit ihrem neuen Job belasten.

Als sie die Tür zu ihrer Wohnung öffnete, saß ihre Schwester auf dem Sofa, sah fern und mampfte auf Mikrowellenpopcorn herum. „Wie fühlst du dich, Daisy?"

Ihre Schwester nahm die Fernbedienung und drückte die Show auf Pause. „Ich habe Mom und Dad von dem Baby erzählt, doch sie wussten es bereits."

Liz nickte. „Du weißt ja, dass sich die Gerüchte schnell verbreiten. Und du siehst aus—"

„Was? Ich sehe fett aus? Ich sehe aus wie ein Wal!", schrie sie und ließ die Tüte mit dem Popcorn auf den Beistelltisch fallen.

„Nein, nein, du siehst schön aus." Sie setzte sich zu ihrer Schwester auf das Sofa und streichelte ihre Haare. *Die Krümel werde ich später aufsaugen.* „Was haben sie gesagt?"

„Sie wollen mich unterstützen", sagte Daisy schlicht. „Mom hat versprochen, auf das Baby aufzupassen, und sie sagten, dass ich mein altes Zimmer zurückhaben kann."

Die Verlustangst durchfuhr Liz. Sie wollte, dass Daisy und

das Baby hier waren, damit sie das Baby gemeinsam aufziehen konnten. Sie wollte nicht einen einzigen Moment verpassen.

„Ich kann nicht zu ihnen zurückgehen!", rief Daisy. „Du hättest mal ihre Gesichter sehen sollen. Sie hatten diesen Blick drauf, der sagte, wir sind enttäuscht, aber bereit, das Beste daraus zu machen, wie sie ihn bei mir *immer* haben. Wahrscheinlich haben sie seit der Highschool nur darauf gewartet, dass das passiert."

„Ich bin mir sicher, dass das nicht stimmt", sagte Liz leise.

Daisy stellte den Fernseher aus und drückte sich vom Sofa hoch. „Ich habe Hunger auf Grillkäse. Hast du Hunger?"

„Klar", sagte Liz, nur, um nett zu sein.

„Ich werde uns Mittagessen machen."

„Klingt gut." Sie ging zum Schlafzimmer und blieb noch einmal stehen. „Wasch auch ein paar von diesen Bio-Erdbeeren. Vitamin C und Antioxidantien sind wirklich wichtig für das Baby. Ach, und noch etwas von dem Spinatsalat. Das Vitamin C in den Erdbeeren hilft dir dabei, das Eisen im Spinat aufzunehmen."

„Ja, Professor Schwangerschaft", gab Daisy von sich.

„Hättest du diese Schwangerschaftsbücher gelesen, die ich dir besorgt habe, dann wüsstest du das alles." Sie hatte sie auf Daisys Nachttisch gestapelt. Sie hätte zumindest eines unterdessen lesen können.

Liz öffnete die Tür zu ihrem Schlafzimmer und sah sich noch einmal um. Sie zwang sich, die Unordnung zu ignorieren – das Bett war nicht gemacht, Daisys Kleider lagen auf dem Boden und hingen auf dem Hometrainer, das leere Glas auf dem Nachttisch – sie nahm sich ihren iPod und steckte sich die Knöpfe in die Ohren.

Und tanzte wie eine Wilde.

~

Liz hatte es sich an dem Abend gerade auf ihrem Sofa mit einem Kissen und einer Decke gemütlich gemacht, um ein wenig HGTV zu sehen, als sich ihr Handy meldete. Sie ging ran. Ryan. Ihr Herz begann ohne Grund zu pochen.

„Hallo?"

„Ach … hi, Liz. Ich habe dich nur aus Versehen angerufen, als ich deine Nummer in meine Kontakte einfügen wollte."

Liz hielt sich schweigend an ihrem Handy fest.

„Ryan hier."

„Okay", sagte sie endlich. „Ich lass dich dann auflegen."

„Warte."

Sie schluckte krampfhaft. Hatte er irgendetwas grässlich Peinliches herausgefunden, als er sie überprüft hatte? *Ich kann es erklären. Ich mag es eben ordentlich. Und die Sache mit Craig, über die sprechen wir am besten nicht.*

„Ja?", fragte sie.

„Ich sollte dich wohl warnen …"

Ach herrje, er hat von meinem neurotischen Putzwahn erfahren! Oder geht es um DIE Demütigung? Mann! Warum habe ich nur zugestimmt, für ihn zu arbeiten? Sie hielt ihr Handy noch verkrampfter fest.

Er fuhr fort. „Seit dem Unfall ist Gran nicht mehr die alte. Sie hat zum Beispiel Snickers zum Frühstück gegessen, ihre Cholesterintabletten nicht genommen und …"

„Und was?"

„Sie hat sich meine Harley genommen und ist damit losgefahren."

„Ach das. Das hat sie mir erzählt." Sie entspannte sich ein wenig, hatte das Gefühl, jetzt auf sicherem Boden zu stehen.

„Das hat sie?"

„Ja, aber mach dir keine Sorgen. Ich werde darauf achten, dass sie von jetzt an sicher ist und nur noch gute Entscheidungen trifft."

„Danke. Und hab keine Angst davor mich anzurufen, wenn etwas passiert."

Sie setzte sich gerade auf. „Ich habe keine Angst davor, dich anzurufen. Warum sollte ich Angst haben, dich anzurufen?" *Er weiß doch etwas. Ich wusste es.*

„Ähm, nur so. Viel Glück morgen."

Beruhige dich, redete sie sich zu. Der einzige Grund, weswegen er sie durcheinanderbrachte, war DIE Demütigung, an die er sich bislang nicht zu erinnern schien. Zumindest war er nett genug, nicht darüber zu reden. Bei dem Gedanken daran fiel ihr alles ein, was sie damals so gemacht hatte, worauf ihr ganzer Körper heiß wurde. Nicht, dass er diese Zuneigung jemals erwidert hätte. Er war älter gewesen, unglaublich umwerfend für einen siebzehnjährigen Jungen, praktisch ein Mann von seinem Körper und seiner Haltung her, und nicht interessiert an ihrem dreizehnjährigen Ich.

„Wird schon alles gut gehen", sagte sie selbstbewusst. Das jedenfalls wusste sie mit Sicherheit.

„Na gut. Bye."

„Bye." Sie beendete das Gespräch und rannte in die Küche, um sich ein Glas Eiswasser zu holen. Sie hielt sich das beschlagene Glas an die Stirn. Wie schaffte der Mann es nur, sie übers Handy scharf zu machen? Das war lächerlich. Sie schloss die Augen und atmete mehrmals tief ein, bis sie ihre sonst so ruhige Haltung wiedergewonnen hatte.

Kurz vor neun am nächsten Tag fuhr Liz zum Haus von Mrs. O'Hare, wie die ältere Frau ihr geschrieben hatte. Sie schien sich mit Technik gut auszukennen. Sie hatte Liz schon am vorigen Abend über Facebook eine Freundschaftsanfrage geschickt. Auf ihrer Facebook-Seite waren zahlreiche Bilder ihrer Strickprojekte – Pullover, Schals, Mützen, Stolen, Fäustlinge, Decken. So wie es aussah, waren ihre Enkel gut mit Wollsachen versorgt. Vielleicht konnte Mrs. O'Hare ihr beibringen, wie man strickte, und sie könnten diesen Sommer Zeit beim Stricken gemeinsam verbringen.

Als sie in die Einfahrt bog, stand Mrs. O'Hare bereits auf der Veranda, ganz in Schwarz gekleidet – schwarzes T-Shirt, schwarze kurze Hose, schwarze Strümpfe, die sie bis zu den Knien hochgezogen hatte. Ein pinkfarbener Schal lag um ihren Hals und die weißen Sneakers waren der vollkommene Kontrast dazu.

„Gerade rechtzeitig", rief Mrs. O'Hare und kam die vorderen Stufen herab. Sie stieg in Liz' Wagen. „Guten Morgen!"

„Guten Morgen, Mrs. O'Hare, niedliches Outfit. Wohin fahren wir?" Sie deutete auf etwas in ihrer Nachricht, wo es hieß „ernsthaft shoppen gehen", deswegen dachte Liz sich, dass sie entweder in die Mall fahren würden oder in das Outlet Center eine halbe Stunde entfernt.

„Nenn mich doch bitte Maggie. Wir sind doch jetzt Freundinnen, richtig? Da müssen wir nicht so förmlich sein. Fahr nach Eastman."

Dann wohl die Mall. „Ganz, wie du willst."

„Wie geht es deiner Familie?", fragte Mrs. O'Hare.

„Meinen Eltern geht es gut; das Geschäft läuft gut im Garner's."

„Und wie ich höre, wirst du bald Tante werden! Herzlichen Glückwunsch!"

Das Gerücht hatte definitiv die Runde gemacht. Dann muss ich es wohl auch nicht mehr geheim halten.

„Danke. Woher weißt du das?"

„Meine alte Freundin hat es mir nach der Kirche am Sonntag erzählt. Babys machen viel Arbeit, aber, ach, was für ein Segen."

Liz hielt an einer roten Ampel. „Nun ja, schon, aber schlafen sie nicht auch viel?"

„Kommt drauf an, welche Sorte du bestellt hast. Ich hab einen Schläfer bestellt, aber ich hab einen bekommen, der ständig Koliken hatte und die ganze Nacht wach war. Zurückgeben kann man sie aber nicht." Maggie lachte.

Liz lächelte. „Meine Mom hat immer gesagt, dass Daisy und ich als Babys ganz pflegeleicht waren, ich hoffe also, dass dieses Baby es auch sein wird."

Maggie tätschelte ihren Arm. „Glaub das nur weiter, meine Liebe."

Sie unterhielten sich, während Liz fuhr, ungezwungen über Babys und über einige niedliche Mützen, die Maggie im Laufe der Jahre für die Babys von Freunden gestrickt hatte: Erdbeermützen, Kürbisse, Wassermelonen. Liz erzählte ihr von dem Babytagebuch, das sie für Daisy erstellte, und wie wichtig es war, dass man Dinge bestellte, in denen kein Bisphenol und keine Phthalate waren, da Babys ja alles in den Mund steckten. Sie hatte bereits zwei Bücher über Babys gelesen, und es tat ihr gut, ihr neues Wissen mit jemandem zu teilen. Daisy wollte nie etwas davon hören.

Bevor sie es wusste, waren sie schon an der Mall.

„Was machst du denn?", fragte Maggie.

„Ich parke."

„Ich habe doch gar nicht gesagt, dass du zur Mall fahren sollst. Wende bitte. Wir müssen noch weiter den Highway hochfahren, um zu den Autohändlern zu kommen."

Liz fuhr vom Parkplatz und zur Ausfahrt. „Wir wollen also ein Auto kaufen?"

„Sogar noch besser. Es gibt einen Harley-Händler direkt neben einem Honda-Händler. Du wirst die Schilder dann schon sehen."

Nein! „O-kay. Das ist eine Überraschung."

„Warum? Ich habe dir doch gestern erzählt, dass ich eine pinkfarbene Harley will."

„Schon, aber ich hätte nicht gedacht, dass du mit mir dahin fahren würdest. Meinst du …" Sie unterbrach sich. Sie meinte, sie sollte das erst mit Ryan klären, doch sie wollte auch nicht, dass Maggie wütend wurde. „Möchtest du dich nur umsehen, oder hast du vor, schon heute eine zu kaufen?", fragte Liz vorsichtig. „Wenn man etwas Größeres anschaffen will, ist es meistens klüger, sich erst mal umzusehen."

Sie fuhr auf den Highway. Vielleicht konnte sie Maggie davon überzeugen, sich erst einmal auf ein paar Motorräder zu setzen und dann nach Hause zu fahren, wo Ryan es ihr dann ausreden konnte, eins zu kaufen.

„Ach, ich werde gleich kaufen", sagte Maggie. „Ich habe keine Zeit, mich erst groß umzusehen." Sie zog mit großer Geste einen Scheck aus ihrer Handtasche. „Ich habe das Geld von meiner Versicherung. Ich werde einfach diesen ruinierten Toyota in der Werkstatt lassen. Vielleicht können sie ihn für Ersatzteile nutzen."

Liz schluckte heftig. „Werden sie ihn denn nicht reparieren?”

„Ich habe angerufen und ihnen gesagt, dass sie das nicht tun sollen.”

Nein, nein, nein!

5

Als Liz vor dem Harley-Verkäufer anhielt, war ihr immer noch nichts eingefallen, womit sie aus dieser Sache wieder herauskam. Es konnte nicht gut für eine Frau in ihren Siebzigern sein, Motorrad zu fahren. Es war gefährlich, schlicht und einfach.

Ein leicht bedrohlich wirkender Verkäufer mit der Statur eines Footballspielers, mit glänzendem, kahlem Kopf, gräulichem Schnurrbart und Unterlippenbart näherte sich ihnen. Liz nahm Maggies Hand. „Mir ist nicht wohl bei der Sache."

Maggie drückte ihre Hand. „Ist schon in Ordnung. Ich werde das Reden übernehmen."

„Hallo, die Damen, womit kann ich Ihnen heute behilflich sein?" Auf seinem kurzärmeligen Harley-Davidson T-Shirt stand sein Name Mike.

„Ich möchte mir einen Bock kaufen", sagte Maggie. „Können Sie uns Ihre besten Motorräder zeigen?"

„Hier entlang." Er bedeutete ihnen, ihm zu folgen. Ein Adler mit dem Harley-Davidson Logo war hinten auf seinen speckigen Nacken tätowiert.

Liz flüsterte verzweifelt: „Motorräder sind nicht so sicher wie Autos. Dein Körper ist vollkommen ausgeliefert."

Maggie tätschelte ihren Arm. „Mach dir keine Sorgen, mein Liebes. Ich werde einen Helm tragen."

„Aber das ist doch nicht …" Sie unterbrach sich, als Maggie zu ein paar roten und grünen metallisch glänzenden Motorrädern eilte, „… der Punkt", sagte sie zu niemand Bestimmtem.

Maggie kletterte auf das rote Motorrad und reichte Liz ihr Handy. „Hier, mach ein Foto von mir."

Liz stellte sich vor das Motorrad und machte ein Foto davon, wie Maggie breit grinste, dann nahm sie noch eins von der Seite auf, wie Maggie die Griffe am Lenker packte.

„Und jetzt eins auf dem grünen Motorrad", sagte Maggie.

Liz machte ein paar weitere Fotos. Die gleiche Haltung, das Motorrad in einer anderen Farbe.

„Das werde ich später auf Facebook posten", sagte Maggie. „Junge, werden meine Freundinnen überrascht sein."

Und Ryan. Sie würde ihren Job verlieren, wenn Maggie sich hier ein Motorrad kaufte. Sie musste eine Möglichkeit finden, dieses Desaster zu beenden. Doch Maggie war wie ein Fels, der fröhlich den Berg hinabrollte, immer schneller und stärker auf den unvermeidbaren Absturz zu.

Sie gingen weiter zu einer übergroßen Monstrosität aus schwarzem Leder und Chrom, die aussah, als würde sie sie töten, wenn sie nur auf sie kippte.

„Was ist mit der hier?", fragte Maggie.

„Das ist der fette Bob", sagte Mike und rieb sich sein Unterlippenbärtchen. „Der fette Bob hat ganz schön Power, bin mir nicht sicher, ob ein Anfänger damit umgehen kann."

Das beeindruckte Maggie nicht im Geringsten. „Hilf mir dabei, auf Bob aufzusteigen."

Mike hob Maggie hoch, damit sie sich auf den Sitz setzen konnte. Maggie posierte, während Liz pflichtbewusst das Foto machte.

Maggie streichelte das Motorrad. „Du bist gar nicht fett, du hast nur etwas Fleisch auf deinen Knochen. Mike, wie schnell kann man mit diesem speckigen Bock fahren?"

Liz verzog das Gesicht und sah sich um. *Gott sei Dank sind wir die einzigen Kunden in der Ausstellung.*

„Wie schnell wollen Sie denn damit fahren?", fragte Mike grinsend. „Lassen Sie mich etwas über den fetten Bob erzählen. Er hat einen Twin-Cam-103-Motor, Sechsganggetriebe. Ein erfahrener Fahrer kann auf offener Straße mit diesem Chopper eine Menge Spaß haben. Haben Sie vor, auf längere Reisen zu gehen?"

„Na klar!" Maggie sah erfreut über diese Möglichkeit aus.

„Maggie, komm schon." Liz drängte sie, von dem Motorrad zu steigen. Maggie kletterte tatsächlich herunter, doch nur, weil sie noch ein anderes entdeckt hatte, dass ihr gefiel. „Das ist nichts für uns", sagte Liz zu Mike.

Sie folgte Maggie zu einem glänzenden roten Motorrad mit Chrom und einem Sitz, der so tief war, dass sie keine Hilfe beim Aufsteigen benötigte. „Wie sehe ich aus?", fragte sie und beugte sich ganz weit vor, um überhaupt an den Lenker zu kommen.

Du siehst aus wie ein glücklicher kleiner Elf auf einem Hengst. Liz machte ein Foto und hob ihren Daumen. Ihr Daumen war ein besserer Lügner als sie.

„Stylish", sagte Mike nickend.

„Maggie, du kannst heute kein Motorrad kaufen", sagte Liz. Dann fiel ihr ein Geniestreich ein. „Du solltest erst einmal Unterricht nehmen, bevor du eins kaufst. Solltest dir sicher sein, was du da tust. Ryan könnte vermutlich –"

„Wir bieten einen Kurs für neue Biker an, für den können Sie sich anmelden", sagte Mike. „In ein paar Wochen geht eine neue Runde los. Soll ich Sie aufschreiben? Sie fahren dann mit einem von unseren Motorrädern, damit Sie ein Gefühl dafür bekommen; am Ende können Sie dann immer noch kaufen."

Überrascht starrte Liz Mike an. *Sie boten tatsächlich Kurse für so etwas an?*

„Kein Bedarf", sagte Maggie. „Ich weiß schon, wie man fährt. Ich habe das Motorrad meines Enkels genommen, und es war ein Kinderspiel. Wird das hier mich durchrütteln oder mir eine gute Vibration verschaffen?" Maggie zwinkerte.

Mike schmunzelte. „Das hier wird Ihre Fahrt glatt und angenehm machen."

„Ich muss mal", verkündete Liz. Sie drehte sich zur

Toilette um, ging ein paar Schritte, dann wandte sie sich zu Maggie zurück. „Du kaufst nichts ohne mich."

„Werde ich nicht. Hier gibt es ja noch mehr Motorräder, die ich ausprobieren kann!" Maggie reichte ihr Handy dem Verkäufer. „Hier, machen Sie ein Foto von mir." Sie hob grüßend ihre Hand und lächelte in die Kamera.

Liz eilte zur Damentoilette.

Sie musste sich sammeln. Sie hatte nur wenig Zeit, während Maggie die Motorräder alle ausprobierte, doch dann würde sie diesen Scheck zücken, und alles wäre vorbei. Sie stand am Waschbecken und wählte Ryans Nummer.

„O'Hare", meldete er sich, anstatt Hallo zu sagen.

„Ryan, Liz hier. Deine Großmutter hat mich gebeten, mit ihr einkaufen zu fahren, und ich wusste nicht, dass sie damit einen Harley-Verkäufer meinte, aber wir sind jetzt hier –"

„Welche Adresse?"

„Du musst nicht herkommen. Ich brauche nur einen Ratschlag, wie ich ihr das ausreden kann."

„Gib mir die Adresse", verlangte er.

Bei seinem Tonfall drehten ihre Nerven durch, doch sie nannte sie ihm. *Was, wenn ich meinen Job nach nur einem Tag bereits verliere?*

„Ich werde so schnell wie möglich da sein. Lass nicht zu, dass sie ihm Geld gibt." Er legte auf.

Sie betrachtete sich im Spiegel. Sie war errötet, und ein paar Haare standen von ihrem sonst so glatten, geraden, schulterlangen Schnitt ab. Sie befeuchtete ein Papiertuch und legte es sich in den Nacken. Dann holte sie eine Bürste aus ihrer Tasche und bürstete ihre Haare rasch wieder glatt.

Als sie wieder herauskam, saß Maggie auf einem Trike. „Was meinst du?"

„Naja …" Liz suchte nach den richtigen Worten. Das Motorrad war als Dreirad riesig, und Maggie wirkte wie ein kleines Kind darauf. „Wirkt sehr stabil", sagte sie endlich.

„Genau das habe ich auch gerade gesagt", sagte Mike.

„Das ist aber nicht so cool, stimmt's?", fragte Maggie und richtete ihren pinkfarbenen Schal.

"Trikes sind großartig für Anfänger", sagte Mike. „Wenn

Sie um eine scharfe Kurve fahren, kommen Sie nicht ins Schleudern."

Liz' Augen wurden ganz groß. Maggie konnte sich ernsthaft verletzen, wenn sie von einem Motorrad fiel. „Du würdest aber immer noch ein Motorrad fahren", deutete Liz an. „Ein Trike scheint mir sicherer zu sein. Nicht so sicher wie ein Auto –"

„Ich möchte mich noch nicht festlegen", sagte Maggie und stieg vorsichtig von dem Trike. „Haben Sie irgendetwas in Pink?"

„Im Laden nicht", sagte Mike. „Können wir aber für Sie bestellen. Wir haben Jacken und Helme in Pink."

„Zeigen Sie mal her", sagte Maggie.

Mike führte sie in die andere Ecke der Ausstellung in den Bereich, wo das Zubehör war. Maggie ignorierte die Jacken mit den pinkfarbenen Streifen und betrachtete stattdessen die schwarzen Lederjacken mit den pinkfarbenen Satinbündchen. Glücklich probierte sie eine an und bewunderte ihr Spiegelbild. Die Jacke sah aus wie ein riesiges Ledernachthemd über ihren Shorts und den dürren Beinen.

Liz unterdrückte ein Lachen. „Probier eine andere an, vielleicht nicht ganz so groß." Hoffentlich konnte sie Maggie mit dem Anprobieren der Jacken beschäftigen, bis Ryan hier war.

Maggie ließ sich mit Liz' Aufmunterung Zeit, suchte nach dem perfekten Motorradbrautlook. Bis jetzt hatte sie einen schwarzen Helm mit einem pinkfarbenen Harley-Davidson-Logo ausprobiert, der ihr Haar nicht allzusehr durcheinander brachte, eine weiche schwarze Lederjacke mit pinkfarbenen Satinbündchen und genau der richtigen Anzahl von Taschen und schwarze Lederhandschuhe mit pinkfarbenem Logo und Nähten.

Liz sah auf ihrem Handy nach, ob sie irgendeine Nachricht von Daisy bekommen hatte. Mit einem geradezu unheimlichen sechsten Sinn schaute sie auf, als Ryan die Ladentür öffnete und auf sie zugestapft kam. Sie bekam eine trockene Kehle, als sie seinen gefährlichen Blick sah, doch bevor sie ein Wort herausbrachte, kam Maggie hinter einem Kleiderständer mit ledernen Chaps über ihren Shorts hervor.

Liz biss sich auf die Lippe, um das hysterische Lachen, das in ihr aufwallte, davon abzuhalten, herauszuplatzen.

Maggie hatte Ryan noch gar nicht bemerkt. „Ich glaube, die passen besser zu Jeans, meinst du nicht?", fragte sie Liz. „Vielleicht mit ein bisschen Polster am Hintern. Ich schwöre dir, ich hatte früher einen Knackarsch." Sie klopfte sich auf den Hintern. „Jetzt ist er so flach wie ein Pfannkuchen." Sie bemerkte, dass Liz mit dem Kopf zuckte, drehte sich um und entdeckte Ryan, der mit verschränkten Armen dastand. „Oh, hi, Ryan. Was machst du denn hier?"

Ryan traute seinen Augen nicht. Gran trug Lederchaps in einem Harley-Geschäft und sprach über ihren Hintern. Es war wie in einem Albtraum.

„Was *ich* hier tue?", fragte er Gran. Bevor er ihr noch die Sicherheitsstatuten vorlesen konnte, stellte Liz sich vor ihn. Ihre rosafarbene Bluse war bis ganz oben zugeknöpft und steckte in einer gebügelten weißen Hose. Ihre Haare waren glatt und perfekt. Er hatte das merkwürdige Bedürfnis, alles zu zerknittern.

Er sah über ihren Kopf. Gran war hinter den Kleiderständer gegangen, um sich die Chaps auszuziehen.

„Ich war gerade dabei, mit ihr das perfekte *Outfit* auszusuchen", sagte Liz.

Er blinzelte. *Sie hatte gesagt, sie wollte Gran dabei helfen, gute Entscheidungen zu treffen, und jetzt waren sie dabei, eine Harley zu kaufen. Und warum spricht sie über Outfits?*

„Und das soll hilfreich sein?", fragte er mit leiser, kontrollierter Stimme.

Sie hob ihre Hände. „Das ist immerhin kein Motorrad."

Er beugte sich zu ihr vor und nahm einen Hauch Vanilleduft war. „Warum hast du zugestimmt, sie hierher zu fahren? Du solltest doch auf sie aufpassen."

Liz lief rot an. „Ich wusste ja nicht, dass wir das als erstes machen wollten, und dann war ich so sehr damit beschäftigt, mir etwas einfallen zu lassen, wie ich es ihr ausreden konnte, dass ich –"

Er hob eine Hand. „Du musst bei ihr die Verantwortung übernehmen. Sieh zu und lerne etwas."

Liz verschränkte die Arme und sah zu.

Er winkte Gran zu sich. Sie kam.

„Ist das nicht ein toller Laden?", fragte Gran.

Er atmete vernehmbar aus. „Gran, ein Motorrad kommt nicht infrage. Die sind gefährlich. Ein Unfall und du sitzt ein Leben lang im Rollstuhl."

Gran sah ihn vielsagend an, mit einem Blick, der sagen konnte *Halt dich da raus* oder einfach nur *Du bist ein Idiot*. Wie auch immer, sie ging zur Kasse, um für eine Jacke und einen Helm zu bezahlen, die bereits auf dem Tresen lagen. Er hielt das für einen Sieg.

Er sah Liz mit gehobenen Augenbrauen an. *Siehst du, so geht man mit ihr um.*

Liz sah ihm in die Augen und wandte den Blick rasch ab, nahm einen Krümel von ihrer Bluse. Er sah zur Kasse hinüber und hätte Gran beinahe gesagt, sie solle den Helm zurücklegen – den sie ohnehin nie gebrauchen würde – doch Liz hatte recht damit, dass es zumindest kein Motorrad war, und einen Extrahelm konnte er immer gut gebrauchen. Ein paar Minuten später ging Gran neben ihm her, die Nase hoch in der Luft, und ging direkt zum Ausgang. *Gut*. Sie konnte seinetwegen angepisst sein, solange sie in Sicherheit war.

Liz folgte ihm, ihre Hüften schwangen, während sie nach draußen ging. Ihr Höschen zeichnete sich kaum unter der Hose ab. Vermutlich Seide. Die weiße, gebügelte Hose begann ihm zu gefallen.

Der Verkäufer holte Gran ein. Liz war schon zur Tür hinaus.

„Mike, danke für Ihre Hilfe heute", sagte Gran. „Ich werde mich bei Ihnen melden."

„Kein Problem."

Mike zog eine Visitenkarte aus seiner Tasche. Ryan schüttelte den Kopf, und Mike schob die Karte zurück.

Als sie nach draußen kamen, stand Liz an ihrem Wagen,

einem praktischen, weißen Honda Civic, doch Gran ging weiter in die andere Richtung. *Was zum Teufel? Ist sie verwirrt?* Er wollte Gran schon zurückrufen, als ihm klar wurde, wohin sie ging. Der Ducati-Händler – ein weiterer Motorradladen – zwei Türen weiter.

„Warte!", Ryan holte sie ein und versperrte ihr mit seinem Körper den Weg. „Ich habe doch gesagt, es ist zu gefährlich."

Liz erschien an Ryans Seite, errötet und ein wenig außer Atem, weil sie gerannt war. Er hatte eine kurze Vision davon, wie Liz aus einem ganz anderen Grund errötet und außer Atem war. *Denk nicht daran.* Er konzentrierte sich wieder auf Gran.

„Ich möchte den Wind in meinen Haaren spüren, wenn ich auf der Straße bin", sagte Gran. „Es ist umwerfend." Sie schüttelte den Kopf, und die kurzen weißen Haare bewegten sich kaum.

„Dann öffne doch einfach die Fenster", sagte er.

Sie verengte die Augen. „Geh mir aus dem Weg."

Er rührte sich nicht. „Gran, kein Motorrad."

„Junger Mann, du bist nicht mein Boss."

Ich bin 34 und immer noch ein junger Mann.

„Jemand muss aber auf dich aufpassen", sagte er zwischen zusammengebissenen Zähnen hindurch.

Liz sah zwischen beiden hin und her, als sehe sie sich gerade ein spannendes Tennismatch an.

„Ich passe ja auf mich auf", sagte Gran und hob ihr Kinn.

„Es ist nicht sicher", sagte er mit gleichbleibendem Tonfall und versuchte, ruhig zu bleiben.

Sie klopfte ihm gegen die Brust. „Für dich ist es aber sicher genug!"

„Ich bin ja auch nicht in deinem Alter!"

„Ich soll also einfach in einer Plastikblase sitzen, bis ich sterbe?"

„Nein", sagte er leise. Er mochte es nicht, wenn sie über den Tod sprach. Sie war für ihn und seine Brüder da gewesen, als sonst niemand da gewesen war. Ihr durfte nichts passieren. „Gran, komm schon. Lass uns einfach nach Hause fahren."

Gran verschränkte störrisch ihre Arme.

Liz meldete sich zu Wort. „Wie wäre es damit?"

Sie drehten sich beide um, um nachzusehen, wohin Liz zeigte. Auf der anderen Straßenseite stand beim Fordhändler ein glänzendes rotes Mustang Cabriolet auf der zweiten Ausstellungsebene. „Da könntest du den Wind in deinen Haaren noch besser spüren. Kein Helm."

„Brillant!", verkündete Gran. „Ich hatte noch nie ein Cabrio. Auf geht's!" Sie eilte zurück zu Liz' Auto.

Erstaunlich. Ryan sah Liz an. „Danke", formulierte er lautlos.

Sie wurde rot.

Er ging langsamer und ließ Gran vorweggehen. „Du kannst gut mit ihr umgehen."

Sie lachte verschmitzt. „Sieh zu und lerne."

Er brachte ein Lächeln hervor. *Sie will sich mit mir anlegen.* „Okay. Du kannst also besser mit ihr argumentieren. Ich hätte von vornherein nein gesagt."

Liz blieb stehen, ihre blauen Augen blitzten ihn an. Ihre Schönheit ließ ihn zusammenzucken, als ihre Energie zu Leben erwachte. „Einer Frau wie Maggie kann man nicht einfach nein sagen. Sie ist klug und gewitzt und kann ihre eigenen Entscheidungen treffen."

Er mochte es, wenn sie sich aufregte. Sie hatte Feuer. „Manchmal wissen die Leute aber nicht, was gut für sie ist, Liz." Er lächelte sie verschlagen an.

Nervös befeuchtete sie ihre Lippen, und, *verdammt,* sie sah wie ein Pin-up Model aus, das sich in den Klamotten einer Bibliothekarin versteckte. Jetzt fehlte nur noch die Brille.

Sie fuchtelte durch die Luft. „Warum meinst du zu wissen, was sie braucht?"

Er beugte sich vor, sein Mund an ihrem Ohr. „Manche Leute strahlen das Signal laut und deutlich aus." Er zog sich zurück, um sie eingehend zu mustern von ihrer zugeknöpften Bluse über die weiße Hose mit dem Gürtel, bis hinab zu … feuerroten Fußnägeln, die aus den Sandalen lugten. Nicht, was er erwartet hatte. Etwas an diesen roten Nägeln törnte ihn an. *Was verbirgt sie noch unter diesem zugeknöpften Äußeren?*

Sie sahen einander in die Augen. Er erwischte sich dabei, wie er sich in ihre Richtung vorbeugte. *Nur einmal kosten.* Ihr stockte der Atem. Dann überraschte sie ihn. Sie trat einen Schritt zurück, schürzte ihre Lippen und musterte ihn ganz langsam. Als sie damit fertig war, waren ihre Wangen erfreulicherweise dunkelrot.

Er lächelte sie langsam an. „Gut gemacht", sagte er und versuchte, sie wieder zu reizen.

Sie wirbelte davon.

„Ihr zwei seid langsamer, als ein Rentner-Rollatorrennen!", rief Gran vom Auto aus. „Ihr verschwendet Zeit."

Grans Stimme brachte ihn wieder zum Geschäftlichen zurück – dafür zu sorgen, dass Gran in Sicherheit war.

Liz gab Gas. Er hielt mit ihr mit. „Ruf mich jederzeit an wegen Gran. Ich würde lieber gleich wissen, was vor sich geht, als überrascht zu werden."

„Natürlich", erwiderte Liz angespannt. „Obwohl ich mir sicher bin, dass es keinen weiteren Anlass mehr dafür geben wird, dich anzurufen." Sie vermied es, ihm in die Augen zu sehen, strahlte geradezu Anspannung aus, während sie zum Auto eilte.

Liz musste ganz dringend mal lockerlassen. Er hätte nichts dagegen, derjenige zu sein, der sie dazu brachte. Nein, er hätte absolut nichts dagegen.

„Ich werde auch zu dem Händler hinüberfahren", sagte er. „Ich kann beim Feilschen helfen."

„Das ist nicht …" Liz blieb an der Fahrertür stehen. „Ich meine, du musst das nicht. Ich kann ihr helfen." Sie stand steif da, sah überallhin, nur nicht zu ihm.

„Ist schon in Ordnung. Ich kann fahren", sagte er.

Liz nickte kurz und öffnete den Wagen.

Er ging auf die andere Seite und half Gran dabei, die Tür zu öffnen. „Du nimmst das Geld von der Versicherung dafür?"

„Japp", antwortete Gran, während sie sich anschnallte. „Dieser Toyota ist Toast Melba. Langweilig."

Da konnte er nicht widersprechen. Während er mit seinem Wagen zum Ford-Händler fuhr, entschied er sich, dass es eine gute Idee gewesen war, Liz anzustellen. Er hätte einfach weiter mit Gran diskutiert, und sie hätte sich mit Händen und Füßen gewehrt. Das hier war einfacher. Eine Win-Win-Situation.

Und Liz hatte etwas an sich. Sie entsprach gar nicht seinem sonstigen Typ. Er mochte vollbusige, heftig flirtende Frauen, besonders die, die gerade frisch geschieden waren, die auf der Suche nach ein wenig Spaß waren. Liz würde den Spaß wahrscheinlich nicht erkennen, wenn er ihr in den Hintern biss.

Beim Händler stieg Gran gleich in das Cabrio, während der Verkäufer ihr das Ohr abgekaute.

„Ich muss mal telefonieren", sagte Liz und ging ein paar Schritte beiseite.

Er neigte den Kopf. Er versuchte, nicht zu lauschen, doch Liz' Stimme wurde vernehmlich, als sie sich in etwas hineinsteigerte.

„Dieses letzte Trimester ist besonders wichtig für die Entwicklung des Babys", sagte sie. „Hast du das Buch gelesen? … Okay. Ruf mich an, wenn du mich brauchst. Bye."

Das war genau die Erinnerungsstütze, die er gebraucht hatte. Bei Liz war ein Baby unterwegs, und er hatte schon Zeit dafür investiert, seine kleinen Brüder zu erziehen, nachdem ihre Mutter gestorben war. Er hatte den Hausherrn spielen müssen, als sein Vater sich entschlossen hatte, sich lieber an den Alkohol zu verlieren, als sich mit seiner Trauer auseinanderzusetzen. Oder seinen drei Söhnen.

Liz war wieder kühl und kontrolliert. Im Autohaus war sie distanziert, sah ihm nicht in die Augen, sorgte dafür, dass Gran immer zwischen ihnen war, als hätte er etwas an sich, das sie einfangen wollte.

Er half dabei, bei dem Händler einen fairen Preis auszuhandeln. Kurze Zeit später fuhr Gran in einem glänzenden roten Cabrio durch die Gegend, während Liz und er in ihren jeweiligen Wagen hinterhertuckerten und ihren Staub schluckten.

Liz fuhr genauso schnell, wie man fahren durfte. Eine Weile fuhr er hinterher, grübelte darüber nach, dass er gleichzeitig frustriert war, weil sie immer so korrekt war, und fasziniert von der Idee, sie aus ihrer Komfortzone zu stoßen.

Endlich drückte er aufs Gas, um sie zu überholen. Als er auf ihrer Höhe war, sah er zu ihr hinüber. Sie fuhr mit beiden Händen in der neun und drei Uhr Position am Lenkrad, mit ganz ernstem Gesichtsausdruck, ihr Blick auf die Straße vor sich geheftet. Sie war das perfekte Gegenmittel zu Grans neu gefundenem Wahnsinn.

Er wollte sich nicht mit Liz anlegen.

Überhaupt nicht.

Tabu.

6

Nach einer langen, entspannten Fahrt im Cabrio fuhr Liz Maggie nach Hause. Es war ihr zweiter Tag, an dem sie eine Spritztour mit dem Wagen machten, wie Maggie es so gerne nannte. Sie waren sich windende Landstraßen entlanggefahren, durch nahegelegene Städte an Pferdefarmen vorbei und schönen, eleganten Häusern hier und da. Heute hatten sie an einem Park angehalten, um in einem wunderschönen Pavillon zu picknicken, bei Chicken-Salatsandwiches, Fruchtsalat und Eistee zu plaudern. In dem Moment liebte Liz ihren neuen Job.

Bis sie in Maggies Einfahrt fuhr. Ihr Herz verdoppelte seine Geschwindigkeit, als sie sah, dass Ryans Wagen davor stand. Sie nahm rasch die Baseballkappe ab, die sie im Cabrio getragen hatte, damit ihr Haar nicht durcheinandergeriet, und klappte die Blende herunter, um im Spiegel nachzusehen, wie ihr Haar lag.

„Ah! Meine Haare!" Der Hut hatte sich mit der Hitze und der Feuchtigkeit zusammengetan und ihr Haar kraus gemacht. Der Pferdeschwanz, den sie sich am Morgen gemacht hatte, hatte sich halb aufgelöst und war zur Seite gerutscht.

„Du siehst gut aus", sagte Maggie, während sie die Tür öffnete.

Liz ignorierte sie, nahm sich ihre Bürste aus der Tasche und machte sich rasch einen neuen Pferdeschwanz. Sie öffnete die Wagentür und sah, dass Ryan in einer tiefsitzenden, verblassten Jeans und einem schwarzen T-Shirt, das seine breiten Schultern betonte, zum Kofferraum seines Wagens ging. Japp, Sünde pur.

„Hey, Gran, Liz!", rief er.

Liz hob halbherzig zum Gruß ihre Hand, misstraute ihrer Stimme. Es gefiel ihr gar nicht, wie ihre Stimme immer so atemlos klang, wenn sie in seiner Nähe war. Hormone – schlicht und einfach. Ihr Gehirn wusste es besser.

„Hi, Ryan, ich seh dich dann drinnen", sagte Maggie.

„Liz, halt mir mal bitte die Tür auf", sagte Ryan, während er begann, den Kofferraum auszuladen.

Da es keine Möglichkeit gab, seine Bitte auf höfliche Art und Weise zu ignorieren, wartete Liz an der Haustür. Maggie war bereits drinnen verschwunden.

Sie hielt ihm die Tür auf, damit der an ihr vorbeigehen konnte, und sein holziger, männlicher Duft fegte über sie. Sie musste unwillkürlich wahrnehmen, wie er die Muskeln angespannt hatte, als er drei große Tüten mit Einkäufen hineintrug.

„Danke", sagte er.

„Kein Problem", hauchte sie. *Verdammt.*

Er ging nach hinten in die Küche. Liz blieb im Wohnzimmer. Einen Moment später tauchte Maggie aus der Küche auf mit ein paar Wassergläsern in der Hand. „Das macht er jede Woche", erzählte sie Liz. Sie drehte sich um und hob ihre Stimme, damit er sie in der Küche hören konnte. „Obwohl ich vollkommen in der Lage bin, selbst einzukaufen."

Ryan erschien einen Moment später. „Die Tüten sind schwer. Ich möchte nicht, dass sie eine ganze Ladung schwerer Tüten die Treppe hinauf- und hinunterträgt."

„Unsinn!", sagte Maggie und zeigte mit dem Finger auf ihn. „Du möchtest nur sichergehen, dass ich alle Zutaten habe, um dir deine Lieblingsgerichte zuzubereiten." Maggie wandte sich zu Liz um. „Seine Kochkünste sind scheiße."

„*Scheiße*?", fragte Ryan. „Seit wann sprichst du denn so?" Er schüttelte den Kopf und ging zurück in die Küche.

„Möchtest du ein Sandwich?", rief Maggie.

„Nein, danke", antwortete er. „Ich möchte noch den Rasen mähen, bevor der Regen anfängt."

Maggie stellte die Wassergläser auf den antiken Kirschholzsofatisch. Liz rückte einige Untersetzer darunter.

„Trav könnte ja auch seine Leute schicken, damit sie den Rasen mähen", sagte Maggie, „aber Ryan möchte, dass er sich auf die wohlhabenden Kunden konzentriert." Sie schüttelte den Kopf in gespielter Entrüstung, ihre Lippen zu einem leichten Lächeln gebogen, das sagte, dass sie gar nichts dagegen hatte. „Würdest du gerne hierbleiben und Stricken lernen? Dann kannst du dienstags mit zur Strickgruppe kommen."

„Klar, das fände ich schön."

„Dann lass uns mal sehen, ob ich etwas für dich in meiner Notreserve finde."

Ihre Notreserve? Liz folgte Maggie nach oben, in ein Zimmer, das so aussah, als wäre es eines der Kinderzimmer ihrer Enkel. Die Wände waren blau, und es hingen ein paar Poster mit Baseballspielern daran. Die Oberseite der Kommode war voll mit Trophäen und Medaillen. Sie stellte sich einen jugendlichen Ryan hier vor. Er war sportlich gewesen – eine Mischung aus Football, Basketball, Baseball und im Sommer Schwimmteam.

Das Schwimmen erinnerte sie an DIE Demütigung, deswegen konzentrierte sie sich auf das Garn. Das Doppelbett, auf dem eine Tagesdecke mit Rosen lag, war jetzt mit durchsichtigen Plastiktüten bedeckt, die voller Garn waren.

„Meine Notreserve", sagte Maggie stolz. Sie hob den Deckel einer Box an, um Wollknäuel in grünen, blauen und braunen Schattierungen zu präsentieren. „Ich stricke viel für die Jungs. Es ist immer Wolle übrig, mit denen ich dann Schals oder Decken stricken kann, oder ich mache einfach einen Hut oder Handschuhe daraus. Ich stricke niemals Socken. All diese Arbeit und dann sieht man sie nicht einmal, weil sie in Schuhen stecken."

„Das ist eine ganz schöne Sammlung", sagte Liz und deutete auf all die Boxen.

„Nur zu, sieh sie dir an. Vergewissere dich, dass das Garn dich wirklich anspricht. Es ist so wichtig für den, der strickt, und das, was gestrickt wird, dass es sich gut anfühlt."

Liz nickte und sah sich alle sechs Kisten genau an, tastete (wie sie sollte) die weiche dicke Wolle ab, die seidige und dünnere Wolle, die gröbere dicke Wolle. Schließlich hielt sie ein Knäuel in Dunkelrot in der Hand. Es war weich und dick und, als sie es an der Wange rieb, so weich.

Das Dröhnen des Rasenmähers, der draußen gestartet wurde, lenkte sie gleich ab. Sie kämpfte gegen den Drang an, einen Blick aus dem Fenster zu werfen.

„Oh, das ist eine gute Wahl", sagte Maggie und deutete auf das Knäuel in Liz' Händen. „Merinowolle. Ich hole dir ein paar Nadeln, dann können wir mit einem Schal beginnen." Maggie zog eine Schublade auf, in der sie in verschiedenen Schläuchen ihre Stricknadeln verstaut hatte. „Lass uns gehen. Meine Stricksachen sind bereits unten."

Nachdem sie sich nebeneinander aufs Sofa gesetzt hatten, zeigte Maggie ihr, wie man anfing, und führte ihr das Stricken vor. „Von vorne durch die Haustür, hinten herum, durchs Fenster heraus und Jack springt heraus."

Liz versuchte es. „Hinein durch die Haustür" – sie schob die Nadel durch das Loch – „hinten herum." Vorsichtig wickelte sie den herabhängenden Faden um die Nadel. „Durchs … Oh!" Sie verlor die Masche von der Nadel. „Ups."

„Ist schon in Ordnung, meine Liebe." Maggie reparierte das rasch. „Fang noch mal an."

„Von vorne durch …" Der Lärm des Rasenmähers wurde lauter. Ihr Blick wurde unwiderstehlich zum vorderen Fenster gezogen. Das war ein Fehler. Ryan trug kein Oberteil, und sie bekam einen umwerfenden Blick auf seinen Rücken mit dessen getönten Muskeln, die zu einem sehr ansehnlichen Hintern führten, während er den Rasenmäher von ihr fortschob.

Hier drin war es unerträglich heiß.

„Ist die Klimaanlage hier drinnen an?", fragte sie.

Maggies Augen tanzten vor Vergnügen. „Ja, ist sie. Konzentriere dich, Liebes."

Ihre Ohren brannten. Es war einfach nicht fair, dass er so … viel … Mann war.

Liz versuchte, erneut ein Stück zu stricken. *Sieh nicht zum Fenster, sieh nicht hin, sieh nicht hin,* redete sie auf sich ein, während ihre Finger mit dem Garn und den Nadeln herumfummelten. Sie schaffte es hinein und hinten herum zu gehen, doch dann sprang Jack nicht durchs Fenster. Die Wolle rutschte ungestrickt von der Nadel.

Liz ächzte.

„Versuch's weiter. Du schaffst das schon." Maggie zeigte ihr das Muster erneut. „Ich glaube, es wird dir gefallen, wenn du es erst einmal heraushast. Es ist sehr entspannend."

Liz fühlte sich alles andere als entspannt, als sie zu stricken versuchte. Ryans goldene, verschwitzte Muskeln gingen am Fenster wieder und wieder vorbei, vor und zurück, vor und zurück. Sie fing schon an zu schwitzen, als sie nur sah, wie er schwitzte. Eine weitere Masche viel von der Nadel. *Konzentriere dich, Liz!*

Vorsichtig schob sie die Nadel durch die nächste Masche, ignorierte die gefallenen Maschen, die jetzt zwischen den beiden Nadeln hingen. Langsam wickelte sie das Garn herum und zog es hindurch. „Ich habe es geschafft!"

„Sehr schön!" Maggie holte ihr eigenes Strickzeug hervor – ein Pullover in Cremefarbe. „Dann wiederhole das jetzt noch neunundzwanzigmal"

Liz bekam große Augen. Neunundzwanzigmal!

„Es wird einfacher werden", versicherte Maggie ihr, während ihre Hände über die Nadeln flogen und auf wundersame Weise einen Pullover kreierten. „Bald schon wirst du gar nicht mehr so viel darüber nachdenken müssen. Das passiert dann alles automatisch. Dann kannst du es richtig genießen."

Liz arbeitete sich langsam, quälend durch die Reihe. Fünfzehn Minuten später kam sie am Ende der Reihe an. „Und was jetzt?"

Maggie drehte die Nadeln in Liz' Händen um. „Jetzt

machst du das Gleiche auf der anderen Seite zurück. Immer bis zum Ende, dann drehst du die Nadeln in deiner Hand um und fängst von vorne an." Der Rasenmäher war für einen Moment still. „Ry könnte wohl etwas zu trinken gebrauchen. Könntest du ihm ein Glas Wasser hinausbringen?"

Liz sah alarmiert zum Fenster hinaus. Ryan war stehen geblieben, um sich mit dem T-Shirt, das vorne auf dem Griff des Rasenmähers hing, den Schweiß vom Gesicht zu wischen. Sie schluckte heftig. Kurz überlegte sie, ob sie Maggie bitten sollte, es selbst zu tun, doch sie war ja schließlich hier, um Maggie zu helfen, nicht, um auf ihrem Sofa herum zu sitzen.

„Klar", sagte sie und eilte zur Küche. Sie fand ein Glas und füllte etwas Wasser aus der Kanne im Kühlschrank hinein. Höflich sein. Reich es ihm und komm gleich wieder herein.

Sie ging durchs Wohnzimmer an einer glücklich strickenden Maggie vorbei und stellte kurz fest, dass Maggie in der ersten Reihe saß, um die Wassertrinkszene genau zu beobachten, dann ging sie zur Haustür hinaus. Er hatte sich wieder ans Rasenmähen gemacht, und sie wartete, bis er sich zu ihr umdrehte. Sie hob ihre Hand, um ihm zuzuwinken, schaffte es jedoch kaum, mit dem kleinen Finger zu zucken, als sie ihn sah, sah, dass er von Nahem noch besser aussah – der Schweiß lief ihm die Brust hinunter zu dem Bogen, der zu seiner Jeans führte. Er hatte sie noch nicht entdeckt, deswegen konnte sie ihn weiter ansehen. Eine Frau, die seit zwei Jahren auf dem Trockenen saß, durfte doch wohl schauen. *Heilige Cocktails*, er füllte diese Jeans wirklich hübsch aus.

Dann nahm sie sich zusammen, winkte mit einer großen Bewegung, und er sah auf und schaltete den Rasenmäher aus. Der Motor wurde leise.

„Hey", sagte er.

Sie konnte sich nicht rühren. „Maggie hat mich gebeten, dir etwas Wasser zu bringen."

„Danke." Er kam zu ihr und nahm das Glas. Von so Nahem entdeckte sie eine deutliche Narbe an seiner Schulter. Sie hatte gehört, dass man im Dienst auf ihn geschossen hatte.

Keiner wusste, wie es passiert war. Sein Adamsapfel bewegte sich hinauf und hinab, während er trank. Ein verschwitzter Mann sollte nicht so reizvoll sein. Die Stoppeln an seinem starken Kinn ließen ihn heiß und gefährlich aussehen, und sie konnte kaum widerstehen, die Hand zu heben und ihn zu berühren.

Sie schnappte nach Luft, als er das Glas umdrehte und das restliche Wasser über seinen Kopf goss. Er schüttelte sein Haar aus, schob sich die nassen Strähnen aus den Augen und gab ihr das Glas zurück. „Danke, eine Abkühlung habe ich wirklich gebraucht."

Sie stand einfach da, mit offenem Mund, und betrachtete die großartige Rückansicht, als er mit dem Rasenmäher wieder davon ging.

„Bis dann", hauchte sie, obwohl er sie über den Rasenmäher nicht hören konnte. Warum nur musste er so heiß aussehen, und warum war er so süß dabei, wie er sich um Maggie kümmerte? Immer, wenn sie ihn ansah, war sie hin- und hergerissen, sich ihm entweder um den Hals zu werfen oder ihm für DIE Demütigung etwas an den Kopf zu werfen. Es war zum Auswachsen. Sie machte auf den Absätzen kehrt Richtung Haus und stapfte die Verandastufen hinauf. *Verflucht soll er sein, verflucht soll er sein, verflucht soll er sein.* Sie öffnete die Haustür und warf noch einen letzten Blick über die Schulter.

Er sah ihr in die Augen. Und zwinkerte.

Er hatte gewusst, dass sie sich nach ihm umdrehen würde! Würde denn diese Demütigung niemals aufhören?

Sie wandte sich rasch ab, ihr Gesicht brannte, sie fummelte am Türknauf und platzte endlich ins Haus hinein.

„Ist alles in Ordnung?", fragte Maggie.

„Alles gut", sagte Liz und stellte mit einem lauten Geräusch das leere Glas auf den Tisch. „Entschuldige." Sie legte einen Untersetzer darunter. Dann setzte sie sich zurück aufs Sofa, nahm sich ihr Strickzeug und weigerte sich, noch einmal durch das vordere Fenster zu sehen, ganz egal, wie nahe der Rasenmäher war.

Es war eine große Erleichterung, als Ryan hinten in den Garten ging.

Am Freitagabend aß Liz ganz im Stillen ihren Salat zu Abend, während Daisy beim Abendandrang im Garner's aushalf. Sie hatte ihr Laptop auf den Küchentisch gestellt, damit sie weiter ihren Onlinekurs besuchen konnte zu Lehrmethoden für Kinder mit Leseschwierigkeiten. Sie war halb durch die erste Lektion, als es an ihrer Tür klingelte.

Sie linste durch den Spion, und ihr Herz begann zu rasen. Ryan! Was machte er denn hier? Sie dankte kurz dem Allmächtigen, dass sie noch keinen Pyjama angezogen hatte. Sie glättete ihr bereits glattes Haar und öffnete die Tür.

„Sonderlieferung", sagte er und reichte ihr einen Umschlag. „Dein Gehaltsscheck."

Sie streckte ihre Hand aus. Seine Finger berührten ihre Hand, als er ihn ihr reichte, und sie zuckte ihre Hand zurück, als stünde sie in Flammen. „Danke. Das nächste Mal kannst du ihn mir einfach mit der Post schicken. Ich bin mir sicher, dass du viel zu tun hast."

Er sah über ihre Schulter in ihr ordentliches Apartment, dann wandte er den Blick wieder zu ihr. „Ich bin auf dem Weg zu einer Überwachung, aber dein Haus lag auf meinem Weg. Was machst du denn so an einem Freitagabend?"

Sie fragte sich, ob er auf einer gefährlichen Mission war. Mit seinen Stoppeln und seinem umwerfenden Selbstbewusstsein sah er immer etwas gefährlich aus. *Konzentrier dich, er hat dich etwas gefragt.* „Ach, ich …" Sie sah in ihr leeres Apartment zurück. „Gehe später noch aus … doch im Moment mache ich einen Onlinekurs."

„Du gehst später noch aus", echote er mit einer Stimme, die so glatt wie Seide war. „Was macht Liz Garner denn, wenn sie Spaß haben will?"

Sie fasste sich an die Kehle, wo ihr Puls bei weitem zu sehr raste. „Ich, ähm, hänge mit Rachel rum."

„Sonst noch etwas?"

Sie fragte sich, worauf er hinauswollte. Er hatte sie doch schon verunsichert. Spielte er auf ihren ehemaligen Verlobten Craig an?

„Dieses und jenes", sagte sie endlich. „Naja, danke, dass du vorbeigekommen bist."

Er stand einfach da, seine scharfen Augen musterten sie. „Du bist mir ein Rätsel, Liz."

„Bin ich das?"

Er hob eine Hand, legte ihr eine Strähne hinters Ohr, und ihr rutschte das Herz in die Kehle bei der sanften Berührung. „Du wirkst so … verkrampft", sagte er.

Sie versteifte sich und machte einen Schritt zurück.

„Aber ich weiß, dass du mich beim Rasenmähen beobachtet hast."

Sie errötete, fasste sich aber schnell. „Ich habe dir doch nur Wasser gebracht." Sie verschränkte die Arme und sagte stur: „Du hast mich überrascht, als du dir das Wasser über den Kopf gekippt hast. Ich habe nur nachgesehen, ob du noch andere … überraschende Dinge tun würdest."

Seine Lippen zuckten. „Du bist wie eine Bibliothekarin, die nur auf eine Gelegenheit wartet, loszulassen."

„Soll das ein Kompliment sein?" Sie nahm eine bedrohliche Haltung an, die Hände in die Hüften gestemmt.

„Da ist es." Er lächelte und trat einen Schritt näher, drang in ihren Raum ein. Sie atmete kurz ein, doch er blieb stehen. „Das Rätsel – Feuer und Eis."

Sie legte beide Hände an seine feste Brust und schob ihn zur Tür hinaus. „Nächstes Mal schick ihn mir einfach per Post." Sie knallte ihm die Tür vor der Nase zu, drehte sich um und lehnte sich dagegen. „Mann!"

„Genau das meinte ich", sagte er durch die Tür.

Sie riss die Tür auf. „Geh weg!"

Er neigte seinen Kopf zur Seite, während er sich ein Lächeln verkniff. „Sollte man so mit seinem Auftraggeber sprechen?"

„Grrr!" Sie knallte die Tür wieder zu und schloss ab. Sie hörte, wie er leise lachte, während er davon ging.

~

Garner's Sports Bar & Grill war an diesem Samstag ungewöhnlich voll, der Barbereich quoll geradezu über, auch die Schlange vor der Tür war ungewöhnlich. Am zweiten Abend war Liz dort vorbeigegangen, um zu sehen, wie Daisy ihr neuer Job als Empfangsdame gefiel.

Sie drängte sich durch die vielen Leute vor dem Eingang, um zu ihrer Schwester zu gelangen. „Was ist denn mit all diesen Leuten?"

„Ich würde sagen, das Geschäft brummt", erwiderte Daisy, „aber ich glaube, die braven Leute aus Clover Park sind gekommen, um das hier zu sehen." Sie deutete auf ihren Babybauch, eher eine Kugel, während sie sich auf den Hocker hinter dem Empfangstisch setzte.

„Ich bin mir sicher, dass das nicht der Grund ist", sagte Liz.

„Tisch für zwei", sagte Mister Cox, ihr früherer Fußballtrainer.

„Alles klar", sagte Daisy.

Liz lächelte ihn an.

Mr. Cox warf einen Blick auf Daisy, bevor er sich dann zu seiner Frau umdrehte.

Daisy bedeutete Liz, sich zu ihr vorzubeugen. „Siehst du?", zischte sie. „All diese Leute sprechen über mich. Sie mussten mit eigenen Augen das Garner Mädchen sehen, das sich hat schwängern lassen. Vermutlich schließen sie sogar Wetten darüber ab, wer der Vater ist. Ich werde kündigen. Ich bin doch keine Zirkusattraktion."

„Daisy, nein, ich bin mir sicher, dass das nicht der Grund ist. Vermutlich ist es nur der Sommerandrang. Und Dad hat auch noch die Speisekarte erweitert."

„Könnte jemand unseren Namen notieren?", fragte Mrs. Peters, ihre Lehrerin im ersten Schuljahr, nahm ihre Brille ab und linste um den Empfangstisch herum.

„Machen wir, Mrs. Peters", sagte Liz und schrieb pflichtbewusst ihren Namen auf die Liste.

Daisy erhob sich von dem gepolsterten Hocker. „Dann

kannst du auch gleich übernehmen, Liz. Du wirst den Job ohnehin besser erledigen als ich."

„Du wirst nirgendwo hingehen", sagte Liz mit ihrer besten autoritären Lehrerstimme. „Du brauchst einen Job, du hast einen Job. Und du wirst ihn behalten. Ich arbeite auch, aber ich kann nicht alles machen."

Daisy runzelte die Stirn, und ihre Augen füllten sich mit Tränen. „Ich weiß. Tut mir leid, Schwesterchen. Ich bin egoistisch."

Liz seufzte. Sie muss sich noch an diese neue, empfindliche Daisy gewöhnen. Nie in ihrem Leben hatte sie sie so viel weinen sehen.

„Kopf hoch", sagte sie zu Daisy. „Wenn irgendwer etwas Böses zu dir sagt, dann sag es mir. Ich glaube wirklich, dass die Leute nur wegen des Essens und der Gesellschaft hier sind. Okay?" Sie umarmte ihre Schwester.

Daisy nickte. „Okay."

„Ich hole mir schnell etwas an der Bar." Liz eilte zu der langen, dunklen Kirschholztheke, wo ihr festangestellter Barkeeper, Josh, Getränke und hier und da auch eine Vorspeise servierte. Auf einem Holzschild mit einer Strandszene über der Bar stand Garner's Paradise: Hier haben wir immer Happy Hour. Das hatte sie ihren Eltern zu deren letztem Hochzeitstag geschenkt, und sie musste immer wieder lächeln, wenn sie es sah. Sie hatten genau die Ehe, auf die sie hoffte –fünfunddreißig Jahre lang hatten sie glücklich zusammengelebt und gearbeitet, eine wirkliche Partnerschaft. Zumindest war es bei der Arbeit eine wirkliche Partnerschaft. Zuhause fielen die häuslichen Verpflichtungen auf ihre Mom, die für einmal die Woche eine Putzfrau eingestellt hatte, nachdem Liz ausgezogen war. Offensichtlich hatten sie sich daran gewöhnt, durch ihre Anstrengungen ein ordentliches Haus zu haben.

„Könntest du bitte ein paar Kopfsalatwraps bestellen?", fragte sie.

„Mach ich", antwortete Josh und gab die Bestellung in seinen Computer ein. „Was trinken?"

„Nur ein Selters."

Sie nippte an ihrem Getränk, während sie wartete und darauf lauschte, ob irgendwer über Daisy tratschte. An der Bar saßen hauptsächlich Studenten vom College, die für die Semesterferien zurück waren, und einige Typen, die sich das Sox Spiel in einem der beiden Fernsehapparate ansahen. Sie entdeckte Travis O'Hare am anderen Ende der Bar, der auf sein Bier starrte. Er hatte Ähnlichkeit mit Ryan – das gleiche karamellblonde Haar und die haselnussbraunen Augen, doch er war schlank und sehnig, während Ryan größer und kräftiger war, voller Muskeln. Sie sah sich die Menge in seiner Nähe an, konnte Ryan aber nicht entdecken. Erleichtert wandte sie sich wieder ihrem Selters zu. Kurze Zeit später kamen die Kopfsalatwraps. Sie aß sie schnell und ging nach hinten in die Küche, um nachzusehen, ob ihre Eltern Hilfe brauchten.

Die Küche war ein kontrolliertes Chaos, während ihr Vater Bestellungen hineinbrüllte, und ihre Mutter als Sous-Chefin arbeitete, die Salate vorbereitete und Desserts verteilte. Drei Köche arbeiteten wie wild daran, mit den hereinkommenden Bestellungen mitzuhalten. Sie winkte ihrem Dad zu und stellte sich neben ihre Mutter; sie schnitt gerade einen Schokoladenkuchen und legte die Stücke auf Dessertteller.

„Wie läuft's, Mom?", fragte sie. Ihre Mutter hatte lange, blonde Haare und glatte Haut – sie hatte immer viel Wert auf Sonnenschutz gelegt – sie sah viel jünger als siebenundfünfzig aus. Das gab Liz Hoffnung für ihr eigenes Alter.

Ihre Mutter sah auf. „Liz! Könntest du mir bitte die Schlagsahne aus dem Kühlschrank holen?"

Liz holte die Schlagsahne und reichte sie ihrer Mutter. „Wie läuft es mit Daisy?"

Ihre Mutter verteilte kunstgerecht drei Spiralen Schlagsahne neben einem Schokoladenkuchenstück. „Sie macht's gut. Ihr Mädchen seid ja praktisch hier aufgewachsen, da konnte ich gar nicht weniger erwarten." Ihre Mutter seufzte. Sie war fertig mit der Sahne und verkündete: „Ich mach eine Pause. Rose, vertritt mich bitte hier!"

Sie nahm Liz' Arm und führte sie zur Hintertür hinaus. Es

war ein warmer Juniabend, und die Sonne stand noch am Himmel.

„Alles in Ordnung, Mom?"

„Wir müssen herausfinden, wer der Vater ist." Ihre Mutter sprach diskret leise. „Es ist einfach nicht richtig, dass er so ganz aus dem Spiel ist. Er könnte wenigstens etwas Geld schicken, um das Kind zu unterstützen."

„Da bin ich ganz deiner Meinung, aber Daisy sagt, dass er nichts mit dem Baby zu tun haben will."

Ihre Mutter sah sie an. „Das glaubst du ihr? Nein, sie ist da nur stur. Will mir nicht einmal einen Namen nennen." Sie warf ihre Hände in die Luft. „Sie sagt nur, dass er in diesem Baseballteam ist."

„Bei den Norwalk Tigers."

„Ich überlege, ob ich einen Privatdetektiv engagieren soll. Wir haben einen hier in der Stadt. Es wird alles sehr diskret behandelt werden."

Ryan. „Nein, Mom! Ich werde mich darum kümmern, ich verspreche es. Ich gehe jetzt gleich nach Hause und stelle Nachforschungen über dieses Team an."

Die Lippen ihrer Mutter wurden schmal, während sie darüber nachdachte. „Okay, sieh zu, was du herausfinden kannst. Und dann versuch, sie festzunageln. Du wohnst doch schließlich mit ihr zusammen. Du solltest in der Lage sein, etwas aus ihr herauszubekommen."

„Das werde ich." Sie küsste ihre Mutter auf die Wange und eilte zum Auto. Das letzte, was sie wollte, war, dass Ryan in den Angelegenheiten ihrer Schwester herumschnüffelte; es war schlimm genug, dass sie wegen Maggie mit ihm zu tun hatte.

Als sie nach Hause kam, öffnete sie ihren Laptop und googelte nach den Norwalk Tigers. Sechsundzwanzig Spieler standen zur Auswahl. Sie klickte von einem zum anderen, las ihre Lebensläufe und Statistiken, betrachtete ihre Bilder. Sie fragte sich, ob ihr Neffe ein halber Latino sein würde. Das wäre cool. Sie brauchte nur einen Namen von Daisy, dann würde sie sich um den Rest kümmern. Vielleicht konnte er wenigstens mit seinem Sohn eine Beziehung haben. Ihr Neffe verdiente das Beste, das sie ihm bieten konnte.

Jetzt musste sie sich nur noch einfallen lassen, wie sie die Information aus Daisy herausbekam, ohne sie damit zu betrüben. Es war nicht gut fürs Baby, wenn die Mutter zu viel Stress hatte. Sie musste auf den perfekten Moment warten. Gott, sie hoffte, sie musste nicht lange warten. Das Letzte, was sie gebrauchen konnte, war, dass ihre Mom Ryan engagierte.

So langsam glaubte sie, dass er sie gerne reizte.

Vertrackter Kerl.

7

Am Montagmorgen saßen Liz und Daisy in der Arztpraxis, in einem Wartezimmer voller anderer schwangerer Frauen, viele mit ihren Ehemännern. Es war demütigend offensichtlich, was bei Daisy fehlte. Das konnte der perfekte Moment sein, auf den sie gewartet hatte. Sie sah ihre Schwester an, die durch ein Reisemagazin blätterte. Daisy hatte rosige Wangen, und ihre Haare sahen heute besonders glänzend aus. „Wie fühlst du dich?"

„Großartig!" Daisy sah von einem umwerfenden Bericht über irgendeine tropische Insel auf.

„Die Schwangerschaft steht dir", sagte Liz.

Daisy sah auf. „Wer hätte das gedacht? So weit so gut." Sie sprach leise weiter. „Ich habe nur Angst vor dem Ende. Du weißt schon, großer Babykopf, kleiner Ausgang."

Liz zuckte bei dem Gedanken zusammen. „Ich werde dich den ganzen Weg begleiten."

Tränen traten Daisy in die Augen. „Du bist die beste Schwester aller Zeiten." Sie legte einen Arm um Liz und umarmte sie seitlich von ihrem Stuhl aus.

Liz fand, dass ein besserer Moment nicht kommen würde. „Ich habe mir mal die Seite des Norwalk Teams angesehen. Welcher von ihnen ist es?"

Daisy nahm ihren Arm von Liz' Schulter und zog sich die Zeitschrift vors Gesicht.

„Kannst du mir nicht wenigstens sagen, auf welcher Position er spielt?"

Daisy blätterte extra laut um.

Liz drängte weiter. „Du solltest zumindest mal darüber nachdenken, Kontakt zu ihm aufzunehmen, damit er für das Kind sorgen kann."

Daisy klatschte die Zeitschrift auf ihren Schoß. „Ich meine, ich hätte dir schon einmal gesagt, dass dich das nichts angeht", zischte sie. „Ich *kümmere* mich darum, und ich kann es nicht gebrauchen, dass du deine neugierige Nase in Sachen steckst, in die sie nicht gehört."

„Ich versuche doch nur, das Richtige für das Baby zu tun", sagte Liz. Sie legte eine Hand auf Daisys Arm. „Und dich."

Daisy schüttelte sie ab. „Lass es einfach!" Ihre Stimme war im ganzen Wartezimmer zu hören.

Ein paar Frauen sahen zu ihr hinüber. Liz hob ihre Hand mit einem Lächeln, das sagte *Kein Problem, kümmert ihr euch um euer eigenes schwangeres Leben.*

Liz wandte sich ihrer Schwester zu. „Warum möchtest du denn die Hilfe des Vaters nicht?"

Daisys Wangen wurden rot vor Zorn. „Weil ich seine Hilfe nicht brauche! Und nun Schluss damit!"

„Daisy Garner", rief die Sprechstundenhilfe.

„Hier!" Daisy drückte sich von ihrem Stuhl hoch.

Liz folgte ihr schuldbewusst. Sie wusste, dass sie Daisy zu sehr gedrängt hatte.

Am nächsten Tag fuhr Liz mit Maggie zu ihrer Strickgruppe in einem Gemeinschaftsraum der Stadtbücherei von Clover Park. Zumindest wusste sie, dass Ryan hier nicht auftauchen musste. Beim Stricken konnte Maggie nicht in allzu viele Schwierigkeiten geraten. Der Mann ging ihr auf die Nerven. Sie wusste immer noch nicht, was er damit gemeint hatte, dass sie Feuer und Eis war. Sie hatte seit Tagen darüber nachgedacht. Keins von beidem traf auf sie zu. Zustimmen konnte sie ihm, dass sie überkorrekt war. Es gefiel ihr nun mal, Dinge auf ihrer To-do-Liste zu betrachten und abzuhaken. Unter ihrer Ägide wurden *viele* Dinge erledigt. Es war ermüdend, doch wenn sie sich nicht darum kümmerte, wurden die Dinge eben nicht erledigt. Und wenn die Dinge nicht erledigt wurden, konnte sie sich nicht entspannen.

War sie steif? Sie tanzte doch wie wild in ihrer Wohnung, oder etwa nicht? Und sie hatte immer Spaß, wenn sie mit ihren Freundinnen herumhing.

Sie fuhr auf den Parkplatz. *Warum bin ich nur so besessen davon? Ich muss ihm gar nichts beweisen.*

Maggie trug eine große Umhängetasche und außerdem noch ihre Handtasche in den Gemeinschaftsraum der Bücherei. Der Pullover schien wirklich groß zu werden.

„Guten Morgen, die Damen", sagte Maggie zu drei Frauen, die bereits da waren. „Das ist Liz. Sie hat gerade erst Stricken gelernt."

Liz lächelte und winkte. Die Frauen waren alle ungefähr in Maggies Alter.

„Das hier sind Shirley, Barbara und Pat", sagte Maggie und setzte sich an den langen Tisch.

„Freut mich, euch kennenzulernen." Liz zog ihren Schal hervor, der immer länger wurde und merkwürdigerweise auch immer breiter. Sie hatte das Gefühl, dass sie immer mehr stricken musste, um eine Reihe fertig zu bekommen.

„Nun sieh sich das einer an!", rief Maggie. „Liz, du hast ganz schön Fortschritte gemacht."

„Danke", sagte Liz bescheiden.

In dem Moment kam eine Amazone mit verkniffenem Mund und einem weißen Bürstenhaarschnitt in den Raum, hinter ihr eine viel kleinere, eher plumpe Frau, die ihre grauen Haare zu einem Knoten gesteckt hatte.

„Oh, gut, wir sind alle da", sagte Maggie. „Diane, Pam, das hier ist Liz. Sie strickt erst seit wenigen Tagen."

„Na, das ist aber interessant", gab Diane, die mit den zusammengekniffenen Lippen, von sich, als sie sich neben Liz setzte.

„Sehr schön", sagte Pam und wackelte zustimmend mit dem Kopf, wobei ihr grauer Knoten sich bereits jetzt schon löste. Sie war so süß, dass sie die Schärfe aus Dianes bitterem Ton nahm.

„Danke", sagte Liz und nahm ihr Strickzeug hoch. Auch die anderen Frauen nahmen ihre Arbeit und verbrachten ein paar Minuten damit, jedermanns Fortschritt seit der vergangenen Woche laut zu kommentieren. Es gab einen Poncho, eine komplizierte mehrfarbige Decke, eine Strickjacke, gestreifte Socken und einen hübschen Babypullover für Pams neue Enkelin.

„Ooooh …", sagte Liz. Sie nahm sich vor, dass ihr nächstes Projekt ein Pullover für ihren Neffen sein würde. Sie arbeitete jetzt mit neuem Enthusiasmus an ihrem Schal.

„Wie ich höre, ist deine Schwester dabei, eine Familie zu gründen", sagte Diane und sah an ihrer Nase hinab zu Liz. „Wie nett für deine Familie", fügte sie mit teuflischem Ernst hinzu.

Liz verengte die Augen. „Es ist wirklich nett. Danke."

„Pass auf, Diane", warnte Maggie sie.

Im Raum wurde es unangenehm still, und man hörte nur das Klappern der Nadeln, die vor und zurück arbeiteten. Liz war gerade dabei, sich zu entspannen, als Maggie fragte: „Wer möchte etwas trinken?" Sie holte eine Flasche Weißwein aus ihrer riesigen Umhängetasche und einen Stapel Plastikbecher.

„Maggie, es ist zehn Uhr morgens, und wir sind an einem öffentlichen Ort", sagte Diane, ihre Lippen so fest aufeinandergepresst, dass sie weiß waren.

Maggie ignorierte das und begann, Wein in die Becher zu gießen. Einen reichte sie Liz.

„Besser nicht, Maggie", sagte Liz. „Ich muss doch fahren."

Die anderen Damen sahen einander nervös an.

„Das ist gegen die Regeln", sagte Pam leise. „Wir sollen hier drinnen nichts essen und trinken. Mrs. Smith wird uns hinausschmeißen." Nervös sah sie zur Tür. Mrs. Smith war schon so lange Bibliothekarin hier, dass manche Leute meinten, sie sei mit dem Gebäude 1896 bereits hergekommen.

Niemand war sich ganz sicher, wie alt sie war, doch sie hatte Adleraugen – weil sie las und wegen ihrer Brille – und sie hörte so gut wie ein Hund.

„Das wollen wir doch mal sehen!", sagte Maggie und hob ihr Glas zu einem aufsässigen Toast. „Wir zahlen alle unsere Steuern für diese feine Institution. Bitte, bedient euch, meine Damen." Maggie deutete auf die Becher mit dem Wein.

Niemand rührte sich.

Liz und die anderen Damen machten sich wieder an ihr Stricken. Maggie strickte und trank abwechselnd. Die Unterhaltung wechselte zum Wohltätigkeitsessen des Clover Park Frauenclubs und zu der Frage, ob sie Servietten aus Papier oder aus Leinen nehmen sollten.

„Wen interessiert das schon?", bellte Maggie. „Kauft die Papierservietten und spart Geld."

„Aber wir denken auch an die Umwelt", sagte Barbara. „Wir versuchen, das irgendwie in Einklang zu bringen."

„Neues Thema!", verkündete Maggie. „Sollten wir bei unserem nächsten Mädelsabend Stripper engagieren? Lasst uns darüber diskutieren."

Den Damen fiel entsetzt die Kinnlade herunter.

Miss Smith steckte ihren Kopf zur Tür herein, ihre Käferaugen sahen wütend durch ihre winzigen Brillengläser. „Meine Damen! Würden Sie bitte etwas still hier drin sein." Dann fielen ihr die Plastikbecher auf. „Das ist meine erste Warnung. Essen und Getränke sind in der Bücherei nicht gestattet. Entweder bringen Sie die hinaus, oder sie suchen sich einen anderen Treffpunkt."

„Ach, krieg dich wieder ein, Gretchen", sagte Maggie.

„Maggie O'Hare!" Miss Smith drohte mit ihrem Finger. „Das ist deine zweite Warnung! Du bist jetzt still oder …!"

„Ich kümmere mich darum, Miss Smith", sagte Liz.

Miss Smith schnaubte. „Danke, Liz." Sie warf allen einen letzten warnenden Blick zu und verließ den Raum.

Maggie grinste. „Also, ich bin für die Stripper." Sie trank ihren Wein zu Ende und nahm sich einen weiteren Becher.

Liz erhob sich und schloss leise die Tür des Gemeinschaftsraums. Sie kam zurück an den Tisch und starrte auf die restlichen fünf Becher Wein. Sollte sie Maggie die wegnehmen? Sie selbst trinken? Sie wollte sie nicht beschämen –

„Juhu!", rief Maggie und öffnete das Fenster. „Wir könnten ein paar Männer hier drin gebrauchen!"

Liz sprang von ihrem Sitz auf. Maggie drehte sich um, ein breites albernes Grinsen im Gesicht.

„Wir sollten besser gehen", sagte Liz und nahm den Arm der älteren Frau. „Du scheinst heute nicht in der Stimmung für Stricken zu sein."

„Da hast du Recht", sagte Maggie, nahm ihr Strickzeug und stopfte es in ihre Tasche. „Ich gehe! Und ihr Ladys solltet mal daran denken, wieder zu leben!"

Alle schnappten kollektiv nach Luft.

„Niemals!", rief Diane, die Hand auf dem Herzen.

„Solltest du aber!", erklärte Maggie zufrieden, bevor sie einen großartigen Abgang machte, bei dem sie Miss Smith beinahe umgerannt hätte, die zurückgeeilt kam. Vermutlich hatte sie sich vor der Tür positioniert, nur für den Fall.

„Wir gehen, Miss Smith." Liz sammelte rasch ihre Sachen zusammen und folgte in Maggies Fahrtwind. „Es war schön, euch alle kennenzulernen", rief sie über ihre Schulter der entsetzten Gruppe zu.

„War auch schön, dich kennenzulernen!", rief Pam. „Pass auf dich auf."

„Die anderen Damen müssen auch gehen", verkündete Miss Smith. „Trinken ist in der Bücherei streng verboten."

„Ich habe gar nicht getrunken!", rief jemand aufgebracht.

„Sie waren eine Mittäterin. Ich werde nicht zulassen, dass die Stadtbücherei Clover Park zu einem Partyzentrum verkommt."

Himmel. Maggie hatte dafür gesorgt, dass sie alle rausgeschmissen wurden.

Maggie ging entschlossenen Schrittes und schnell zu ihrem Cabrio. Liz beeilte sich, um vor ihr da zu sein, und setzte sich auf den Fahrersitz.

Maggie bewegte ihren Finger in Liz' Richtung. „Das Leben ist einfach zu kurz, um in einer Bücherei herum zu sitzen", sagte sie lallend, „und über blöde Servietten zu diskutieren."

Liz nickte, obwohl sie gefunden hatte, dass das eine sehr nette Gruppe von Frauen gewesen war. Abgesehen von Diane. Sie zog es vor, nichts zu der Beleidigung zu sagen, die Maggie ihren Freundinnen an den Kopf geworfen hatte. Oder zu der Tatsache, dass sie alle hinausgeschmissen worden waren. Wein konnte manchmal eine seltsame Wirkung auf die Leute haben. Sie startete den Motor, und Maggie drückte auf den Knopf, um das Verdeck zu öffnen.

Sobald das Dach offen war, hob Maggie ihre Arme in den Wind. „Frei sein!", brüllte sie. Aus den Augenwinkeln sah Liz einen cremefarbenen Ball.

Sie schaute nach hinten und entdeckte die Wolle, die auf den Rücksitz fiel. Die würde sie später entwirren. Als sie Maggie nach Hause fuhr, kreisten ihre Gedanken darum, was sie mit Maggie anstellen sollte, wenn überhaupt etwas. Sie fragte sich, ob das die Art von Problemen war, für die sie Ryan anrufen sollte. Schnell entschied sie sich dagegen, nicht nur, weil sie ihm aus dem Weg gehen wollte. Es gab einfach im Moment nichts, was er dagegen tun konnte.

Sie fragte sich, ob jetzt die ganze Stadt sich ihr Maul über Maggie und ihre betrunkene Tirade zerreißen würde, denn es würde eine Tirade geben, sobald Diane mit dem Tratsch begann. Sie fragte sich, ob sie Maggies Haus durchsuchen und allen Alkohol verstecken sollte, oder ob das eine einmalige Sache gewesen war.

Als sie in Maggies Einfahrt fuhr, entschied sie sich, die Sache einfach offen und ehrlich anzusprechen und sich dann zu überlegen, was sie als nächstes tun sollte. Sie sah hinüber. Maggie schnarchte.

Liz lächelte. Dieses eine Mal würde sie es auf sich beruhen lassen.

8

Der Rest der Woche mit Maggie verlief glatt. Sie hatte einen Kater und daraufhin dem Alkohol abgeschworen. Sie waren wieder dazu übergegangen, aus Spaß Runden mit dem Cabrio zu drehen. Das Beste an allem war, dass Liz Ryan nicht mehr begegnet war. Sie konnte es kaum glauben, obwohl sie dafür gesorgt hatte, dass sie an diesem Donnerstag früher zu Hause waren, damit sie ihn nicht bei seinem wöchentlichen Einkauf erwischte. Sie hatte ihn nicht anrufen müssen, und ihr Stresslevel war auf Null gesunken.

Jetzt war Freitag und Filmabend mit Daisy. Heute hatte ihre Schwester eine frühere Schicht im Garner's übernommen, deswegen hatten sie Schwesternzeit.

Es klingelte an der Tür. Sie schaute durch den Spion. Ryan mit ihrem Gehaltsscheck! Sie hatte ihm doch gesagt, er solle ihn per Post schicken!

Sie öffnete die Tür und trat hinaus, dann schloss sie die Tür hinter sich wieder. Daisy war im Wohnzimmer und legte schon mal den Film ein, und sie wollte nicht, dass sie irgendeine peinliche Szene mit Ryan mitbekam.

Er reichte ihr den Scheck. „Willst du mich nicht hineinbitten?"

„Daisy und ich machen heute einen Filmabend."

„Du weißt doch, dass ich Daisy kenne. Sie war nur ein Schuljahr unter mir."

„Danke für den Scheck."

Er legte eine Hand an den Türrahmen über ihrem Kopf und beugte sich vor. „Gran sagt, dass sie sich mit dir amüsiert." Seine seidige Stimme ließ sie erbeben.

„Ja", hauchte sie. Er war so nah, dass sie die goldenen Punkte in seinen haselnussbraunen Augen sehen konnte, die von diesen langen Wimpern umrahmt waren.

Er grinste. „Du weißt also doch, wie man sich amüsiert."

Bei seinem neckenden Tonfall verkrampfte sie sich, wirbelte herum und griff nach dem Türknauf. Er legte auf dem Knauf seine Hand über ihre. Sie sah auf seine Hand, die ihre kleine ganz bedeckte, und ihr Herz schien auszusetzen und schmerzhaft nach vorne zu schlingern. „Ich bin kein Rätsel", sagte sie leise. „Ich bin nicht Feuer und Eis. Du kennst mich nur einfach nicht."

„Ich glaube doch."

Sie spürte die Hitze seines Körpers an ihrem Rücken. Wenn Sie sich jetzt umdrehte, wäre sie in seinen Armen.

„Wenn du mir meinen nächsten Gehaltsscheck persönlich vorbeibringst" – sie suchte verzweifelt nach einer passenden Drohung – „dann werde ich – werde ich –"

„Dann wirst du was?" Sein Atem war warm an ihrem Ohr.

„Dann werde ich Eiswürfel auf dich kippen!" Sie glitt hinein und schloss die Tür. Wieder hörte sie sein leises Lachen, als er davonging. Am liebsten hätte sie die Tür aufgerissen und ihm noch mehr hinterher gebrüllt, doch sie hielt sich zurück, da sie nicht wollte, dass Daisy mitbekam, welchen Irrsinn er bei ihr provozierte.

„Wer war das?", fragte Daisy.

„Ryan hat mir gerade meinen Gehaltsscheck gebracht", sagte Liz und ging direkt in die Küche, um die Snacks für den Film zu holen. Sie musste ihren Wangen Gelegenheit geben, ihre Dauerröte von Ryans Gegenwart loszuwerden. Sie atmete mehrmals tief ein, bis sie sich wieder ruhig fühlte. Eine Sache wenigstens lief gut – sie und Daisy hatten sich in den letzten zwei Wochen daran gewöhnt, dass sie zusammenwohnten. Sobald der Film zu Ende war, würde sie ihren Gehaltsscheck bei QuickBooks eingeben, und dann würden sie sehen, wie viel von Daisys Schulden sie bislang abbuchen konnten.

„Ich habe Guacamole zu den Chips gemacht und Salsa", rief sie Daisy zu. „Möchtest du sonst noch etwas?" Daisys Appetit war unendlich, jetzt, da sie für zwei aß.

„Das reicht, danke", sagte Daisy.

Daisy hatte eine Komödie ausgesucht, *Brautalarm*. Ihre Schwangerschaft hatte sie für die blutrünstigen Szenen in den üblichen Kriminal- und Horrorfilmen zu sensibel gemacht. Für Liz war das eine Erleichterung. Die Sorte von Filmen, die Daisy sonst gerne sah, hätte sie die ganze Nacht nicht schlafen lassen. Sie selbst liebte romantische Komödien und Beziehungsdramen.

Liz trug die Snacks ins Wohnzimmer, dann ging sie noch einmal zurück, um Wasser und Servietten zu holen. Endlich setzte sie sich aufs Sofa neben ihre Schwester und lächelte. „Bereit."

Daisy drückte auf der Fernbedienung auf Play. Liz mampfte auf den Chips und der Guacamole, während der Vorspann über den Bildschirm lief.

„Mmm, du solltest mal diese Guacamole probieren", sagte Liz. „Avocados enthalten Folsäure, und die wiederum ist gut für das Nervensystem und das Gehirn des Babys, außerdem Vitamin B6 das gut ist fürs Wachstum von Gehirn und Gewebe." Sie hatte darüber in *Was sie erwarten können, wenn sie in Erwartungen sind* gelesen, das ihre Babybibel geworden war. Daisy hatte noch nicht ein Buch über Schwangerschaft, Geburt oder die Entwicklung des Kindes, die Liz im Book It für sie besorgt hatte, angerührt.

Daisy nickte abwesend und starrte auf den Bildschirm, sah ganz ernsthaft aus, als Kristen Wiig würdevoll ihren besten Abflug machte von einem scheinbar gewöhnlichen One-Night-Stand. Liz lachte, als sie oben auf dem verschlossenen Tor festsaß, das nun aufschwang.

Sie warf einen Blick zu Daisy, die immer noch nicht gelächelt oder das Essen angerührt hatte. „Stimmt etwas nicht?"

Daisy drückte auf Pause und starrte weiter geradeaus. „Ich fahre am Sonntag nach New Mexico."

Liz ließ den Chip in ihrer Hand fallen, als ein furchtbares, ahnungsvolles Gefühl sie überkam. Daisy war schon immer beim ersten Anzeichen von Ärger davongelaufen. Wie sie sich beispielsweise exmatrikuliert hatte, als sie nur eine schlechte Note in Mathematik hatte und dann für zwei Jahre in einen Kibbuz in Israel verschwunden war. Und sie waren ja nicht einmal jüdisch. Oder das eine Mal, als sie ihrem Boss im Hundestudio die Meinung gesagt, daraufhin ihren Job verloren hatte und dann wer weiß wohin abgehauen war, erst sechs Monate später wiederauftauchte, pleite und ihre Eltern um ihren alten Kellnerjob anflehte. Aber Daisy würde nun Mutter werden. Sie hatte gesagt, sie würde ein neues Kapitel aufschlagen. Sie würde doch sicher das Baby an erste Stelle setzen.

„Für wie lange?", fragte Liz und kämpfte gegen die Panik an. Sie wollte dieses Baby und die Chance, Tante/zweite Mutter zu werden, nicht verlieren. Sie sah sich als eine ebenso wichtige Bezugsperson, wie Daisy es sein würde. Sie würde für ihre immer flatterhafte Schwester einspringen, sodass sich immer jemand um das Baby kümmern konnte.

Daisy zuckte die Schultern. „Wir werden sehen. Meine Freundin Meena jedenfalls gefällt es dort. Sie hat mir Fotos geschickt. So viele raue Schönheit, und sie sagt, die Leute da sind wirklich entspannt und gelassen. Nicht wie hier."

„Aber am Montag müssen wir in den Geburtsvorbereitungskurs!", rief Liz. „Und all diese Arztbesuche. Ich wollte dich doch begleiten."

„Ich weiß, aber in New Mexico gibt es auch Ärzte", sagte Daisy und rieb sich schützend mit einer Hand über ihren Babybauch. „Außerdem ist es hier drin ein wenig eng. Ich habe dir dein Schlafzimmer weggenommen. Du solltest nicht auf einem Sofa schlafen."

„Aber das macht mir nichts!" Liz spürte, dass Tränen drohten aufzusteigen, und sie zwang sie zurück. „Ich möchte nur das, was für dich und das Baby das Beste ist. Du könntest bei Mom und Dad wohnen, wenn du mehr Platz möchtest."

„Ich glaube, es wäre das Beste, wenn ich auf meinen eigenen zwei Füßen stehe. Weißt du, was ich meine? Ich kann nicht immer nach Hause gekrochen kommen, wenn ich Hilfe brauche. Außerdem wird mir Meena einen Job in Tranquility besorgen. Das ist dieses tolle Resort und Spa, wo sie arbeitet. So New-Age-mäßig." Daisy zwirbelte ihre langen, blonden Haare um einen Finger. „Sie ist Masseurin, weißt du. Die brauchen immer Leute am Empfang, deswegen werde ich es versuchen."

New Age Resort. Das war genau Daisys Art von Umgang.

„Aber was ist mit dem Geld?", fragte Liz. „Wo werdet du und das Baby wohnen?"

„Ich werde die Schulden schon nach und nach abbezahlen. Meenas Mitbewohnerin ist letzten Monat ausgezogen, deswegen hat sie ein freies Schlafzimmer. Sie sagte, ich kann da wohnen, und sie geht wirklich cool damit um, dass ich nur so viel an Miete bezahle, wie ich mir leisten kann. Und wenn das Baby dann da ist, könnte ich Massagekurse in der Schule besuchen, auf die Meena gegangen ist. Ich könnte Masseurin werden!" Sie lächelte erfreut über diese Idee. „Das könnte meine erste echte Karriere sein."

Liz' Magen verkrampfte sich. Daisy wollte mit ihrem Neffen weggehen, und sie würde sie niemals sehen. Sie baute sich ein vollkommen neues Leben auf, Tausende von Meilen von zu Hause und der Familie und allem, was zählte, entfernt.

„Sei bitte nicht wütend", sagte Daisy mit flehendem Blick. Im Gegensatz zu ihren eigenen waren Daisys Augen trocken, zufrieden mit ihrer neuesten Entscheidung. „Zum ersten Mal seit langem habe ich wieder Hoffnung. Das fühlt sich einfach richtig an. Wir werden voneinander hören. Große Entfernungen sind nicht mehr so schlimm, wie sie es mal waren. Wir können telefonieren, uns Mails schreiben, Nachrichten, was auch immer."

Liz unterdrückte die Tränen und versuchte, irgendetwas

Hilfreiches zu sagen. „Ich werde dich vermissen", brachte sie hervor.

„Oooh!" Jetzt wurden auch Daisys Augen feucht. „Jetzt muss ich gleich noch weinen. Versprich mir, dass du mich besuchen wirst. Es würde dir gefallen. Und es ist warm da. Du kannst kommen, um diesem langen, elenden Winter hier zu entkommen. Vielleicht kommst du zum ersten Weihnachtsfest des Babys?"

„Ich werde auf jeden Fall zu seinem ersten Weihnachtsfest kommen. Ich möchte, dass du Bescheid sagst, sobald die Wehen einsetzen." Liz inhalierte einen tiefen, beruhigenden Atemzug. „Daisy?"

„Ja?"

„Du hast mir noch nicht gesagt, wer der Vater ist", sagte sie leise.

Daisy versteifte sich. „Warum, damit du ihn ausfindig machen kannst und er das Kind unterstützt? Weißt du, ich wollte ja nichts sagen, Liz, weil ich weiß, dass du's gut meinst, aber das ist Teil des Problems! Du versuchst, mein Leben zu übernehmen!"

Es fühlte sich an, als hätte sie eine Ohrfeige bekommen. Liz verbog sich, um ihr irgendwie zu helfen, und Daisy hielt sie für ein Teil des Problems? Sie blinzelte kurz und legte die Arme um sich.

„Tut mir leid", sagte Daisy und legte einen Arm um sie. „Es ist nur, dass ich die Dinge auf meine Art angehen muss. Es ist mein Leben."

Es ist auch das Leben des Babys. Liz nickte nur. „Hast du's schon Mom und Dad erzählt?"

„Noch nicht." Daisy nahm sich eine Handvoll Chips und drückte sich vom Sofa ab. „Das kommt als nächstes. Wünsch mir Glück."

Liz ließ sich, plötzlich erschöpft, in die Kissen sinken. „Viel Glück."

Die Tür schloss sich hinter Daisy, und Liz saß einen Moment lang da, ihr Gehirn ganz taub vor Schmerz. Als sie aufstand, ging sie in die Küche und begann, aufzuräumen. Sie leerte alle Schränke und wusch die Regale aus. Sie organisierte ihren kleinen Vorrat neu alphabetisch nach der Lebensmittelart. Etwas anderes fiel ihr nicht ein, um nicht zusammenzubrechen. Sie unterbrach ihren Putzanfall kurz, um Rachel eine Nachricht zu schreiben, dass sie sie sprechen musste. Sie wusste, dass das bis zum Morgen warten musste, da Rachel wie üblich Freitag abends zum Sabbatdinner bei ihrer Familie war. Sie ging zum Kühlschrank und begann, auch ihn zu leeren.

Als sie damit fertig war, den Kühlschrank zu putzen, kam Daisy mit tränenverschmiertem Gesicht durch die Tür gestürzt und ging direkt zum Schlafzimmer. Liz folgte ihr, öffnete die Tür, ohne anzuklopfen – jetzt war keine Zeit für Höflichkeit. „Was ist los?"

„Mom und Dad sagten, ich müsse aufhören, immer vor meinen Problemen davonzulaufen", sagte Daisy, und ihr Mund zuckte vor Elend. *Endlich rief sie mal jemand zur Raison.* „Das tue ich doch gar nicht! Endlich tue ich einmal etwas, das das Beste für mich und das Baby ist. Du verstehst das doch, stimmt's, Liz? Ich muss das tun."

Und obwohl sie wusste, dass ihre Eltern recht hatten, obwohl sie es *nicht* verstand, hielt Liz ihren Mund. Wegen des Babys. Nichts würde sie von einer engen Beziehung zu dem Baby abhalten, nicht einmal ihre Schwester.

„Du musst immer das tun, was für dich und das Baby richtig ist", sagte Liz. „Das verstehe ich."

Daisy fasste das als eine Art Unterstützung auf. „Danke, Liz", sagte sie und nahm sich ein Taschentuch vom Nachttisch.

„Ich bin immer für dich da", sagte Liz. „Ruh dich aus. Das ist sehr wichtig für das Baby." Dann schloss sie leise die Tür, ging zurück in die Küche und schrubbte auch noch den Boden, bis der glänzte.

~

Liz stand am nächsten Morgen auf Rachels Türschwelle. Rachel sah sie nur einmal an und fragte gleich: „Was hat Daisy dieses Mal angestellt?"

„Ich habe doch nur gesagt, dass wir uns unterhalten müssen", protestierte Liz. „Ich habe gar nicht gesagt, dass es um Daisy geht." Sie folgte Rachel in ihre Wohnung über dem Book It und setzte sich neben sie auf das dunkelgrüne Chenillesofa.

Rachel machte große Augen. „Ist irgendwas mit Ryan passiert?"

„Nein!" Sie ließ die Schultern hängen. „Du hattest recht", gab sie zu. „Es geht um Daisy."

„Ich wusste es. Was ist passiert?"

„Sie zieht nach New Mexico, irgendwann morgen. Sie haut einfach ab und zieht zu einer Freundin dort. Sie sagt, sie will in einem New Age Spa arbeiten."

Rachel neigte den Kopf und dachte nach. „Ich muss schon sagen, das passt zu ihr."

„Ganz genau! Und jetzt werde ich das Baby nur ein- oder zweimal im Jahr sehen. Ich werde alles verpassen. Wir wollten ihn doch zusammen großziehen. Ich hatte schon alles genau geplant."

Rachel war einen Moment lang still. „Vielleicht ist das doch nicht alles so schlecht", sagte sie vorsichtig.

Sie starrte Rachel an. „Wie? Wie kann das denn nicht schlecht sein?"

„Dann wirst du wieder Single sein. Keine Verpflichtungen. Keine Verantwortlichkeiten."

„Das Wichtige hier ist doch das Baby. Ich möchte Verpflichtungen!"

Rachel schob eine silberne Schale mit Pralinen aus dunkler Schokolade etwas näher zu Liz.

Liz tauchte ihre Hand in die Schüssel und nahm sich eine Handvoll. Sie wickelte eine aus und steckte sie sich in den Mund. „Vielleicht sollte ich mit ihnen gehen."

Rachel sah sie mitleidig an. „Hat Daisy dich gebeten, das zu tun?"

„Nein, aber ..." Sie sprach nicht zu Ende, drückte die Pralinen in ihrer Hand. Jetzt wurde es ihr schmerzhaft bewusst. Daisy suchte nicht einfach nur nach einem Neuanfang. Sie versuchte, von ihr fortzukommen. Daisys Worte kamen ihr in den Sinn: *Du versuchst, mein Leben zu übernehmen!* Liz hatte gedacht, dass sie alles richtig gemacht hatte und doch hatte sie Daisy irgendwie von sich gestoßen. „Sie sagte, sie will auf ihren eigenen zwei Füßen stehen."

Rachel legte eine Hand auf Liz' Arm. „Dann lass sie."

„Aber was, wenn es nicht klappt? Es geht hier um ein Kind."

„Ich bin mir sicher, dass, wenn es ein Problem gibt, du die erste sein wirst, die davon erfährt." Sie tätschelte Liz' Hand. „Lass locker, du hast gleich eine Pfütze aus geschmolzener Schokolade in deiner Hand."

Liz legte die Pralinen auf den Tisch und umarmte ihre Freundin. „Du bist immer die Stimme der Vernunft. Das mag ich so an dir."

„Na schön, dann hör mal auf diese Vernunft", sagte Rachel. „Wir sind jetzt beide Singles. Ich bin bereit, und für dich ist die Zeit schon lange reif. Lass uns einen Schritt weitergehen. Wir stürzen uns ins kalte Wasser. Okay, Mädel?"

Das war eine alte Leier zwischen ihnen. Rachel nannte sie Mädel, wenn sie meinte, dass Liz verkrampft war, nicht den Mut aufbrachte, es anzugehen. Was natürlich nicht stimmte. Sie wollte Lehrerin sein, und das war sie. Sie nannte Rachel Ei, weil sie solch ein Eierkopf war, so in ihren klugen Gedanken verloren, dass sie das wahre Leben verpasste. Wie die Tatsache, dass sie Socken tragen konnte, die nicht zusammenpassen, sogar Schuhe, die nicht zusammenpassten, und sie bemerkte es nicht einmal.

Dennoch, ins kalte Wasser?

„Du meinst Internet Dating?", fragte Liz entsetzt.

Rachel lachte. „Du solltest mal deinen Gesichtsausdruck sehen. Nein, ich meinte, es ist Zeit, dass wir flachgelegt werden."

„Rachel! Ich kann mich doch nicht mit irgendeinem dahergelaufenen Typen einlassen."

„Wie wäre es mit einem Typen, der sich Zeit lässt, weiß, wie man mit den heißen Zonen einer Frau umgeht und der alle richtigen Knöpfe drückt? Orgasmus City."

Liz' Gesicht wurde heiß. „Und wo findest du einen solchen Typen?"

„Das überlassen wir dem Universum." Sie zog Liz zu dem vorderen Fenster in ihrem winzigen Essbereich und öffnete es. „Universum, wir wollen flachgelegt werden von Mr. Langsam und Gründlich!", brüllte sie aus dem Fenster zur Main Street.

Ein älterer Mann, der gerade mit seinem Dackel spazieren ging, sah überrascht hinauf.

„Ups! Sie nicht!", sagte Rachel und knallte das Fenster zu.

„Der wäre aber vermutlich langsam", gab Liz zu bedenken.

Sie brachen kichernd zusammen.

„Siehst du", brachte Rachel zwischen zwei Lachanfällen hervor, „es ist gar nicht so schwer, einen Mann zu finden."

Liz band sich später am Abend eine rote Garner's Sports Bar & Grill-Schürze um und gesellte sich zu ihren Eltern an den Verkaufsstand beim jährlichen Unabhängigkeitstags-Feuerwerk im Footballstadion von Clover Park. Ihr Vater grillte gerade Hamburger, Hot Dogs und vegetarische Burger, während ihre Mutter bei den Getränken und den Beilagen half. Liz nahm die Bestellungen entgegen und machte mit, wo immer sie gebraucht wurde. Beschäftigt zu sein half ihr, sich davon abzulenken, dass ihre Schwester gehen würde. Daisy saß mit einigen alten Freunden von der Highschool auf der Tribüne, und genoss ihren letzten Abend in der Stadt.

Rachel und ihre ältere Schwester Sarah waren als nächste dran, außerdem Sarahs drei Kinder: David, Leah und Olivia. Die Kinder waren zwei, vier und sechs Jahre alt, David war der älteste.

„Hallo, alle zusammen", sagte Liz lächelnd.

Rachel und Sarah erwiderten das Lächeln.

„Hallo", meldete David sich zu Wort. „Wir hätten gerne drei Safttüten." Er war wie eine Miniaturausgabe eines Erwachsenen und hatte gerne das Sagen.

Liz holte ein paar Safttüten. „Bitte sehr." Zwei davon reichte sie gleich seinen Schwestern, die ihre Hände ausstreckten.

„Sie wachsen wie Unkraut", sagte Liz zu Sarah.

„Wem sagst du das." Sarah lachte. „Und es ist noch eins unterwegs."

Liz' Blick wurde gleich von Sarahs Bauch angezogen, doch da war noch nichts zu sehen.

„Wir sind noch ganz am Anfang", sagte Sarah.

„Herzlichen Glückwunsch!", sagte Liz und gleich spürte sie wieder den Verlustschmerz, weil sie wusste, dass Daisy das Baby morgen ans andere Ende des Landes mitnehmen würde.

Sie nahm ihre Bestellungen entgegen, und sie gingen einen Platz weiter, um sie abzuholen.

„Komm doch gleich zu uns!", rief Rachel. „Wir sind direkt an der 50-Yard-Linie."

„Werde ich." Liz beobachtete, wie Sarah drei leuchtende Ketten kaufte und der kleinen, zweijährigen Olivia eine davon über den Kopf legte. Das Mädchen strahlte voller Stolz, und Liz lächelte wehmütig.

„Vier Hot Dogs bitte", sagte eine vertraute Stimme.

Liz konzentrierte sich wieder auf die Schlange und zuckte überrascht zusammen. „Maggie, du bist da!" Sie beugte sich über den Tresen, um sie zu umarmen. Ryan und Shane standen neben ihr. Anders als seine Brüder hatte Shane rote Haare und blaue Augen, er kam nach irgendeinem irischen Vorfahren. Er war groß und massiv wie Ryan, doch er hatte etwas Weiches an sich – sanfte Augen, einen freundlichen Ausdruck, einen weichen Bauch.

„Hi, Shane", sagte Liz freundlich. „Ryan", sagte sie mit einer möglichst normalen Stimme, während er ihr in die Augen sah und sich sein graues T-Shirt über seiner Brust und seinem Bizeps spannte und schamlos zur Schau stellte, dass er trainiert hatte. Sie bekam eine trockene Kehle.

„Hey, Liz", sagte Shane. „Happy Fourth."

„Liz", sagte Ryan mit tiefer, rauer Stimme, die sie erschauern ließ.

„Hier war ich seit Jahren nicht", sagte Maggie, lächelte und winkte Liz' Eltern zu, die hinten arbeiteten. „Wie gehts euch, Clive? Heather? Läuft das Geschäft gut?"

„Alles gut, Mrs. O'Hare", sagte Heather lächelnd. „Was für gutaussehende Enkel Sie doch haben."

„Als wenn ich das nicht wüsste", sagte Maggie.

„Das Geschäft läuft gut!", rief Clive und deutete mit seinem Pfannenwender. „Sieh dir die Schlange an."

Maggie sah sich um. „Du meine Güte, sie müssen mich wohl gesehen haben und sich dann alle angestellt haben. Ich bin schon sehr einflussreich."

Clive schmunzelte und wandte sich wieder dem Grill zu.

„Und wie kommt es, dass du dieses Jahr deine Meinung geändert hast?", fragte Liz.

„Ich sagte, zum Teufel mit der Müdigkeit", verkündete Maggie. „Ich werde für das Feuerwerk aufbleiben. Und die Jungs waren damit einverstanden, mich mitzunehmen."

Shane zuckte die Schultern. „Das machen wir doch gern."

„Nächstes Mal sollte Shane sein Eis bei euch verkaufen", sagte Maggie.

„Gran, du sollst doch nicht für mich sprechen", sagte Shane und lief rot an.

„Das ist eine großartige Idee", sagte Heather. „Wir würden uns freuen, Sie hier zu haben."

Nachdem Liz ihre Bestellungen entgegengenommen hatte, sagte Maggie: „Setz dich zu uns, wenn du hier fertig bist."

„Ich sollte mich zu Rachel setzen", sagte Liz.

„Bring sie mit! Wir sitzen am Ausgang zum Parkplatz, um den anderen zuvorzukommen. Trav hält uns Plätze frei."

„Ich werde es versuchen", sagte Liz, obwohl sie nicht vorhatte, beim Feuerwerk neben seiner königlichen Hotness zu sitzen.

Maggie und Shane gingen, um sich ihre Bestellungen abzuholen. Ryan stand einfach nur da und sah viel zu sexy aus.

„Ich muss die nächste Bestellung entgegennehmen", sagte Liz und beugte sich zur Seite, um hinter ihn zu sehen.

Ryan trat beiseite, und nachdem sie die nächste Bestellung aufgenommen hatte, sagte er: „Die Schürze steht ihr gut."

Sie nahm ein heißes Brötchen und warf es ihm an den Kopf.

Er fing das Brötchen, bevor es gegen seinen Kopf prallte, und grinste teuflisch. „Du hast Glück, dass du hinter diesem Tresen stehst."

Sie lachte. Dann fiel ihr ein, dass sie kündigen musste und dann keinen Grund mehr hatte, Maggie oder ihn zu sehen. Wenn Daisy nicht mehr da war, fühlte sie sich nicht gut dabei, sein Geld zu nehmen. Denn sie hatte ganz klargestellt, dass sie ihre Angelegenheiten jetzt selbst in die Hand nehmen wollte.

„Wahrscheinlich", sagte Liz, die plötzlich einen Kloß in der Kehle hatte.

Er musterte sie neugierig. „In Ordnung, bis dann", sagte er endlich.

Sie nickte und wandte sich dem nächsten in der Schlange zu, sah absichtlich nicht zu Ryan, obwohl sie merkte, dass er sie von dort aus, wo er mit Shane und Maggie zusammenstand, beobachtete. Sie bemühte sich, für die Kunden extra fröhlich zu sein.

Sie half ihren Eltern noch eine weitere Stunde, bis ihre Mom sie davonscheuchte. „Es wird langsam spät. Geh nur und sieh dir das Feuerwerk an. Wir werden hier aufräumen."

„Ist okay, Mom. Ich kann helfen." Sie war nicht in der Stimmung für ein Feuerwerk.

In dem Moment tauchte Daisy auf. „Auf, komm schon, Liz, es ist fast so weit."

Und weil es Daisys letzter Abend war, legte sie ihre Schürze ab und folgte ihrer Schwester. Als die Menge *Oh* und *Ah* bei all den Farben machte, dachte Liz an das Baby und den kleinen Jungen, zu dem es heranwachsen würde und all die Familien, die jedes Jahr wiederkamen. Ihr Neffe würde diese Tradition gar nicht kennenlernen. Er würde Teil neuer Traditionen im Westen werden, weit, weit weg von zu Hause.

Nächstes Jahr würde sie sich das Feuerwerk mit Rachel ansehen. Ihre Zeit mit Maggie war dann nur eine ferne Erinnerung. Sie dachte an Ryan, wie er sie neckte, aber nicht bösartig. Keiner hatte jemals solche Scherze mit ihr gemacht, wie er es tat. Sie wusste nicht, wie sie damit umgehen sollte – ihr gefiel es gar nicht, dass sie so hilflos war in seiner Nähe – doch sie musste zugeben, dass er ihr wichtig wurde. Wenn es nicht DIE Demütigung gegeben hätte und seinen bekannten Ruf, dass er Frauen nach dem dritten Date fallen ließ, hätte sie sogar nachgedacht über … etwas.

Pfeifend wurde die letzte Feuerwerksrakete in die Luft geschossen, und ihre Schwester grinste sie an und drückte ihre Hand. Grüne Funken flogen durch den Himmel, gefolgt von silbernen und kleinen roten, weißen und blauen Wirbeln. Ihr erster und letzter vierter Juli mit ihrem Neffen.

9

Liz wachte früh am nächsten Morgen auf, um sich von ihrer Schwester zu verabschieden. Ihr Vater hatte sich bereit erklärt, Daisy zum Flughafen zu fahren. Ihre Mutter war immer noch zu wütend darüber, dass ihre Schwester wegging, um vorbeizusehen.

„Dad, du siehst so anders aus", sagte Liz, als er kam. Sie berührte seine Haare. „So jung. Das sieht gut aus." Er war fünfundsechzig und hatte sein weißes Haar wieder blond gefärbt.

Er strich sich über das Haar. „Ja? Das hat Daisy gestern für mich gemacht. Du weißt doch, dass ich versuche, fit zu bleiben, und sie meinte, das wäre das eine, was mich alt aussehen ließ. Deswegen hat sie sich darum gekümmert."

Daisy kam herbeigerauscht mit einer Reisetasche, die vor Klamotten überquoll. Sie war gestern mit ihrem Dad an ihrer alten Wohnung vorbeigefahren, um ihre restlichen Sachen zu holen. „Sieht er nicht großartig aus?"

„Ja", sagte Liz. „Warte, du kannst dir meinen Koffer leihen. Der hat Räder, und es passt mehr hinein."

„Bist du dir sicher? Brauchst du ihn denn nicht?" Daisy schob ihre langen, fliegenden Haare aus dem Gesicht.

„Ich werde mir einfach einen von Mom und Dad leihen,

wenn ich zu Besuch komme, und bringe dann meinen wieder mit. Okay, Dad?", fragte Liz.

„Für mich ist das in Ordnung." Er blieb stehen, spielte mit seinen Schlüsseln, was ein Zeichen dafür war, dass sie sich auf den Weg machen mussten. Er sollte sich mittlerweile daran gewöhnt haben, dass er darauf warten musste, dass Daisy fertig wurde. Liz machte sich keine großen Sorgen, denn ihr Dad war zu früh gekommen, und sie hatten immer noch Zeit.

Sie holte ihren Koffer aus dem Schlafzimmerschrank und packte Daisys Sachen um, während Daisy in die Küche eilte, um sich noch ein paar Snacks für den Flug zu holen. Sommerkleider, große Schwangerschaftsunterwäsche, BHs, Pyjama und ein großer Make-up Koffer. Sie legte noch ihr Lieblingsbuch, *Was sie erwarten können, wenn Sie in Erwartung sind,* in eine Seitentasche.

Daisy kam ins Schlafzimmer, als Liz gerade mit dem Packen fertig war, und lächelte sie strahlend an. „Ich bin fertig. Können wir?"

Liz rollte den Koffer zu ihr. „Wir können", sagte sie mit schwachem Lächeln.

Daisy umarmte sie ganz fest. „Ich werde nie vergessen, was du für mich getan hast. Ich hab dich lieb, Schwesterchen."

„Ich hab dich auch lieb", murmelte Liz an der Schulter ihrer Schwester.

Und dann war sie weg. Ihr Vater nahm den Koffer und rief noch: „Bye, Liebes!", dann wurde die Tür hinter ihnen zugeknallt.

Ihre Wohnung war still.

Liz machte sich an die Arbeit.

Sie wechselte die Bettwäsche und räumte das Schlafzimmer auf, entfernte einige Handtücher vom Hometrainer. Sie war nicht mehr drauf gegangen, seitdem Daisy eingezogen war. Dann ging sie zum Schrank, putzte das Badezimmer, die Küche (obwohl die von ihrer letzten Aktion noch ziemlich sauber war) und schließlich das Wohnzimmer. Als sie fertig war, war es, als hätte Daisy nie hier gewohnt.

An jenem Abend saß sie alleine am Küchentisch und aß zu Abend den Rest einer Quiche mit einem Pinot Grigio, der seit Daisys Ankunft im Kühlschrank auf sie gewartet hatte. Sie hätte ein schlechtes Gewissen gehabt, vor Daisy zu trinken, da sie wusste, dass ihre Schwester nichts davon haben durfte. Der Wein war so gut wie die Bewertung, die sie im Laden darüber gelesen hatte. Ihr Handy vibrierte auf dem Tresen, und sie holte es. Eine Nachricht von Rachel.

Rachel: *Wie geht es dir?*

Liz: *Gut*

Rachel: *Soll ich zu dir kommen?*

Liz: *Ich gehe früh zu Bett.*

Rachel: *Denk an den Silberstreif, wir sind freie Singles.*

Liz schnaubte.

Rachel: *Sexy Singles*

Liz: *LOL*

Rachel: :p *Gute Nacht*

Liz: *Gute Nacht*

Inspiriert von Rachels Beharrlichkeit, sie solle auch das Gute an der Lage sehen, nahm sie sich einen Notizblock, den sie für Nachrichten und Einkaufslisten auf dem Tresen liegen hatte, und schrieb:

Silberstreif

Mein Bett

Im Wohnzimmer tanzen

Wein trinken ohne schlechtes Gewissen

Mehr fiel ihr nicht ein. Der Verlust von Daisy und ihrem Neffen wog schwer auf ihrem Herzen. Sie hängte die Liste mit einem Magneten an den Kühlschrank, damit sie sie an das Gute erinnerte, dass sie jetzt ihr altes Leben wiederbekam. Sie ging in ihr Zimmer und zog den blauen Babystrampler aus dem Schrank, den sie gekauft hatte. Er war so winzig, so niedlich, mit einem Teddybären, der vorne appliziert war und kleinen Bären mit Öhrchen, die aus den Füßen heraussahen. Den würde sie mitnehmen, sobald sie erfuhr, dass ihre Schwester Wehen hatte. Sie würde nichts verpassen.

Sie brach in Tränen aus.

Sie würde alles verpassen.

~

Liz saß am Montagmorgen mit einer Tasse Tee und Doppelkeksen auf dem Sofa in Maggies Wohnzimmer und versuchte, sich etwas einfallen zu lassen, um ihr einigermaßen die Situation zu erklären.

„Wie geht es dir, meine Liebe?", fragte Maggie.

„Daisy ist nach New Mexico gezogen", platzte es aus Liz heraus.

„Ach, Süße. Wann ist das denn passiert? Ich weiß, du wirst sie vermissen –"

„Gestern!", weinte Liz. „Sie nimmt mir meinen Neffen weg! Ich werde alles verpassen." Sie brach in Tränen aus. „Ich würde ja gerne glauben, dass bei ihr das Baby an erster Stelle kommt", sagte sie durch die Tränen und gestikulierte wie wild, „aber ich habe Angst, dass das nicht stimmt. Mein Neffe sollte nicht in einem New Age Resort, weit weg von seiner Familie aufwachsen. Er sollte hier aufwachsen, seine Großeltern und seine Tante kennen!"

„Ich finde ja auch, dass ein Heim und die Familie wichtig sind", sagte Maggie. „Aber, Liz, das ist nicht dein Baby. Daisy muss tun, was sie als Mutter für das Beste hält."

„Aber das Baby braucht mich!" Liz nahm sich ein Taschentuch aus der Handtasche und wischte sich die Tränen beiseite, die einfach nicht aufhören wollten zu fließen. „Daisy ist so … ausgeflippt! Und der Vater ist nicht mit an Bord."

Maggie erhob sich von ihrem Sessel und setzte sich neben Liz, zog sie in ihre Arme, damit sie sich ausweinen konnte.

Als sie damit fertig war, setzte Liz sich auf und schniefte. „Tut mir leid, ich wollte dich nicht vollheulen."

„Ich weiß ja, wie sehr du dich darauf gefreut hast, ihr mit dem Baby zu helfen." Maggie streichelte ihr die Haare. „Du wirst eine wunderbare Tante sein, auch wenn die Distanz etwas größer sein wird, als du erwartet hattest."

Liz schniefte erneut. „Danke." Sie lächelte sie halbherzig an. Sie hatte plötzlich Heißhunger und stopfte drei Kekse in Rekordzeit in sich hinein. Sie trank etwas Tee, um sie hinunterzuspülen. Dann fiel ihr der Grund für ihren Besuch ein.

„Maggie, jetzt, da Daisy nicht mehr da ist, werde ich nicht mehr jeden Tag kommen. Natürlich werde ich dich regelmäßig besuchen."

Maggie ließ Liz los und sah ihr in die Augen. „Ryan hat dich doch dafür bezahlt, oder?"

„Ja", gab Liz zu. „Aber ich wäre auch gekommen, wenn er es nicht getan hätte."

„Ich werde ihn umbringen", murmelte Maggie. „Ich habe mich schon gewundert, warum du jeden Tag gekommen bist. Ich dachte, dass du mich ganz dringend brauchst. Lass uns einfach nur rumhängen, wenn wir etwas vorhaben. Abgemacht?"

Liz nickte. Dann nahm sie sich noch ein Taschentuch und putzte sich die Nase. „Ich bin froh, dass wir Freunde sind. Möchtest du es morgen noch einmal im Strickclub probieren?"

„Auf keinen Fall. Ich bin doch ausgetreten, erinnerst du dich? Ich habe etwas Besseres vor." Sie lächelte. „Wir werden eine Fahrt unternehmen. Ich glaube, ein Ortswechsel ist genau das, was du jetzt gerade brauchst."

„Okay." Liz stand mit den Taschentüchern in der Hand auf, um sie wegzuwerfen. „Eigentlich habe ich morgen Geburtstag. Die große null hinter der drei. Meine Eltern schmeißen morgen Abend um sieben im Garner's eine Party. Ich würde mich freuen, wenn du auch kämest."

„Klingt großartig." Maggie grinste. „Ich bin mir sicher, dass wir genau in der richtigen Stimmung für eine Party sind, nachdem wir den Tag zusammen verbracht haben."

Eine Unruhe kribbelte in Liz, als sie in die Küche ging, doch sie schob sie beiseite. Maggie hatte recht. Ein Ortswechsel war genau das, was sie jetzt brauchte.

~

Ryan klingelte an Liz' Tür und wartete, eine Tüte von Ernie's Diner, zwei Orte weiter, in der Hand, mit dessen berühmter Hühnernudelsuppe und einer DVD. Er hatte nicht vor zu bleiben, doch Gran hatte ihm vorhin gesagt, dass Liz gekündigt hatte, und, wie Gran es ausdrückte, „am Boden zerstört war", weil ihre Schwester gegangen war. *Leoparden küsst man nicht* hatte Gran immer aufgeheitert, und sie hatte ihr gesagt, dass er auch einer von Liz Lieblingsfilmen war. Er war lustig – wenn man alte Schwarzweißfilme mochte.

Niemand kam an die Tür. Er wusste, dass sie da drin war; er hatte ihren Wagen draußen gesehen. Sein Herz schlug etwas schneller. Er klopfte ganz fest und hörte nicht auf. „Liz, geht es dir gut?", rief er durch die Tür.

Plötzlich wurde die Tür aufgerissen, und Liz stand da in einem langen Snoopy T-Shirt, das ihr bis zu den Oberschenkeln reichte, und sonst nichts. Ihre schlanken Beine, nackt und schön. Er hätte nie gedacht, dass ein Snoopy T-Shirt so sexy aussehen könnte. Er riss seinen Blick los und sah ihr wieder ins Gesicht. Ihre Augen waren rot und verquollen, und ihre Haare waren nicht perfekt. Auf einer Seite waren sie ganz zerzaust.

„Sei leise", sagte sie, „du störst meine Nachbarn."

„Habe ich dich geweckt?", fragte er. Es war erst sieben, aber … vom Bett zerzauste Haare und Snoopy-Nachthemd.

„Was machst du hier?" Sie klang müde.

Er schob ihr die Tüte und die DVD in die Hände. „Ich habe dir Suppe gebracht und einen Film, über den Gran immer lachen muss. Ich dachte, damit fühlst dich vielleicht besser." Er trat einen Schritt zurück. „Na dann … Gute Nacht."

„Warte!" Sie winkte ihn herein. „Leiste mir Gesellschaft bei der Suppe."

Langsam betrat er die Wohnung.

Sie sah auf den Film. „Ach, den habe ich schon. Das ist mein Lieblingsfilm." Sie lächelte. „Das ist aber trotzdem süß von dir, dass du ihn mir gebracht hast. Und die Suppe. Danke dir."

Er folgte ihr in die Küche und las eine merkwürdige Liste an ihrem Kühlschrank: Mein Bett, Im Wohnzimmer tanzen, Wein trinken ohne schlechtes Gewissen. Klang wie ein umgekehrtes heißes Date. Ein paar Minuten später saß er an ihrem

Küchentisch, eine Schüssel Suppe vor sich. „Du tanzt also gerne im Wohnzimmer?"

Sie schoss von ihrem Stuhl hoch, wodurch er einen Blick auf ihr Seidenhöschen erhaschte, während sie die Liste vom Kühlschrank riss und sie in eine Schublade stopfte. Dann kam sie zu ihrem Platz zurück und legte sich sorgsam eine Serviette auf den Schoß. Er wartete, dass sie ihm in die Augen sah. *Da war es.* In ihren blauen Augen blitzte die Wut auf, und ihre Energie überkam sie. Er wusste, er sollte das nicht – er konnte einfach nicht anders – es gefiel ihm einfach zu gut, sie zu reizen. Sehr. Dadurch brach er die eiserne Kontrolle, die sie wie einen Schild trug.

Er unterdrückte ein Lächeln und aß seine Suppe.

„Würdest du gerne etwas trinken?", fragte Liz nach einem Moment.

„Ich hätte gerne einen Wein ohne schlechtes Gewissen", erwiderte er.

Mit zornigem Blick erhob sie sich und sagte kontrolliert: „Du kannst jetzt gehen."

Er machte große Augen. „Verdammt, Liz, das sollte ein Scherz sein. Ich trinke nicht einmal Alkohol."

Sie wies auf die Tür.

Er wischte sich den Mund mit einer Serviette ab und stand auf. Er hatte dafür sorgen wollen, dass es ihr besser ging, sie ablenken, und er hatte alles ruiniert. „Liz, komm schon …"

Sie blinzelte mehrmals. *Bitte keine Tränen.* Mit Wut konnte er umgehen. Aber eine weinende Frau? Das war das Schlimmste. Dann wusste er nie, was er sagen sollte. Er machte es *immer* nur noch schlimmer. Shane war viel besser bei diesen Mädchenangelegenheiten – Mister Sensibel. Er atmete scharf aus. Auch im Reden war er mies. *Verdammt, verdammt, verdammt. Ich kann sie nicht so zurücklassen.*

„Komm her", sagte er und zog sie in seine Arme. Eine Minute lang stand sie steif da, ihre Arme an der Seite, dann legte sie langsam ihre Arme um ihn und seufzte. Sie passte perfekt in seine Arme. Sie sah ihn mit diesen verweinten Augen an, und er wollte nur alles besser machen.

Er umfasste ihr Gesicht mit einer Hand, beugte sich vor

und küsste sie. Ihre Lippen waren weich und nachgiebig und ließen ihn mehr wollen. Ihre Hände griffen nach seinem Hemd, was er für ein gutes Zeichen hielt, deswegen intensivierte er den Kuss, ihm gefiel ihr Geschmack, ein wenig salzig von der Suppe. Sie stöhnte leise hinten in ihrer Kehle, wodurch er steinhart wurde. Er streichelte ihren Rücken, spürte jetzt ihre Haut durch die dünne Baumwolle, zog sie näher an sich, musste ihren kurvigen Körper an sich spüren.

Plötzlich schob sie seine Brust von sich, und er ließ sie los.

Sie atmete heftig, ihre Augen geweitet, und starrte ihn an. „Du solltest jetzt gehen", sagte sie mit zitternder Stimme.

Er schob sich eine Hand ins Haar, fühlte sich wie ein vollkommenes Arschloch. Er war hergekommen, um sie aufzumuntern, und stattdessen hatte er die Situation ausgenutzt. Er suchte nach den richtigen Worten, doch ihm fiel nichts ein.

Er ging und schloss die Tür leise hinter sich.

„Ich habe gerade Ryan O'Hare geküsst", gestand Liz Rachel hysterisch lachend. Sie hatte ihre Freundin in dem Moment angerufen, als die Tür hinter Ryan ins Schloss gefallen war.

„Mein Gott, bleib dran, ich muss gerade einen Kunden kassieren." Im Hintergrund hörte sie Geräusche. „Ich glaube, das wird Ihnen wirklich gefallen. Sehr erhebend und auch lustig."

Sie hatte ganz vergessen, dass Rachel montags länger geöffnet hatte, weil sich da der Buchklub Die denkenden Moms traf. Sie wischte sich ihre verschwitzten Handflächen hinten an ihrem Snoopy T-Shirt ab und hörte, wie Rachel im Hintergrund mit jemandem sprach.

"Okay, Janelle übernimmt jetzt die Kasse", sagte Rachel in den Hörer.

„Ich kann später noch einmal anrufen."

„Ist schon in Ordnung. Wir wollten ohnehin gerade schließen, und sie kaufen nur gerade das Buch für den nächsten Monat. Janelle kümmert sich darum. Okay, bin jetzt in meinem Büro. Erzähl."

Liz dachte an diese intensive Hitze zurück, wie sie sich überwältigend zu Ryan hingezogen gefühlt hatte, sodass sie alles vergaß – wer sie war, wo sie war, was sie gerade tat. Gott sei Dank war sie zu Sinnen gekommen. Sie hatte ihn als Jungen gekannt, doch als Mann kannte sie ihn kaum. Konnte sie ihn jemals ansehen und DIE Demütigung vergessen?

Ihr Körper schrie *ja!*

Dumme Hormone.

„Bist du noch da?", meldete sich Rachel zu Wort. „Was ist passiert?"

„Ich war so traurig, weil Daisy gegangen ist, da kam er mit Suppe und einer DVD –"

„Welcher Film?"

„*Leoparden küsst man nicht*."

„Er ist gut. Hast du ihm gesagt, dass das dein Lieblingsfilm ist?"

„Nein, aber Maggie und ich haben darüber gesprochen."

„Erzähl weiter."

„Dann hat er mich umarmt, und das nächste, was ich weiß, ist, dass wir uns küssten, und dass es zu viel war. Ich habe ihn hinausgeworfen."

Rachel schnappte nach Luft. „Warum war es zu viel?"

„Ich weiß nicht. Einfach zu … *intensiv*."

„Intensiv", wiederholte Rachel. „Lass mich noch einmal zusammenfassen. Der Junge, den du einen ganzen Sommer lang angehimmelt hast, hat dich endlich geküsst, es war verdammt noch mal *intensiv*, und du hast ihn hinausgeworfen? Muss ich dich an das Ryan O'Hare Einklebebuch erinnern?"

Liz wurde rot. Sie hatte dieses Zeugnis ihrer lächerlichen Teenagerschwärmerei verbrannt.

Rachel fuhr fort. „Ich erinnere mich sehr gut an dieses Einklebebuch. Die Gedichte aus den Buchstaben seines Namens, wie viele Male er sich an deinen Namen erinnert hatte, das Muster seiner Sommersprossen am linken Arm. Sein Lieblingswort *hey*. Warum erinnere ich mich an all das? Weil wir einen ganzen Sommer lang darüber gehockt haben!

Die drei verschiedenen Schattierungen in seinen haselnussbraunen Augen –"

„Ich weiß, ich weiß!"

„Liz, vergiss DIE Demütigung und mach dich ran!"

„Das ist aber nicht einfach."

„Ist es doch", sagte Rachel fest. „Wir sind sexy Singles, schon vergessen? Lad ihn zu deiner Geburtstagsparty ein."

„Ich weiß nicht …"

„Dann werde ich es tun. Gern geschehen."

„Nein! Das wäre unangenehm, und wahrscheinlich würde er auch gar nicht kommen wollen. Meine Mama hat erzählt, dass er ein wenig wie ein Einsiedler lebt, seitdem er nicht mehr bei der Polizei arbeitet."

Rachel murmelte etwas Unverständliches. „Man hat auf ihn geschossen, weißt du."

„Weißt du, was passiert ist?"

„Das weiß niemand. Nur, dass man auf ihn geschossen hat und er dann den Dienst quittiert hat. Du solltest ihn fragen."

Liz verdrehte die Augen und war froh, dass Rachel sie nicht sehen konnte. „Ich bin mir sicher, nachdem er niemandem davon erzählt hat, würde er ausgerechnet mir *liebend gerne* alles anvertrauen."

„Spar dir deinen Sarkasmus. Ich versuche doch nur, dir zu helfen."

Liz seufzte. „Entschuldige, es ist nur so schwierig. Ryan ist so … so –"

„Heiß? Sexy? Zum Lecken?"

Liz wurde puterrot, öffnete den Mund und schloss ihn dann wieder.

„Zieh morgen deinen Wonderbra an und rasier dir die Beine", wies Rachel sie an.

„Rachel!"

„Jetzt ist S-P-A-S-S angesagt, bye!"

Liz starrte auf ihr Handy. Dafür würde Rachel *eindeutig* zahlen.

10

Am nächsten Morgen fuhr Liz zu Maggies Haus für einen kleinen Ortswechsel. Maggie saß bereits auf dem Beifahrersitz ihres Cabrios, als Liz vorfuhr. Sie trug ein rotes Kopftuch und eine große runde Sonnenbrille.

„Herzlichen Glückwunsch zum Geburtstag!", rief Maggie. „Bereit für einen Ortswechsel?"

„Natürlich", erwiderte Liz und setzte sich auf den Fahrersitz. „Wohin?"

„Wir fahren zum Laurel Mountain. Ich habe mir die Wegbeschreibung ausgedruckt." Sie wedelte mit einem Zettel durch die Luft.

Liz nahm den Zettel und sah sich die Route an. Laurel Mountain war zwei Stunden nördlich von ihnen in den Catskills. Sie fuhr aus der Einfahrt und Richtung Stadt. Hätte sie gewusst, dass sie so weit weg fuhren, hätte sie eine Kühltasche zum Mittagessen mitgebracht.

„Ich habe ein Geschenk für dich", sagte Maggie.

„Hast du?" Liz sah zu ihr hinüber.

Maggie lächelte.

„Ach, das musstest du doch nicht."

„Ich wollte aber. Ich werde es dir geben, wenn wir dort sind."

„Okay." Liz fiel auf, dass Maggie gar nicht ihre übliche

viel zu große Handtasche aus Kunstleder dabei hatte, nur eine Gürteltasche um ihre Taille. Das Geschenk musste winzig sein.

Als sie auf dem Highway waren, döste Maggie ein, und Liz hatte reichlich Zeit, um an ihre Geburtstagsparty am Abend zu denken. Rachel hatte ihr geschrieben, dass sie Ryan die Einladung auf den Anrufbeantworter gesprochen und noch nichts von ihm gehört hatte. Liz wusste nicht, was schlimmer wäre – wenn Ryan käme oder eben nicht. Wenn er auftauchte, musste sie sich irgendwie mit dieser unangenehmen Wir-haben-uns-geküsst-und-ich-habe-dich-hinausgeworfen-Szene auseinandersetzen. Wenn er nicht auftauchte, würde sie sich an ihrem Geburtstag wie eine vollkommene Verliererin fühlen. Das war ein klassisches Lose-lose-Szenario.

Die große Drei und die Null versprachen genauso entsetzlich zu werden, wie Liz es sich vorgestellt hatte.

Zwei Stunden später weckte sie Maggie auf, als sie die Ausfahrt zum Laurel Mountain genommen hatte.

„Und wohin jetzt?", fragte Liz. „Wollen wir nur herumfahren?"

„Oh nein, ich habe ein genaues Ziel im Kopf", sagte Maggie. „Bleib einfach auf dieser Straße und folge den Schildern zu den Adventure Zipline Tours."

Liz drehte sich der Magen um. „Maggie, werden wir etwa –"

„Herzlichen Glückwunsch zum Geburtstag, Liz!"

Liz fuhr erstarrt und schweigend weiter.

„Was ist los, meine Liebe?", fragte Maggie. „Du siehst ein wenig blass aus. Mach dir keine Sorgen. Ich habe das Video auf ihrer Website gesehen. Das wird großartig werden. Wir werden wie ein Vogel durch den Wald fliegen. Soviel zum Thema Ortswechsel!"

„So viel zum …", wiederholte Liz wie betäubt.

Maggie gestikulierte wie wild. „Hey, du hättest das Schild beinahe verpasst, du musst hier abbiegen. Nach rechts! Nach rechts!"

Liz riss das Steuer herum und überlegte sich, ob sie einen U-Turn machen sollte.

„Es hat noch nie einen Unfall gegeben." Maggie tätschelte Liz' Arm, um sie zu beruhigen. „Ich würde dir doch kein Geburtstagsgeschenk machen, das dich umbringt. Was wäre das denn für ein Spaß?"

Liz unterdrückte ein Ächzen. Wenn eine süße zweiundsiebzig Jahre alte Frau mutiger war als man selbst, lief etwas definitiv falsch. Entweder bei ihr oder bei Maggie, sie war sich nicht sicher.

Doch was noch schlimmer war, war, dass Ryan meinte, dass sie genau das Gegenteil von wild war und deswegen einen beruhigenden Einfluss auf seine Großmutter haben sollte. Vielleicht brauchte Liz etwas Wildes in ihrem Leben.

Vielleicht war es Maggie, die das Leben voll im Griff hatte, und Liz' Sicherheitswahn war vollkommen falsch. Vielleicht war es an der Zeit, dass sie ihre strenge Kontrolle losließ und ein wenig Spaß hatte.

Liz überraschte sogar sich selbst, als sie endlich sagte: „Okay, ich werde es tun."

~

„AAAAAAHHHHH!!!!!", schrie jemand mit hoher Stimme, die alle Vögel aus den Bäumen aufschreckte. Moment mal, war sie das? Liz hielt sich mit einem Todesgriff an ihrer Zipline fest, während sie über die Wipfel des Waldes segelte und betete, dass sie auf ihren Füßen landete, wenn sie diese Plattform erreichte. Guter Gott, sie würde direkt mit ihrem Tourguide, Will, zusammenknallen. „Vorsicht!", brüllte sie, als ihr die Plattform entgegenraste.

„Yay, Liz!", schrie Maggie. „Ich als nächste!"

Liz landete auf ihren Füßen auf der Plattform, wo Will Gott sei Dank außer Reichweite getreten war. Wills milchgesichtiger Assistent Lorenzo – offenbar ohne zu bemerken, in welch großer Höhe sie sich befanden – trat vor, um sie von der Zipline zu befreien. Er führte sie zu Will und dem Rest der Gruppe am anderen Ende der Plattform.

Sie legte ihre Hand auf ihr pochendes Herz. Sie konnte es nicht fassen, dass Leute gutes Geld dafür bezahlten, so etwas

Schreckliches zu tun! Will gestikulierte und deutete auf die Rotfichten und Birken, die man auf dieser Höhe fand. Sie machte den Fehler hinunter zu blicken, ihr wurde schwindlig, sie senkte ihren Oberkörper, legte ihren Kopf zwischen die Knie. *Atmen, atmen. Du trägst eine Rüstung und einen Helm. Ha!*, Dachte sie ein wenig fiebrig. *Als wenn ein Helm ihr irgendwie helfen würde, während sie einhundertzwanzig Meter über dem Boden war.* Warum hatte sie gedacht, dass das zeigen würde, dass sie wild sein konnte? Eher verängstigt.

„Woo-ooo-ooo-hoo!", brüllte Maggie.

Mein Gott. Liz richtete sich auf und drehte sich um, um zu sehen, wie Maggie durch den Wald flog, ihre Hände in der Luft. Wie eine verrückte Hexe ohne Besen.

„Lass die Griffe doch nicht los!", kreischte Liz. „Halt dich fest!" Sie legte ihre Hand auf den Mund, und versuchte, Maggie mit Telepathie dazu zu bringen, sich festzuhalten. Sie war fast da, die Plattform war nur wenige Meter entfernt.

„Siehst du, Ma, freihändig!", kicherte Maggie fröhlich. Sie landete auf der Plattform, lachte, ihre Wangen voller Farbe. Lorenzo fing sie auf und sorgte dafür, dass sie nicht umfiel.

Liz atmete zum ersten Mal tief ein, seitdem sie Maggie beim Flug gesehen hatte.

Die ältere Frau klopfte Liz auf den Rücken. „Das ist Leben. Hab ich es dir nicht *gesagt*, Mädchen?"

„Maggie, ich glaube, wir sollten fahren. Das ist viel zu gefährlich."

„Man kann gar nicht anders hier herunterkommen als mit diesen Ziplines", erwiderte Maggie. „Und die nächste ist sogar noch steiler und schneller. Das wird ein ganz schöner Ritt! Komm schon, stell dich an, du bist die nächste."

Liz drehte sich um und sah auf das Ende dieser qualvollen Reise. Noch fünf Ziplines bis zum Ende, jede wurde immer länger und schneller bis zu der letzten, bei der sie eine Geschwindigkeit von achtzig Stundenkilometer erreichte – die, mit der sie in großen neonfarbenen Lettern auf der Broschüre von Atlanta Zipline Tours Reklame machten, die sie sich mitgenommen hatte, als sie ihren nutzlosen Helm bekam. Sie dachte ernsthaft darüber nach, einen Baum hinunter zu klettern. Aber vermutlich würde sie irgendwo hängen bleiben und dann musste man die Feuerwehr holen, um sie da hinunter zu bekommen. Und sie konnte auch die verrückte Maggie nicht zurücklassen.

Liz hielt ihre zitternden Hände ganz fest und konnte sich nicht konzentrieren, als Will auf eine weitere sommergrüne Baumart, die hier heimisch war, deutete.

„Jetzt sind Sie gleich dran." Sagte Babyface Lorenzo und berührte ihren Ellbogen. „Bereit?"

Liz sah entsetzt zu ihrem nächsten Ziel hinab. Eine winzige Person mit Zöpfen und einem lila T-Shirt glitt mit alarmierender Geschwindigkeit von ihr fort, und war schon fast an der nächsten Plattform. Das Mädchen landete, wo ein weiterer Tourguide mit Babygesicht auf sie wartete und zu der Gruppe führte, die sich dort sammelte.

„Jetzt sind Sie dran", drängte sie der Baby-Tourguide.

Sie stand erstarrt da.

„Komm schon", sagte Maggie. „Das ist die familienfreundliche Tour. Schau mal, ein achtjähriges Mädchen hat es gerade gemacht. Wenn sie das kann, dann kannst du das doch auch."

Liz rührte sich nicht. Keine Ziplines mehr. Menschen waren einfach nicht dazu bestimmt, schneller, als sie laufen konnten, durch das Laubdach des Waldes zu rasen. Das war unnatürlich. Sie waren dafür gemacht, gemütlich über die Main Street zu bummeln und sich die Schaufenster anzusehen. Sie stellte sich die Einkaufsstraße von Clover Park vor: Shane's Scoops, Book It, Garner's Sports Bar & Grill. Bei dem Garner's musste sie an ihre Schwester denken, die ihr genaues Gegenteil war, die Wilde. Sie nahm all ihren Mut zusammen. Sie würde es beweisen – sich selbst und allen anderen hier –, dass sie Risiken eingehen konnte und zumindest so abenteuerlustig war wie eine zweiundsiebzigjährige Frau. Und wenn das bedeutete, dass sie an der Zipline in ihren Tod segelte … Nun ja, sie hatte ja eine Lebensversicherung.

„Oh, okay, dann ich als nächste", sagte Maggie und nahm den Griff der Zipline. Lorenzo befestigte ihre Rüstung, und sie stürzte los. „Ich bin ein Vogel, ich bin ein Flugzeug, ich bin Super-Maggie!"

Liz wurde blass. Ihre Angst war jetzt noch schlimmer, weil sie wusste, wie es sich anfühlte. Die Nylonrüstung war kein Sitz, wie sie es gedacht hatte. Sie war locker, und sie bewegte sich von rechts nach links, sie hing einfach da, völlig unkontrolliert.

„Sie müssen jetzt wirklich los", sagte Babyface. „Es ist vollkommen sicher. Wir haben einen fantastischen Sicherheitsbericht."

Liz drehte sich mit scharfen Augen um. „Fantastisch? Was soll das denn heißen? Ist schon mal jemand aus diesem Ding gefallen?"

„Nein, noch nie. Nur das eine Mal, als Pete herumgealbert hat und dann plötzlich mit dem Kopf nach unten hing –"

„Mit dem Kopf nach unten!", kreischte sie.

„Aber mit einer gut befestigten Rüstung kann das nicht passieren." Er überprüfte ihre noch einmal, und sie sah, wie er hier und da zog, fühlte sich dadurch aber nicht besser. „Pete hat seine Rüstung absichtlich gelockert, für den Kick."

Sie konnte kaum einatmen. *Fühlte sich so eine Panikattacke an?*

„Sehen Sie mich an", sagte Babyface. „Atmen Sie ganz normal. Wenn es Ihnen hilft, dann schließen Sie die Augen, und ich werde Sie anschubsen. Pete fängt sie dann am anderen Ende auf."

Pete? Der Idiot, der absichtlich seine Rüstung gelockert hatte?

„Komm schon, Liz!", brüllte Maggie. „Du schaffst das!"

„Yo, Pete, die hier musst du auffangen!", rief Babyface. „Sie kommt blind."

Liz fragte sich noch kurz, wie oft das bei den Zipline Tours schon vorgekommen war, und fühlte sich minimal besser, dass sie wahrscheinlich nicht die einzige war. Sie kniff ihre Augen noch fester zusammen und wappnete sich für den Schubs.

„Die Ziplines sind stark genug, um Tausende von Pfund zu tragen", sagte Babyface. „Sie sehen so leicht aus wie eine –"

Das Baby schubste sie in die Luft.

„AAAAAAHHHH!!!!" Ein weiterer unmenschlicher Schrei löste sich aus ihren Lungen, als sie durch die Luft taumelte, der Wind ihr Haar nach hinten peitschte. Sie hörte Zwitschern und Flügelschlag, als ein Vogelschwarm erschreckt aufflog.

„Öffne deine Augen!", brüllte Maggie.

Das tat sie. Maggie grinste und streckte ihr den erhobenen Daumen entgegen, und plötzlich hatte sie das Gefühl, als wäre es okay. Es war alles gut. Sie lebten das Leben. Jetzt lächelte sie, als der Wind ihr Haar nach hinten drückte. Sie landete auf der Plattform, wo Pete sie auffing und ihr Halt gab. Plötzlich mochte sie Pete und seine groben, festen Arme furchtbar gern. „Hallo, Pete", sagte sie freundlich.

Jetzt war ihr nicht mehr schwindlig. Sie fühlte sich merkwürdig enthusiastisch. Sie umarmte Maggie. Sie schlossen sich der Gruppe an, und Will beschrieb den Schwarm Grasmücken, die man normalerweise in dieser Gegend fand, wenn die Leute nicht kreischten. Manche kicherten.

„Ich werde jetzt nicht mehr kreischen", versprach Liz mit dümmlichem Grinsen. Die armen Vögel. Wahrscheinlich hatten sie mehr Angst gehabt als sie. Jetzt fühlte sie sich voller Energie, lebendig und stark.

„Kann ich beim nächsten Mal als erste?", fragte sie. „Ich glaube, wenn ich auf das nächste Mal warten muss, wird meine Panik nur schlimmer."

„Natürlich", antwortete ein Herr mit weißem Bart und trat beiseite. Auch das achtjährige Mädchen war einverstanden.

Liz packt die Griffe und zielte auf die nächste Plattform. „AAAAHHHH!"

11

Ryan kochte, als er bei Liz' Geburtstagsparty im Garner's Sports Bar & Grill ankam. Er hatte vorgehabt, sich für seinen Fehler zu entschuldigen. Die Einladung hatte ihn überrascht, aber sie gab ihm die perfekte Gelegenheit, sich rasch dafür zu entschuldigen, dass er Liz' Verfassung gestern Abend ausgenutzt und sich an sie rangemacht hatte. Das verflog, als er Gran für die Party abholen wollte. Offensichtlich waren sie und Liz heute zusammen zum Ziplinen gefahren, und jetzt hätte Gran gerne, dass er ihr eine Zipline in ihrem Garten installierte. Unglaublich!

Er ließ Gran an der Eingangstür raus. „Ich werde hinten parken. Ich sehe dich dann drinnen."

„Okay", sagte Gran und stieg aus. Sie drehte sich noch einmal um. „Du siehst heute Abend in diesem Hemd sehr gut aus", sagte sie noch, in einem durchsichtigen Versuch, durch Schmeichelei seine Laune zu verbessern.

„Danke", sagte er knapp.

Er fuhr auf den hinteren Parkplatz und nahm das Geschenk, das er für Liz gekauft hatte – bevor er von dieser Ziplineverrücktheit gehört hatte —, vom Rücksitz. Er zupfte an seinem Kragen. Das Hemd erstickte ihn. Er öffnete noch einen weiteren Knopf an dem blauen Hemd, das er letztendlich angezogen hatte, und krempelte die Ärmel hoch.

Statt durch den Hintereingang zu gehen, ging er ganz um den Block, um Zeit zu haben, sich an diesem immer noch heißen Juliabend zu beruhigen. Er kam am Shane's Scoop vorbei und ein paar anderen Läden, die an das Garner's angrenzten, und ging zum Haupteingang, wo violette und rote Ballons fröhlich am Geländer neben der Tür wippten. Er atmete tief ein. *Brüll nicht das Geburtstagskind an.*

Er öffnete die Tür. Der Laden war rammelvoll. Mr. und Mrs. Garner standen mit einigen Freunden an der Bar, Leuten, die er aus der Stadt kannte. Es waren noch andere Leute da, die er nicht erkannte, vielleicht Verwandte. Er fand Gran, die sich gerade mit seinem Bruder Shane unterhielt. Er hatte nicht gewusst, dass Shane auch hier sein würde. Natürlich war sein Laden nur zwei Türen entfernt; wahrscheinlich war er mit den Garners befreundet. Endlich entdeckte er sie, während sie sich mit Rachel unterhielt. Sie schien seinen Blick gespürt zu haben und sah ihm in die Augen. Ihr Haar war seidig glatt und wieder einmal perfekt. Sie trug ihre übliche zugeknöpfte Bluse und eine gebügelte Hose, die in der Mitte ihrer Waden endeten und ein wenig Haut entblößte. Er hatte schon einen kurzen Blick auf ihre nackten Beine werfen dürfen, als sie dieses Snoopy T-Shirt getragen hatte. Er vergaß seinen Ärger und ging durch den Raum zu ihr.

„Herzlichen Glückwunsch zum Geburtstag!", sagte er und beugte sich vor, um ihre Wange zu küssen und ihren Vanilleduft, der vielleicht von ihrem Shampoo kam, einzuatmen. Sie duftete köstlich. Sie errötete ganz hübsch, und er reichte ihr das Geschenk.

„Ryan, das war doch nicht nötig", sagte Liz leise. Sie wich seinem Blick aus und spielte mit dem gekräuselten Band, mit dem die beiden Schachteln aneinandergebunden waren – das hatte die Verkäuferin für ihn gemacht. „Wirklich."

„Ist nur eine Kleinigkeit." Er schob die Hände in die Taschen. Seine Mutter hatte ihm gesagt, welche Schokolade er kaufen sollte, als er sie vorhin angerufen hatte. Die Ohrringe hatte er selbst ausgesucht.

Rachel betrachtete ihn unverhohlen amüsiert.

Er nickte ihr zu. „Wie gehts, Rachel?"

„Richtig gut, Ryan", sagte Rachel. „Ich war mir nicht sicher, ob du kommen würdest. Es heißt, du lebst jetzt wie ein Einsiedler."

„Ich arbeite eben viel", murmelte er. „Nichts Aufregendes. Aber Überwachungsarbeit funktioniert eben leichter, wenn ich allein bin."

Liz sah auf. „Was für eine Art Überwachungsarbeit?"

„Hauptsächlich verheiratete Idioten, die sich mit jemand anderem eingelassen haben. Aber, hey, diese Idioten zahlen meine Miete."

Liz runzelte die Stirn. Da fiel ihm ein, dass er ihr eine Entschuldigung schuldete.

„Könntest du uns eine Minute allein lassen, Rachel?", fragte er.

„Klar doch", sagte sie mit breitem Grinsen. Hatte Liz ihr von dem Kuss erzählt? Dann wäre sie doch angepisst und würde nicht lächeln.

„Hey, das mit gestern Abend tut mir leid", sagte er, als Rachel außer Hörweite war. „Es war ein Fehler. Ich hätte nicht –"

„Ein Fehler?" Sie hob ihre Stimme. „Weißt du was ... nein, vergiss es." Ihre Augen waren verdächtig glänzend.

„Was ist los?"

„Nichts." Sie verschränkte die Arme, legte sie um sich selbst. „Ich muss gehen."

„Warte mal, ich weiß gar nicht, warum du jetzt so traurig bist. Ich habe mich doch entschuldigt."

„Du hast recht. Was für eine nette Entschuldigung. Mach's gut." Sie wandte sich zum Gehen, doch er packte ihren Arm. „Lass mich los."

Er deutete mit dem Kopf auf die Tür. „Komm, wir unterhalten uns draußen."

Sie schüttelte ihn ab und hatte wieder dieses Feuer in den Augen. Mit den Händen auf den Hüften verlangte sie zu wissen: „Warum?" Und das mit einer Stimme, die die Aufmerksamkeit auf sie riss.

Ein paar Leute sahen neugierig zu ihr hinüber. Gran warf

ihm einen warnenden Blick von der anderen Seite des Raumes aus zu.

„Das sage ich dir, wenn wir draußen sind", brachte er zwischen zusammengebissenen Zähnen hindurch hervor.

„Na schön." Liz ging an der Bar vorbei, schob sein Geschenk dahinter und öffnete die Hintertür. Sie ging nur bis vor die Tür und verschränkte die Arme. „Was ist los?"

Sein Blick klebte an ihren Brüsten. Sie sah hinab. Durch den Wonderbra und dadurch, dass sie ihre Arme verschränkt hatte, hatte sie eine Körbchengröße mehr. Sie wartete, immer noch angepisst, weil er ihren Kuss einen Fehler genannt hat. Sie hatte wirklich gehofft, dass es vielleicht der erste Schritt für das Beenden ihrer Trockenphase wäre. Ein Scherz auf ihre Kosten.

„Nun?", hakte sie nach.

Er sah ihr in die Augen und blinzelte. „Gran möchte, dass ich ihr eine Zipline im Garten installiere", sagte er endlich.

Ooh, Junge, Maggie musste ihm von ihrem Abenteuer erzählt haben. Oder vielleicht hatte sie auch nur ohne Erklärung die Idee Zipline in ihrem Garten angesprochen. Das war eine Möglichkeit. Bei ihr wusste man nie. „Wirklich?", fragte sie und tat unschuldig.

„Ja, wirklich. Du weißt nicht zufällig etwas davon, oder?" Er ging einen Schritt näher. Ihre Atmung beschleunigte sich, als sie seinen holzigen Duft wahrnahm, seine starke Kinnlade, die Augen, die sie brennend ansahen.

Sie sog etwas mehr Luft ein. „Maggie hat beim Mittagessen etwas davon erwähnt, dass es sicher Spaß machen würde, durch den Garten zu fliegen", sagte sie eilig und konzentrierte sich auf einen Punkt direkt neben seinem Ohr, „aber ich hätte nie gedacht, dass sie das wirklich macht." Sie sah ihm in die scharfen, haselnussbraunen Augen und wieder fort. „Das ist ein wenig verrückt. Hast du jemals gehört von …" Ihre Stimme wurde leise, als er mit einem Finger über ihr Kinn streichelte und ihren Kopf hob. Sie schloss die Augen, wartete, atmete kaum vor Vorfreude … Ein Herzschlag verging, und sie öffnete die Augen.

„Sag mir, dass du nie wieder auf Ziplinetouren mit ihr gehst", sagte er ruhig, seine Augen brannten sich in ihre.

„Ich habe nicht vor, noch einmal eine Ziplinetour mit ihr zu unternehmen", hauchte sie. *Nicht, dass ich das jemals wollte.* Sie starrte auf seinen Mund.

Er zog sich zurück, fuhr mit einer Hand durch sein Haar. „Du darfst sie in ihrem Wahnsinn nicht noch unterstützen. Ich bezahle dich ja nicht einmal mehr. Warum verbringst du dann überhaupt noch Zeit mit ihr?"

Sie drückte gegen seine Brust, ernsthaft angepisst, dass sie sich für eine weitere schmerzhafte Zurückweisung geöffnet hatte. Sie hatte gedacht, dass er sie küssen wolle. Sie sah ihn wütend an. „Ich mag Maggie, und weißt du was? Sie weiß, was sie tut. Sie will das Leben voll auskosten. Wie kommst du dazu, ihr zu sagen, was sie tun kann und was nicht?"

Sein Mundwinkel hob sich. „Wie ich dazu komme?", fragte er gleichgültig. „Wie kommst *du* dazu?"

Sie atmete scharf aus. „Ich bin ihre Freundin."

"Sie ist meine Oma", sagte er ruhig. „Ihr darf nichts passieren."

Ihr Herz wurde weich. Sie biss sich auf die Lippe und nickte.

Er hob seine Hand und streichelte eine Locke ihres Haares, seine warmen Finger umfassten ihren Nacken. „Iss mit mir zu Abend."

Sie trat einen Schritt zurück, vollkommen verwirrt. Er würde sie nicht küssen, hielt es tatsächlich für einen Fehler, einen Fehler, dass er sie geküsst hatte, und jetzt lud er sie zum Abendessen ein? Was für ein Spiel spielte er eigentlich?

„Nein", sagte sie.

„Warum nicht?"

„Du bist ein …" *Ein Herzensbrecher.*

Wegen DER Demütigung.

Ihr Vater steckte den Kopf zur Hintertür hinaus. „Ist hier alles in Ordnung, Liebes?"

„Mir geht's gut, Dad. Wir kommen jetzt wieder rein."

Ihr Vater warf einen Blick auf Ryan, dann lächelte er sie an. „Okay."

Sie ignorierte Ryans konsternierten Blick und ging hinein. Denn beinahe hätte sie *Ja* gesagt.

Liz ging auf wackligen Beinen rasch zur Theke und bestellte einen Chardonnay. Ihr Wein kam ganz schnell. „Danke, Josh." Sie rutschte auf einen Barhocker und kippte das halbe Glas in sich hinein. Es gab eine ganze Reihe perfekter Gründe, *Nein* zu Ryan zu sagen. DIE Demütigung natürlich, der Kuss-„Fehler", die Tatsache, dass er mit niemandem mehr als dreimal ausging, vermutlich wäre das das Absägedatum.

Und sein Job war es, untreuen Ehegatten hinterherzuspionieren? Sie hatte gedacht, er mache irgendwas Heroisches, etwas Wertvolles für die Gesellschaft. Er brachte einen auf die Palme, er war verwirrend und einfach zu süß, um wahr zu sein. Sie sah sich im Raum um und sah ihn mit Freunden ihres Dads aus der Ü40 Baseball-League reden, vermutlich auf der Suche nach neuen Klienten. Dann entdeckte sie Rachel am Buffet, die sich gerade mit Shane und Alan Zinkman, dem Postboten des Ortes, unterhielt. Sie musste an Ryan vorbei, um zu ihrer Freundin zu kommen. Aber sie hatte absolut keine Lust auf eine neue Konfrontation.

Sie nahm noch einen stärkenden Schluck Wein und stand auf, vergewisserte sich noch einmal, dass ihre Bluse auch ordentlich in der Hose steckte. Sie ging zu Rachel, ignorierte Ryans Blick, als sie an ihm vorbeiging, und schaute stur geradeaus auf ihr Ziel.

„Hey, ich bin zurück", sagte sie zu Rachel, als sie hinter ihr war.

Rachel sah sie an und fragte: „Geht es dir gut?"

„Ja, alles in Ordnung." Liz trank ihren Wein zu Ende. „Hi, Leute."

„Herzlichen Glückwunsch zum Geburtstag!", sagte Shane und küsste sie auf die Wange.

„Danke", sagte sie. Shane war so süß. Das war die Art von Typ, auf die sie sich einlassen sollte. Sie strahlte ihn an, und er erwiderte das mit leicht überraschtem Blick.

„Herzlichen Glückwunsch!", meldete auch Alan sich fröhlich zu Wort. Auch ihm dankte sie mit einem breiten Lächeln. Er hatte Rachel und so ziemlich jedes andere hübsche Mädchen in der Stadt schon mehrmals um eine Verabredung gebeten. Ein Nein als Antwort akzeptierte er nicht, bis das Dutzend erreicht war, dann machte er sich an das nächste hübsche Mädchen ran. Gott sei Dank hatte Liz ihm schon zwölfmal einen Korb gegeben, also war er mit ihr durch. Wenn er es nur nicht so krampfhaft versuchen würde, dann würde er vielleicht jemanden finden.

„Alan hat uns gerade von der neuen Minigolfanlage in Cherry Valley erzählt", sagte Rachel. „Wir sollten alle hingehen." Sie deutete auf die Gruppe, und Liz spielte mit. Alan musste sie wohl wieder einmal um eine Verabredung gebeten haben, und sie versuchte jetzt, es von einem Date in eine Gruppensache zu drehen.

„Klar", sagte Liz. „Klingt nach Spaß."

„Wie geht's deiner Schwester?", fragte Alan.

„Gut." Sie zwang sich zu lächeln. „Ich habe gestern erst mit ihr gesprochen, da hat sie mich angerufen, um mir zum Geburtstag zu gratulieren. Sie lebt sich gerade in ihrer neuen Wohnung ein." Die Erinnerung daran, dass ihre Schwester nicht da war, ließ Liz sich nach einem Glas Wein sehnen, doch sie konnte auf keinen Fall ein zweites Mal an Ryan vorbeigehen, um zur Bar zu kommen.

Wie aus dem Nichts tauchte plötzlich Maggie an ihrer Seite auf, zwei Gläser mit Champagner in der Hand. Sie trug ein T-Shirt mit Leopardenmuster und eine Hose mit weißen Punkten. Eine glänzende Libellenspange hielt eine kurze Haarlocke an der Seite. Sie reichte Liz ein Glas Champagner.

„Einen Toast auf Liz!", sagte sie und hob ihr Glas. „Herzlichen Glückwunsch zum Geburtstag!"

Alle hoben ihr Getränk und stießen an.

„Danke!" Liz lächelte und leerte ihr Glas.

„Ich werde mir noch etwas zu essen holen", verkündete Rachel.

„Ich auch", sagte Alan zur gleichen Zeit, als Shane sagte: „Ich werde dich begleiten."

Maggie sah sich um, dann wandte sie sich an Liz. „Er kann uns nicht hören, also, was wollte Ryan? Ich habe gesehen, wie ihr beide hinten raus gegangen seid, und das sah ziemlich hitzig aus."

„Du wirst keine Ziplinetouren mehr unternehmen, wenn du weißt, was gut für dich ist", sagte Liz mit tiefer Stimme, um Ryan nachzuäffen. Zum ersten Mal an diesem Abend fühlte sie sich entspannt. Champagner war wundervoll. Chardonnay auch. Jedes Getränk, das mit Cha- begann, um genau zu sein. Chablis auch.

„Dachte ich's mir doch", sagte Maggie. „Achte gar nicht auf ihn. Er ist unverbesserlich hyperprotektiv. Als er all diese Leute bewacht hat, war er ein großartiger Polizist. Seitdem er den Dienst quittiert hat, mischt er sich nur noch mehr bei mir und den Jungs ein."

„Was ist denn passiert? Warum ist er gegangen?"

„Das muss Ryan dir erzählen." Maggie nippte an ihrem Champagner. „Ich habe noch mehr lustige Dinge für uns geplant, ich wollte mich nur vergewissern, dass du dir keine Gedanken darüber machst, was Ryan denkt. Wir sind zwei erwachsene Frauen, die das Leben bei den Ei–"

„Yeah!", jubelte Liz und unterbrach Maggie, bevor sie diese Obszönität vor der halben Stadt kundtat. Auch wenn es schon etwas witzig war. Sie kicherte.

„Zeit für den Kuchen!", verkündete ihre Mutter. „Kommt alle her!"

Liz schob sich durch die Menge zu dem Tisch an der Bar, wo der Kuchen stand. Sie stellte sich davor. Da waren so-ooo viele Kerzen drauf. Die Flammen tanzten vor ihren Augen miteinander.

Die Menge stimmte ein Happy Birthday an.

Liz sah ihre Eltern an, die beim Singen mit Liebe in ihren Augen lächelten. Sie erwiderte das Lächeln.

Rachel drückte ihren Arm. Sie hatte noch keinen Geburtstag verpasst. *Die liebe Rachel.*

Die Menge sang einen hohen Ton sehr schief.

Ryan beobachtete sie und machte sich erst gar nicht die

Mühe mitzusingen. *Warum war er überhaupt gekommen? Dieser heiße Idiot.*

Das Lied endete, und alle applaudierten.

„Wünsch dir was", sagte ihre Mutter.

Liz sah zu Maggie, die sie aufmunternd anlächelte; dann schloss sie ihre Augen und wünschte sich von ganzem Herzen, sie könnte mehr wie Maggie sein.

Viel später, in der Abgeschiedenheit ihrer Wohnung, öffnete Liz das Geschenk von Ryan. Der Schwips, den sie vorhin vom Wein und vom Champagner gehabt hatte, war abgeklungen, und sie fühlte sich wieder elend, vermisste Daisy und das Baby, das sie fast gehabt hätte, denn sie wusste, sie war jetzt dreißig und immer noch so weit entfernt von allem, was sie sich immer gewünscht hatte. Sie schnitt das Band durch, dass die beiden Schachteln miteinander verband, und packte die kleinere Schachtel aus – Ohrringe mit aquamarinfarbenen Steinen oben, die in eine elegant geschwungene Silberspirale ausliefen. Sie waren schön.

Sie riss die etwas größere Box auf – Godiva Schokoladentrüffel – ihre Lieblingssorte. *Woher wusste er das?*

Sie nahm ihre winzigen Diamantenstecker aus den Ohren und steckte die neuen Ohrringe hinein. Dann ging sie zum Badezimmerspiegel, neigte ihren Kopf ein wenig und sah zu, wie das Silber im Licht funkelte. Die Steine passten zu ihrer Augenfarbe.

Sie musste schon zugeben, die beiden Geschenke waren perfekt für sie. Sie war überrascht darüber, wie viele Gedanken er sich bei seinen Geschenken gemacht hatte. Das ließ sie an den Ryan denken, den sie jetzt kannte, weniger an den Ryan, den sie damals gekannt hatte.

Und das war ein Fehler.

Doch wenn sie irgendetwas von der Ziplinetour heute gelernt hatte, dann war es, dass selbst etwas, das wie ein großes Risiko aussah, aufregend und spaßig sein konnte.

Und wenn sie wirklich mehr wie Maggie sein wollte, vielleicht, nur vielleicht, bedeutete das, dass sie ein wenig lockerlassen musste. Eine Gelegenheit ergreifen.

Sie genoss es, wie ihre neuen Ohrringe sich anfühlten, und ging zurück ins Wohnzimmer, wo sie zwei von den himmlischen Godiva Trüffeln aß. Wenn sie sich gegenüber wirklich ehrlich war, hatte es sie nicht glücklich gemacht, jedes Detail ihres Lebens zu kontrollieren und zu planen.

Es war Zeit für einen Neuanfang.

Was das anging, dachte sie mit aufgeregtem, kleinem Kichern und ging die Vor- und Nachteile einer zwanglosen Beziehung mit Ryan durch.

Sie stellte eine Liste auf:

Pro:

Sex

Contra:

DIE Demütigung

Keine Zukunft

Dann dachte sie über ihre zweijährige Trockenphase nach und entschied, dass die Vorteile die Nachteile überwogen. Auf der Proseite fügte sie noch hinzu: Ende der Trockenphase. Spaß. Also, drei gegen zwei, die Vorteile hatten gewonnen.

Sie musste nur irgendwie den Mut aufbringen, es ihm begreiflich zu machen. Darüber musste sie nachdenken. Sie legte die Ohrringe zurück in die Schatulle, zog sich ein T-Shirt an und Shorts, um aufs Laufband zu gehen. Das Laufen half ihr immer beim Denken. Während sie lief, dachte sie an Ryan, und Bilder tauchten in ihrem Kopf auf, von ihm bei der Party, wie er ihr die Geschenke überreichte, sich am vorigen Abend zu ihr vorgebeugt hatte, um sie zu küssen, wie angepisst er beim Harley-Händler ausgesehen hatte, in Maggies Haus. Und dann kam DIE Demütigung mit Wucht zu ihr zurück.

Das hatte ihr Leben verändert.

In dem Jahr, als Ryan und seine Brüder nach Clover Park gezogen waren, war sie dreizehn gewesen. Sie hatte sich Hals über Kopf in ihn verliebt, wie das nur Dreizehnjährige konnten, die zum ersten Mal den Zauber von Jungs entdeckten. Er war groß, athletisch und hatte eine Art an sich, als habe er gerne das Sagen, sehr selbstbewusst, das sprach sie an, denn Selbstbewusstsein war etwas, das ihr in ihrem eigenen Leben schmerzhaft fehlte. Sie hatte ihn am See der Stadt, dem Grand Lake, getroffen. (Die Stadtgründer hatten noch darüber diskutiert, ob der See Great oder Grand war, und Grand hatte endlich in einer letzten Abstimmung gewonnen, doch in Wirklichkeit war er ein einigermaßen großer Weiher). Ryan, der Rettungsschwimmer, lächelte immer von seinem Stuhl zu dem übergewichtigen Mädchen hinunter, das vier Jahre jünger als er war und einen neonorangefarbenen Badeanzug trug (Liz in einer besonders peinlichen Phase) und ihm unnötige Fragen dazu stellte, wie man Rettungsschwimmer wurde. Sie hatte überhaupt nicht vor, Rettungsschwimmerin zu werden, doch ihr war nichts anderes eingefallen, um seine Aufmerksamkeit auf sich zu lenken, deswegen hatte sie ihn mit Fragen bombardiert: Hast du schon jemals jemanden gerettet? Was ist das Schlimmste, das einem Rettungsschwimmer passieren kann? Wie weit konnte er schwimmen? Wäre es sinnvoller, einen Rettungsring zu werfen oder zu schwimmen und jemanden herauszuziehen? Wie konnte man schwimmen und gleichzeitig jemanden ziehen? Er war so geduldig mit ihr gewesen, und es hatte ihren Sommer gerettet.

Bis zu dem einen Tag, an dem sie ihre Tage gehabt hatte und furchtbare Krämpfe; seit sie sechs Monate zuvor ihre Periode bekommen hatte, war sie vollkommen davon überzeugt, dass es ein Fluch war. Der Schmerz war schlimm, und Midol half überhaupt nicht dagegen. Sie hatte nicht einen Tag darauf verzichten wollen, ihren Schwarm auf dem Bademeisterstuhl zu sehen, deswegen, da ihr nicht wohl dabei war, einen Tampon *da unten* zu benutzen, hatte sie eine Maxibinde in ihren Badeanzug geklebt und Shorts darüber gezogen.

Rachel war in diesem Sommer ihre loyale Gefährtin gewesen, hatte ihr zugehört, wie sie über Ryans zahlreiche Tote konnten geschwärmt hatte, hatte ständig mit ihr über Ryans Einklebebuch gesessen. An jenem Tag stand Rachel in einer langen Schlange am Snackstand, wollte ihnen eine Flasche Wasser zum Teilen holen und zwei Eis am Stiel, während sie sich auf einem Liegestuhl ausruhte und versuchte, einen besonders schmerzhaften Krampf auszusitzen, bevor sie zu Ryan ging.

Der Schmerz war vorübergegangen, und, was noch besser war, Nicole und Angela, zwei ältere Mädchen mit großen Brüsten, die fast aus ihrem winzigen Bikini herausfielen, waren im Wasser und kühlten sich ab, anstatt mit Ryan zu flirten. Sie ging zum Strandwächterplatz und sah hinauf zu ihrem Schwarm.

„Hi, Ryan", sagte sie. „Ist schon jemand in dem See versunken?" Ja, sie war eine Meisterin darin, nervige Unterhaltungen anzufangen.

„Nein", sagte er und lächelte zu ihr hinunter. „Noch nicht. Und du solltest nicht die erste sein."

Sie schüttelte den Kopf, wurde gleich leuchtend rot. Sie versuchte, sich eine neue Frage einfallen zu lassen, als der Schmerz zurückkam. Er war schlimm. Ihre Ohren begannen zu klingeln, und ihr wurde schwindlig. Einen Moment später brach sie im Sand zusammen.

Er hockte sich vor ihr nieder. „Geht es dir gut?"

Sie nickte und erbrach sich über ihn – seine Brust, seine Knie an seinen Schenkeln hinunter, über seine schönen Füße.

Er sprang zurück. „Ah! Igitt! Ich fasse es nicht, dass du auf mich gekotzt hast!" Dann sagte er mit autoritärer Stimme: „Ruf jemand den Krankenwagen! Liz, beweg dich nicht!"

Er verschwand.

Eine Menge sammelte sich langsam um sie. Einige Jungs aus ihrer Klasse starrten sie an. Sie hörte, wie jemand kicherte, *Liz hat sich übergeben, Halbverdautes.*

Ryan kam zurück, klitschnass und Gott sei Dank nicht mehr voller Erbrochenem. „Kannst du gehen?"

„Ist schon in Ordnung", brachte sie hervor und setzte sich auf. „Mir geht es gut."

„Warte." Er bückte sich, um ihr aufzuhelfen, und sie übergab sich noch einmal über seine ausgestreckten Hände und Arme und dann sein Bein hinunter. *Hätte schlimmer kommen können,* dachte sie schwach. *Ich hätte sein schönes Gesicht treffen können.* Sie fiel zur Seite in den Sand und flehte den Tod herbei. Oder Treibsand, der sie ganz verschlucken würde. Die Leute starrten sie an, murmelten über sie, doch sie war so erschöpft, und in ihren Ohren hörte sie immer noch das leise Klingeln.

Rachel tauchte an ihrer Seite mit dem Wasser und dem Eis auf.

„Rach!"

Rachel beugte sich vor. „Was ist passiert?"

„Das sind nur die Krämpfe", flüsterte sie. „Ruf meine Mom an, nicht das Krankenhaus."

„Hier, nimm das Wasser." Sie drückte es in Liz' Hand. „Ich werde ihre Mom anrufen", sagte Rachel zu Ryan. Sie reichte ihm das Handtuch, das noch über ihren Schultern hing, und bedeutete ihm, er solle sich damit säubern. Liz sah rasch beiseite. „Es wird ihr wieder gut gehen. Das passiert nun mal manchmal. Sie braucht kein Krankenhaus."

„Okay, dann also kein Krankenhaus", sagte Ryan.

Liz riskierte einen Blick auf ihn, und er sah sie besorgt an. Rachel lief zur Telefonzelle am Snackstand.

„Du hast einen Sonnenstich", sagte Ryan, kniete sich an ihre Seite und legte einen Arm unter ihre Schultern. „Ich muss dich in den Schatten bringen." Er legte seinen anderen Arm unter ihre Knie und hob sie hoch, kam schwankend zum Stehen und ging ein paar Schritte, bevor sie plötzlich in seinen Armen hinabsackte.

„Ah!", schrie sie.

Sie war zu schwer.

„Ich habe dich", versicherte er ihr, obwohl sie sehr tief auf seinen Armen hing und er sich nicht zu rühren können schien. „Chase! Hilf mir mal."

Chase, der größte Footballspieler an der Clover Park High, kam herbeigeeilt. Er nahm ihre Beine, während Ryan sie unter den Achseln hielt, und gemeinsam trugen sie sie in den Schatten des Picknickbereichs, wo sie sie auf einen Picknicktisch legten.

„Trink etwas Wasser", verlangte Ryan von ihr.

Sie stützte sich auf einen Ellbogen und nippte am Wasser. An seinen Beinen klebte der Sand in dem Erbrochenen, das er übersehen hatte. Sie schloss die Augen, da ihr wieder übel wurde, und sie schamerfüllt war.

Rachel kam zurückgelaufen. „Deine Mom wird in fünf Minuten hier sein. Ihr Jungs könnt gehen, danke."

Liz legte sich zurück, wandte den Kopf zu einer Seite, sah den beiden Jungs hinterher. Chase blähte seine Wangen auf und tat so, als schwankte er unter ihrem Gewicht.

Ryan lachte.

Chase gab einen deutlichen Kommentar von sich, den sie aber nicht verstehen konnte. Dann jedoch hörte sie ganz klar, wie Ryan sagte: „Ich muss allen helfen. Man kann nicht nur den Heißen helfen."

Liz schloss die Augen vor Schmerz im Herzen und am Körper. Sie hörte eine gemurmelte Antwort, weiteres Lachen.

„Hör gar nicht auf sie", sagte Rachel. „Das sind nur dumme Teenager-Jungs. Ihr Gehirn hat die Größe einer Erbse."

„Ach, Rach—" Sie brach in Tränen aus, vollkommen gedemütigt und verzweifelt wegen des Verlusts, von dem, was sie für die Liebe ihres Lebens gehalten hatte. Er hatte sie *ausgelacht*. Und auch, wenn er das nicht gemacht hätte, hatte sie jede Chance, die sie jemals bei ihm gehabt hatte, ruiniert. Kein Junge würde jemals jemanden anders als angewidert angesehen, der sich auf ihn übergeben hatte. Ach, wem machte sie eigentlich etwas vor, er war sowieso nie an ihr interessiert gewesen. Es war alles so demütigend einseitig gewesen.

Sie hatte gedacht, es könnte nicht schlimmer werden, doch dann wurde es das.

Eine Woche später fing die Schule wieder an, und sie kam ins achte Schuljahr mit der Qual ihres neuen Spitznamens – Halbverdautes. Die Jungs vom See hatten damit angefangen, doch die beliebten Mädchen hatten das gleich aufgegriffen. Sie war ohnehin schon ein wenig schüchtern gewesen, ungeschickt und übergewichtig. Der Name gab ihr den Rest. Ihn zu ignorieren, wie sie es das Jahr über tat, half nicht. Sie deswegen anzubrüllen, wie Rachel es tat, machte es nur noch schlimmer. Nichts konnte man dagegen tun.

Der Name verfolgte sie bis zur Highschool, da alle in die

gleiche Schule gingen. Die Leute gewöhnten sich daran, sie benutzten ihn, wenn sie sie beiläufig ansprachen. Selbst Paul, der einzige Junge, der sie zum Abschlussball einlud, hatte gefragt: „Hey, Halbverdautes, möchtest du mit mir zum Abschlussball gehen?"

Wollte sie nicht. Ihr einziger Trost war, das Ryan, da er ja vier Jahre älter war als sie, nicht mehr in ihrer Schule war. Und in der Stadt ging sie ihm konsequent aus dem Weg. Sie hatte erst ihren ersten Freund, als sie von zu Hause auszog, um ans College zu gehen.

Die Unruhe, die daher kam, dass sie Tag ein Tag aus geärgert worden war, machte ihre Kontrollsucht nur noch schlimmer. Sie begann, diese Kontrolle mit großem Erfolg auf ihre Lerngewohnheiten zu übertragen, das Geld zu sparen, das sie beim Babysitten verdiente, ihr Haus glänzend sauber zu halten und Daisy aus allen Schwierigkeiten herauszubekommen.

Sie seufzte und stellte das Laufband ab. Jeder Gedanke an Ryans dunkles, gutes Aussehen, sein seltenes Lächeln, sein Selbstbewusstsein und seine Art, das Sagen haben zu wollen, würde für immer von der Tatsache überschattet sein, dass er meinte, sie sei ein hässliches Entlein, dem er hatte helfen *müssen,* während sie ihn für einen goldenen Gott gehalten hatte.

Sie stellte sich unter die Dusche und entspannte sich unter der warmen Brause. Da entschied sie sich, dass Rachel recht hatte; ich sollte es einfach dem Universum überlassen, und es würde schon ein Typ auftauchen. Es musste ja nicht Ryan sein. Sie wollte etwas Einfaches und Süßes. Nur ein wenig Spaß. Jemanden, der ein wenig mehr wie Shane war. Er hatte sie damals nie geärgert. Um genau zu sein, hatte er in der Mittelstufe ohnehin nicht viel gesprochen.

Aber es funkt einfach nicht, wenn Shane dich berührt, sagte eine kleine Stimme in ihrem Kopf.

Ach, halt doch die Klappe, erwiderte ihre lautere, herumkommandierende Stimme. Herumkommandierend hatte für gewöhnlich recht.

12

„Es wird Zeit, dass ich mir einen Liebhaber suche", verkündete Maggie, als Liz sich zwei Tage später zum Tee in Maggies Wohnzimmer setzte.

Liz verschluckte sich gleich an ihrem Tee. „Einen L-l-liebhaber", brachte sie stotternd hervor. Es war, als hätte Maggie ihre Gedanken gelesen und die Idee für sich übernommen.

„Ganz genau", bestätigte Maggie. „Ich bin jetzt seit zwanzig Jahren Witwe. Es wird Zeit." Sie nippte an ihrem Tee, sah entspannt und glücklich aus. Mit zwinkernden Augen gestand sie: „Ich habe ein paar von diesen Liebesromanen gelesen, um meine Säfte zum Kochen zu bringen."

Liz schluckte krampfhaft. Sie wollte ohnehin nicht über die Säfte von irgendjemandem reden, schon gar nicht über die von Ryans Großmutter. Sie schob die entsetzliche Vision einer nackten, verschrumpelten Maggie, die sich mit einem nackten, verschrumpelten Mann auf die Laken fallen ließ, entschieden aus dem Kopf.

„Also, ich weiß nicht", begann Liz vorsichtig und hoffte, jegliche romantischen Hoffnungen der Seniorenfront zu beseitigen. Wenn Ryan ein Problem damit hatte, dass Maggie auf Ziplinetouren ging, konnte man sich gut vorstellen, was er tun würde, wenn er wüsste, dass sie, ähm, zurück im Sattel war. „Vielleicht –"

„Ich habe meinen Patrick ungefähr drei Jahre, bevor die Jungs zu mir gekommen sind, verloren", gestand Maggie. „Herzinfarkt." Sie legte ihre Hand aufs Herz, und ein leidvoller Blick huschte über ihr Gesicht. „Er war noch jung, nur zweiundfünfzig. Das kam so plötzlich." Sie schüttelte den Kopf. „Und dann diese Jungs. Diese armen Jungs. Die ihre Mutter so verloren hatten. Und mein Sohn, naja, Jack hat an jenem Tag nicht nur seine Frau, sondern auch sich selbst verloren." Ihre Augen glänzten vor Tränen, als sie sich daran erinnerte.

Liz streckte ihre Hand zu ihrer Freundin aus, die auf dem Sofa neben ihr saß, und drückte ihre Hand. Maggie streichelte sie und ließ sie dann los.

Maggie fuhr fort. „Nun mach dir keine Sorgen. Jack geht es jetzt ganz gut. Hat seit letztem Jahr eine Freundin. Er geht auch wieder zur Kirche, nicht in unsere Kirche, eine der Wiedergeburtsdinger, mit einer Band und elektrischen Gitarren, aber es ist eine Kirche, und er ist wieder so geradeaus wie ein Pfeil."

Liz hatte gehört, dass Ryans Vater vor ein paar Jahren in das nahegelegene Fieldridge gezogen war, da er wieder Kontakt zu seinen Söhnen aufnehmen wollte. Sie hoffte um ihretwegen, dass er das auch getan hatte.

„Jedenfalls, wo war ich gerade?", fragte Maggie. „Ach ja, meine Jungs. Zwei Monate nach dieser grässlichen Sache mit meiner Schwiegertochter bekam ich einen Anruf von Ryan, ich solle sie holen. Jack war schon seit zwei Wochen weg, und sie hatten nichts mehr zu essen. Du kannst mir glauben, ich bin direkt in mein Auto gesprungen und zwei Stunden durch nach New Jersey gefahren und habe diese Jungs abgeholt. Und so begann unser neues, gemeinsames Leben. Es war so viel zu tun mit ihnen, dass ich überhaupt nicht mehr ans Daten gedacht habe." Ihre Augen funkelten vor Seligkeit. „Und das waren schon welche. Vor allem Travis, so aggressiv dieser Junge. Und Ryan hat so lange versucht, die ganze Last allein zu tragen."

„Klingt nach einer sehr schwierigen Situation für alle", sagte Liz.

Maggie seufzte und sah auf ihren Tee hinunter. „Ihre Mutter hatte gegen Depressionen angekämpft und, nach dem, was sie später herausgefunden haben, hatte Ryan ihr lange den Rücken gestärkt." Sie sah Liz mit Bedauern im Blick an. „Ich wünschte, ich hätte es gewusst. Niemand wusste, wie schlimm es war, bis es zu spät war." Sie schüttelte den Kopf. „Aber die Jungs waren das Beste, das mir jemals passiert ist. Es hat mein Leben verändert, wie der Unfall." Sie unterbrach sich und hob ihre Hände in einer Geste, mit der sie um Verständnis bat. „Liz, ich bin es leid, allein zu sein. Allein zu leben. Ich möchte jemanden, der mein Bett wärmt und mir am Morgen Frühstück macht. Verstehst du das?"

Liz schluckte den Kloß in ihrer Kehle hinunter. „Ja, das verstehe ich." Auch sie wollte das, und sie wollte auch die Kinder, die zu dieser häuslichen Szene passten. „Was sollen wir tun?"

Maggie unterbrach sich und sah sie fragend an. „*Wir*, mein Liebes?"

Liz schüttelte kurz den Kopf. „Ich meine natürlich du. Was willst du tun?"

„Ich werde mir ein Gleitmittel besorgen. Und ich habe mich für Tanzstunden angemeldet."

Unbeabsichtigt schnappte Liz nach Luft. Sie musste sich erst von der Gleitmittelsache erholen, als Maggie schon fortfuhr.

„Du weißt doch, das Tanzen ist in Wirklichkeit nur ein Vorspiel. So habe ich meinen Patrick kennengelernt. Bei einem katholischen Tanztee. Und, hui, waren wir danach beschäftigt."

Liz bekam heiße Wangen. „Ich verstehe", brachte sie hervor.

„Der Tanzunterricht beginnt heute Abend", sagte Maggie. „Komm mit mir. Vielleicht finden wir auch jemanden für dich."

Sie sollte wirklich versuchen, jemanden kennenzulernen. „Klar", sagte Liz. „Kann ich Rachel mitbringen?" Wenn sie jemanden kennenlernen würde, dann musste Rachel das auch.

„Je mehr, desto lustiger! Ich habe auch Kondome besorgt." Maggie griff in ihre Handtasche und zog einen Streifen Kondome hervor, auf dem in Großbuchstaben stand: Extrasensitive, angefeuchtet. „Man muss doch auf Nummer sicher gehen, selbst in meinem Alter, bei diesen sexuellen Krankheiten und so."

„Oh!", Liz entschied sich, sie nicht darüber aufzuklären, dass es sexuell übertragbare Krankheiten hieß, um diese Unterhaltung endlich zu beenden. „Das ist … sehr vorausschauend von dir. Behalt du sie. Ich bin mir sicher, dass ich sie nicht brauchen werde."

„Ich werde eine kleine Extrapackung in meine Handtasche legen. Nur für den Fall." Maggie zwinkerte.

Es klingelte an der Tür. *Gott sei Dank.*

„Komm rein!", rief Maggie. „Es ist offen."

Ryan kam mit einer Einkaufstüte vom Supermarkt in jedem Arm herein. Er war heute früh dran. „Wie oft habe ich dir schon gesagt, dass du deine Tür abschließen …" Er beendete den Satz nicht und sah von einer Frau zur anderen. „Hey, Liz, was ist los? Warum bist du so rot?"

Maggie kicherte.

Liz stand auf und winkte ihn ab. „Ich musste nur so sehr über etwas lachen, das deine Großmutter gesagt hat. Ich sollte besser gehen."

„Bye, Liz!", rief Maggie. „Sie ist ein nettes Mädchen, Ryan", verkündete Maggie direkt vor Liz.

Ryan ging Liz nicht aus dem Weg, und sie war gezwungen, seitlich auszuweichen, um zwischen ihm und dem Sofa in dem vollgepackten Raum hindurch zu schlüpfen. So nah, dass sie seine Hitze spüren konnte.

„Sie ist wirklich ein nettes Mädchen, Gran." Er grinste zu Liz hinab, und ihr Gesicht brannte nur noch mehr.

„Bye!", rief Liz, während sie durch die Tür eilte, vollkommen aufgekratzt. Ihre Gedanken huschten von dem Streifen Kondome zu Ryans plötzlichem Auftauchen. Das Timing fühlte sich wie ein Zeichen von oben an. *Es bedeutete gar nichts. Es bedeutete gar nichts,* sagte sie sich immer wieder, während sie in ihr Auto glitt und davonfuhr. Sie konnte nur beten, dass Maggie Ryan nichts von ihren neuesten Plänen erzählt hatte. Liz konnte sich nicht vorstellen, dass sie sich überwinden konnte, das mit ihm zu besprechen.

Ryan ging in die Küche, um die Einkäufe wegzupacken, und dachte an Liz. Er konnte es ruhig zugeben – er wollte sie. Mehr als er je jemand anderen in seinem Leben gewollt hatte. Sie war reizend. Kühl und kontrolliert, doch zur gleichen Zeit heiß. Er wusste nicht, ob viele Leute das in ihr sahen, doch er tat es. Sie sprühte nur so vor Feuer für ihn. Er wusste instinktiv, wie er dafür sorgen konnte, dass die heiße Liz hinauskam, um zu spielen. Er wusste, dass sie zusammen gut im Bett sein würden. Und, *verdammt*, sie wollte ihn auch. Er wusste es von der Art und Weise, wie sie ihn an jenem Abend geküsst hatte, wie ihre Atmung sich beschleunigt hatte, als sie einander nahegekommen waren. Und sie hatte ihn einfach abgewiesen. *Denn du bist …* Was? Was immer Liz hatte sagen wollen, bevor ihr Vater sie unterbrochen hatte, er wusste, dass es nichts Gutes war.

„Ich bin froh, dass du sie zu mir geschickt hast", sagte Gran, als sie in die Küche kam. „Sie braucht mich."

Es war eigentlich umgekehrt, doch Ryan wusste, dass er sie nicht korrigieren sollte. Er neigte seinen Kopf und zog die Milch und die Butter aus der Tüte.

„Sind auch Chips drin?", fragte Gran und linste in die Tüte.

„Nur, wenn Dr. Gold sie für dein Cholesterin empfiehlt."

„Bah!" Sie holte das Vollkornbrot heraus und legte es weg.

„Also, was habt du und Liz vor?", fragte Ryan und hielt inne, um ihr in die Augen zu sehen. Er sah eine Lüge oder ein Ausweichmanöver meilenweit im Voraus. Gran heckte etwas aus – sie glättete ihr Haar.

„Nur ein kleiner Tee, eine kleine Unterhaltung", sagte sie und legte ihr Haar hinter das Ohr.

„Und?", drängte er.

„Warum möchtest du das wissen? Hast du vor, uns Gesellschaft zu leisten?", fragte Gran, eine Hand auf ihrer Hüfte, störrisch auf eine Art und Weise, wie sie es vor dem Unfall nie gewesen war. *Was ist aus der süßen Frau geworden, die ich gekannt habe?*

„Sollte ich?", fragte er.

„Wenn du möchtest", antwortete Gran.

Er stellte die Milchtüte in den Kühlschrank zusammen mit den Eiern und der Butter; dann schloss er die Tür und drehte sich zu Gran um. Die Frau, die ihn und seine Brüder gerettet hatte, als sie zu jung gewesen waren, um sich selbst zu retten, die sie geliebt hatte wie sonst niemand, der nichts passieren durfte, solange er atmete. „Auf einer Skala von 1-10, wo würdest du die Gefahr einordnen? Zehn ist eine Ziplinetour." Er schüttelte den Kopf, fand es immer noch schwer vorstellbar, dass seine Großmutter einen Ziplinetour gemacht hatte. Und Liz hatte auch noch mitgemacht! Wenn diese dünne Zipline gerissen wäre … Er wollte nicht einmal daran denken.

„Null. Null Gefahr." Sie hob ihr Kinn. „Wir gehen zu einem Tanzkurs."

„Tanzkurs. Das klingt sicher."

„Wirst du dich uns anschließen? Ich bin mir sicher, dass Liz dich gerne als Partner hätte."

Er schnaubte. Liz wollte nicht mehr als nötig mit ihm zu tun haben. Man musste sich ja nur ansehen, wie schnell sie hier verschwunden war, als er aufgetaucht war. Wie auch immer, er tanzte nicht. Und wenn ihr Gesellschaftstänze gefielen, dann war Shane eher ihre Kragenweite. „Kein Tanzen für mich."

„Ryan O'Hare, du kommst jetzt augenblicklich hierher, junger Mann."

Bei „junger Mann" ächzte er, ging durch die Küche und stellte sich vor sie. „Ja?"

Sie umarmte ihn, dann nahm sie seine Hand. Er ließ zu, dass sie ihn in einem kleinen Walzer durch die Küche führte. „Du bist mein Lieblingsenkel, das weißt du."

Er lachte. „Das sagst du uns allen."

„Du solltest es mit Liz versuchen", riet sie ihm.

Er verzog das Gesicht. „Bitte keine Ratschläge für mein Liebesleben."

„Sie wäre eine gute Frau und Mutter", erwiderte Gran, während sie sich in einem weiteren Kreis drehten.

„Moment mal. Ich suche nicht nach einer solchen Verantwortung."

Gran trat ihm auf den Fuß, vermutlich absichtlich. „Es geht nicht um Verantwortung", schnaubte sie. „Ich möchte, dass du glücklich bist."

„Ich bin glücklich." Ryan hörte auf zu tanzen und sah ihr in die leuchtendblauen Augen. „Bist du glücklich?"

„Das bin ich. Und ich plane, noch glücklicher zu werden." Sie lächelte, und er hatte das ungute Gefühl, dass sie etwas vor ihm verbarg.

Er hielt inne. *Schluckte sie etwa Drogen? Missbrauchte sie irgendwelche verschreibungspflichtigen Schmerztabletten von ihrem Unfall?* Es war besser, es herauszufinden und einzuschreiten. „Wie willst du denn noch glücklicher werden?"

„Lass mich sagen, dass ich den Trainer gefunden habe, und er schien erfreulich zu sein."

Er atmete einen erleichterten Seufzer aus. „Gut. Ich hoffe, du lernst eine Menge." Er wandte sich zum Gehen. Hinter ihm hörte er Gran kichern. Er blieb stehen. Vielleicht sollte er doch zu diesem Tanzkurs gehen und sich vergewissern, dass alles in Ordnung war. Nee, was konnte schon passieren?

Liz fuhr auf direktem Weg zum Book It, um Rachel die gute Neuigkeit dieses ersten Schrittes in ihr neues, swingendes Singleleben zu berichten. Das Glöckchen klingelte, als sie hineingeschwebt kam und Rachel in ihrem Büro vorfand, während die an ihrem Laptop arbeitete.

Sie nahm Rachels Handy vom Schreibtisch. „Hallo, Universum, danke für den Anruf. Wir kommen."

Rachel betrachtete sie. „Wohin genau *kommen* wir?"

„Wir gehen heute Abend mit Maggie in einen Tanzkurs.

Sie sagte, das sei ein guter Ort, um jemanden kennenzulernen. Du hast doch gesagt, dass es an der Zeit ist."

Rachel setzte ihre schwarzumrandete dicke Brille ab und putzte sie unten an ihrem glitzernden *Leser*-T-Shirt, einem weiteren aus ihrer eigenen Kreation. Die Buchstaben waren aus Glassteinchen auf einem schwarzen T-Shirt. *Schick.* Sie setzte ihre Brille wieder auf. „Ich meinte, es wird Zeit für dich. Um ehrlich zu sein, ich bin noch nicht bereit. Ich habe einen furchtbaren Geschmack, was Männer angeht. Offensichtlich. Ich wusste nicht, dass Drew ein Psychostalker ist."

„Nicht alle Typen sind Stalker", sagte Liz. „Und ich werde da sein, um dir bei der Wahl der guten Typen beiseite zu stehen."

„Was denkst du, wie viele gute Jungs in einen Tanzkurs gehen?", fragte Rachel.

Liz dachte einen Moment nach. „Genau genommen stehen die Chancen ziemlich gut. Vermutlich nur Jungs, die selbstbewusst genug sind, um es mit einem Raum voller Frauen aufzunehmen." Sie erwärmte sich für die Idee. „Und vermutlich suchen sie nach einer Beziehung, wenn sie bereit sind, das zu tun. Das wäre sehr gut."

„Ich weiß nicht –"

„Komm schon, das wird lustig oder zumindest interessant. Maggie hat mich noch nie zu etwas mitgenommen, das langweilig war."

Rachel wirkte immer noch unsicher.

„Du schuldest mir was", sagte Liz, um einen Vorteil auszunutzen.

„Wie kann es sein, dass ich dir etwas schulde?", spuckte Rachel hervor.

„Dafür, dass du Ryan zu meiner Geburtstagsparty eingeladen hast."

„Du wolltest ihn doch da."

„Wollte ich nicht!", protestierte Liz heftig.

Rachel verdrehte die Augen. „Na schön, ich komme mit. Aber wehe, da sind keine heißen Typen!"

13

Liz, Maggie und Rachel betraten das Jorge Chavez Tanzstudio und betrachteten ihre Mittänzer. Sechs Frauen in den Sechzigern und Siebzigern nach Liz' Schätzung und ein kleiner alter Mann, mit schütter werdendem weißem Haar und einem Bart, den er dringend stutzen musste, möglicherweise als Kompensation für das, was er oben verloren hatte. Er lächelte ständig, offenbar gefielen ihm seine Chancen bei dem vorliegenden Verhältnis zwischen Männern und Frauen.

Er hatte eine bedauernswerte Ähnlichkeit mit einem Gnom.

„Ich werde dich umbringen", zischte Rachel.

Liz tätschelte ihren Arm. „Vielleicht sind das ja noch nicht alle", flüsterte sie. „Es sind noch zehn Minuten, bis der Kurs beginnt."

Rachel warf ihr einen Blick zu, der Rache versprach.

„Kommt schon, Mädchen", sagte Maggie. „Steht nicht einfach nur da rum. Wir stellen uns unserem Tanzlehrer, Jorge, vor." Sie rauschte in ihrem fließenden, blauen, blumenbedruckten Rock, der direkt unter ihren Knien endete, und in weißer Bluse mit ganz kurzen Ärmeln an ihnen vorbei. Sie hatte Gel benutzt, um ihre Haare stachelig in die Höhe stehen zu lassen, „à la Judi Dench", wie sie meinte.

Liz sah auf ihre übliche Bluse und die Stoffhose hinab und wünschte sich, sie hätte daran gedacht, sich auch einen fließenden Rock zu kaufen. Der würde sich so hübsch um sie drehen und wirbeln, wenn sie tanzte. Im Kopf fügte sie das ihrer To-do-Liste hinzu, obwohl sie damit bis zum Sommerschlussverkauf warten musste. Rachel trug einen roten Pullover mit V-Ausschnitt und kurzen Ärmeln, zeigte etwas Dekolleté, dazu hatte sie einen Jeansrock an, der jedoch definitiv zu eng war, um sie herumzuwirbeln, wenn sie tanzte.

Sie folgten Maggie über den glänzenden Parkettboden. Der Saal war riesig und hatte auf drei Seiten Spiegel. In der Mitte der Tanzfläche tanzte ein Mann um die fünfzig mit zurück gegeltem schwarzem Haar, einem schwarzen, ärmellosen Oberteil und in enger, schwarzer Hose eine komplizierte Drehbewegung mit einer Frau um die zwanzig, die etwas trug, das aussah wie ein richtiges Ballsaal-Tanzoutfit – ein rotes Kleid mit hautengem Oberteil und wehendem Rock. Das Kleid hatte keine Ärmel und große Öffnungen an den Seiten, sodass sie noch mehr Haut zeigte. Ihre Schuhe waren rote, hochhackige Ledersandalen. Wie konnten Frauen nur mit diesen Dingern tanzen? Liz zog eindeutig ihre praktischen, flachen Ballerinas vor.

Jorge sah zu Maggie auf und stellte seine Tanzpartnerin ab. Seine Zähne glänzten weiß gegen den goldenen Teint, als er lächelte. „Maggie", summte er mit leicht spanischem Akzent, der schon fast romantisch klang. „Du bist gekommen. Wie schön, dich zu sehen." Er küsste Maggies Hand, und sie strahlte Stolz aus, weil er ihr so viel Aufmerksamkeit schenkte. Jorge wandte sich an Liz und Rachel. „Und wer ist das?"

Maggie stellte beide mit breitem Lächeln vor.

„Schön, dich kennenzulernen, Liz." Er beugte sich lächelnd ein wenig vor.

Liz ließ ihre Hände hinter dem Rücken, um dem Handkuss zu entgehen. „Auch schön, dich kennenzulernen."

Er betrachtete ihre Haltung, ließ sich davon jedoch nicht beirren. „Rachel." Er küsste ihre Hand. Rachel sah Liz an und wackelte mit den Augenbrauen. „Und das ist meine Assistentin, Arianna."

„Willkommen", erwiderte Arianna. „Wenn Ihnen die Probestunde gefällt, können Sie nach dem Unterricht gerne zu mir kommen und unterschreiben."

„Wir sind gleich bei euch", sagte Jorge. „Setzt euch doch." Er deutete auf eine Reihe von Klappstühlen an einer Seite der Tanzfläche, und Liz eilte auf sie zu, Rachel direkt hinter ihr.

Maggie stand immer noch da und lächelte Jorge an, als Liz sich setzte. Dann winkte sie kurz und, mit leicht schwingenden Hüften, tänzelte sie geradezu auf die Stühle zu. Sie *tänzelte*! Und Jorge bemerkte es und unterbrach seine Unterhaltung mit Arianna, um hinterher zu sehen.

„Maggie", flüsterte Liz, als Maggie sich setzte. „Wie hast du Jorge eigentlich kennengelernt?"

„Sieht er nicht gut aus? Ein netter Mann. *Sehr nett*." Maggie wedelte sich mit der Hand Luft zu.

„Ja, er sieht gut aus, aber wie hast du ihn kennengelernt?"

„Er ist der Neffe meiner Nachbarin. Ich habe ihn getroffen, als er bei ihr war, um für sie im Garten zu arbeiten. Und der hat vielleicht Muskeln!"

Jorge sah daraufhin auf und zwinkerte.

Maggie wurde rot.

Du meine Güte.

„Na großartig", murmelte Rachel auf der anderen Seite Liz zu. „Der einzige süße Typ hier steht auf sie."

„Er hat dich gehört", warnte Liz Maggie. „Sprich ein wenig leiser."

„Ich weiß", erwiderte Maggie. „Ich wollte doch, dass er mich hört. Setz dein Licht nicht unter den Scheffel. Lass es leuchten, Mädchen. Lass es *leuchten*." Das sagte sie, während sie Jorge betrachtete, als wäre er die eine Süßigkeit, die auszupacken sie nicht abwarten konnte.

Und verschlingen.

Liz konnte es nicht fassen, dass sie Zeugin davon wurde. Würde Maggie wirklich Glück haben, bevor sie jemanden fand? Das letzte Mal, dass sie Sex gehabt hatte, war mit diesem Fremdgeher von einem ehemaligen Verlobten gewesen, der unter Vorspiel verstand, dass man ihr in den Hintern kniff und ins Ohr flüsterte: „Lass es uns tun."

Es kamen noch ein paar mehr Rentner. Wow, Diane mit den zusammengekniffenen Lippen und die süße Pam aus der Strickgruppe waren da. Liz winkte ihnen ein wenig zu.

„Ach, ich habe Pam von dem Kurs erzählt", sagte Maggie. „Ich wusste nicht, dass sie Diane mitbringen würde", fügte sie leise hinzu. „Hi, Ladys!"

Diane starrte nur geradeaus, während Pam lächelte und enthusiastisch winkte.

Liz machte eine Bestandsaufnahme. Zehn Frauen, dazu sie drei, also dreizehn Frauen und ein Gnom. Sie und Rachel tauschten einen grimmigen Blick aus.

Wie es der Zufall wollte, hieß der Gnom auch noch Richard. „Nenn mich ruhig Dick", bot er Liz an, „das machen alle." Er schien zu meinen, dass er und Liz zusammen gehörten, weil ihre Namen zu Liz Taylor und Richard Burton passten. Abgesehen davon, dass sie blond war, während die berühmte Liz eine Brünette gewesen war. Und abgesehen von Richard Burtons nicht gerade gnomhaften Aussehen. All das störte ihn nicht. Er beanspruchte sie für jeden Tanz.

Maggie hatte kein Mitleid für sie übrig. Sie war zu sehr damit beschäftigt, absichtlich alle Bewegungen falsch zu machen, damit Jorge sich verpflichtet fühlte, sie zu korrigieren.

„Du musst den Rhythmus rauskriegen", sagte Jorge und rollte das R in Rhythmus. Er stellte sich jetzt hinter Maggie, seine Hände an ihre Hüfte, und zeigte ihr den Schritt. „Und eins, zwei, drei." Sie hatte den Dreh ziemlich schnell heraus, und er wirbelte sie im Kreis zum Wiener Walzer. „Und eins, zwei, drei."

„Ich glaube, jetzt kann ich es, Jorge", sagte Maggie und sah unter ihren Wimpern zu ihm auf. „Du bist ja so ein guter Lehrer."

Sie tanzten weiter.

Er lächelte verführerisch, während sie flirtend kicherte.

Was war widerlich.

Wenn Ryan gesehen hätte, was sie machten, dann hätte er

jemandem in den Hintern getreten. Die arme Rachel musste mit Kneiflippe Diane tanzen. Pam tanzte und unterhielt sich mit einer großen, gertenschlanken Frau, die aussah, als amüsiere sie sich so richtig.

Liz versuchte, in Richtung Jorge und Maggie zu kommen, doch Dick war schwer zu lenken. Sie ertrug einen Tango, bei dem Dick sein Gesicht ganz nahe an ihre Brüste pressen musste – eine unglückliche Kombination aus seiner Statur und seinem Enthusiasmus.

Miss Kneiflippe glitt mit Rachel an Liz' Seite, nur, um Rachel plötzlich zu dippen und Liz zuzuzischen: „Nur, weil du jung und hübsch bist, meinst du, du kannst den einzigen Mann abkriegen."

Liz öffnete entsetzt den Mund.

„Hey, hol mich wieder hoch!", brüllte Rachel.

Die wütende Frau zog Rachel hoch und wirbelte davon.

Endlich, *endlich* war ihre Zeit mit dem Gnom vorüber, als Jorge das Ende der Tanzstunde ankündigte.

„Nie wieder", sagte Rachel zu Liz, als sie von der Tanzfläche gingen.

„Vielleicht gibt es in einem anderen Kurs auch Typen in unserem Alter", gab Liz zu bedenken. Solange der Gnom nicht da war, konnte es ganz gut sein. Das Tanzen an sich hatte ihr tatsächlich Spaß gemacht. Mit dem richtigen Partner …

Rachel starrte sie an. „Lies es von meinen Lippen, *nie wieder*."

Dick kam direkt auf Liz zu, und sie wappnete sich. Er drückte hier eine Visitenkarte in die Hand. Darauf stand: Dick Wittleman, Kenner feiner Dinge. Sie erschauderte, als sie daran dachte, was er wohl unter „feinen Dingen" verstand.

„Hier ist meine Nummer", sagte er. „Ruf mich an."

„Ähm! Ich habe aber einen Freund", sagte Liz. Ihr fiel keine bessere Art ein, ihm zu sagen: weder jetzt noch überhaupt jemals. „Aber, ähm, war nett, dich kennenzulernen. Ich sollte wohl besser zu meiner Freundin gehen." Sie schnappte sich Rachel, deren Schultern zuckten, weil sie sich das Lachen verkneifen musste, und ging eilig zum Schreibtisch, wo Maggie mit Arianna sprach.

Offensichtlich meldete sich Maggie gerade für den Gesellschaftstanz *und* vier Privatstunden bei Jorge an. Liz wollte gar nicht wissen, was bei diesen Privatstunden möglicherweise passierte. Maggie war ein rasanter Dynamo aus Entschlossenheit und ihrer neu entdeckten Libido.

Maggie rief am nächsten Morgen an, um zu hören, wie Liz die Tanzstunde gefallen hatte. „Das Tanzen hat mir Spaß gemacht", antwortete Liz wahrheitsgemäß, „aber mein Tanzpartner war ein wenig forsch. Ich glaube nicht, dass ich mich für den Kurs anmelden werde."

„Jetzt lass nicht zu, dass Dick dich davon abbringt", erwiderte Maggie. „Tanz nächstes Mal einfach mit jemand anderem."

„Du meinst mit einer der anderen Frauen?"

Es kam eine Pause. „Ich werde meine Jungs dazu bringen, mitzukommen. Du hast Recht, wir brauchen da mehr Männer."

„Nein! Also, ich meine, das musst du nicht tun. Ich bin mir sicher, dass sie ohnehin nicht tanzen wollen –"

„Sie würden es mir zuliebe tun."

Liz' Herz zog sich zusammen. Sie mochte Maggies Vertrauen in ihre Enkel.

„Und wenn sie alle *zu viel zu tun* haben", sagte Maggie, „könntest du mich dann trotzdem fahren? Ich kann nachts nicht sonderlich gut sehen. Da sollte ich nicht auf der Straße sein."

„Natürlich! Ich möchte doch, dass du sicher bist."

„Gut, dann ist das abgemacht. Dann sehe ich dich nächsten Donnerstag."

„Okay", erwiderte sie mit einem merkwürdigen Gefühl. Wozu hatte sie gerade zugestimmt? Sie wusste, dass, sobald sie erst mal da war, Maggie darauf bestehen würde, dass sie mit hinein ging. Würde sie gezwungen sein, mit Miss Kneiflippe oder Dick zu tanzen? Oder mit einem der O'Hare Jungs?

Entspann dich, sagte sie sich, Shane war der wahrscheinlichste Kandidat. Und Shane war ohnehin genau die Sorte Mann, mit der sie zusammen sein sollte. Es wäre lustig, mit ihm zu tanzen. Bei ihm fühlte sie sich nie fehl am Platz und albern. Vor ihm machte sie sich nie zum Affen.

Das sagte sie sich immer wieder, bis am Montag zum Mittagessen Ryan ins Garner's Sports Bar & Grill kam, wo sie gerade das berühmte Carpaccio ihrer Mutter mit Tacosalat aß.

Er rutschte in die Nische ihr gegenüber und sah heiß und gefährlich aus, weil seine Haare ein wenig zu lang waren, sein Kinn unrasiert und weil er ein weißes T-Shirt trug, das seine Bräune hervorhob. *Und seine Muskeln, vergiss nicht seine Muskeln.* Ihr Herz schlug schneller.

„Hab gehört, dass du und Gran wieder in diesen Tanzunterricht geht", sagte er mit einem gewissen scharfen Unterton.

Sie blinzelte. *Ist das ein Problem für dich? Ist doch nur Tanzen.* „Ja."

Er gab der Kellnerin ein Zeichen. „Cheeseburger, Fritten und einen Vanilleshake. Danke."

Wie konnte er nur so essen und immer noch so schlank und muskulös aussehen? Das war vollkommen unfair.

„Also … du und Shane, wie?", fragte er.

Sie legte die Gabel ab. „Was meinst du?"

„Gran hat erzählt, dass ihr dann Tanzpartner werdet." Er sah sie erwartungsvoll an.

„Ach! Das wusste ich gar nicht. Sie hat erwähnt, dass sie fragen wollte, ob ihr auch kommt – ihr alle drei. Ich wusste nicht, wer kommen würde." Sie glättete die Serviette auf ihrem Schoß, suchte nach irgendetwas, um sich zu beruhigen. *Warum sollte ich nervös sein? Ich habe nichts falsch gemacht.*

Er lehnte sich zurück und streckte die Beine aus, so entspannt, wie er nur sein konnte. „Ich muss an dem Abend jemanden überwachen. Und Trav hat einen Termin mit einem neuen Klienten."

Sie nahm das Wort „Überwachung" wahr und versuchte sich vorzustellen, wie er Männer und Frauen hinterher spionierte, die ihren Partner betrogen. Das Bild passte einfach nicht zu dem, was sie über ihn wusste. Er musterte sie mit verwirrender Intensität, schien mehr von ihr zu wollen.

Sie räusperte sich. „Nun, da freue ich mich, dass Shane kommt. Das wird mich davor bewahren, mit dem Gnom tanzen zu müssen."

Erstaunt hob er die Augenbrauen. „Dem Wen?"

Sie kicherte und erzählte ihm von Dick und wie er sie den ganzen Abend belagert und so getan hatte, als wären sie die berühmten Liz und Dick.

Er lächelte, und einen Moment lang saßen sie einfach so da, lächelten einander an.

Sie wandte als erste den Blick ab. „Also …", sagte sie fröhlich und ein wenig zu laut.

Die Kellnerin kam mit seinem Vanilleshake. „Danke." Ryan wandte sich wieder ihr zu. „Ja?"

Ein paar unverfängliche Fragen wirbelten ihr durch den Kopf – wie läuft die Arbeit, wie gehts deiner Familie, wie läuft dein Liebesleben – auf welchem Level standen sie eigentlich?

Sie spielte ein wenig mit ihrem Trinkhalm und sah auf. „Ich hab mich nur gerade gefragt …"

Er beugte sich vor. Seine haselnussbraunen Augen betrachteten sie, sahen neugierig und interessiert aus.

Sie bekam eine trockene Kehle. „Wie läuft es bei der Arbeit?", krächzte sie.

Er lehnte sich auf seinem Platz zurück, und sie spürte eine Distanz zwischen ihnen, die sie nicht verstand. „Kann nicht klagen, schätze ich. Das Geschäft läuft gleichmäßig. Ich habe eine gute Büroangestellte verloren. Kennst du Lauren Bishop?"

Sie bekam große Augen. „Ich war früher ihr Babysitter, als sie noch in der Vorschule war."

Er lächelte. „Aber jetzt ist sie erwachsen. Sie reist mit ihrem Freund und mit Rucksack durch Europa, bevor sie dann ans College geht."

„Meinst du das ernst?", Liz legte ihren Kopf in die Hände. „Wann bin ich nur so alt geworden?" Sie ächzte.

Ryan lachte. „Du hast ja noch ein paar gute Jahre vor dir. Außerdem bin ich älter als du."

Sie richtete sich auf und drückte die Lippen zusammen. „Für uns ist es nicht das Gleiche."

„Was meinst du damit? Es ist sogar schlimmer. Wir sterben früher."

Sie hatte an ihre biologische Uhr gedacht und die Tatsache, dass Männer auch nach ihrer Blüte noch Kinder zeugen konnten, doch darüber wollte sie nicht mit ihm sprechen. Sie wechselte das Thema und sie plauderten ein wenig über Maggie und Travs Landschaftsarchitekturbüro. Sie erzählte ihm von ihren Schülern im dritten Schuljahr und der Wissenschaftsaufgabe, bei der sie Hühnereier ausbrüten sollten, wie ein Junge heimlich ein Ei mit nach Hause genommen hatte, aus dem dann das Küken in seinem Schildkrötenterrarium geschlüpft ist, sehr zur Überraschung der Schildkröte und seiner Mutter.

Der Kellner kam mit seinem Essen. Er biss einmal kräftig in seinen Burger, und sie machte sich schließlich wieder an ihr eigenes Essen. Irgendwie war es gemütlich, gemeinsam in dieser Nische zu essen.

Sie war entspannt und fühlte sich wohl, deswegen platzte es fröhlich aus ihr heraus: „Du solltest zum nächsten Tanzkurs kommen."

Er dippte eine Fritte in den Ketchup. „Das ist eher Shanes Sache."

Pop! Geplatzt waren die Glücksblasen, die das Beisammensein mit ihm sie hatte spüren lassen. Enttäuscht brachte sie stotternd hervor: „K- kein Problem." Sie wischte sich den Mund mit einer Serviette ab. „Ich sollte besser gehen. War schön, dich zu sehen." Sie nahm sich ihre Tasche und floh in Richtung Ausgang.

Wann würde sie endlich ihre Lektion lernen? Ryan war nicht an ihr interessiert, war er nie gewesen und würde er vermutlich auch niemals sein.

Unwillkürlich ging sie in Richtung Shane's Scoops. Da war er – Shane unterhielt sich gerade fröhlich mit den Kunden, während er sein hausgemachtes Eis in eine Waffelschale füllte. Er trug eine blauweiß gestreifte Schürze über seinem Shane's Scoops T-Shirt.

„Hi, Shane!" Sie winkte und stellte sich an der Schlange an.

„Hey, Liz, bin gleich für dich da." Er bearbeitete eine Bestellung zu Ende, dann nahm er eine weitere entgegen, während sie sich das Angebot ansah. Er hatte Frozen Joghurt mit wenig Zucker und Pfirsichgeschmack hinzugefügt. Das klang gut.

Sie gab ihre Bestellung auf, und als er ihr den Becher reichte, sagte sie ihm: „Es ist so nett, dass du mit mir und Maggie zum Tanzen gehst."

„Kein Problem. Hey, Gran sagte, dass Rachel beim letzten Mal dabei war. Kommt sie auch?"

„Vermutlich nicht."

„Oh, okay, kein Problem. Also nur du und ich." Die Röte flutete seine Wangen.

„Ja, nur du und ich." Sie lächelte ihn an. Genau deshalb sollte sie mit jemandem wie Shane zusammen sein. Sie fühlte sich ruhig, kühl und gefasst, wenn sie sich unterhielten. Nicht aufgeregt wie mit Ryan, der sie ständig in Rage brachte.

Sie verließ den Laden und ging über die Straße, um Rachel zu besuchen. Sie aß draußen noch ihren Joghurt zu Ende, warf den Becher in den Müll und öffnete die Tür des Book It. Das Glöckchen bimmelte fröhlich und verkündete ihr Eintreten. Sie fand Rachel in der Krimiabteilung, wie sie gerade gelbes „Tatort, nicht weitergehen"-Absperrband über die Regale klebte.

„Hübsch", sagte Liz.

Rachel drehte sich um. „Gefällt es dir? Ich versuche, jeder Abteilung des Geschäfts ein eigenes Flair zu verleihen."

„Ist auf jeden Fall ein Hingucker. Da würde ich am liebsten gleich einen Krimi nehmen und ein Verbrechen lösen."

„Gut. Was gibt's?"

Liz sprach mit leiser Stimme weiter. „Ich fahre Maggie nächste Woche zum Tanzkurs, da sie nachts nicht allein fahren kann –"

„Nein."

„Hör erst mal zu. Shane kommt auch."

„Du hast schon gehört, dass ich beim letzten Mal ‚nie wieder' gesagt hab, richtig?" Rachel stellte ihre Trittleiter in die Ecke des Geschäfts und ging mit dem Absperrband in den hinteren Lagerbereich.

Liz folgte ihr und musste sich beeilen, um mit dir mitzuhalten. „Also, was hältst du von Shane?"

Rachel wirbelte mit glühenden Augen zu ihr herum. „Nun mach mal halblang, Liz. Ich möchte nicht gehen, okay?"

Liz legte unwillkürlich eine Hand an ihre Kehle. Rachel war fast nie wütend auf sie. „Ich wollte doch nur fragen, was du von Shane für mich hältst."

„Ach so." Rachel öffnete die Lagertür. „Ich dachte, du meinst" – sie schüttelte den Kopf – „Shane ist süß. Das weißt du. Er ist nicht der Typ, der etwas beiläufig macht. In der Highschool war er sogar drei Jahre lang mit Kerry zusammen, bis sie zum College gegangen ist. Weißt du noch?"

Liz nickte.

„Jetzt willst du also auch Shane?", fragte Rachel mit feindlichem Unterton.

Liz war entsetzt. Sie und Rachel stritten sich nie. Sie wollte ganz sicherlich nicht mit ihr wegen Shane streiten.

„Warum? Du?", fragte Liz.

„Ich bin noch nicht bereit für eine Beziehung." Rachel legte das Absperrband auf ein Regal.

„Okay." Langsam wurde die Situation merkwürdig. „Hey, möchtest du Samstagabend etwas unternehmen?"

Rachel musterte sie einen Moment, dann lächelte sie. „Ja, will ich. Lass uns in einen Club in SoNo tanzen gehen."

Liz' Mund öffnete sich zu einem O vor Überraschung. SoNo, South Norfolk, war ungefähr vierzig Minuten Fahrzeit entfernt und hatte an Bars und Clubs einiges zu bieten. Rachel wollte in die Clubs? Der Bücherwurm Rachel mit ihrem braven Zopf und der Brille? Sie gingen nie in Clubs. Sie musste es wirklich ernst meinen mit diesem unbedeutenden Flirt.

„Wirklich?" Sie musste einfach fragen.

Rachel schüttelte den Kopf. „Ich weiß, ist verrückt, aber ich muss einfach ein wenig mehr lockerlassen." Sie deutete auf die Tür und schloss das Lager hinter ihnen zu. Sie lächelte Liz an. „Okay, Huhn?"

Sie legte einen Arm um Rachels Schultern und neigte ihren Kopf gegen den ihrer Freundin. „Okay, Ei."

14

Ryan hielt mit seinem silbernen Ford Taunus auf der anderen Straßenseite des McMansion, wo seine Zielperson angeblich jeden Donnerstag zu seiner außerehelichen Affäre aufbrach. Oder zu einem Abendkurs in der Stadt. So oder so, Ryan würde bezahlt werden. Er zog sein Handy hervor und schrieb Shane eine Nachricht. An diesem Abend war der Tanzkurs.

Ryan: *Geht Rachel auch?*

Er wartete. Shane packte vermutlich gerade bei der Arbeit alles zusammen. Der Kurs sollte zwar erst in ein paar Stunden losgehen, aber er musste wissen, ob Shane Liz heute den ganzen Abend in seinen Armen halten, oder ob er auch mit Rachel tanzen würde. Er rollte seine Schultern, um seine Verspannung ein wenig loszuwerden, die sich da bereits aufbaute.

Verdammt. Was machte es schon? Er wusste, dass Shane besser für Liz war. Sie hatten die gleiche Aufrechter-Bürger-der-Gesellschaft-Persönlichkeit. Er dachte an das Feuer in Liz' Augen, wenn sie angepisst war. Das hatten sie nicht gemein. Shane wurde fast nie wütend. Frauen liebten ihn, sagten, er könne gut zuhören und sei so sensibel. Er hatte tatsächlich weibliche Freunde. Ganz zu schweigen davon, dass er Beziehungen wirklich ernst nahm. Sein Bruder war erst mit zwei Frauen zusammen gewesen. Zwei lange Beziehungen. Bei Liz stand Hochzeit und weißer Gartenzaun auf der Stirn geschrieben. Sie passten wunderbar zusammen. Shane musste nur den *Mumm* aufbringen, den ersten Schritt zu machen.

Sein Handy meldete sich.

Shane: *Nur Liz, Gran und ich.*

Verdammt.

Ein kirschroter Porsche kam aus der Einfahrt seiner Zielperson. Es würde eine Leichtigkeit sein, Warren Carter durch den Verkehr zu verfolgen. Er fuhr ihm langsam hinterher. Bis jetzt war es ein typischer Fall von Midlife Crisis — Sportwagen, Toupet, vermutlich jüngere Geliebte. Seiner Frau zufolge fuhr Warren jeden Donnerstag um fünf Uhr los und kam gegen elf oder zwölf Uhr nachts zurück.

Er stellte das Radio an und fuhr, folgte Warren auf mehrere Highways, trommelte mit den Fingern auf dem Lenkrad. *Ich tanze nicht einmal gern.* Weiter vorn stellte Warren den Blinker an, um auf den Hutchinson River Parkway abzubiegen. Schien so, als führen sie ins gute alte New York. Ein guter Ort, um unterzutauchen, wenn man seine Geliebte treffen wollte.

Er folgte Warrens Porsche auf einen überfüllten Cross County Parkway, und nach einer Meile musste er abrupt bremsen. Er spielte mit der Radioanzeige auf der Suche nach den Verkehrsnachrichten. War das ein Unfall?

Er dachte an Gran und ihren Unfall. Er hatte sie verändert. Nicht zum Guten. Sie ging mehr Risiken ein als eine Dame in ihrem Alter das sollte. Und Liz ermutigte sie auch noch!

Der Verkehr bewegte sich wieder. Ihm kam eine Vision von Liz, die in ihrer Bluse und der gebügelten Stoffhose einen Walzer tanzte. Worüber machte er sich eigentlich solche Sorgen? Vermutlich hatte sie ohnehin nie impulsiven, heißen Sex. Sie war eher der Typ, der nach drei Monaten Beziehung ständig zum Essen eingeladen werden wollte, und erst dann waren sie beide bereit.

Und seine Einladung zum Abendessen hatte sie abgelehnt.

Als er in der Stadt ankam, hatte er sich eingeredet, dass

Liz ein steifer Kontrollfreak war und er aufhören sollte, seine Zeit mit Gedanken an sie zu verschwenden. Er bog auf die West Forty-Second Street und folgte seiner Zielperson mit nur einem Wagen Abstand. Was hatte Warren Carter vor?

Noch ein paar weitere Abzweigungen, und Warren fuhr in eine Tiefgarage. Ryan hatte Glück und fand einen Parkplatz gleich um die Ecke.

Er wartete geduldig darauf, dass Warren wieder auftauchte. Ein paar Minuten später verließ Warren die Garage und eilte über den vollen Bürgersteig in Manhattan. Ryan folgte ihm mit etwas Abstand, während Warren noch ein paar Blocks weiter ging und schließlich anhielt. Er zog die Glastür eines Gebäudes auf und ging hinein. Ryan beeilte sich und las das Schild an der Tür: Maries Französische Kochschule.

Vielleicht schaffte er es noch rechtzeitig zurück zum Tanzkurs. Warren machte einen Kochkurs. Fall abgeschlossen.

Ryan atmete scharf aus. Er machte seinen Job nicht richtig, wenn er es dabei beließ. Er wartete, bis anscheinend alle Kursteilnehmer da waren, dann ging er die Treppe in den zweiten Stock zum Kurs hinauf. Zwölf Teilnehmer hatten sich um eine große Kochinsel versammelt, während eine korpulente Frau mit gebleichten blonden Haaren, die sie fast einen halben Meter über ihren Kopf toupiert hatte, ihnen mit französischem Akzent Anweisungen gab. „Die Eiweiß müss flüffig wärdön. Sie sind die Erz von unsere Soufflé."

Mist. Warren Carter lächelte eine junge Brünette an, die jung genug war, um seine Tochter zu sein. Ständig berührte sie seinen Arm, klimperte unentwegt mit den Wimpern und kicherte. Er zog die Mikrokamera aus seiner Tasche und machte ein paar Fotos. Er wusste, er musste bleiben und überprüfen, ob Warren nach dem Kurs mit der Brünetten noch irgendwohin verschwand. Er ging wieder nach unten, um im Wagen zu warten.

Ein Kochkurs ohne Folgen hatte nichts zu bedeuten. Harmloses Flirten. Aber wenn sie noch zu ihr nach Hause oder in ein Hotel fuhren, benötigte er den Beweis.

Entspann dich. Shane ist doch immer so langsam mit dem

ersten Schritt. Er schob ihren dummen Tanzkurs entschlossen aus seinem Kopf.

~

„Das ist schön, nur wir drei", sagte Maggie vom Beifahrersitz des Cabrios aus.

„Du wirst begeistert sein, Shane."

Shane beugte sich vom Rücksitz aus vor. „Da bin ich mir sicher, Gran", sagte er mit etwas lauterer Stimme, um den Fahrtwind des offenen Cabrios zu übertönen.

Liz sah nach hinten zu Shane, sein rotes Haar wippte im Wind. „Vielleicht sollte ich das Verdeck schließen."

„Warum?", fragte Maggie. „Ist doch eine wundervolle Nacht."

„Ist schon in Ordnung", rief Shane. „Das nächste Mal bringe ich einen Hut mit."

Kurz darauf fuhr Liz auf den Parkplatz. Sie nahm ihre Baseballkappe ab und öffnete ihr Haar. Maggie überprüfte ihr Aussehen im Spiegel und trug noch etwas Lipgloss auf. Liz reichte Shane ihre Bürste, und er glättete seine Haare zu seinem üblichen Seitenscheitel über der Stirn.

„Dann wollen wir mal", sagte Maggie.

Alle drei gingen zum Eingang, und Shane hielt die Tür offen. Liz berührte im Vorbeigehen seinen Arm. „Du wirst hier sehr beliebt sein, deswegen bitte ich dich nur darum, dass du einspringst, wenn Dick versucht, mehr als einen Tanz mit mir zu tanzen. Bitte, ich flehe dich an."

„Kein Problem."

Sie betraten den verspiegelten Saal, wo sie Jorge und den Rest des Kurses von der letzten Woche fanden. Dick lockte sie mit seinem Finger. „Das ist der", flüsterte sie.

Dick eilte an ihre Seite, ignorierte Shane demonstrativ. „Hallo, Liz. Ich habe meine Tanzschritte geübt." Er machte eine Bewegung auf der Stelle, eine Hand auf seinem vorstehenden Bauch, die andere in der Luft, wo ihre dann sein würde. „Reservier mir einen Tanz."

Liz nahm Shanes Hand; sie fühlte sich warm und sicher in ihrer an. „Das ist mein Freund, Shane. Shane, das ist Dick."

„Schön Sie kennenzulernen, Sir." Shane streckte ihm seine Hand entgegen.

Dick schüttelte sie nicht. „Was war das?" Er sah zurück zu der Horde Frauen. „Ich glaube, Sally hat mich gerufen." Er drehte sich um und stampfte davon zu Sally, der großen, dünnen Frau, mit der Pam letzte Woche getanzt hatte. Sie schien überrascht, ihn zu sehen.

„Jetzt fühle ich mich schlecht", sagte Shane mit verschlagenem Grinsen. „Er war wirklich scharf auf dich."

Sie lachte und schlug ihm auf den Arm.

„Ich schätze, jetzt muss ich mit dir tanzen, da du ja meine Freundin bist."

Sie lächelte zu ihm auf. „Das schätze ich auch." Es war um einiges besser als das Tanzen mit dem Gnom.

Maggies trällerndes Lachen drang zu ihnen von dort, wo sie ganz eifrig mit Jorge flirtete. Er lächelte zu ihr hinunter, als wäre sie das Salz in seiner Suppe.

„Das ist Jorge", flüsterte Liz.

„Gran flirtet ja. Das habe ich noch nie gesehen. Es ist, als sähe man eine Kuh, die sich plötzlich selbst melkt."

Sie starrte ihn an. *Ist Maggie die Kuh? Melkt sie sich selbst?*

Jorge klatschte zweimal. „Und … lasst uns anfangen. Bildet Paare. Arianna, Cha-cha-cha Nummer drei."

Arianna legt die Musik auf, dann ging sie zu Jorge mitten auf die Tanzfläche, wo sie ihnen den Cha-Cha-Cha vorführten.

„Das ist der dreifache Grundschritt", rief Jorge. „Die Herren: rechts, links, rechts, cha, cha, cha." Er wirbelte Ariane herum, und die Cha-Cha-Cha Schritte fuhren fort in perfekter Synchronisation. „Und Cha-Cha-Cha." Wieder wirbelte er sie herum, sodass sie jetzt den Kurs anblickte, und sie legten noch einen seitlichen Cha-Cha-Cha hin.

Shane und Liz tauschten entsetzte Blicke aus. Wie würden sie das jemals hinbekommen?

Jorges und Ariannas Tanz endete, und Maggie war gleich

zur Stelle, um Ariannas Platz einzunehmen. „Ich zuerst", sagte sie.

Jorge lächelte und nahm Maggies Hand. „Jetzt nimmt jeder die Hand seines Partners und übt den dreifachen Schritt. Rechts, links, rechts."

Shane nahm Liz' Hand. Sie machte einen Schritt nach links; er lief gleich mit ihr zusammen. „Au!"

„Tut mir leid", sagte Shane.

„Rechts, links, rechts", sagte Liz. „Komm mir nicht so nahe, sonst stoßen wir wieder zusammen."

„Rechts, links, rechts", murmelte er und ging steif zur Seite und vor. Plötzlich blieb er stehen, obwohl die Musik weiterlief. „Und was jetzt?"

„Ich glaube, wir machen es einfach noch einmal, aber mit einem Fuß, der stehen bleibt. Nur einen kleinen Schritt."

Sie fingen von vorne an und hörten, wie Maggie sagte: „Ach, Jorge, du bist wundervoll!"

Shanes Knie stieß gegen ihr Bein, und sie verlor die Balance. „Ah!"

„Entschuldige, Liz", sagte er und griff nach ihr, um sie aufzufangen. „Ich habe noch nie etwas anderes als Slowfox getanzt, und dabei schwankt man ja nur hin und her."

Sie schüttelte den Kopf. „Ist schon in Ordnung. Du kriegst das schon hin."

Doch das stimmte nicht.

Als der Kurs zu Ende war, hatte Liz das Gefühl, voller blauer Flecken und erschöpft zu sein, weil Shane keinen Schritt richtig hinbekommen hatte. Es klappte einfach nicht, sich gemeinsam zu bewegen. Sehnsüchtig sah sie zu Dick, der jetzt mit Sally einen beeindruckenden Cha-Cha-Cha hinlegte. Die ältere Frau war ganz rot vor Vergnügen, weil er sie so professionell herumwirbelte.

Sogar Miss Kneiflippe tanzte enthusiastisch mit dieser süßen Frau Pam. Sie winkte Pam zu, als Diane sie erneut herumwirbelte.

Pam lächelte. „Hi, Süße, ich habe deinen Namen vergessen."

„Liz", sagte sie mit lauter Stimme.

Pam bekam kaum Gelegenheit zu nicken, bevor Diane sie schon wieder wegwirbelte.

Maggie war die glücklichste von allen. Die Chemie zwischen ihr und Jorge knisterte in der Luft vor heißen Blicken, während er wieder und wieder zu ihr zurückkehrte, um ihr noch etwas beizubringen. Die beiden bewegten sich so schön miteinander, dass sie die Funken zwischen den beiden von der anderen Seite des Raumes aus sehen konnte.

Liz verspürte einen Stich vor Neid. Sie wollte auch einen Typen, der sie so ansah. Als wollte er sie zum Dessert.

Nach dem Kurs kam Maggie zu ihr und Shane, während Jorge sich von den Kursteilnehmern verabschiedete. Maggie tupfte sich ihr glühendes Gesicht mit einem seidenen Taschentuch ab, das sie in ihren Ausschnitt gesteckt hatte. „Ich brauche nur eine Minute, ihr beiden. Ich sehe euch dann am Wagen."

Liz tauschte einen Blick mit Shane aus, als Maggie mit schwingenden Hüften zurück zu Jorge ging. Sie brachen in Lachen aus.

Shane hielt ihr die Tür auf. „Ich denke, man hat uns entlassen."

„Ich glaube, sie werden es miteinander machen", sagte Liz, während sie zum Wagen gingen.

„In der Tanzschule?", fragte Shane.

„Nein, aber bald. Sie scheinen es wirklich aufeinander abgesehen zu haben."

„Das ist so merkwürdig."

„Ich weiß." Sie seufzte und blieb neben dem Wagen stehen.

Shane stellte sich neben sie. „Tut mir leid, ich bin ein furchtbarer Tänzer."

Sie stupste ihn mit ihrer Hüfte an. „Hey, das war dein erstes Mal. Ich hatte schon zwei ganze Stunden."

Er grinste. „Möchtest du am Sonntag zu Trav zum Barbecue kommen? Nur Familie. Aber du könntest eine Freundin mitbringen."

Sie lächelte. „Klar. Ich werde Rachel fragen."

Seine Ohren wurden roter als sein Haar. „Gut."

„Hey, ihr beiden!", rief Maggie, als sie aus der Tanzschule kam. „War das nicht großartig? Habt ihr es nicht einfach geliebt?"

„Du hast es eindeutig geliebt, Gran", neckte Shane sie. „Du und Jorge."

„Ach, du", sagte sie.

Liz schloss den Wagen auf, und alle stiegen ein. Sie öffnete das Dach, und wieder zerzauste der Wind ihr Haar auf dem Rückweg.

„Hör zu, Liz, du musst mich nicht mehr fahren", sagte Maggie. „Jorge meinte, er würde mich gerne abholen und zurückbringen."

„Ach, wirklich?", fragte sie beiläufig.

„Ja, du kannst natürlich trotzdem noch zum Kurs kommen. Ich will dich nicht vergraulen."

Shane war auf dem Rücksitz ganz still.

„Ich glaube, ich hatte genug Unterricht, Maggie. Genieß es."

„Aber nicht zu sehr!", meldete sich Shane zu Wort.

„Es gibt kein Zuviel!", brüllte Maggie zurück. Dann hob sie ihre Arme in die Luft und machte ein V wie Victory. „Woo-hoo!"

15

Liz hatte am nächsten Morgen ein wenig frei. Es war ein wunderschöner Sommertag, und sie überlegte sich, dass es doch Spaß machen würde, mit Maggie einen Ausflug zu unternehmen.

Um zehn Uhr klingelte sie bei ihrer Freundin an der Tür. Sie wusste, dass Maggie ein Frühaufsteher war.

„Liz, was für eine nette Überraschung. Komm herein." Merkwürdigerweise trug Maggie noch ihr Nachthemd – ein Spitzenteil aus Baumwolle, das ihr bis zu den Knien reichte. Ihr Haar sah irgendwie zerzaust aus. Und sie trug Häschenschlappen. Sie ging mit Maggie ins Wohnzimmer, wo sie sich sonst auch immer hinsetzten.

„Soll ich dir einen Tee machen?", fragte Maggie. Sie schien ungewöhnlich fröhlich zu sein, wenn man bedachte, dass sie gerade erst aufgestanden war.

Jorge kam in einem billigen, gelben Frotteebademantel mit einem Kaffeebecher in der Hand aus der Küche. „Ich habe gerade erst Kaffee aufgeschüttet, wenn dir das lieber wäre." Er strahlte geradezu.

„Jorge! Hallo!" Liz' Stimme nahm die Oktave einer Katze an, der man gerade auf den Schwanz getreten hatte. „Ich bin … so, so" – sie ging rückwärts zur Haustür – „entschuldige. Ich hätte anrufen sollen. Nächstes Mal werde ich anrufen."

Sie griff nach der Tür und öffnete sie.

„Bye, Süße!", rief Maggie.

Jorge flüsterte etwas mit leiser, sexy Stimme. Maggie kicherte.

Liz schloss leise die Tür. *Oh mein Gott.* Sie betete nur, dass Ryan das nicht herausfand.

Rasch ging sie die Verandatreppe hinunter und sprintete geradezu über den Bürgersteig, blieb jedoch abrupt stehen, als sie Ryan kommen sah. „Ryan! Hättest du Lust, mit mir im Ernie's einen Kaffee trinken zu gehen?" Das Diner war in Eastman, gute zwanzig Minuten entfernt. Da bestand eine geringere Gefahr, jemandem aus der Stadt zu begegnen, während sie ihm vorsichtig beibrachte, dass Maggie jemanden „kennengelernt" hatte.

Er blickte auf den To-go-Becher in seiner Hand. „Ich habe schon einen Kaffee."

Sie eilte zu ihm und legte eine Hand auf seinen Arm. „Ein warmes Frühstück? Pfannkuchen?"

Er sah sie forschend an. „Vielleicht ein anderes Mal. Ich wollte gerade Gran besuchen und sie fragen, ob ich irgendetwas für sie machen kann. Wie war der Tanzkurs?"

„Großartig!", zwitscherte Liz. „Weißt du was, ich glaube, bei Maggie ist alles in Ordnung. Aber, meine Güte, ich könnte einen Spaziergang gebrauchen. Leistest du mir Gesellschaft?" Sie versuchte, ihn weiter zu ziehen, doch er war eins neunzig groß, über neunzig Kilo bewegten sich keinen Deut.

Er sah sie mit zusammengekniffenen Augen an. „Was ist los, Liz?"

Liz wusste nicht, was sie sonst noch tun sollte, um die Explosion zu verhindern, die kommen würde, sobald Ryan seine Großmutter mit ihrem neuen, heißen, jüngeren Liebhaber entdeckte. Zeit, ihn abzulenken.

„Küss mich", quietschte sie und warf sich ihm in die Arme.

~

Ryan brauchte keine weitere Einladung. Er hatte daran

gedacht, genau das zu tun, seitdem er sie zum ersten Mal geküsst hatte. Da war das Timing aber schlecht gewesen; dieses Timing funktionierte ganz gut. Seine Hand legte sich in ihr seidiges Haar, während er sich vorbeugte und sie küsste. Sie stöhnte ein wenig und legte ihre Arme um seinen Hals.

Er schmeckte sie, intensivierte den Kuss, verlangte mehr, und sie gab es ihm, öffnete sich für ihn. Seine Zunge spielte mit ihrer. Er ließ seine Hand aus ihrem Haar ihren Rücken hinabgleiten, zog an ihrer Bluse. Er musste ihre Haut spüren. Er schob eine Hand unter ihre Bluse, streichelte ihren Rücken. Dann ließ er seine Hand tiefer gleiten, über ihre dünne Hose, nahm ihren süßen kleinen Hintern und drückte sie näher dorthin, wo er sie wollte. Sie stöhnte und bewegte sich gegen ihn. Er hatte das Gefühl, sich gleich hier zu vergessen. Er konnte durch seine Basketballshorts alles spüren. In der Ferne ertönte eine Sirene, und sie unterbrach den Kuss.

Ihre Pupillen waren geweitet, ihre Lippen rosig und feucht, ihr Haar zerzaust. Wieder griff er nach ihr, doch sie schob ihn beiseite.

„Ryan, wir stehen im Vorgarten deiner Großmutter."

Das wusste er, doch es war ihm egal. Das war schon seit Langem fällig gewesen. Dennoch hatte er nichts dagegen, mit ihr irgendwo hinzugehen, wo sie etwas mehr für sich waren.

Er legte seinen Mund an ihr Ohr. „Ich wohne nur wenige Blocks entfernt."

Sie erbebte. „Ryan."

Er war noch nicht fertig. Er stellte seinen Kaffee ab und sah zu, wie sie pflichtbewusst ihre Bluse zurück in ihre gebügelte, beigefarbene Hose steckte, die ihr bis zu den sexy Knöcheln ging. Ihre Röte ließ ihn lächeln. *Du kannst gerne versuchen, überkorrekt zu wirken, aber ich weiß, dass du es heiß magst.*

Er strich ihr eine Locke hinter das Ohr und streichelte ihre Wange. Sie lehnte sich gegen seine Hand. Er küsste ihre Schläfe und verteilte federleichte Küsse mit offenem Mund von ihrem Kinn an ihrem Hals hinunter, wo er an ihr knabberte.

Sie zuckte zusammen und riss die Augen auf. „Okay",

sagte sie, nahm seine Hand und zog ihn den Bürgersteig entlang. Er ließ seinen Kaffee stehen, da er ihr keine Sekunde Gelegenheit lassen wollte, es sich anders zu überlegen.

Er konnte es nicht fassen, dass er an einem Freitagmorgen mit der zugeknöpften Liz ins Bett ging. Er konnte es nicht abwarten, ihr jede Schicht auszuziehen, um zu sehen, was sich darunter verbarg.

Er drückte ihre Hand, als sie zu seinem Haus gingen. Sie lächelte ihn unbehaglich an. *Oh-oh. Ich verliere sie gerade.*

„Geht es dir gut?", fragte er.

Sie versteifte sich. „Ja, klar. Alles gut." Sie räusperte sich und sah geradeaus. Sie lief steif und verspannt.

Schweigend gingen sie nebeneinander her, während er nach irgendwas suchte, das er sagen konnte, womit sie sich entspannte. Sein Haus war nur ein paar Blocks entfernt. Die Hitze ihres Kusses schien mit ihrer Nervosität dahinzuschwinden. Er hielt an und zog sie zu einem weiteren Kuss an sich. Er hatte kaum ihre Lippen berührt, als sie ihn auch schon von sich schob.

„Ryan", flüsterte sie wütend, „wir sind auf dem Bürgersteig. Bitte."

Er legte ihr die Hand unten an den Rücken und zog sie an sich, küsste sie auf die Schläfe. Wimmernd lehnte sie sich an ihn. Das war schon besser.

Plötzlich richtete sie sich auf und ging beherzten Schrittes zu seinem Haus. „Ryan?"

Er holte sie ein. „Ja?"

„Bist du dir sicher?"

„Absolut." Er betrachtete ihren hübschen, kurvigen Körper von oben bis unten.

Ihr Gesicht wurde rot. Nur noch ein Block jetzt. Sie schien hin- und hergerissen zu sein zwischen losrennen und ihm zu seinem Haus zu folgen. Er musste vorsichtig sein. Versuchen, sie nicht zu vergraulen. Als sie an seinem Haus ankamen, legte er ihr eine Hand an den Rücken und führte sie sachte über den Weg.

An der Verandatreppe blieb sie stehen.

„Ladys first." Er bedeutete ihr vorzugehen. *Bitte keinen Rückzieher machen.*

Sie sah zurück zum Bürgersteig. „Ich … ähm … glaube, ich sollte besser gehen." Sie stellte sich auf die Zehenspitzen und küsste ihn auf die Wange. Auf die Wange, nach all dieser feurigen Leidenschaft? Er erinnerte sich, dass Liz nicht der draufgängerische Typ war. Er sollte verdammt sein, wenn er sie deswegen nicht noch mehr wollte. Vielleicht war das ihr Spiel.

Er fasste sie um die Taille und hielt sie einfach nur. „Wir können so langsam machen, wie du möchtest."

Sie machte große Augen. „Wir verschieben es einfach, versprochen!" Dann drehte sie sich um und lief zurück in die Richtung, aus der sie gekommen waren. Sie erinnerte ihn an ein scheues Reh. Er würde bei ihr langsam machen müssen, behutsam und geduldig. Doch für ihn stand es außer Frage, wohin das hier führen würde. Mit diesem Kuss hatten sie eine Grenze überschritten, und es gab kein Zurück mehr.

„Wohin läufst du denn so eilig?", rief er ihr hinterher, um sie zu ärgern.

Sie machte eine vage Geste Richtung Innenstadt. „Mir ist gerade eingefallen, dass ich mit Rachel im Book It verabredet bin."

Er sah, wie ihre Beine sich über den Bürgersteig bewegten, ihr herzförmiger Hintern schaukelte und ihm zum Abschied zuwinkte.

Er stöhnte und öffnete seine Haustür. Zeit für eine kalte Dusche.

Er lief nach oben, schälte sich aus seinen Klamotten und warf sie auf den Boden. Ein paar Augenblicke später lief das kalte Wasser über ihn, und die Gedanken an Liz flohen davon.

~

Gott sei Dank war es zu dieser morgendlichen Stunde ruhig im Book It. Liz traf Rachel, als die gerade Bücher aus einer Kiste zog, und bedeutete ihr ohne Worte, sie solle mit ihr ins

Büro kommen. Rachel folgte ihr, ohne etwas zu sagen, schien die Dringlichkeit zu verstehen, und schloss die Tür hinter sich.

„Was ist los?", fragte Rachel.

„Ich fühle mich, als hätte ich gerade in eine Steckdose gefasst", sagte Liz mit albernem Lachen. Sie wischte sich ihre verschwitzten Handflächen an der Leinenhose ab. „Ich hätte vor fünf Minuten beinahe mit Ryan geschlafen!", platzte es aus ihr heraus. Sie hielt sich die Hand vor den Mund. Sie konnte immer noch nicht fassen, dass das passiert war.

Rachels braune Augen wurden ganz groß hinter ihrer Brille. „Das ist ernst. Warum hast du es nicht durchgezogen?"

Liz konnte nicht antworten. Sie stand immer noch zu sehr unter Schock.

Rachel drückte Liz' Arm. „Hey, wäre das für dich nicht ein wahrgewordener Traum? Warum lässt du dir diese Gelegenheit entgehen?"

Liz dachte zurück an diese intensive Hitze, die überwältigende Anziehung, die sie zu Ryan verspürt hatte. Grundgütiger, sie hatte ihn im Vorgarten seiner Großmutter besprungen. Sie war wie eine läufige Hündin in seiner Gegenwart. Gott sei Dank war sie auf dem kurzen Spaziergang wieder zu Sinnen gekommen.

Dann fiel ihr ein, wie glücklich Maggie und Jorge ausgesehen hatten. Postkoital.

Liz senkte ihren Kopf in die Hände und ächzte. „Ich bin so ein Idiot."

Rachel klopfte ihr auf den Rücken. „Wir wissen doch beide, dass das nicht stimmt." Sie hielt inne. „Bist du ein Idiot, weil du nicht mit ihm geschlafen hast oder weil du es beinahe getan hättest?"

„Weil ich es nicht getan habe", ächzte Liz.

„Na, das kriegt man doch wieder hin. Ist nicht schwierig, einen Typen dazu zu kriegen, dass er mit einem schläft. Du musst ihm nur begreifbar machen, dass du zur Verfügung stehst."

Sie sah auf. „Und wie?"

„Zieh dich aus."

„Ja, klar, zieh dich aus bei dem Typen, der …" Sie unterbrach sich, als DIE Demütigung ihr neu gefundenes Selbstvertrauen zerstörte. Sie schüttelte den Kopf. „Es ist besser so. Weißt du was? Maggie und Jorge waren miteinander im Bett."

„Siehst du?", sagte Rachel lächelnd. „Bei Maggie kannst du dir noch etwas abgucken."

„Und was ist mit dir? Shane hat uns für Sonntag zum Barbecue bei Trav eingeladen. Du und Shane vielleicht?"

Rachel betrachtete sie mit einem vielsagenden Blick. „Shane ist mir zu ernst. Zwei Dates und er wird über" — sie machte Anführungszeichen in die Luft — „die Beziehung reden wollen. Nach all den verrückten Typen, die ich hatte, möchte ich jetzt etwas Lockeres und Lustiges." Sie schüttete sich eine frische Tasse Kaffee ein. „Außerdem gehe ich am Samstag mit Sarah und den Kindern in den Zoo. Kaffee?"

„Nein, danke." Sie war auch ohne, dass sie noch Koffein obendrauf gekippt hätte, schon nervös genug.

Liz fragte sich, ob sie vielleicht auch nicht zu dem Barbecue gehen sollte. Es wäre irgendwie unangenehm, Ryan zu sehen, nachdem sie ihn abserviert hatte und davongelaufen war. Er würde sie mit Sicherheit darauf ansprechen. Aber sie war auch mit Maggie und Shane befreundet, also sollte sie wohl gehen.

Sie konzentrierte sich auf ihre Freundin, die wollte, dass sie gemeinsam ins Singledasein segelten und noch keinen auch nur winzigen Schritt in diese Richtung unternommen hatte. „Rach, du hast gesagt, du würdest es wagen."

Rachel nippte an ihrem Kaffee. „Vielleicht treffe ich ja morgen jemanden im Club."

Liz hob die Augenbrauen. Die Wahrscheinlichkeit, dass Rachel mit jemandem aus einem Club nach Hause ging, war gleich null.

„Was?", fragte Rachel. „Wir sind jung und sorglos. Dreißig ist das Alter, in dem man Spaß hat." Sie wirbelte einen Finger durch die Luft.

Liz entschied sich, das als ein kleines Maß an Enthusiasmus zu akzeptieren. „Weißt du was? Du hast recht. Wenn wir jetzt keinen Spaß haben können, wann dann? Ich möchte nicht warten, bis auch ich in meinen Siebzigern bin wie Maggie."

Rachel hob ihre Hand, um ihr ein High Five zu geben. „*Veni, vidi, vici*!"

„Bitte, mit Latein hab ich es nicht so."

„Ich kam, sah und siegte."

Daraufhin schlug Liz umso beherzter ein.

Am nächsten Morgen ging Liz beim Garner's vorbei, um ein Eiweißomelette zu essen, und wer saß ausgerechnet an einem Tisch am vorderen Fenster? Ryan. Sie sah nur seinen Hinterkopf, doch die Form hatte sie sich vor Jahren schon eingeprägt. Das war schon das zweite Mal in einer Woche, dass sie ihn im Garner's sah. Soweit sie wusste, war er seit seiner Rückkehr in die Stadt nicht dagewesen, da er nichts mit den neugierigen Tratschtanten zu tun haben wollte, die dort ein- und ausgingen.

Sie ging rasch an ihm vorbei, tat so, als hätte sie ihn nicht bemerkt, weil sie sich immer noch wegen des Vortags ärgerte und wie sie da weggelaufen war. Sie setzte sich an einen Zweiertisch ganz hinten in der Ecke und hielt die Speisekarte hoch vor ihr Gesicht.

Der Stuhl vor ihr schabte über den Boden. „Kann ich dir Gesellschaft leisten?", fragte Ryan.

„Sicher doch", quietschte sie und legte die Speisekarte ab.

Ryan setzte sich mit seinem Kaffee. Das konnte kein Zufall sein. Er musste sie sehen wollen, wenn er ständig ins Garner's ging.

„Was kannst du empfehlen?", fragte er.

„Ich mag das Eiweißomelette."

Er verzog das Gesicht und nahm sich eine Speisekarte. „Hat sich nicht verändert, was? Abgesehen von den Dingen, die gesund fürs Herz sind. Dann also Eier und Kartoffelpuffer."

„Die Kartoffelpuffer sind fritiert und fettig." *Warum hatte sie das gesagt?* Es ging sie doch nichts an, was er mit seiner Gesundheit machte. Sie verkrallte sich in der Serviette auf ihrem Schoß, ihre Wangen brannten.

„Perfekt." Er musterte sie einen Moment und sprach mit leiser Stimme weiter. „Gestern war –"

„Sag nicht, dass es ein Fehler war!" Als sie seinen überraschten Gesichtsausdruck sah, sprach sie weiter. „Das war es nämlich nicht. Okay?"

Sein Mund zuckte. „Okay" Er sah auf ihren Mund, dann blickte er ihr in die Augen. „Es hat dir also gefallen?"

Ihr Gesicht brannte. „Lass uns nicht darüber reden."

Der Kellner kam und nahm ihre Bestellung auf.

„Dafür, dass du nicht mit mir zu Abend essen möchtest, hattest du jetzt immerhin ein Mittagessen und jetzt auch noch Frühstück mit mir", sagte er. „Wie wäre es heute mit Abendessen?"

„Ich kann nicht. Rachel und ich gehen in einen Club."

„Du und Rachel in einem Club." Er lächelte bei dem Gedanken.

„Ja, ich und Rachel in einem Club. Ist ja nicht so, als hätte es das noch nie gegeben, dass alleinstehende Frauen in Clubs gehen, um Spaß zu haben."

„Wirst du dir jemanden anlachen?", fragte er mit rauer Stimme. Seine Augen brannten sich in ihre. Sie versprachen, was er für sie tun könnte. Mit ihr.

„Nein. Ich weiß nicht." Beschämt glättete sie sich die Haare und schob sie sich über die Ohren. „Vielleicht."

„Mhmm. Ruf mich danach an." Er nippte an seinem Kaffee.

Nachdem ich mir jemanden angelacht habe? Nachdem ich im Club fertig bin? Ständig ließ er sie so hängen, sodass sie unsicher war, was sie sagen oder tun sollte. Und Rachels Rat funktionierte einfach nicht. Sie konnte sich ja wohl schlecht im Restaurant ihrer Eltern ausziehen, um zu zeigen, dass sie interessiert war.

„Okay?", hakte er nach.

„Okay, ich werde dich anrufen."

„Oder einfach vorbeikommen." Seine Augen versprachen mehr.

In dem Moment wurde ihr alles klar. Sie biss sich auf die Lippe, da sie nichts versprechen wollte, für das sie womöglich nicht die Nerven besaß, um es auch durchzuziehen.

„Vielleicht", sagte sie.

„Ein Vielleicht reicht mir", sagte er und legte seine warme, große Hand auf ihre.

Wärme breitete sich in ihr aus.

Der Kellner kam mit ihrem Omelette, und sie zog ihre Hand zurück. Sie wartete noch, dass auch sein Essen kam.

„Iss ruhig schon", sagte er.

Aber sie konnte nicht. Zwischen ihrer Nervosität und seinem intensiven Blick meinte sie, ihr würde gleich schlecht werden. Stattdessen nahm sie einen Schluck vom Wasser.

„Geht es dir gut?", fragte er.

„Ja."

„Du wirst dich nicht auf mich übergeben?"

Sie musterte ihn. Erinnerte er sie etwa an das Mal, als das passiert war? Zweimal? Er betrachtete sie und wartete geduldig auf ihre Antwort. Er sah ernst aus, gar nicht so, als wollte er sie ärgern.

Sie lächelte und schüttelte den Kopf. „Mir geht es gut. Siehst du?" Sie nahm einen Bissen von ihrem Ei, und es schmeckte fantastisch.

16

Liz betrat das Twenty-One und machte sofort kehrt.

„Was ist denn los?", fragte Rachel. Sie trug Kontaktlinsen und einmal nicht ihren üblichen Pferdeschwanz. Ihre dunkelbraunen Haare fielen in Wellen über ihre Schultern. Das war ein neuer Look, auch ihr Outfit – ein schulterfreies weißes Oberteil mit einem engen schwarzen Lederrock und schwarzen Schuhen mit spitzen Absätzen.

„Ich glaube, es gibt einen Grund dafür, dass es Twenty-One heißt", sagt Liz. „Wir sind hier die ältesten."

„Ach, hör doch auf." Rachel drängte sich an ihr vorbei.

Liz folgte ihr und betrachtete die jungen, keine einundzwanzig Jahre alten Mädchen, die sich auf der Tanzfläche wanden. „Siehst du?"

Die meisten Mädchen trugen bauchfreie Oberteile, um ihr Bauchnabelpiercing zu zeigen. Der Club hatte einen DJ auf einer erhöhten Bühne am Ende, und der Bass pulsierte so laut, dass sie spürte, wie ihr Trommelfell vibrierte. Zu ihrer Linken war eine riesige Mahagonibar. Zu ihrer Rechten lange, weiße Sofas, weiße Sessel und winzige runde Tische. Und auf der großen Tanzfläche in der Mitte halbnackte tanzende Nymphen.

„Ich hab davon keine Ahnung", sagt Liz und glättete nicht existente Knitter in ihrer Caprihose.

Rachel zog Liz die ärmellose weiße Bluse aus der Hose. „Lass mal locker. Lass uns zur Bar gehen."

Kein Problem. Sie konnte lockerlassen, wenn sie sich ein wenig anstrengte.

Außerdem konnte ihre Bluse so und so getragen werden. Sie sah nur gerne ordentlich aus und steckte sie gerne in einen schönen Gürtel. Aber heute Abend wollte sie ja Spaß haben.

Sie ging mit Rachel zur Bar und bestellte einen Chardonnay.

„Nö", sagte der Barkeeper, ein zwanzig irgendwas junger Typ, mit stachelig hochstehendem Haar und Armen, die komplett von Tattoos bedeckt waren. „Nur Bier oder Mixgetränke."

„Dann nehmen wir zwei Bier, egal welche Sorte", sagte Rachel.

Ein paar Augenblicke später nahm Rachel ihr Getränk, reichte eines Liz und leerte es auf ex. Sie hatte noch nie gesehen, wie Rachel etwas auf ex trank. Natürlich hatte sie auch noch nie gesehen, dass Rachel einen Lederrock und Schuhe mit Pfennigabsätzen trug. Sie meinte es *ernst* damit, Spaß zu finden. Liz entschied sich, ihr Getränk nur zu halten. Sie musste ja schließlich noch fahren.

„Wollen wir tanzen?", fragte Liz. Es waren hauptsächlich Frauen auf der Tanzfläche. Einige Typen standen um die Tanzfläche herum, betrachteten die Frauen, abgesehen von einem sehr talentierten Hip-Hop Tänzer.

„Nein, wir setzen uns", sagte Rachel. „Diese Absätze bringen mich jetzt schon um, obwohl ich nur diese kurze Strecke gegangen bin."

Sie fanden einen weißen Sessel und eine passende Ottomane und setzten sich neben ein überfülltes Sofa, auf dem zwei Männer in Anzügen und zwei Frauen in kurzen Röcken und Neckholder Tops saßen. Liz bewegte ihren Fuß zur Musik.

„Wie geht es dir?", fragte Rachel laut, hob ihre Stimme über die Musik.

„Gut", antwortete Liz, doch Rachel sah an ihr vorbei zu

den zwei Männern in Anzügen. Die Frauen neben ihnen waren gegangen. *Igitt, nicht diese Typen.* Sie sahen so arrogant aus. Und wer trug schon einen Anzug in einem Club?

Der große, drahtige stand auf und kam zu Rachel herüber. Sein Freund, ein speckiger blonder Typ, der seine Haare ordentlich auf einer Seite geteilt hatte, schloss sich ihm eifrig an.

„Kann ich dir was ausgeben?", fragte der Große Rachel.

„Klar!", stimmte Rachel fröhlich zu. „Zwei Bier noch."

Liz schüttelte den Kopf. „Für mich nicht."

Der Große ging, um das Bier zu holen.

„Ich bin Wes", sagte sein Freund und streckte Liz seine Hand entgegen.

„Liz", antwortete sie und schüttelte seine Hand. „Das ist Rachel."

Rachel lächelte und zwinkerte ihr übertrieben zu.

Ich werde ganz sicher keinen „Spaß" mit Wes heute Abend haben, sagte sie Rachel per Telepathie über einen vielsagenden Blick.

„Euch nette Damen habe ich hier noch nie gesehen", sagte Wes mit eifrigem Lächeln.

„Erstes Mal", sang Rachel.

„Twenty-One Jungfrauen." Wes wackelte mit den Augenbrauen. „Dann müssen wir euch zeigen, wo's lang geht."

Liz verdrehte die Augen, als Wes ihr den Rücken zuwandte. Rachel kicherte.

Der Große kam mit einem Bier für Rachel zurück, das sie wieder auf ex trinken wollte. Liz hob ihre Hand und hielt sie davon ab. „Mach mal langsam." Das Glas war schon halb leer.

„Flüssiger Mut", flüsterte Rachel. Sie wandte sich dem Großen zu. „Ich bin Rachel."

„Mark", antwortete er. „Wirklich nett, dich kennenzulernen, Rachel."

Rachel lächelte, legte ihre Arme um seinen Hals und küsste ihn.

Liz erstarrte entsetzt. Rachel küsste niemals jemanden, den sie gerade erst kennengelernt hatte.

Wes wandte sich ihr zu. „Scheint so, als hätte es bei ihnen gefunkt. Wie wäre es mit dir und mir –"

„Ich habe einen Freund." *Den angeblichen, den ich immer hervorziehe, wenn ich ihn brauche.*

Er nickte und schaukelte auf seinen Fersen vor und zurück. „Was machst du so beruflich?"

„Ich bin Lehrerin."

„Buchhalter. Wir sind beide Buchhalter." Er deutete auf Mark. „Arbeiten bei der gleichen Firma, Angelo, Drake und Valardi. Schon mal davon gehört?"

„Nein."

„Also, die sind ziemlich bekannt."

Unangenehme Stille folgte. Abgesehen von der ohrenbetäubenden, gnadenlosen Clubmusik.

Sie sahen zu ihren Freunden hinüber. Rachel und Mark waren zu Zungenübungen übergegangen.

„Vielleicht könnten wir tanzen", sagte Liz laut.

Rachel und Mark lösten sich voneinander. „Klar", sagte Rachel und führte Mark auf die Tanzfläche. Liz und Wes folgten ihnen. Liz machte eine kleine Bewegung mit zitternder Schulter. Der trommelnde, pulsierende Beat war zu schnell für die Tanzbewegung, die sie sonst machte. Wes machte vor ihr den Runningman, seine blonden Haare hüpften auf und nieder.

Sie sah zur Seite, wo Rachel mit Mark einen Dirty Dance hinlegten, ihre Schambeine rieben aneinander.

Liz richtete ihre Aufmerksamkeit grob in Wes' Richtung und konzentrierte sich auf einen Punkt über seinem Kopf.

Rachel stand zu ihrem Wort. Sie hatte gesagt, dass sie mit jemandem Spaß haben würde, und das tat sie. Nachdem sie das Reiben auf der Tanzfläche beendet hatten, gingen sie und Mark in eine dunkle Ecke, um zu knutschen. Erinnerungen an Highschool Tanzabende kamen Liz in den Sinn, die zahlreichen Male, die sie hatte zusehen müssen, wie andere Paare knutschten, während sie hoffte, jemand würde sie erwählen. Und sich an ihren wahren Namen erinnern.

Wes würde nicht dieser Jemand sein.

Bis Mitternacht hatte Liz genug. Wes war sie schon eine

Stunde vorher leid gewesen und hatte sich an eine willige Frau rangemacht. Ihre Ohren klingelten von der lauten Musik, ihre Füße taten weh, und sie konnte keine Minute mehr länger ertragen, wie Rachel mit Mark Speichel austauschte.

Liz sprach scharf. „Rachel, es ist Zeit zu gehen."

Langsam löste Rachel sich. Ihre Wangen waren gerötet, vor Lust und Alkohol, doch sie wandte ihren Blick nicht von Mark ab. „Ich bin noch nicht so weit."

„Nun, aber ich fahre", sagte Liz, „und wir müssen los. Es ist spät."

„Ich könnte dich fahren", bot Mark an.

„Er könnte mich fahren", sagte Rachel und drehte sich um, um Liz mit glasigen Augen anzusehen.

Auf keinen Fall würde sie Rachel so zurücklassen, betrunken und bereit, den ersten Buchhalter zu bespringen, den sie traf. „Heute Abend bin ich dran mit Fahren."

„Okay", sagte Rachel. Sie hauchte Mark einen kurzen Kuss auf die Wange. „Ruf mich an." Sie hakte sich bei Liz ein, während Liz sich durch die eng an eng gepackten Leiber schob in dem nebligen Dunst, der von der Nebelmaschine übrig blieb. Als sie draußen waren, atmete sie ganz tief die saubere, kühle Nachtluft ein. Die Kleinstadt fühlte sich absolut still an im Vergleich zur der unaufhörlichen Clubmusik, die immer noch auf den Bürgersteig hinausdröhnte.

Rachel eilte den Bürgersteig in die falsche Richtung, und Liz rannte hinterher, um sie aufzuhalten. „In diese Richtung", sagte sie und drehte ihre Freundin um. „Du hattest also Spaß heute Abend, wie?"

„Japp. Das hatte ich eindeutig."

Sie gingen zum Parkplatz. Liz genoss die Stille, während Rachel nur albern grinste und nicht allzu sicher Richtung Auto ging. Sie stiegen ein, und Liz fuhr los.

„Ich kann meine Augen nicht schließen", sagte Rachel. „Das Auto dreht sich ständig."

Oh nein. Sie wird sich in meinem sauberen Auto übergeben. Und dann muss ich mich übergeben. „Dann lass deine Augen einfach offen."

Sie fuhren nach Hause. Rachel war still und sah aus dem Fenster. Nach einer Minute sagte sie: „Glaubst du, er wird mich anrufen?"

„Das glaube ich."

Rachel kicherte. „Ich hab vergessen, ihm meine Nummer zu geben."

„Er könnte doch einfach nachsehen."

„Ich weiß seinen Nachnamen nicht. Und ich glaube auch nicht, dass er meinen kennt." Rachel öffnete ihr Fenster und lehnte ihren Kopf hinaus wie ein Hund. „Universum, wenn es sein soll, dann gib mir ein Zeichen!"

„Ich weiß, wo er arbeitet", bot Liz an.

Rachel wirbelte ihren Kopf herum. „Das weißt du?" Aufgeregt hob sie ihre Stimme.

„Angelo, Drake und Valardi. Das ist eine Buchhaltungsfirma."

Rachel zog ihr Handy hervor und googelte es. Einen Augenblick später sagte sie: „Mark Valardi ist als Partner seiner Frau, Lee Angelo, kurz nach ihrer Ehe in die Firma eingestiegen ..." Sie lehnte ihren Kopf aus dem Fenster. „Das ist ein Zeichen! Danke dir, Universum!"

Liz hielt an einer roten Ampel und sah ihre Freundin mitleidig an. „Das tut mir leid."

Rachel schlug ihre Stirn an. „Ich habe einen furchtbaren Geschmack bei Männern."

„Zu deiner Ehrenrettung, du konntest nicht klar denken, so wie du die Biere auf ex getrunken hast."

„Danke, Liz. Du bist eine tolle Freundin. Fahr mal rechts ran. Ich muss mich übergeben."

Liz fuhr rasch an den Rand und stellte den Warnblinker an. Rachel sprang aus dem Wagen und eilte zu den Büschen. Liz sah weg. Ihr wurde übel, als sie hörte, wie Rachel sich übergab. Soviel zum Thema Liz und Rachel gehen in die Clubs. Das war einfach nicht ihre Szene.

Nachdem sie Rachel ins Bett in ihrem Apartment über dem Buchladen gesteckt hatte, hatte sie das Gefühl, viel zu aufgedreht zu sein, um nach Hause zu fahren. Ohne sich selbst Gelegenheit zu geben, zu sehr darüber nachzudenken, fuhr sie den kurzen Weg zurück zu Ryans Haus. Er hatte gesagt, sie könne zu ihm kommen. Sie fuhr in seine Einfahrt und sah auf ihr Handy – zwei Minuten nach ein Uhr. Vielleicht hätte sie doch anrufen sollen. Sie stand an seiner Haustür und rief auf seinem Handy an. Einmal, zweimal, dreimal klingeln …

„O'Hare", meldete er sich schläfrig.

„Liz hier. Ich bin da."

„Bin gleich unten."

Wenige Augenblicke später öffnete er die Haustür, trug tiefsitzende Jeans und sonst nichts. Das war um einiges besser als der Buchhalter Wes. Diese goldgebräunte Haut, die geformten Muskeln, wie er diese Jeans ausfüllte. Hitze sammelte sich in ihrem Körper.

„Hallo", sagte er warm. Seine Augen strahlten vor Vorfreude.

Das war es. Zeit, dass sie ihr Interesse bekundete. Rachel hatte gesagt, dass sie sich nur ausziehen musste.

„Ich stehe nicht auf Buchhalter", verkündete sie, ging ins Haus und knöpfte ihre Bluse auf.

„Gut", sagte er, bevor sein Mund auf ihren stürzte. Sie hörte, wie die Tür zugeknallt wurde, dann übernahmen seine Hände, knöpften ihr die Bluse auf, während ihre Hände in alle Richtungen über die warme Haut seiner Brust strichen. *Bonuspunkte für Rachel. Nackt funktioniert!*

Sein Mund verteilte heiße Küsse ihren Hals hinunter, und sie bemerkte überrascht, dass ihre Bluse weg war. Einen Moment lang spürte sie Panik. Das Licht war an. Ihre Brüste waren so klein. Sie war kein Vergleich zu all den Frauen, die er —

„Verdammt", sagte er und sah auf ihren rosa Spitzen-Push-up-BH. Sie schickte der Verkäuferin in einem gewissen Secret-Laden insgeheim ein Dankeschön, wo sie für den Fall hingegangen war, dass sie wirklich den Nerv aufbringen würde, heute Nacht hierherzukommen. Anstatt ihres sonst so praktischen weißen Baumwoll-BHs und den seidenen Höschen, die sich nicht abzeichneten, trug sie einen rosa BH mit einem winzigen, dazu passenden Höschen, das ein wenig mehr Po zeigte als das, was sie sonst so trug, doch die Verkäuferin hatte ihr gesagt, dass das „total angesagt" sei.

Er schob die Träger ihres BHs hinunter, sein Mund ließ Küsse von ihrem Schlüsselbein zu ihren Brüsten regnen, während seine Hand kurzen Prozess mit ihrem BH machte, den vorderen Verschluss öffnete und ihn ihr von den Schultern schob. Er saugte einen kieselharten Nippel in den Mund, und ihr Gehirn schaltete segensvoll ab. Sie schloss die Augen, als ein darauffolgendes Ziehen in ihrem Bauch sie fast hätte kommen lassen. Sie fuhr mit ihren Fingern durch sein karamellblondes Haar, als er zur anderen Brust hinüber ging und sich dann aufrichtete, um erneut ihren Mund zu erobern.

Sie erwiderte den Kuss mit wilder Hingabe, legte ihre Arme um seinen Hals, schmiegte ihren Körper an seinen. Seine Hände waren überall, glitten an ihrem Rücken hinunter, streichelten ihren Po, ihre Hüfte, ihre Brüste. Er unterbrach den Kuss nur, um sie auf seine Arme zu heben.

Panik durchfuhr sie, als sie an das letzte, demütigende Mal dachte, dass er sie getragen hatte. Wie wild schlug sie auf seine Schulter ein. „Lass mich runter!"

Er machte, worum sie ihn gebeten hatte. Er starrte sie an, seine haselnussbraunen Augen dunkel vor Leidenschaft, betrachteten ihr Gesicht. Auch sie starrte ihn an, spürte, wie ihre Wangen brannten, unfähig, es ihm zu erklären, ohne sie beide an DIE Demütigung zu erinnern.

Er hob eine Hand und umfasste vorsichtig ihr Gesicht. Langsam senkte er den Kopf, um ihr einen zarten Kuss auf die Schläfe zu geben, ihr Kinn, den empfindlichen Punkt unter ihrem Ohr. Sie brachte ein leises Seufzen hervor und wandte den Kopf, traf erneut seine Lippen. Jetzt ließ er sich Zeit, eine langsame, zarte Erkundung, seine Hände streichelten ihren Rücken hinauf und hinab.

Sie wurde mutiger, streichelte seine Zunge mit ihrer, ließ ihre Hände über seine Brust wandern, seine flachen Nippel, sie glitten tiefer bis an den Bund seiner Jeans. Da sie sich so mutig fühlte, spielte sie mit diesem Bund.

„Nach oben", sagte er mit rauem Flüstern.

Langsam ging sie die Treppe hinauf.

Er begleitete sie, seine große Hand lag tief auf ihrem Hintern, mit sanftem Druck griffen seine Finger darunter, machten ohnehin schon warme Bereiche ihrer Anatomie siedend heiß. Ihr Körper reagierte mit pulsierendem Pochen. Sie erreichten das Schlafzimmer. Er stellte die Lampe auf dem Nachttisch an, und ehe sie noch *Licht aus* sagen konnte, küsste er sie auch schon wieder, führte sie langsam zu seinem Bett.

Ohne Warnung hob er sie hoch und setzte sie auf die weiche Matratze. Er lag über ihr, stützte sein Gewicht mit den Armen ab. Sie nahm die scharfen Kanten seines Gesichts wahr, die dunklen Stoppel, mit denen er immer ein wenig gefährlich aussah, seine Augen auf Halbmast, umnebelt vor Verlangen, und etwas bewegte sich in ihr. Sie hatte das bewirkt. Irgendwie hatte sie dafür gesorgt, dass dieser tolle, sexy Mann sie begehrte.

Da sie ihrer selbst jetzt sicherer war, öffnete sie ihm ihre Arme und verlor sich in einem weiteren, heißen Kuss, während seine Hand an der Innenseite ihrer Schenkel hinauffuhr. Sie öffnete sich für ihn, und er massierte ihr Zentrum durch ihr Höschen. Sie bog sich gegen seine Hand, ein kleines Seufzen entfleuchte ihrer Kehle. Er öffnete ihre Hose, zog den Reißverschluss hinunter, ließ seine Hand über das Stück Spitze gleiten, dessen Stoff nun klitschnass war. Er löste sich von ihr, um ihr schnell die Hose ganz auszuziehen, und sie bewegte ihre Hüften, um ihm dabei zu helfen. Er kniff in eine fast nackte Pobacke. „Verdammt, Frau."

„Die sind gerade total angesagt", informierte sie ihn, bevor sie die Decke nahm, um sich zu verbergen. Sie zog die Hose unter der Decke aus. In einem Bikini hatte sie nie gut ausgesehen, sie hatte eher die Gestalt einer Erbse mit durchschnittlichen Beinen. Die Handvoll Männer, mit denen sie zusammen gewesen war — okay, nur drei Männer — hatten alles Erforderliche immer unter der Decke getan.

Sein Mund huschte über ihren. „Versteck dich nicht. Du bist schön."

„Ich verstecke mich nicht." Sie wich seinem Blick aus. „Mir ist nur kalt."

Er ließ seine Jeans und Unterhose auf den Boden fallen.

Ihr Mund wurde trocken. *Heilige Scheiße, das war's.* Was sie durch seine Jeans nur geahnt hatte war … *umwerfend* und … ein wenig einschüchternd. Sie hielt die Decke noch fester.

„Du siehst heiß aus für mich." Er zog ihr die Decke weg und legte sich an ihre Stelle, bedeckte sie mit der Wärme seines Körpers. Dann küsste er sie, und als sie sich gerade daran gewöhnte, seinen harten Körper an ihrem zu spüren, senkte er sich hinab und küsste sich an ihrem Körper hinab nach unten.

Das war ein Mann, der sich Zeit ließ. Küssen, kosten, knabbern. Sie wand sie unter ihm, als er an ihrer Scham ankam, drückte einen heißen Kuss darauf und blieb dann dort. Sie verkrallte ihre Hände in sein Haar, wollte ihn wegziehen, denn es hatte das eine Mal, als Craig es versucht hatte, nicht funktioniert.

„Nein", sagte sie ihm, ihre Stimme jedoch nicht ganz fest.

Er hob seinen Kopf, um sie anzusehen. „Gib mir eine Minute und du wirst um mehr betteln."

Ihr ganzer Körper erbebte bei diesem arroganten Versprechen. Er wartete gar nicht auf ihre Reaktion, sondern senkte seinen Kopf, und sein Mund machte etwas Magisches. Seine Hände packten ihren nackten Po, hoben sie dorthin, wo er sie haben wollte.

„Oh Gott, oh Gott, oh Gott", sagte sie immer wieder, als der Druck unerträglich anstieg. Als die Erlösung kam, schrie sie und bebte vor Lust.

„Liz Garner ist eine Schreierin", sagte er, klang zugleich erfreut und ein wenig eingebildet.

Sie lag einfach da, schlapp und befriedigt. „So habe ich mein ganzes Leben noch nicht geschrien."

Sie hörte ein Rascheln am Nachttischchen, und dann war er wieder bei ihr, drang langsam in sie ein, ließ sie sich an seine Größe gewöhnen. Sie schnappte nach Luft.

Er hielt inne. „Geht es dir gut?"

„Ist schon eine Weile her", gestand sie.

„Du fühlst dich unglaublich an. Leg deine Beine um mich."

Das tat sie. Er machte ganz langsam, bis sie die langsame

Qual nicht mehr ertragen konnte und seinen Hintern packte, um die Sache zu Ende zu bringen. Himmel, wie er sie ausfüllte. Er stöhnte und senkte seinen Mund an ihr Ohr. „Ich möchte, dass du noch einmal schreist."

Sie schüttelte den Kopf. „Das kann ich nicht. Nicht so kurz hintereinander."

Er packte ihre Hüfte, hob sie in einen bestimmten Winkel und begann einen langsamen Rhythmus. In erstaunlich kurzer Zeit spürte sie die zunehmende Anspannung in sich, bis sie nah dran war, keuchend, ihn packte, ihn dazu brachte, schneller zu pumpen, ihr die Erlösung zu geben, die sie brauchte.

Er ignorierte ihre wilden Hände und blieb bei dem Rhythmus.

„Ryan, bitte", flehte sie.

„Öffne deine Augen", verlangte er.

Das tat sie. Sein Blick war heiß, intensiv.

Er steigerte den Rhythmus, doch nicht genug, nicht annähernd genug. Liz war wie verrückt, ganz nah am Rand.

Er schob seine Hand zwischen sie und streichelte den harten Knoten in ihrer Scham. Sie schrie, als sie kam, ihr Körper pulsierte um ihn. Jetzt stieß er schnell zu, bekam seine eigene Erlösung, als weitere Lustwogen durch sie hindurchwogten, bis er endlich in ihr explodierte.

Er sackte vor, atmete heftig. Liz hielt ihn geradezu ehrfurchtsvoll, spürte, wie sein Herz gegen ihres pochte. So war es für sie noch nie gewesen. Sex war immer eine schnelle Sache gewesen, wham-bam, und jetzt erst fiel ihr auf, dass es immer nur um die Lust ihrer Exfreunde gegangen war, nie um ihre. Ryan dachte an sie. Sie fühlte sich albern vor Freude und merkte, wie sie lächelte. Da entschied Liz, dass sie Mr. Right Now nehmen würde, wenn das hieß, dass sie dafür Wahnsinnssex bekam.

Ryan küsste ihre Haare, dann rollte er auf seinen Rücken. Sie kuschelte sich an ihn, legte ihren Kopf auf seine Brust.

„Ich bin froh, dass du hergekommen bist", sagte er, und das Geräusch vibrierte in seiner Brust.

Sie lächelte. „Ich auch." Befriedigt und schläfrig schlief sie zum Geräusch des deutlichen Pochens seines Herzens ein.

Bei Tagesanbruch erwachte sie und stand auf. Sie hatte noch nie Gelegenheitssex gehabt und wollte auf keinen Fall eine unangenehme Szene, bei der er sie am Ende hinausjagen würde. Es wäre für beide einfacher, wenn sie jetzt ginge. Abgesehen davon, dass sie nicht wollte, dass irgendein neugieriger Nachbar sie den beschämenden Weg zu ihrem Auto gehen sah.

Sie warf noch einen Blick auf Ryan. Er lag ausgebreitet auf seinem Rücken, seine Brust bewegte sich auf und nieder in tiefem Schlaf, seine langen Wimpern auf seinen Wangen ausgebreitet. Sie merkte, dass sie sich vorgebeugt hatte. Er war so schön. Er rührte sich ein wenig im Schlaf. Sie zuckte zurück. Dann glättete sie die Decke, wo sie geschlafen hatte, zog sich schnell an und glitt in den Flur hinaus.

Sie fühlte sich schuldig, weil sie sich so davonschlich, zog ein kleines Notizbuch aus ihrer Tasche, schrieb eine kurze Nachricht und legte sie auf den Nachttisch.

Ryan erwachte zufrieden, ein Gefühl, das er lange Zeit nicht gehabt hatte. Er lächelte, als er sich an Liz' schreiende Orgasmen der vorigen Nacht erinnerte, so viel besser als das Stöhnen, das er aus ihr hervorkitzeln wollte. Er griff nach ihr, hoffte auf eine zweite Runde. Das Bett war leer. Er stützte sich auf einen Ellbogen. „Liz?"

Keine Antwort, sie hatte das Bett auf ihrer Seite gemacht. Er drehte sich um und entdeckte eine ordentlich gefaltete Nachricht auf dem Nachttisch. Er öffnete sie. Zwei Worte: Danke Dir.

Eine verdammte Dankesnachricht? Ernsthaft angepisst zerknüllte er sie und ging unter die Dusche. Na schön, er war also nur ein One-Night-Stand gewesen. Die hatte er vorher schon gehabt, doch er hatte gedacht, mit Liz wäre es anders. Der Sex war verdammt fantastisch gewesen. Ihr heißer kleiner Körper reagierte so sehr auf ihn, ihre Reaktionen waren ehrlich. Manche Frauen, mit denen er zusammen gewesen war, hatten aus dem Sex eine Performance gemacht.

Er stellte das heiße Wasser an und stellte sich unter die Brause. Sein letzter Gedanke, bevor er eingeschlafen war, war gewesen, dass er es nicht abwarten konnte, es noch einmal zu tun. Sonst war er immer ganz eifrig, durch die Tür zu verschwinden. Stattdessen war Liz ganz eifrig gewesen, durch seine Tür zu verschwinden.

Wer hinterließ denn bitte schön eine Dankesnachricht nach dem Sex? Er ging unter die Dusche.

Nur Liz.

Unfehlbar ordentlich und höflich, selbst nach einem heißen Gerangel zwischen den Laken.

Er lächelte. Sie waren noch nicht durch.

17

Ryan schob Trav mit dem Ellbogen aus dem Weg, den Basketball fest in der Hand, drehte sich um und landete einen erstklassigen Korb. „Also, wer wird hier alt?", ärgerte er seinen jüngeren Bruder.

Trav verdrehte die Augen. „Immer noch du, Brüderchen." Er schlug ihm den Basketball aus der Hand und wirbelte davon, arbeitete geschickt mit den Beinen, wie Ryan es ihm beigebracht hatte, als sie noch Kinder waren. Ryan wusste schon, welche Bewegung Trav als nächstes machen würde, und stahl ihm den Ball. Ein weiterer perfekter Korb. An einem perfekten Tag. Ein Sonntagsbarbecue, nachdem er die Nacht mit Liz verbracht hatte.

Shane kam aus dem Haus mit einer Kühlbox und stellte sie in der Nähe auf die Veranda. „Wollt ihr etwas trinken?"

Trav nutzte die Ablenkung und schlug Ryan den Ball aus der Hand, rannte zum Korb. Ryan ließ ihn.

Er zog sein T-Shirt hoch, um sich den Schweiß aus dem Gesicht zu wischen. „Danke", sagte er zu Shane. „Ich könnte schon was zu trinken gebrauchen."

„Wir spielen doch erst zwanzig Minuten", sagte Trav mit arrogantem Lächeln. „Wo ist denn deine Ausdauer, alter Mann?"

Ryan knuffte ihn halbherzig.

„Jungs! Ich habe euch doch zu Freundlichkeit erzogen. Keine Fäuste", rief Gran und trug eine Tasche voll mit ihren Lieblingsdoppelkeksen herbei, (die waren lebenswichtig für jedes Familientreffen, wie sie immer sagte). Sie umarmte jeden ihrer Enkel und ignorierte den Schweiß, der von den beiden strömte.

Ryan nahm den Beutel mit den Keksen. „Wie geht es dir, Gran?" Vorsichtig legte er einen Arm um ihre Schulter und ging mit ihr zum Garten, wo sie sich in den Schatten des Sonnenschirms setzen konnte.

Gran schob seinen Arm von ihren Schultern. „Mir geht es gut, aber du riechst nach Umkleide. Dusch dich erst mal."

„Ja, Ma'am", sagte Ryan grinsend.

Als sie auf der Terrasse ankamen, reichte Shane, der ewige Gastgeber selbst dann, wenn er nicht bei sich zu Hause war, Ryan ein Gatorade und Trav ein Sam Adams. Seine Brüder waren nicht traumatisiert vom Trinken ihres Vaters, da Ryan sie davor abgeschirmt hatte. In der Highschool hatte er mal ein Bier probiert. Der Geschmack hatte ihn abgestoßen. Auch gut. Er wollte ohnehin niemals so werden wie dieses Arschloch.

„Hallo-ooo?"

Ryan drehte sich um, überrascht zu sehen, dass Liz auf ihn zukam. Sie trug enge, blaue Shorts und ein rotes Tanktop. Ihr Haar hatte sie zu einem Pferdeschwanz hochgebunden und zeigte so die Ohrringe, die er ihr zum Geburtstag geschenkt hatte. Er war sprachlos, sowohl, weil sie hier war, als auch, weil sie entschieden nicht zugeknöpft wirkte. Hatte er das mit ihr gemacht? Sie locker gemacht, dass sie so sexy Klamotten trug? Gott, sie war heiß.

„Hey, Liz, danke, dass du gekommen bist", sagte Shane.

„Was machst du denn hier?", fragte Ryan.

„Ryan!", sagte Gran vorwurfsvoll.

„Ich habe sie eingeladen", sagte Shane.

Er drehte sich um und starrte seinen Bruder an, dann drehte er sich wieder langsam zurück zu Liz.

Sie lächelte, und die Röte flutete ihre Wangen. „Shane hat

mich beim Tanzkurs eingeladen. Schön, euch alle zu sehen. Ich habe Möhrenkuchen vom Garner's mitgebracht."

„Wunderbar!", rief Gran.

Liz reichte Shane den Kuchen, und er beugte sich vor, um ihre Wange zu küssen. Rasende Eifersucht durchfuhr Ryan, und er konnte sich gerade noch zurückhalten, seinen Bruder umzuhauen. Er fühlte sich wie ein wütender Neandertaler. Als nächstes würde er noch Liz über seine Schulter werfen und sie zurück in seine Höhle tragen. Bei dem Gedanken lebte er auf.

„Hast du den Cha-Cha-Cha geübt?", fragte Shane.

Liz lachte. „Nicht, seitdem wir es versucht haben."

Ryan hatte genug Zeit verschwendet. Er ging zu Liz und küsste sie lang und innig, ignorierte ihr Publikum. Er ließ sie los. Einen Moment lang schwankte sie und er ließ seine Hand an ihrem Rücken, um sie zu stützen.

„Nehmt euch doch ein Zimmer", sagte Trav.

Shane pfiff leise.

„Ruhe, Jungs", sagte Gran.

Ryan zeigte warnend mit seinem Finger auf Shane und Trav.

Shane unterbrach die erstaunte Stille. „Kommt Rachel auch?"

Liz glättete ihr Haar. „Ach, das tut mir leid. Ich wollte es dir schon gesagt haben. Sie ist mit ihrer Schwester und ihren Nichten und Neffen im Zoo."

Ryan fühlte sich wie ein Idiot. Shane hatte nach Rachel gefragt. Er versuchte gar nicht, Liz an die Wäsche zu gehen. Nicht, dass er ohnehin daran gekommen wäre in nächster Zeit. Er bewegte sich einfach wie eine Schnecke, wenn er an jemandem interessiert war.

„Wie geht es Daisy?", fragte Trav.

„Geht ihr gut", sagte Liz. „Sie ist jetzt im achten Monat."

Ryan drehte sich um, um zum Duschen ins Haus zu gehen, als er hörte, wie Trav sagte: „Ich habe ihm beim Basketball den Hintern versohlt. Der alte Mann hat's einfach nicht mehr drauf." Er kicherte. Ryan drehte sich um und zeigte seinem Bruder den Finger. Eine Geste, die Liz verpasste, weil sie ihm den Rücken zuwandte. Trav hauchte ihm einen Kuss zu. Diese verdammt lästigen kleinen Brüder.

Liz musste sich zwingen, sich auf Trav zu konzentrieren, während der ihr einige lustige Geschichten von seiner Arbeit mit der Gärtnertruppe erzählte. Sie war immer noch erschüttert und heiß von Ryans Kuss vor allen anderen.

Und dem Drang, sich unter der Dusche zu ihm zu gesellen.

Trav war ein wenig der Klassenclown, machte immer Scherze. Früher war er auch oft in Schwierigkeiten geraten. Sie erinnerte sich noch an die Zeit, als er ein paar Buchstaben vom Highschool Schild geklaut hatte. Anstatt Clover Park High stand da dann: Lover High. Die Polizei war eingeschaltet worden, doch er war mit gemeinnütziger Arbeit davongekommen, hatte Rasen mähen und in der Stadt aufräumen müssen.

Als Trav die Story von dem Boss seiner Mannschaft beendet hatte, der eine Dose Cola getrunken hatte, die einer der Jungs als Pipidose benutzt hatte, bot er an, Liz ein Getränk zu holen.

„Äh, ich brauche nichts", sagte sie, da sie sich nicht besonders durstig fühlte, während die Cola-Geschichte noch frisch in Erinnerung war.

„Dann mache ich mich mal an die Burger und die Würste", sagte er und ging zum Haus.

Sie gesellte sich zu Maggie unter dem Sonnenschirm. Auch Shane ging ins Haus, und einen Moment später pumpte der Jazz durch die Außenlautsprecher. Er kam zurück und reichte Liz ein Glas mit gekühltem Weißwein.

„Danke." Shane war so aufmerksam. Er hatte sich noch daran erinnert, dass sie Weißwein mochte.

„Gern geschehen." Er öffnete ein Sam Adams aus der Kühlbox in seiner Nähe, gesellte sich zu ihnen und setzte sich auf einen der Stühle am Terrassentisch.

„Also, du und Ryan, was, Liz?", fragte Shane.

Sie zuckte die Schultern. „Nichts Ernstes."

„Hat er das gesagt?", fragte Maggie. „Dann werde ich mich mal mit ihm unterhalten." Sie stand auf.

„Nein!" Liz legte ihr eine Hand auf den Arm und hielt sie zurück. „Maggie, bitte, das hat er nicht gesagt. Es ist locker zwischen uns, das ist alles." Sie konnte sich gut vorstellen, wie Maggie den Duschvorhang beiseite riss, um einem nackten Ryan die Leviten zu lesen.

„Tu es, Gran", drängte Trav sie vom Grill aus. „Ich bin auf deiner Seite."

Maggie sah ihn mit einer gehobenen Braue an und setzte sich. „Das ist ein Grund, es *nicht* zu tun."

Shane musterte Liz auf seine ruhige, ernste Weise. „Macht er dich glücklich?"

Liz lächelte verträumt, erinnerte sich an die Wahnsinnsorgasmen. „Ich bin glücklich."

Shane drückte ihre Hand. „Gut. Das freut mich für dich. Er kann ein wenig –"

„Nimm deine Hände von ihr", knurrte Ryan von der offenen Tür aus. Seine Haare hatte er zurückgestrichen, sie waren noch nass von der Dusche. Barfuß kam er auf den Tisch zu, in tiefsitzenden Basketballshorts und T-Shirt, ging direkt auf Shane zu.

„Hey!" Liz stellte sich zwischen die beiden Brüder. „Nein, es ist nichts. Shane und ich sind doch schon lange befreundet."

Ryan schob sich eine Hand durchs Haar, sah zerzaust und mitgenommen aus. Er wandte sich an Trav. „Brauchst du Hilfe am Grill?"

„Hab alles im Griff, danke." Trav nippte an seinem Bier. „Hübsche Ohrringe, Liz."

Sie tastete nach den baumelnden Spiralen. „Danke."

Ryan knurrte, und Trav hätte fast gelacht. „Es ist zu einfach", sagte Trav. „Einfach zu einfach."

Liz sah zwischen den beiden Brüdern hin und her. Sie würde Männer nie verstehen.

„Sieh mal, worauf du dich einlässt", warnte Maggie lachend.

Liz nahm einen anständigen Schluck von ihrem Wein. „Nur zu."

Alle drei Brüder lachten.

~

Spät in jener Nacht stand Liz auf Ryans Türschwelle. Sie war vor Stunden vom Barbecue gegangen, hatte aber nicht schlafen können. Immer wieder dachte sie an diesen Kuss in Travs Haus. Sie hatte ihn auf seinem Handy angerufen, damit er wusste, dass sie zu dieser späten Stunde vor seiner Tür stand. Sie hörte seine Schritte, und die Tür öffnete sich.

Er lächelte verschlagen. „Vermisst du mich?"

Sie sagte nichts, trat kaum hinein und schälte sich aus ihrem Tanktop.

Im Nu war er auf ihr, seine Hände fuhren an ihrem nackten Rücken hinauf und hinunter, während er sie küsste, heiß und fordernd. Er zog sich zurück, um ihr in die Augen zu sehen. „Diesmal keine Dankesnachrichten."

„Keine Dankesnachrichten", stimmte sie zu. Sie leckte sich die Lippen, während sie seinen Mund betrachtete.

Er knabberte vorsichtig an ihrem Ohr. „Sag mir, was du willst." Seine Stimme vibrierte in ihrem Ohr, ließ sie erbeben.

„Ich hätte mich vorhin gerne zu dir in die Dusche gesellt", gestand sie.

Er packte ihre Hand, und sie rannten die Treppe hinauf. Liz musste kichern, weil er es so eilig hatte. Er stellte das Wasser an, und während es warm wurde, zog er ihr die Shorts aus, stöhnte, als er ihr seidenes Höschen sah, zog es ebenfalls hinunter und hielt inne, um sie unten intim zu küssen. Ihre Knie gaben nach. Wasserdampf strömte aus der Dusche. „Dusche", krächzte sie.

Er zog sich aus und ging unter die Dusche, legte ein Kondom an den Rand. Sie warf einen Blick auf die erhabene Narbe an seiner Schulter.

Sie gesellte sich zu ihm in die Dusche und fuhr mit einer Hand über diese Narbe. „Wie ist das passiert?"

„Alte Wunde aus meiner Zeit als Cop." Er fuhr mit seinen

Fingern durch ihr Haar, brachte weitere Fragen mit seinen fordernden Küssen zum Schweigen. Seine kundige Hand fuhr fort damit, sie daran zu erinnern, warum ihre Idee, ihn mitten in der Nacht zu besuchen, eine sehr gute Idee gewesen war.

In wenigen Minuten war sie wild auf ihn und kletterte geradezu auf seinen Körper, schlang ihre Arme und Beine um ihn.

„Noch nicht." Er stellte sie ab, um sich das Kondom zu nehmen, während sie über seine unglaubliche Erektion hinauf- und hinabstreichelte. „Du bringst mich um." Rasch rollte er es sich über und hob sie hoch. Sie legte ihre Beine ganz eng um ihn. Er drängte genauso wie sie, und sie kamen gemeinsam, fanden einen natürlichen Rhythmus. Sie fühlte sich wundervoll und frei, so sehr frei.

Nachdem sie beide befriedigt und vom Wasser und einander überhitzt waren, nahm Ryan ein Handtuch und wickelte sie hinein. Sie kam aus der Dusche.

Er schlang sich ein Handtuch um die Hüfte und ging zu ihr. „Es gefällt mir, dass du auch eine wilde Seite hast."

„Habe ich das?" Er hatte einmal behauptet, sie sei das Gegenteil von wild.

„Für den Rest der Welt siehst du zugeknöpft aus. Aber bei mir bist du du selbst. Richtig? Wild im Inneren."

Liz lächelte. „Das stimmt." Die Beschreibung gefiel ihr. So hatte sie noch nie von sich gedacht, doch Ryan brachte das aus ihr heraus. „Bin gleich zurück."

Sie rannte hinunter zu ihrer Handtasche. Zurück in seinem Zimmer zog sie ein schwarzes Spitzenset aus Bustier und Shorts aus ihrer Tasche und zog sie an. Ein weiterer Einkauf aus dem Secret Store. Nachdem er sie in ihrem Snoopy-T-Shirt gesehen hatte, wollte sie nicht, dass er dachte, dass sie nur so alberne T-Shirts im Bett trug.

„Hübsch", sagte er von der anderen Seite des Raumes aus, wo er eine frische Unterhose angezogen hatte. Sie lächelte und eilte mit ihrer Kosmetiktasche, die sie ebenfalls in ihrer Tasche hatte, ins Badezimmer. Sie putzte sich die Zähne und nahm Zahnseide. Sie war gerade dabei, sich die Haare zu bürsten, als er sie von hinten packte. Sie kreischte.

„Du hast mir einen Schrecken eingejagt!"

„Du siehst heiß aus in Schwarz." Er drehte sie um und küsste sie.

Sie löste sich von ihm, ihr Herz raste immer noch. „Ich muss mich fertig—"

„Später", sagte er, bevor er sie auf die Lippen küsste. Sie stöhnte und gab sich dem Kuss hin, wissend, dass sie verloren war.

Erneut erwachte sie vor Sonnenaufgang, konnte sich einfach nicht an ihn gewöhnen, an die Intimität eines gemeinsamen Morgens. Er lag breit auf seinem Rücken, einen Arm über den Bauch gelegt. Vorsichtig hob sie seinen Arm und rutschte drunter hervor. Dann stand sie auf, drehte sich um. Ryan schlief immer noch tief und fest. Sie war versucht, ihn aufzuwecken, um noch einmal Liebe mit ihm zu machen — *Sex, nenn es doch beim Namen* — doch sie musste es locker halten.

Schöne Nacht.

Danke.

Ryan fuhr mit Trav zu einem Norwalk Tigers Spiel und dachte über Liz nach. Sie war nun fünf Nächte hintereinander zu ihm gekommen, nur, um ihre Klamotten auszuziehen, es mit ihm zu machen und dann abzuhauen, während er noch schlief. Für gewöhnlich war er derjenige, der mit irgendeiner Ausrede kurz nach dem Sex verschwand. Es pisste ihn an.

Und nie gingen sie gemeinsam aus. Schon wieder hatte sie seine Einladung zum Abendessen abgelehnt, hatte gesagt, sie habe am Wochenende so viel zu tun. So langsam dachte er, dass sie nur Sex von ihm wollte. Er hielt an einer Ampel und stieß genervt einen Atemzug aus. Es ging kein Weg daran vorbei.

Er war ein Spielzeug für sie.

„Geht es dir gut?", fragte Trav. „Grübelst du über Liz?"

Ryan schlug ihm auf den Arm. „Halt die Klappe."

Trav schmunzelte.

Als sie geparkt und ihre Sitze gefunden hatten, redete Ryan sich ein, er solle nicht weiter versuchen, schlau aus Liz zu werden. Es war, was es war. Ende der Geschichte.

Er kaufte ihnen Popcorn von einem Verkäufer, der gerade vorüberkam. Es war ein großartiger Abend für ein Spiel. Nicht zu heiß.

„Ich habe Dad getroffen", sagte Trav und sah stur geradeaus.

Ryan starrte ihn an. „Du auch?"

„Ja." Trav aß sein Popcorn und sah aufs Feld.

„Also, warum hast du's getan?"

„Ich glaube, weil ich neugierig war. Shane sagte, dass er schon seit einer Weile trocken sei."

Ryan wartete schweigend darauf, dass Trav es ausspuckte. Er tat es nicht. Aß einfach sein Popcorn weiter, las das Quiz an der Anzeigetafel.

„Was wollte er?", fragte Ryan endlich.

„Er hat sich entschuldigt—"

„Als würde das etwas besser machen."

Trav setzte sich auf seinem Platz auf. „Das Spiel fängt an. Ganz schön gute Spieler. Der Typ da hat letzte Woche keinen einzigen Schlag des Gegners durchgelassen."

Ryan hakte nicht weiter nach. *Warum beschwere ich mich überhaupt über diesen alten Mann? Ich habe ihn damals nicht gebraucht, und so sicher wie das Amen in der Kirche brauche ich ihn jetzt auch nicht.* „Bist du jetzt Fan von den Tigers?"

„Nur übers Radio."

Merkwürdig. Trav war eingeschworener Yankeesfan, ganz anders als die meisten anderen in Connecticut, die treu zu den Red Sox hielten. Er hatte nicht gewusst, dass Trav den Minor Leagues folgte. Die Tigers hatten nicht einmal etwas mit den Yanks zu tun.

Er konzentrierte sich wieder auf das Spiel. Der Pitcher war phänomenal. Das Inning endete, und die Tigers bekamen den Schläger.

"Rodriguez hat im letzten Jahr durchschnittlich siebenundneunzigmal getroffen", sagte Trav. „Dieses Jahr sieht's gut aus, dass er es an die Spitze schafft. Er ist bei zwei fünfundsechzig."

Ryan starrte seinen Bruder an, der, ohne zu blinzeln, den Schläger ansah.

Rodriguez traf. Die Menge jubelte. Trav drehte sich kaum um, um zu sehen, wer als nächstes kam. „Bryant", sagte er. „Letztes Jahr hatte er zehn Homeruns, Batting Average zwei achtundfünfzig."

„Das weißt du alles aus dem Radio?", fragte Ryan.

„Nein", sagte Trav und wandte seinen Blick nicht vom Schläger, „hab ich online gelesen."

„Du hast recherchiert?" Seit wann lag Trav so viel an den Minor Leagues? *Wettete er etwa?*

„Ja." Trav murmelte die Statistiken des nächsten Schlägers.

„Warum?"

„Warum nicht?" Er mampfte auf dem Popcorn, sein Blick heftete am Feld.

Das war keine Antwort. Ryan fragte nicht weiter nach. Trav würde es schon früher oder später ausspucken. Das hatte er noch immer. Was immer der Grund war, Ryan hoffte nur, dass er auf der richtigen Seite des Gesetzes war.

18

Am Freitagabend musste Ryan einen treulosen Ehemann nur zwei Städte entfernt observieren. Vielleicht, wenn er früh genug nach Hause kam, konnte er bei Liz zu Hause vorbeischauen und sie überraschen. Ansonsten sah es so aus, als würde er sie an diesem Wochenende nicht zu sehen bekommen. Sie hatte ihm bereits gesagt, dass sie am nächsten Abend etwas mit Rachel vorhatte.

Er schloss ein Haus ab und ging zum Wagen. Er setzte sich hinters Steuer, dann hielt er noch einmal inne, um sein Handy herauszuziehen. Er würde Liz schreiben und ihr sagen, dass er heute vielleicht etwas früher zurück war. Plötzlich wurde die Beifahrertür geöffnet und dann zugeknallt. Was zum – er zuckte zusammen. Liz saß in seinem Wagen.

„Liz? Was tust du hier?"

„Ich wollte selbst mal sehen, was du so machst." Sie drückte sich eine riesige Tasche ganz fest an die Brust, als hätte sie Angst, er würde sie rausschmeißen.

„Ich habe dir doch erzählt, was ich mache."

„Ich wollte sehen, ob es wirklich so schrecklich ist, wie es klingt." Sie zog eine Kühltasche aus ihrer Tasche und stellte sie auf den Boden.

Er starrte sie an. „Wo ist dein Wagen?"

„Ich habe bei Maggies Haus geparkt, damit niemand

misstrauisch wird." Ihr Blick ging in alle Richtungen, sie hielt Ausschau nach irgendjemandem, der in der Nähe sein könnte.

Misstrauisch, dass wir einander trafen? Das war ja, als wäre es ihr unangenehm, mit mir gesehen zu werden. Das habe ich noch nie erlebt.

„Dir wird mein Job nicht gefallen", sagte er. „Ich komme bei dir zu Hause vorbei, wenn ich zurück bin."

„Ich werde nirgendwo hingehen." Sie schob ihr Kinn vor.

„Ich kann allein besser arbeiten", sagte er geduldig. „Ich muss still sein, darf nicht gesehen werden."

Liz rutschte noch tiefer auf ihrem Sitz. „Ich verspreche, ich werde dein Cover nicht zerstören."

Er verdrehte die Augen. Sie sah sich wohl zu viele Krimis an. „Wie du willst." Er startete den Motor und fuhr aus der Einfahrt.

Sie linste über das Armaturenbrett, und als sie keine Verdächtigen in der Stadt entdeckte, setzte sie sich in ihrem Sitz wieder auf.

Er lächelte, obwohl sein Auftrag für heute Abend nun schwieriger geworden war. „Da ich jetzt hier mit dir festsitze …" Er bemerkte ihr kurzes Lächeln, bevor sie dann sofort wieder einen ernsten Gesichtsausdruck annahm. „Grundregeln: erstens, du bleibst ruhig. Zweitens, du bleibst im Wagen und drittens du mischst dich *nicht* ein. Verstanden?"

„Verstanden."

Sie trug eine gelbe Bluse mit kurzen Ärmeln, die sie bis zum Hals zugeknöpft hatte – er musste gegen das Bedürfnis ankämpfen, sie ein wenig zu öffnen, nur ein bisschen, gerade genug. Oder noch besser, ihr zu sagen, sie solle sie aufknöpfen, während er fuhr. Ihre schwarze Hose ging ihr bis zu den Waden, eine Bügelfalte an jedem Bein. Vermutlich schwarze Seide darunter. Ihm war aufgefallen, dass ihre Höschen für gewöhnlich zu ihrer Hose passten. Es gefiel ihm, dass er wusste, was sich unter ihrer zugeknöpften Bekleidung verbarg.

Er stellte im Radio einen Sender mit Klassik an. Sie fuhren eine Weile, und alles war ruhig abgesehen von der Musik. Er hätte das nicht wirklich als in der Öffentlichkeit miteinander ausgehen bezeichnet, da sie in einem Wagen festsaßen, während er arbeitete, doch zumindest waren sie mal nicht im Schlafzimmer. Das war schon ein Schritt näher in Richtung miteinander ausgehen. Keine andere Frau hatte jemals versucht, in der Öffentlichkeit nicht mit ihm gesehen zu werden.

„Möchtest du etwas trinken?", fragte Liz und hob ihre Kühltasche in die Höhe. „Ich habe Wasser, Eistee, Limonade und Dr. Pepper."

Er sah zu ihr hinüber. „Ich kann es nicht fassen, dass du all dieses Zeug mitgeschleppt hast."

„Ich bin nicht unvorbereitet gekommen. Warum, was nimmst *du* denn immer zu einer Observation mit?"

Er deutete auf den Kaffeebecher in seinem Tassenhalter. „Das da."

„Nur Kaffee? Was, wenn du Hunger bekommst?"

„Ist ja kein Picknick. Ich arbeite."

Sie schwieg, und er sah zu ihr hinüber. Ihre Augen sahen ein wenig wütend aus, und sie atmete langsam und tief ein. Er war erstaunlich gut darin, sie zu verärgern, obwohl er das nicht immer vorhatte.

„Deine letzte Chance, bevor ich die Kühltasche wegpacke", sagte sie endlich, als sie sich wieder wie üblich unter Kontrolle hatte. Das weckte in ihm den Wunsch, sie erneut zu verärgern, aber er konnte es sich nicht erlauben, sich beim Job ablenken zu lassen.

„Ich nehme ein Wasser, danke." Er bog auf eine lange Straße und fuhr an einer Baumreihe vorbei, wo nur wenige Häuser elegant auf jeder Straßenseite standen.

„Wow", hauchte sie. Sie stellte das Wasser neben seinen Kaffeebecher und öffnete für sich eine Limonade. „Sind alle deine Klienten reich?"

Er zuckte die Schultern. „Für gewöhnlich schon. Das sind genau die Leute, die sich einen Privatdetektiv leisten können, bevor sie bei einer Scheidung ihr Vermögen teilen müssen." Er fuhr bis ganz ans Ende der Straße und dann in eine wenig benutzte Feuerwehrzufahrt. „Ich warte auf einen Mercedes SL, der aus Hausnummer drei kommt."

Sie wühlte durch ihre riesige Tasche und kam mit etwas wieder heraus, das wie ein Frischhaltebeutel mit selbst gemachtem Müsli aussah. „Möchtest du einen Bio Müsliriegel?"

„Nein, danke."

Sie zuckte die Schultern und steckte sich etwas in den Mund. „Mompf!" Sie hob einen Finger und schloss die Tüte wieder. „Ich habe auch noch, lass mal sehen" – sie wühlte weiter in diesem bodenlosen Loch von einer Tasche – „Proteinriegel, um dich bei Kräften zu halten, zwei Äpfel, Bonbons und Kaugummi."

Er hob die Brauen. „Ist das alles?"

Sie ließ die Schultern hängen. „Ich fürchte schon. Ich wusste ja nicht, was du gerne –"

Mit einem Kuss brachte er sie zum Schweigen. Verdammt, sie schmeckte gut. Er unterbrach den Kuss und sah zum Rücksitz. Er überlegte, wie lange er wohl hatte, bis dieser Idiot von einem Ehemann zu seinem regelmäßigen Freitagabendfick fuhr.

„Du bist eine Ablenkung." Er tippte ihr vorsichtig auf die Nasenspitze.

Sie schloss vernehmbar ihre Tasche und schlug ihm damit an die Brust.

Uff. „Hey!"

„Du hast mich doch geküsst. Ich bin absolut zufrieden damit, wenn ich hier einfach wie ein Top Secret Privatdetektiv sitzen kann."

Bei Top Secret zuckten seine Lippen. Es war nicht gerade ein klassischer FBI-Auftrag.

„Diese Tasche ist schwer", sagte er. Was hast du denn noch alles da drin?"

Sie öffnete die Tasche und hielt sie ihm entgegen.

„Mann", murmelte er. Es war als hätte sich ein Notfallkit in ihrer Tasche übergeben. Beutel mit Müsli, Äpfeln, Pflaster, Aspirin, Paracetamol, Tücher, ein großes Portemonnaie, Pfefferspray, ein Handy, eine Bürste, ein kleiner Spiegel, ein Erste-Hilfe-Set, eine Taschenlampe, Batterien (für die Taschenlampe?), ein Schweizer Taschenmesser, Feuerzeug. Eine glänzende Folie zog seine Aufmerksamkeit an. Hatte Liz Kondome eingepackt? Als er daran dachte wurde er hart und zog den Rücksitz wieder in Erwägung. Er schob die Äpfel beiseite, um sich die Folie besser anzusehen – zwei kompakt verpackte Wärmedecken. *Verdammt.*

„Das ist ja eine Menge", sagte er.

Sie schloss die Tasche. „Ich bin gerne vorbereitet."

Ryan sah Bewegung bei Nummer drei. „Und hier ist unser Mann." Er wartete darauf, dass seine Zielperson, Harvey Boomer, die Straße hinunter fuhr, bevor er ihm dann in sicherer Distanz folgen konnte. Liz schwieg, als er durch die Straßen der Gegend fuhr. Es dauerte nicht lang. Harvey musste nicht weit fahren für seine Geliebte. Er fuhr bei einem eleganten Restaurant in der Stadt vor.

„Ich werde ein paar Fotos machen", sagte er. „Du bleibst im Wagen."

Er ging hinein, drückte der Tischanweiserin einen Fünfziger in die Hand und positionierte sich in der Nähe der Toiletten. Er zog eine Mikrokamera aus seiner Tasche und machte ein paar Fotos von Harvey und einer zierlichen Blonden, die nur halb so alt war wie er. Sie konnten ihre Hände nicht voneinander lassen, selbst in diesem noblen Restaurant. Jetzt brauchte er nur noch ein paar Fotos von ihnen, wie sie in ein Hotel oder zu ihr nach Hause gingen, irgendwohin, wo klar war, dass sie allein wären. Das wäre der Beweis, den er brauchte.

Er verließ das Restaurant durch die Küche und ging zur Hintertür hinaus. Als er zum Wagen zurückkam, sagte er ihr: „Jetzt müssen wir nur noch einmal anhalten. Ich brauche einen Beweis dafür, dass sie miteinander schlafen."

Sie drückte ihre Lippen fest aufeinander. „Ryan, du bist für Besseres bestimmt." Sie legte eine Hand auf seinen Arm. „Dafür, Menschen wirklich zu helfen. Wie du es als Polizeibeamter getan hast."

Er wandte sich ab, sah gerade aus dem Fenster. „Das kann

ich nicht wieder machen. Ich war wie erstarrt, Liz. Dieses kleine Mädchen hätte getötet werden können."

„Welches kleine Mädchen?"

Er schüttelte den Kopf. „Ich möchte nicht darüber reden." Er sprach niemals darüber.

Liz wartete ruhig. Mehrere Minuten verstrichen.

„Guter Versuch", sagte er, „aber mit dem Schweigen kann ich leben."

„Erzähls mir einfach, dann kannst du mich fragen, was immer du willst."

Er drehte sich zu ihr um. „Wirklich?"

„Ja, wirklich." Sie neigte den Kopf zur Seite und lächelte ihn ein wenig an.

Wo soll ich denn anfangen? Warum gehst du, während ich noch schlafe? Warum willst du nicht in der Öffentlichkeit mit mir gesehen werden?

Er atmete scharf aus. „Das bleibt aber zwischen uns."

Sie nickte.

„Ich bin zu einer häuslichen Auseinandersetzung gerufen worden; jemand hatte einen Schuss gehört. Als wir deswegen dort ankamen und die Tür weit offenstand, sind mein Partner Joe und ich in diese Wohnung gegangen. Die Wohnung war ein Drecksloch, als wären die Kinder eine Weile allein gewesen, und dieses Kind, dieser zwölfjährige Junge hielt eine Waffe auf irgendeinen Punk im Teenageralter. Der Punk hatte bereits einen Schuss im Bein, doch als er uns sah, sprang er aus dem Fenster."

Liz schnappte nach Luft.

„War im ersten Stock. Ging ihm gut. Zumindest haben wir ihn nicht gesehen, als wir nach draußen kamen. Wie dem auch sei, wir mussten uns erst einmal darum kümmern, diesem Kind die Waffe abzunehmen, da es immer noch mit der Pistole herumfuchtelte, seine Augen groß und verängstigt, doch jetzt richtete er sie auf uns."

Er unterbrach sich, die schmerzhafte Erinnerung kam zurück, so klar, als wäre es gestern gewesen. Liz streichelte seinen Arm.

„Und seine Schwester …" Seine Stimme wurde rau, und

er räusperte sich. „Diese Zweijährige, die noch ihren Winnie Pooh-Schlafanzug trug, kommt aus dem Schlafzimmer direkt auf uns zu. Sie sagt: „Ich habe Hunger." Ich bin erstarrt, Liz. Ich hätte mich auf diesen Jungen stürzen sollen, doch als ich sie sah, konnte ich nur daran denken, dass dieses unschuldige Kind in so etwas steckte. Joe bewegte sich, griff den Jungen an, und die Waffe ging los, traf mich in die Schulter."

„Was ist mit den Kindern passiert?", fragte sie.

„Das Mädchen wurde zu seiner Großmutter in den Süden gebracht. Der Junge ist im Jugendknast gelandet, weil er auf ein Kind und einen Polizeibeamten geschossen hat. Da habe ich den Dienst quittiert. Ich konnte mich einfach nicht mit einem Job abfinden, bei dem ich ein Kind überwältigen musste. Observation von untreuen Ehepartnern ist dagegen ein Kinderspiel."

„Das kann ich mir vorstellen." Sie sah nachdenklich aus. „Du könntest immer noch als Polizeibeamter in einer Gegend mit wenig Kriminalität arbeiten, oder, ich weiß nicht, *etwas* anderes als Leute auszuspionieren, die Sex mit den falschen Personen haben."

Wenn sie das so sagte, klang es, als wäre sein Job pervers. „Es ist mehr als das", sagte er. „Ich helfe den Leuten. Ich gebe ihnen Antworten, ohne Fragen zu stellen. Das ist Seelenfrieden. Außerdem hilft es ihnen dabei, ihre Scheidung durchzuziehen."

Sie sagte nichts, doch er bemerkte die Enttäuschung in ihren Augen.

„Außerdem dürfen Polizeibeamte nicht einfach so erstarren", sagte er. „Jetzt bist du dran."

„Okay, frag mich irgendwas." Sie spielte mit ihrer Tasche, rieb nervös den Riemen zwischen ihren beiden Fingern.

Schämst du dich, mit mir gesehen zu werden? Ich bin mir ehrlich gesagt nicht sicher, ob ich das wissen will.

Er machte sich lieber an etwas, das seit diesem dummen Tanzkurs an ihm nagte. „Denkst du manchmal, du solltest lieber mit Shane anstatt mit mir zusammen sein?"

„Was? Nein! Shane ist ein Freund. Ihn zu küssen wäre, als küsste ich meinen Bruder."

Er versteifte sich. „Hast du ihn geküsst?"

„Nein."

Er küsste sie, um sie daran zu erinnern, dass sie ihm gehörte. Sie zog an seinem Hemd und machte dieses leise wimmernde Geräusch hinten in ihrer Kehle, mit dem sie ihn jedes Mal kriegte. Er zog sich abrupt von ihr los. Er musste sich auf seinen Job konzentrieren.

Sie lächelte ihn verträumt an, ihr Blick ganz sanft, ein ruhiges Lächeln spielte auf ihren Lippen.

Seine Stimme klang leise und belegt. „Ich kann es nicht abwarten, nach Hause zu kommen." Erneut sah er zur Tür des Restaurants, immer noch keine Bewegung.

„Ich auch."

Ihre Blicke begegneten einander, bis er widerwillig zur Tür zurücksah.

Sie begann, über Gran zu erzählen, und er ließ sie gerne darüber plappern, wie gut es ihr ging, wie glücklich sie war. Er war froh, dass sie immer noch nach seiner Großmutter sah. In seinem Hinterkopf dachte er an das, was Liz vorhin gesagt hatte, dass er für Besseres bestimmt war.

Harvey verließ das Restaurant mit seiner Geliebten, und sie folgten ihnen zu ihrer Wohnung in der gleichen Stadt. Er machte ein paar Fotos davon, wie sie zur Wohnungstür gingen, seine Hand an ihrem Hintern, wie sie ihn unter ihren Wimpern hervor ansah. Dann küsste er sie vor der Tür, und sie schoben sich einander umarmend hindurch. Das war gut genug.

„Ich habe den Beweis", sagte er. „Wir sind raus."

„Gut", sagte sie leise.

Er fuhr nach Hause. „Was hast du gemeint, als du sagtest, ich sei für Besseres geschaffen?"

„Ich habe doch gesehen, wie du deiner Familie hilfst. Du bist gut darin, Menschen zu helfen. Und ich meine eben nur, dass du etwas Besseres tun kannst als diese Sache mit den untreuen Ehemännern."

Seiner Familie zu helfen war eine Sache, einem Kind mit einer Waffe gegenüberzustehen etwas ganz anderes. Ohne wirklich die Absicht zu haben sagte er ihr: „Ich werde darüber nachdenken."

Liz wachte überrascht auf, als die Sonne neben den Rollos in Ryans Schlafzimmer hervorlinste – es war schon lange nach Sonnenaufgang. Ihre Arme und Beine waren mit Ryans verschlungen. *Mist.* Sie zog sein Bein zwischen ihren hervor, rollte sich langsam auf die Seite und setzte sich dann auf die Bettkante. Sie wollte gerade aufstehen, als sein Arm hervorgeschossen kam und er ihr Handgelenk packte. Überrascht schnappte sie nach Luft. Sie hatte gedacht, dass er noch schlief.

„Hey", sagte er, seine Augen immer noch schwer vom Schlaf. „Möchtest du später zu Mittag essen gehen?"

„Kann nicht", sagte sie. „Ich habe etwas mit Rachel vor." Das stimmte nicht, doch sie konnte jederzeit am Book It vorbeigehen. Das war das erste Mal, dass sie nur zum Spaß mit einem Mann zusammen war, und sie wollte nichts Dummes machen, wie sich an ihn binden. Sie wusste, dass er nicht nach einer dauerhaften Beziehung suchte. Sie musste ihn also in dieser Schublade ihres Lebens lassen – nächtlicher Spaß.

Seine Finger streichelten über ihr Handgelenk. Sie brannte bei seiner Berührung und spürte, wie sie sich zu ihm vorbeugte, während ihr Hirn sie anschrie zu gehen, solange sie noch konnte.

„Du sagtest doch, du hattest heute Abend etwas mit Rachel vor", sagte er.

„Habe ich auch." Sie stand abrupt auf. „Wir haben für beides etwas vor – tagsüber und abends."

Er legte sich flach auf den Rücken und strich sich mit einer Hand übers Gesicht. „Du lässt dich nie mit mir in der Öffentlichkeit sehen." Er wandte seinen Kopf und sah sie mit seinem scharfen Blick an. „Bin ich zu hässlich für dich?"

Sie betrachtete sein wunderschönes zerzaustes, karamellblondes Haar, die haselnussbraunen Augen, den Kiefer mit den Stoppeln, diese goldenen Muskeln – wie konnte er das nur denken? Er war der erotischste, umwerfendste Mann, den sie je gesehen hatte.

Sie krabbelte zurück aufs Bett und küsste ihn fest auf den Mund. „Du bist viel zu heiß." Sie löste sich von ihm und stand vom Bett auf, bevor das noch weiter führte. Sie nahm sich ihre Tasche, marschierte resolut zur Tür, ignorierte ihre pochenden Körperpartien, die sich nach ihm sehnten. „Schlaf weiter."

„Ruf mich an", sagte er, als sie ging.

Im Flur direkt vor seinem Schlafzimmer blieb sie stehen, erstaunt über die Tatsache, dass er vielleicht mehr mit ihr wollte als nur Gelegenheitssex. Dann hörte sie, wie er vor sich hin murmelte: „Krank." Empört ging sie mit schnellem Schritt die Treppe hinunter.

19

Liz stand am Rand des großen Versammlungssaals der Bücherei, da hier eine besondere Veranstaltung mit Krimiautoren stattfand, organisiert von der Bücherei gemeinsam mit Rachels Buchladen. Die vier bekannten Krimiautoren saßen vorne auf Klappstühlen, bereit, über ihre neuesten Bücher zu diskutieren – *Muffins und Mörder, Strickkiller, Miau steht für Mord* und *Mörder auf Eis* (ein Teil aus der *Eisdielenserie*). Maggie saß ganz vorne, ihre Strickgruppe auf der anderen Seite des Gangs, alle waren große Fans der Serie *Eins aufnehmen, zwei töten*. Rachel stand in der Nähe, um jederzeit die Gläser der Autoren mit Wasser nachzufüllen.

Als erstes war die Autorin von *Muffins und Mörder* dran und sprach über das neueste Abenteuer der Pâtissière/Detektivin Cherry Parsons. Irgendwie hatte Liz es im Gefühl, als Ryan kam. Sie sah ihm in die Augen, als er mit Shane hereinkam und sich setzte. Was machten denn die beiden Brüder hier? Das Publikum bestand fast vollständig aus Frauen, nur ein paar Ehemänner waren mitgeschleppt worden. Ryan lächelte, und ihr Herz gab Gas. Sie musste sich noch daran gewöhnen, welchen Effekt ein breites Lächeln von ihm hatte. Shane winkte. Sie winkte ein wenig zurück.

Als nächstes erklärte die Autorin von *Strickkiller*, wie sie den Maschenstich als Schlüssel dafür benutzt hatte, das

Muster des Serienkillers zu enthüllen. Maggie hob ihre Hand und machte einige Vorschläge, was sie in ihren nächsten Büchern schreiben konnte. Eins konnte in Schottland spielen: „Ein Mord mit einem Aran Pullover und eine Menge Männer in Kilts!" Eins in Norwegen: „Ein Mörder, der jedes Mal ein anderes Muster von Norwegerpullis am Tatort zurücklässt, und lassen Sie auch ein paar heiße Wikinger auftreten!" Und eins in Amerika, mit einem „patriotisch gehäkelten Bikini und einem Cowboy."

Liz fragte sich, ob sie Maggies immer schlüpfriger werdende Vorschläge unterbrechen sollte. Sie sah Rachel an, der fast die Augen aus den Höhlen traten. Rachel trat einen Schritt vor, um einzugreifen, als die Autorin selbst vorschlug, sie sollten doch auch noch etwas von der nächsten Autorin hören.

Nach der Podiumsdiskussion strömte das Publikum in den Hauptbereich der Bücherei, wo Tische aufgestellt worden waren, an denen man die neuesten Bücher der Autoren kaufen und signieren lassen konnte. Liz hielt Ausschau nach Shane und Ryan, während sie in der Schlange darauf wartete, einige Bücher kaufen zu können.

„Hi, Leute, ich wusste gar nicht, dass ihr Fans von Krimis seid", sagte sie.

„Ich bin ein eingeschworener Fan von der *Eisdielenserie*", sagte Shane und hielt *Mörder auf Eis* hoch. „Priscilla Mathews kennt sich aus. Sie hat selbst eine Eisdiele in Maine."

„Das wusste ich nicht. Sehr cool." Liz wandte sich an Ryan. „Und du?"

Ryan nahm sich ein Buch vom nächsten Tisch. *„Mir gefällt Miau steht für Mord: ein schnurrgerades Verbrechen.* Wo wäre Detective Tibbets" – er sah sich die Rückseite des Buches an – „ohne Mr. Sparkles." Er lachte schnaubend, und sie lächelte, unterdrückte ein Lachen, aus Respekt vor der Autorin, einer achtzigjährigen Frau, die nicht so weit entfernt stand, doch Gott sei Dank war die Frau schwerhörig, da sie die Leute, die für ein Autogramm anstanden, immer bat, lauter zu sprechen.

„Möchtet du und Rachel hiernach auf ein Eis in Shane's Laden kommen?", fragte Ryan.

„Ich kann nicht", sagte Liz.

Shane ging auf die andere Seite des Tisches und nahm sich ein weiteres Buch.

„Warum nicht?" Ryan klang verärgert.

„Ich muss ihr beim Kassieren helfen und die nicht verkauften Bücher zurückbringen."

Er musterte sie einen Moment lang. Sie konnte fast sehen, wie die Räder ratterten.

„Ich möchte dir etwas zeigen", sagte er. „Da hinten."

Er nahm sie am Ellbogen und führte sie in die 900 Abteilung, ein Bereich der Bücherei, der vollkommen leer war.

Sie sah sich um. „Was ist es denn?"

Er legte eine Hand unten an ihren Rücken und zog sie an sich. „Das." Er küsste sie vorsichtig, und als sie an seinen Körper sank, intensivierte er den Kuss. Seine Zunge tanzte mit ihrer, während seine Hände ihre Bluse herauszogen und darunter glitten, um die nackte Haut ihres Rückens zu streicheln. Die Alarmglocken in ihrem Hirn schrillten. *Das hier ist ein öffentlicher Ort!* Sie legte ihre Hände an seine Brust, meinte, sie sollte ihn weit von sich schieben, doch dann schob er ein Bein zwischen ihre, übte Druck auf diese sensible Stelle aus, und ihr Geist wurde segensreich leer. Sie stöhnte, als er seine große Hand in ihre Haare schob, seine andere Hand fest auf ihrem Hintern mehr Druck ausübte. Er drängte sie weiter, küsste sie, forderte, erhöhte die Reibung, bis sie keuchte und verzweifelt war. Der Orgasmus durchfuhr sie, und sie schrie auf, das Geräusch von seinem Mund auf ihrem gedämpft.

Er löste sich von ihr, seine Augen erhitzt vor Verlangen. „Komm zu mir, wenn du hier fertig bist."

Sie berührte ihre Lippen. Sie kribbelten immer noch von seinem Kuss, ihr Körper war vor Lust ausgelaugt. Sie nickte kurz, glättete ihr Haar und ging zitternd zu der Veranstaltung zurück.

„Was ist denn mit dir passiert?", fragte Rachel, als sie am Buchverkaufstisch ankam.

„Was meinst du?" Liz glättete erneut ihre Haare.

„Deine Haare sind ganz durcheinander, und du glühst. Hast du etwa gerade ..."

„Sssch", machte Liz.

Mrs. Peters, ihre ehemalige Grundschullehrerin, war die nächste in der Schlange und betrachtete Liz. „Sie hat aber recht. Sie glühen."

Liz' Ohren brannten. „Ich war kurz draußen. Es ist heiß." Sie fuhr sich über ihre Haare. „Und windig."

„O-kay." Rachel lächelte sie wissend an.

„Entschuldige mich", sagte Liz. „Ich hole mir etwas Wasser." Sie floh aus dem Raum. Sie würde Ryan umbringen, weil er sie vor Rachel in diesen Zustand gebracht hatte, vor ihrer Grundschullehrerin und der halben Stadt. Doch erst war sie an der Reihe, sie würde ihn zahlen lassen. Die Vorfreude ließ sie lächeln.

Ein paar Tage später versuchte Liz, unauffällig an der Bar im Garner's zu sitzen, während Rachel ein paar Plätze von ihr entfernt saß und auf ein Blind Date wartete. Für einen Donnerstagabend war es nicht so voll, deswegen dachte Liz, sie sollte wohl in der Lage sein zu hören, worüber sie sprachen. Wenn nicht, hatten sie ein Signal vereinbart – Rachel würde ihre Brille putzen. Wenn dieses Signal kam oder sonst irgendetwas und offensichtlich darauf hindeutete, dass das Date nicht gut lief, sollte sie nach draußen gehen und Rachel auf dem Handy anrufen. Rachel konnte dann schnell, aber höflich verschwinden.

Ihre Freundin spielte mit dem dünnen Trinkhalm in einem Sangriaglas, hatte bereits die Maraschinokirsche und die Orangenspalten gegessen. Sie trug ein lila Band am Ende ihres Zopfes, damit Burt Boone, der Cousin von Janelle aus dem Buchladen, sie finden konnte.

Liz deutete mit dem Kopf Richtung Eingang. Ein etwas über dreißigjähriger Mann mit dunklem Haar, das er zu einer Seite gescheitelt hatte, und einer beeindruckenden Statur war gerade hereingekommen. Er trug ein Superman-T-Shirt mit einem riesigen S auf der Brust. Mit seinem Röntgenblick sah er sich in dem Lokal um und suchte nach

Rachel. Liz biss sich auf die Lippe, um ein Kichern zu unterdrücken.

Rachel drehte sich um und legte ihren Zopf nach vorn, sodass das Band eindeutig sichtbar war.

„Bist du Burt?"

„Bist du Rachel?"

„Ja, nett, dich kennenzulernen, Burt."

„Dito." Er machte dem Barkeeper ein Zeichen. „Bud." Er setzte sich auf den Barhocker zwischen Rachel und Liz. Perfekt. Liz würde alles hören können, was er sagte.

Rachel sah erleichtert aus, dass ihr Date wenigstens kein Troll war. *Gut gemacht, Janelle.*

„Kann ich mal deine Brille haben?", fragte Burt und griff danach.

„Klar, schätze schon." Rachel reichte sie ihm.

Burt setzte sich die Brille mit dem schwarzen Rahmen auf. „Wem sehe ich ähnlich?"

Rachel betrachtete ihn und sein Superman-T-Shirt. „Clark Kent?"

„Ganz genau. Danke." Er reichte ihr die Brille zurück und kippte das halbe Bier hinunter, das gerade erst gekommen war, worauf er einen leisen Rülpser ausstieß. Sein Blick wanderte zu dem Fernsehgerät über der Bar, wo gerade ein Red Sox Spiel begann.

Rachel nippte an ihrer Sangria und wartete. Eine lange Weile verstrich.

Er würde doch Rachel nicht bei ihrem ersten Date bereits ignorieren?

Doch er tat es. Die Anziehungskraft des Spieles war einfach zu stark. Liz wartete auf ein Signal von Rachel.

Doch ihre beste Freundin gab noch nicht auf.

„Janelle hat mir erzählt, dass du gerne liest", sagte Rachel laut.

Burt wandte widerwillig seinen Blick von dem Fernsehgerät. „Oh ja, ich lese die ganze Zeit."

Liz' Hoffnung für ihre Freundin stieg. Jetzt würde das Date wirklich losgehen. Es war perfekt – Rachel liebte Bücher,

Burt liebte Bücher. Was konnte man Besseres mit der Besitzerin eines Buchgeschäfts gemein haben?

„Und was liest du gerne?", fragte Rachel.

„Comics, alle Sorten. Aber ich bin ein besonderer Fan von Superman, weil wir uns so ähnlich sehen. Fühl mal diese Waffen." Er spannte seinen Bizeps an.

Rachel starrte seinen Arm an. „Nein, danke."

„Ist schon in Ordnung. Fass ihn an. Ich brauche nicht einmal diese falschen Polster in meinem Supermannkostüm."

Rachel berührte vorsichtig einen Muskel. „Sehr hübsch." Sie nahm einen ordentlichen Schluck von ihrer Sangria.

Burt warf ihr ein verschlagenes Lächeln zu. „Was hältst du von einem Rollenspiel?"

Oh-oh. Jetzt würde Rachel ihr gleich das Signal geben.

Rachel sah ihn mit zusammengekniffenen Augen an, wurde wütend anstatt zu fliehen, wie jedes vernünftige Blind Date-Opfer es getan hätte. „An was hattest du gedacht?"

Burt fasste das als Ermutigung auf. „Ich habe Kostüme. Du könntest Lois Lane zu meinem Superman sein. Ich habe einen Anzug, wie weibliche Reporter ihn in den Vierzigern getragen haben und auch einen Presseausweis. Sieht richtig authentisch aus."

„Ich glaube nicht." Rachel betonte jede Silbe ganz klar.

„Du könntest auch Wonder Woman sein", fuhr Burt unbeirrt fort. „Das habe ich auch."

Rachel nahm ihr Getränk und stand auf. „Ich glaube, das wird nicht funktionieren, Burt. Hab noch einen schönen Abend."

„Warte! Kennst du irgendeine andere, die vielleicht auf Superheros steht? Muss ja keine Brünette sein. Ich habe eine verdammt heiße Perücke."

„Nein", sagte Rachel zwischen zusammengebissenen Zähnen hindurch. „Ich kenne keine andere Frau, mit der ich dich zusammenbringen könnte. Leb wohl."

Burt schürzte seine Lippen und sah aus wie ein sehr verletzter Superman. „Ach nein? Was soll's, das Spiel hier ist um einiges interessanter als du." Damit drehte er sich zum Fernseher zurück.

Liz traf Rachel vor dem Restaurant. Ihre Freundin hielt immer noch ihre Sangria. „Tut mir leid, Rach."

Rachel seufzte. „Meine Mutter versucht, mich mit einem netten, jüdischen Jungen zusammenzubringen."

Alan Zinkman tauchte wie aus dem Nichts auf. „Ich bin ein netter, jüdischer Junge. Warum gehst du nicht mit mir aus?"

Rachel drehte sich um und warf ihm einen genervten Blick zu. „Es ist schwierig, mich wie etwas Besonderes zu fühlen, wenn *du* mich um eine Verabredung bittest, Alan. Du hast schon beinahe jede in der Stadt um eine Verabredung gebeten. Es ist, als wäre es dir ganz egal, wer es ist, du würdest mit jeder ausgehen."

Er sah sie finster an. „Nur mit den hübschen."

Sie verdrehte die Augen. Alan ging in die Bar und plauderte mit Cindy Rukowski, einer hübschen Frau, die in der Reinigung arbeitete.

„Nachos?", fragte Liz.

Rachel hob ihre Sangria. „Ja."

Liz fand für sie eine Nische ganz hinten, wo sie unter sich sein konnten.

Rachel rutschte in die Nische. „Ich bin mir sicher, dass ich eines Tages über all das lachen werde, doch im Moment ist es ätzend." Darauf trank sie.

„Ich weiß nicht", sagte Liz mit ganz ernstem Gesicht, „ich glaube, du wärest eine exzellente Wonder Woman."

Rachels Lippen zuckten.

„Sobald du dieses unsichtbare Flugzeug vom Superhero-Transportunternehmen bestellt hast, bist du dabei."

Rachel lachte.

Die Kellnerin kam und nahm ihre Bestellung für ein Jumbo Nacho Deluxe Meal entgegen.

Rachel rührte mit dem Trinkhalm in ihrer Sangria. „Du triffst dich also immer noch mit Ryan?"

Liz nickte. „Ja, ich sehe ihn hin und wieder."

„Dann muss ich indirekt durch dich leben. Was für Dates plant er denn? Sind sie romantisch?" Rachel nippte an ihrer Sangria.

Liz zuckte die Schultern. „Für gewöhnlich gehe ich zu ihm nach Hause."

„Er führt dich also nie aus?"

Liz beugte sich vor, um ihr etwas anzuvertrauen: „Ich möchte nirgendwo hingehen. Ich möchte ihn nur spät nachts treffen, um" – sie senkte ihre Stimme – „du weißt schon."

Rachel bekam große Augen. „Ach du meine Güte, Liz, du gehst nur für Sex hin und das wars?"

„Sssch … genau."

„Du weißt schon, dass du dich wie ein Kerl anhörst."

Liz nippte an ihrem Wasser und dachte darüber nach. Für einen kurzen Moment konnte sie die männliche Psyche verstehen. Es war Freiheit, schlicht und einfach.

„Das ist die neue Liz", erklärte sie. „Die Pack-das-Leben-an-den-Eiern-Liz." Als Rachel entsetzt aussah, fügte sie hinzu: „Das habe ich von Maggie."

„Von seiner Großmutter?", fragte Rachel ungläubig.

„Ja. Die alte Liz hätte am Telefon gesessen und sich gefragt, ob er anrufen würde, sich gefragt, wohin diese Beziehung führen würde, hätte so viel Zeit vergeudet und auch Energie, um jedes Detail zu analysieren." Sie hob ihre Hände. „Das lasse ich alles los. Das ist sehr befreiend. Ich gehe zu ihm, wenn ich will. Ich gehe, wenn ich will. Ich bin glücklich, er ist glücklich. Darf ich ehrlich sein?"

Rachel sah sie misstrauisch an. „Bitte."

„Zum ersten Mal ist eine solche Jungssache einfach."

Rachel nippte an ihrem Getränk, sah gedankenverloren aus. „Liegt dir denn gar nichts an ihm?"

„Natürlich, aber ich werde mich nicht zum Idioten machen und zulassen, dass man auf meinem Herzen herumtrampelt."

Rachel presste die Lippen zusammen, wie sie es immer tat, bevor sie sagte, was sie dachte. Liz wappnete sich.

„Hört sich an, als gäbest du ihm keine faire Chance", sagte Rachel.

„Okay, lass uns mal davon ausgehen, ich verbringe viel Zeit mit ihm. Ich hänge mich an ihn, fange an, mir eine Zukunft für uns vorzustellen, obwohl da keine ist. Rachel, er hatte noch nie eine ernsthafte Beziehung, und ich glaube, es gibt einen Grund dafür."

Rachel rührte wieder mit dem Trinkhalm in ihrem Getränk. „Vielleicht hat er es nie lange ausgehalten, weil er einfach nicht der richtigen begegnet ist. Vielleicht hat er einfach nur auf dich gewartet."

Ein winziges, hoffnungsvolles Flattern berührte Liz' Herz und erstarb dann rasch. Die kalte, harte Wahrheit war, dass Ryan niemals angedeutet hatte, dass seine Gefühle über Gelegenheitssex hinausgingen. Zum ersten Mal hatte sie es richtig gemacht.

„Du klingst wie eine Hallmark-Werbung", neckte Liz sie. „Wo ist denn die wagemutige Rachel, die ich kenne und liebe?"

Ihr Essen kam, und sie machten sich darüber her. Liz nahm einen Chip mit Käse, Sourcream und Guacamole und biss in ein kleines Stück klebrigen Himmel.

Dann ruinierte Rachel den Moment. „Ich sage ja nur, dass, wenn der Sex gut ist, warum dann nicht auch die ganze Freundessache? Der Sex ist doch gut, richtig?"

Liz nickte enthusiastisch. „Vielleicht ist er gerade deswegen gut. Ist ja nicht so, als hätten wir irgendetwas gemeinsam."

Rachel biss in einen Chip und spülte ihn mit Sangria hinunter. „Wenn nicht einer von euch beiden den ersten Schritt macht, seid ihr beide Idioten."

Liz lächelte. „Aber wenigstens befriedigte Idioten."

„Klugscheißer." Rachel winkte die Kellnerin herbei. „Ich hätte gerne noch eine Sangria, bitte!"

20

drei Wochen später …

Ryan hatte langsam genug. Jetzt schlief er schon seit über einem Monat mit ihr, und Liz wollte immer noch nicht mit ihm in der Öffentlichkeit gesehen werden. Deswegen fuhr er an einem Dienstagabend, nachdem sie ihn ein weiteres Wochenende nur besucht hatte, *nachdem* sie mit ihren Freundinnen ausgegangen war, wo hoffentlich kein Typ dabei war, zu ihrer Wohnung.

Wütend trommelte er mit seinen Fingern auf das Lenkrad. Sie tauchte einfach spät in der Nacht bei ihm zu Hause auf und fing an, sich auszuziehen. Seine Finger hielten still. Darüber konnte er sich nicht beschweren. Sie war wie ein entfachtes Zündholz in seinen Armen, brannte und wand sich an ihm, trieb ihn vor Lust in den Wahnsinn. Doch jedes Mal ging sie, während er noch schlief – selbst die paar Male, die er bei ihr vorbeigefahren war. Würde es sie umbringen, mit ihm zu frühstücken? Frühstückte sie mit einem anderen?

Es machte ihn verdammt wütend.

Bedeutungsloses war in Ordnung, er war an Bedeutungsloses gewöhnt. Er wollte nur nicht, dass sie mit jemand anderem zusammen war. Er parkte den Wagen und stellte den Motor ab. So langsam konnte er die Frauen seiner Vergangenheit verstehen, die sich beschwert hatten, dass ihm so wenig an einer Beziehung lag. Man wusste eben nie, wo man bei einer Person stand.

Er stieg aus und knallte die Tür zu. Verdammt, er war gar nicht auf der Suche nach einer *Beziehung*; er musste nur einfach wissen, dass sie mit keinem anderen zusammen war. Er nahm zwei Stufen auf einmal zu ihrer Wohnung im ersten Stock und klopfte an die Tür. „Ryan, komm doch herein", sagte Liz und trat von der Tür beiseite. „Ist alles in Ordnung?"

Sie trug wieder ihr Snoopy T-Shirt, und ihm juckte es in den Fingern, die glatte, cremige Haut darunter zu berühren. Doch er brauchte erst Antworten.

„Na schön." Er ging hinein und begann, im Wohnzimmer auf und ab zu gehen. „Hör zu, ich will nicht sagen, was du zu tun oder zu lassen hast … Aber du musst schon zugeben, dass wir noch nie auch nur gemeinsam gefrühstückt haben, und wenn zwei Menschen die Nacht miteinander verbringen, kann man doch wohl ein wenig Rührei erwarten ..." Er fuhr sich mit der Hand durch die Haare und blieb stehen. „Also, was wollen wir machen?"

„Du willst Rührei?" Sie zog verwirrt die Brauen zusammen.

„Nein, das ist es nicht", murmelte er und ging wieder auf und ab. Er brachte seinen Punkt nicht gut rüber. „Mir liegt nichts an Rührei. Also, du hast andere Freunde; das ist auch in Ordnung. Du solltest Freunde haben. Und ich sage auch nichts von einer Beziehung, aber wenn zwei Menschen ..." Er blieb stehen und strich sich über den Nacken. „Ich meine, du und ich." Wieder ging er auf und ab. „Wenn du und ich, du weißt schon, weiter miteinander schlafen, und darüber beschwere ich mich auch gar nicht. Es ist *großartig*, aber ..."

„Ja?"

Er blieb stehen, um sie anzusehen. Sie wartete, den Kopf zur Seite geneigt, und sah ihn neugierig an.

Er versuchte es noch einmal, fuhr mit der Hand durch die Luft. „Man hat doch auch das Recht, es zu erfahren."

„Was zu erfahren?"

Nun spuck es schon aus. Reden ist nicht gerade deine Stärke.

Er ging zu ihr, sah sie mit hartem Blick an. Er würde es wissen, wenn sie log. „Triffst du dich mit jemand anderem?"

Sie schüttelte den Kopf, ihre Augen ganz groß und unschuldig. „Nein, du?"

„Nein. Okay, gut. Dann mach es auch nicht, in Ordnung?" Er packte ihre Taille und zog sie an sich, atmete ihren köstlichen Vanilleduft ein. Die Anspannung durchfuhr ihn, als er sie in seinen Armen hielt. Er senkte den Kopf, sein Mund huschte über ihren. „Du sollst nur mit mir zusammen sein."

„Okay", sagte sie seufzend.

Er nahm ihr Gesicht, küsste sie zart, um die Vereinbarung zu besiegeln. Sie legte ihre Arme um seinen Hals, und er verlor sich in ihrem weichen Mund. Sie machte wieder diese leisen Geräusche, die ihn in den Wahnsinn trieben, während er den Kuss intensivierte, wieder gierig nach ihr. In seinen Armen erwachte sie zum Leben, küsste ihn wild, ihre Hände strichen über ihn, während ihr kleiner Körper sich gegen ihn drückte, ihn an den Rand brachte.

Er konnte es jetzt nicht langsam angehen. Er musste sie haben. *Jetzt*. Er hielt sich nicht damit auf, ihr das T-Shirt auszuziehen, entledigte sich nur ihres Höschens. Sie packte sein Haar, biss sich auf die Unterlippe. Sie war heiß und feucht, und er konnte nicht länger warten. Er befreite auch sich, hob sie hoch, dass sie ihre Beine um ihn schlang, und nahm sie an der Wand. Ihr Stöhnen trieb ihn an, während er in sie pumpte und sein Revier markierte. *Meins, meins, meins.* In der letzten Sekunde schob er eine Hand zwischen sie beide und streichelte sie, ließ sie mit einem kehligen Schrei kommen, der auch ihn über die Kante brachte.

Er ließ sie nicht los. Gab sich selbst kaum einen Moment, sich zu erholen; dann legte er seine Arme um sie, ihre Körper immer noch miteinander vereint, und trug sie ins Schlafzimmer.

Er blieb über Nacht, an sie gekuschelt, atmete ihren Duft ein, streichelte ihr weiches Haar. Als er hörte, wie sie sich am Morgen rührte, rollte er sich auf sie und nahm sie erneut, bevor sie wieder gehen konnte.

Zum ersten Mal frühstückten sie gemeinsam an ihrem

Küchentisch. Sie machte ihm Rührei. Er kümmerte sich um den Toast und den Saft.

„Gute Eier", sagte er.

„Ich habe irgendwo gehört, dass du Rührei magst", neckte sie ihn.

„Von jetzt an mag ich die am liebsten. Was hast du heute vor?" Er trank etwas Orangensaft.

„Ich muss ein wenig von meinem Kurs nachholen. Der Test muss geschrieben werden und bis Freitag da sein, aber ich war in den letzten Wochen durch *irgendetwas* ein wenig abgelenkt." Sie lächelte ihn an, sah aus wie eine zufriedene Katze, die ihre Milch getrunken hatte.

Er grinste. „Ich kann nichts dafür, wenn du eine unersättliche Nymphomanin bist."

Sie warf ihren Toast nach ihm. „Ich bin keine Nymphomanin."

Er nahm den Toast von seinem Schoß und zeigte damit auf sie. „Nym-phe. Das ist nicht zu leugnen. Liz Garner ist eine sexsüchtige Nymphomanin."

Rote Punkte erschienen auf ihren Wangen. „Bin ich nicht!"

Er lachte. Er liebte es, sie zu ärgern.

„Und wenn, dann hast du mich dazu gemacht!"

„Komm her", lockte er. „Setz dich auf meinen Schoß. Ich werde dich davon heilen."

„Nein." Sie verschränkte die Arme.

„Wenn du nicht herkommst, muss ich dich holen."

Sie öffnete die Arme, sah sich nach einem Ausweg um. Es gab nur einen Ausgang aus der Küche, und dafür musste sie erst an ihm vorbei.

Sie erhob sich vom Tisch und ergriff die Flucht nach rechts. Er lief nach rechts und sie nach links. Ein paarmal zuckten sie am Tisch nach links und rechts, ihre Augen strahlend, ihre Wangen gerötet, und er wollte sie schon wieder.

„Ich werde meine Augen schließen und dir einen Vorsprung lassen", sagte er und schloss die Augen.

Ein Herzschlag verging. Dann hörte er, wie sie loslief, und er fing sie auf, als sie sich in seine Arme warf. Er hatte gewusst, dass eine kleine Nymphe das tun würde.

Eine ganze Weile später fuhr er nach Hause, trommelte fröhlich mit den Fingern auf dem Lenkrad herum, im Rhythmus zur Musik aus dem Radio. Ihr erstes gemeinsames Frühstück (wenn man nicht mitzählte, dass er ihr im Garner's aufgelauert hatte) war sehr gut verlaufen. Erst, als er in seine Einfahrt fuhr, fiel es ihm ein – weil er sie so dringend hatte haben wollen, in der Hitze des Moments, hatte er kein Kondom benutzt. Nicht nur einmal, sondern zweimal. Als er gestern Abend dort angekommen war und heute Morgen, als er hatte verhindern wollen, dass sie die Flucht ergriff. Das dritte Mal war etwas entspannter gewesen, da hatte er eins benutzt.

Er stellte den Motor aus und legte seinen Kopf auf das Lenkrad. *Idiot*. Er fuhr sich mit den Händen durchs Haar.

Dann stellte er den Motor wieder an, fuhr aus der Einfahrt und zurück zu Liz' Wohnung.

Liz kratzte die Pfanne aus, in der sie das Rührei gemacht hatte, und lächelte verträumt vor sich hin. Es war eine sehr gute Nacht gewesen. Und ein sehr guter Morgen. Ryan war intensiv gewesen, und das hatte ihr gefallen. Sie räumte in der Küche auf und wollte gerade ins Badezimmer gehen, um zu duschen, als jemand an die Tür klopfte.

Als sie die Tür öffnete, stand ein blasser, sehr ernster Ryan davor. „Was ist passiert?", fragte sie. „Stimmt was nicht?"

Sein Mund verformte sich zu einer grimmigen Linie. „Ich habe kein Kondom benutzt. Zweimal."

Sie biss sich auf die Lippe, dachte an ihre Zeit zurück. Sie erinnerte sich daran, dass er heute Morgen eins übergezogen hatte … an die anderen Male konnte sie sich nicht erinnern. Nur daran, dass sie wild darauf gewesen war, ihn in sich zu spüren. „Ich war so bei der Sache. Ich habe nicht daran gedacht —"

„Es ist meine Schuld, ich habe dich so überfallen. *Scheiße*."

„Okay", sagte sie leise. „Ich, ähm, weiß noch nicht, was das bedeutet, aber du wirst es als erster erfahren."

Er sah gequält aus. „Okay."

„Man sieht sich."

„Ja, okay. Bye."

Liz schloss leise die Tür und ging direkt zu ihrem Laufband. Sie stellte eine langsamere Gangart ein, damit sie sich bewegen und nachdenken konnte. Sie hatte Ryan absichtlich auf Armeslänge von sich gehalten. Sie wollte, dass alles locker blieb. Der letzte Monat war für sie eine Offenbarung gewesen. Sie konnte Spaß haben, ohne jedes Detail ihres Lebens kontrollieren und planen zu müssen. Einfach auftauchen, Sex haben und nach Hause fahren.

Das war offensichtlich ein Fehler gewesen.

Aber Moment, war es nicht so, dass man nur an wenigen Tagen im Monat schwanger werden konnte? Sie stellte das Laufband ab und ging zum Laptop. Sie öffnete eine Website, die den gewöhnlichen Zyklus erklärte, dann nahm sie sich den Kalender an ihrem Handy. Sie hatte ganz regelmäßige Zyklen, und da ihre nächste Periode erst in neun Tagen fällig war, sollte sie auf der sicheren Seite sein. Liz rief Dr. Cohen an und sprach ihm, wie sie hoffte, eine ruhige Nachricht auf den Anrufbeantworter, die nicht verriet, was mit ihren Nerven los war. Hoffentlich konnte der Arzt ihr Gewissheit geben.

Dr. Cohen war nicht aufbauend.

Ein paar Stunden später rief der Arzt zurück und erklärte ihr, dass es immer noch eine gewisse Wahrscheinlichkeit dafür gab, dass sie schwanger war, da die Ovulation von Monat zu Monat schwanken konnte. Mit anderen Worten, Liz hatte Mist gebaut. Dr. Cohen drängte sie dazu, sich *niemals* darauf zu verlassen, dass sie auf der sicheren Seite war, und jedes Mal zu verhüten.

Nach diesem Telefonat, das Panik in ihr ausgelöst hatte, ging Liz wie betäubt in ihrer Wohnung umher. Wie hatte sie sich zu einem ebenso wilden Mädchen verändern können, wie Daisy eines war, ihre Vorsicht in den Wind schreiben und am Ende auch noch schwanger werden können? Sie lachte und legte beide Hände auf ihren Mund. Zwei uneheliche Babys. Ihre Eltern würden ausrasten. Niemand hätte das jemals von ihr gedacht.

Sie legte ihre Hand auf ihren flachen Bauch. Wie wäre ihr Leben wohl, wenn sie ein Kind austrug? Würde er sich verpflichtet fühlen, sie zu heiraten? Das wollte sie nicht. Eines wusste sie, weil sie ihn mit seiner Familie gesehen hatte, nämlich, dass er ein wunderbarer Vater sein würde. Sie wusste es von der Art und Weise, wie er auf seine Brüder achtgab und wie er sich um Maggie kümmerte. Das war eines der Dinge, die sie so an ihm liebte.

Sie verschloss die Augen vor dem entsetzlichen Gedanken. Obwohl sie so hart dafür gearbeitet hatte, Distanz zu wahren, hatte sie sich in ihn verliebt. Warum hatte sie jemals gedacht, dass sie das Ganze locker halten könnte?

Ohne darüber nachzudenken, nahm sie sich ihre Putzutensilien und ging ins Wohnzimmer. Sie hielt kurz inne und versuchte ein letztes Mal, cool zu bleiben. Sie rief Rachel an. Sie erreichte nur ihren Anrufbeantworter und atmete einmal tief ein, hinterließ eine einigermaßen ruhige Nachricht, in der sie ihr mitteilte, dass sie nicht in der Stimmung sei, am Abend ins Kino zu gehen, und ob sie nach der Arbeit bei ihr vorbeikommen könnte. Dann reinigte sie ihre Wohnung von oben bis unten.

Am Abend setzte sie sich mit ihrem Strickzeug aufs Sofa und wartete auf Rachel. Maggie hatte gesagt, Stricken sei beruhigend. Sie nahm sich den Schal, den sie vor mehr als einem Monat angefangen hatte, und versuchte, sich an das Strickmuster zu erinnern. Da war irgendwas mit durch die Tür, hinten herum und dann einmal rum Jack? Sie versuchte es. Nichts passierte. Sie zog ihr Laptop heraus und sah sich ein YouTube Video an, um es wiederaufzufrischen.

Als Rachel kam, war Liz mit ihrem Schal schon ziemlich weit gekommen.

„Du strickst?", fragte Rachel ungläubig, als sie Liz' Strickprojekt auf dem Sofa liegen sah. Sie nahm das lange, dünne, krumme Ding hoch. „Was soll das sein?"

„Das ist ein Schal", sagte Liz und schnappte ihn sich. Sie

ließ sich aufs Sofa fallen, strickte wie wild, verlängerte ihn noch weiter.

Rachel setzte sich neben sie auf Sofa. „Was sind das für lose Maschen? Und soll er wirklich Löcher haben?"

„Ja", erwiderte Liz, strickte, strickte, strickte. Das war das einzige, was sie davon abhielt zu schreien.

„Okay", sagte Rachel und griff langsam nach Liz' Händen, „lass uns jetzt erst mal diese Nadeln beiseite legen. Hier riecht es nach Desinfektionsmittel. Ich weiß, dass du wie eine Verrückte geputzt hast. Am Telefon konnte ich nicht verstehen, was du meintest. Was hast du vergeigt?"

Liz ließ die Nadeln sinken. „Ich habe die Verhütung vergeigt. Es kann sein, dass ich schwanger bin!" Sie nahm sich die Nadeln zurück und versuchte zu stricken, doch das Garn war durch die Tränen in ihren Augen nur verschwommen zu sehen.

Rachel nahm ihr erneut vorsichtig die Nadeln aus den Händen und legte sie auf den Beistelltisch außer Reichweite. „Okay, wann hast du deine Tage?"

„In neun Tagen, und Dr. Cohen sagte, dass das nicht immer etwas Sicheres sei!"

„Ach, Süße, was auch immer passiert, du weißt, dass ich für dich da bin, und ich bin mir auch sicher, dass Ryan das Richtige tun würde. Er ist ein guter Mann."

„Es sollte aber nicht so passieren. Er wird bei mir bleiben, und ich werde nie wissen, wie er für mich empfindet, nur für mich, abgesehen von der Verantwortung für das Baby."

Rachel sah sie besorgt an. „Lass uns erst einmal abwarten, bis wir alle Tatsachen haben. Wenn der Besuch von der roten Lola nicht auftaucht, werden wir einen Test machen. Okay?"

Liz schniefte. „Okay."

Ihr Handy klingelte, und sie nahm es auf, um zu sehen, wer das war. Ryan. Sie ließ die Mailbox angehen.

„Ryan?", fragte Rachel.

„Ja. Ich bin nicht in der Stimmung, mit ihm darüber zu reden. Dann werde ich nur noch wütender."

„Vielleicht möchte er für dich da sein. Warum lässt du ihn nicht?"

„Ich brauche nur mein Strickzeug." Sie beugte sich vor und griff nach ihrem Schal.

„Komm schon", sagte Rachel und zog Liz vom Sofa. „Du musst aus dieser Wohnung raus."

Liz ließ sich von Rachel führen. „Wo gehen wir denn hin?"

„Wir werden deine Sorgen in Eis ersticken." Sie schloss die Wohnungstür hinter sich.

„Okay." Liz ging mit Rachel die Treppe hinunter zum Parkplatz. „Ich habe das Abendessen ausgelassen. Eis ist gut."

Sie gingen zum Shane's Scoops.

„Hey, Liz, Rachel, wie geht's euch?", fragte Shane, als sie am Tresen ankamen.

„Gut und dir?", fragte Liz.

„Gut, gut." Er achtete nur auf Rachel, die das Ende ihres Zopfes verwirbelte und sich die Eissorten an der Tafel ansah.

Rachel sah auf und ihm in die Augen. Shane wurde gleich rot. „Hey", sagte er leise.

„Hi, Shane", sagte Rachel mit ihrer sachlichen Stimme. „Ich hätte gerne einen Eisbecher mit Schokoladen-Brownies, heißen Marshmallows und Schokoladenstückchen."

„Für mich das Gleiche", sagte Liz gleich hinterher.

Shane fing an, die Eisbecher zu füllen. Auf jeden gab er noch eine Extraportion Schlagsahne und eine großzügige Menge warmer Marshmallows. Er reichte Liz ihren Eisbecher und wandte sich dann an Rachel, um ihr ihren zu geben.

„Wie läuft es im Book It?", fragte er. „Hast du immer noch so viel zu tun?"

„Ziemlich viel", erwiderte Rachel.

„Arbeitest du jedes Wochenende?", fragte Shane.

„Entschuldigen Sie, können wir auch was bestellen?", fragte ein Dad mit drei Kindern, der hinter ihnen in der Schlange stand.

„Bin gleich da", sagte Shane, wandte jedoch seinen Blick nicht von Rachel, wartete gebannt auf ihre Antwort.

„So ziemlich", sagte Rachel. Sie wirbelte herum und ging schnellen Schrittes mit ihrem Eisbecher zu einem Tisch.

Liz folgte ihr. Sie setzten sich und machten sich über ihre Eisbecher her. Rachels Wangen waren rosig.

Liz beugte sich vor. „Hat Shane dich gerade um eine Verabredung gebeten?"

„Ich hoffe nicht", sagte Rachel und sah ihr nicht in die Augen. „Er ist viel zu ernst. Kerry hat mir erzählt, dass er immer alles durchdiskutieren wollte. Sie konnte sich niemals richtig mit ihm streiten."

„Du möchtest dich mit ihm streiten?", fragte Liz.

Rachel sah zurück zu Shane, der gerade fröhlich einige Kinder begrüßte. Sie versuchte, sich wieder auf ihren Eisbecher zu konzentrieren. „Außerdem, wenn wir uns dann trennen würden, und, seien wir doch mal ehrlich, wir würden uns trennen, wohin sollte ich dann täglich für meine Koffein- und Zuckersucht gehen?"

Liz aß einen Löffel voll Eis. Rachel hatte recht. Das Eis war göttlich. Sie fühlte sich bereits etwas besser.

„Shane ist ein netter Typ", sagte Liz. „Es könnte doch funktionieren. Es ist ja nicht jeder wie Drew."

Rachel mischte die warmen Karamellstückchen in ihr Schokobrownie-Eis, wodurch es noch schokoladiger wurde. „Drew war ein Stalker, und ich danke Gott dafür, dass nicht jeder so ist wie er. Vergiss Brandon nicht; ich habe ein ganzes Jahr gebraucht, um zu bemerken, dass er schwul war. Und Jake, der nicht daran gedacht hat, seine Medizin gegen seine Bipolarität zu nehmen. Ach, und Marc, der verheiratete Buchhalter, der in Clubs Frauen aufreißt. Du musst schon zugeben, ich habe einen schlechten Geschmack."

Liz presste die Lippen aufeinander. Sie musste ihr zustimmen. Verflixt, sie hatte gedacht, dass ihr ehemaliger Verlobter Craig schon übel war und dann ihre lange Trockenphase, aber Rachels Liste war noch viel schlimmer. Sie aß noch etwas mehr Eis, ließ zu, dass die kühle Süße sie entspannte. „Vielleicht sind wir verflucht."

Rachel schnaubte. „Verflucht mit einem schlechten Männergeschmack?"

Liz nickte und erwärmte sich für die Idee. „Obwohl Shane das Gegenmittel für deinen Fluch sein könnte."

„Nein, ich glaube, mit deiner ersten Idee hattest du Recht", verkündete Rachel gerade, als Shane von hinten zu ihr kam. Liz hob die Brauen, um sie ohne Worte zu warnen. „Ich bin verflucht und dazu bestimmt, als alte Jungfer zu leben. Ich werde als eine senile Alte mit zehn Katzen sterben!" Und damit brach sie in Lachen aus.

Shane blieb abrupt stehen, machte ganz große Augen. Liz deutete auf Shane. Rachel versteifte sich und drehte sich langsam um.

Sie riss ihren Kopf zu Liz zurück. „Ach herrje, hat er das gehört?", flüsterte sie.

„Ich habe gar nichts gehört", versprach Shane, obwohl sein Gesicht rot war. „Ich wollte gerade die gerösteten Marshmallows von unseren täglichen Spezialitäten streichen. Wir haben keine mehr." Er nahm einen Lappen und wischte das Angebot von der kleinen weißen Tafel mit Spezialitäten, die am Eingang zum Laden stand.

Rachel ließ den Kopf in ihre Hände sinken und stöhnte.

„Achte gar nicht auf sie", sagte Liz. „Hirnfrost."

„Eisunfall", sagte Shane. „Vollkommen verständlich." Ein Mundwinkel zuckte nach oben, und er ging zurück zum Tresen.

21

Liz schaffte es, den Rest der Woche zu überstehen, ohne Ryan über den Weg zu laufen, und ignorierte seine Anrufe. Sie wollte jedoch nicht, dass er sich Sorgen machte, deswegen hatte sie ihm geschrieben, dass sie es ihm mitteilen würde, sobald sie wusste, dass sie nicht schwanger war. Sie wollte es möglichst positiv formulieren. Bis Freitag war sie völlig erschöpft vom Warten und weil sie ein schlechtes Gewissen hatte, dass sie ihm aus dem Weg ging. Es war ja nicht so, als wäre es seine Schuld. Da gehörten immer noch zwei zu.

Sie ging am Garner's vorbei, um dort zu Abend zu essen, und nahm die Hintertür, um erst ihren Eltern Hallo zu sagen. An der Tür kam ihre Mutter in wildem Tempo entgegen.

„Daisy hat das Baby bekommen! Ich fahre zum Flughafen!"

„Warte, Mom! Geht es ihr gut? Geht es dem Baby gut?"

„Allen geht es gut. Sind beide gesund. Hilf du deinem Dad." Dann lief sie zur Tür hinaus zu ihrem Wagen.

Liz spürte einen enttäuschten Stich, dass sie die Geburt verpasst hatte. Sie hatte Daisy gesagt, sie solle sie anrufen, sobald die Wehen einsetzten. *Zu spät.* Wenigstens war alles gut gegangen. Nur der Gedanke, dass ihre Schwester das alles allein hatte durchmachen müssen, missfiel ihr.

Ihr Vater saß auf einem Hocker an der Bar, starrte ins Nichts. „Dad, geht es dir gut?"

„Ich bin Großvater", sagte er erstaunt. „Ich habe einen Enkel."

Liz umarmte ihren Dad und blinzelte die Tränen zurück. Auch sie wäre gerne hingeflogen, um das Baby zu sehen, sobald wie möglich.

„Hast du die Nummer vom Krankenhaus?", fragte sie.

Er ging zum Telefon hinter der Bar und riss ein Stück Papier von einem Notizblock. „Hier. Kannst du es fassen?"

Sie nickte. „Ich bin so froh, dass alles in Ordnung ist." Sie nahm ihr Handy mit zum Parkplatz und wählte die Nummer von Daisys Zimmer.

„Hallo!", meldete Daisy sich glücklich.

„Daisy, Liz hier. Herzlichen Glückwunsch! Wie geht es dir? Ich wäre so gerne da gewesen." Sie musste sich zusammenreißen, damit ihre Stimme nicht vorwurfsvoll klang.

„Mir geht es gut. Bin ein wenig gerissen." Liz verzog das Gesicht bei der Vorstellung. „Er ist so schnell gekommen. Zunächst habe ich gar nicht gemerkt, dass es jetzt wirklich losgeht, dachte, es wäre nur dieses Braxton-Hicks, von dem sie in dem Buch schreiben, das ich von dir habe."

Liz lächelte. *Daisy hatte ihr Buch tatsächlich gelesen.*

„Er ist einen Tag zu früh gekommen. Als mir klar wurde, dass es jetzt losgeht, und ich ins Krankenhaus kam, war er fünfundvierzig Minuten später auf der Welt."

„Welchen Namen hast du ihm gegeben?"

„Ich habe mir überlegt, ihn Swifty zu nennen, weil er es so eilig hatte, hierher zu kommen." Mit melodiöser Stimme murmelte sie: „Stimmt doch, nicht, Süßer?"

„Hast du ihn gerade auf dem Arm?"

„Ja. Er ist perfekt."

Liz' Herz zog sich zusammen. „Ich kann es gar nicht abwarten, ihn zu sehen. Ich werde Mom bitten, mir ein Foto zu schicken. Ach, und ich werde ihr auch sagen, dass sie online nach Babynamen suchen soll, während sie bei dir ist."

„Ja, sie sollte gegen Mitternacht hier sein. Ruf mich morgen bei mir zu Hause an. Ich lasse mich hier entlassen, sobald Mom morgen früh da ist. Ich kann es mir nicht leisten, lange hier zu bleiben. Ich habe keine Ahnung, wie ich die Krankenhausrechnung bezahlen soll."

Liz dachte gleich an den Vater und den Kindesunterhalt, den er bezahlen sollte.

„Soll ich auch kommen?", fragte Liz.

„Mom wird beinahe zwei Wochen hierbleiben. Du könntest dich doch mit ihr absprechen und kommen, wenn sie abgereist ist, dann habe ich noch etwas länger Hilfe."

Liz wollte nicht warten, aber sie wollte hilfreich sein, und wenn das bedeutete, dass sie warten musste, dann würde sie das tun. „Okay."

„Ach, ich muss auflegen. Die Hebamme, die mir zeigen möchte, wie man das Baby anlegt, ist gerade gekommen."

„Okay, viel Glück dabei." Liz legte auf. Die große Distanz zu ihrem Neffen würde schwierig werden. Es bestand immer noch die Möglichkeit, dass sie schwanger war. Sie drückte eine Hand auf ihren Bauch. Daisy war so glücklich über ihr Baby. Plötzlich wünschte sie sich, sie hätte ein eigenes.

Das Baby ist da.

Sicher würde der Vater es wissen wollen und zumindest finanziell helfen. Nachdem sie ihrem Dad beim Abendessen geholfen hatte, fuhr sie nach Hause und öffnete die Norwalk Tigers Website. Sie schrieb dem Manager eine Mail mit dem Betreff DRINGEND. Sie hoffte, er würde seine Spieler befragen und herausfinden, wer mit Daisy Garner zusammen gewesen war, da derjenige jetzt Vater eines gesunden Sohnes war.

Ryan zog sich seine Laufklamotten an und ging nach draußen, um wie gewöhnlich durch die Hinterstraßen von Clover Park zu laufen. Liz hatte seine Anrufe nicht mehr beantwortet, seitdem er ihr gesagt hatte, dass er nicht verhütet hatte. Wie lange brauchte man denn wohl, bis man wusste, ob man schwanger war? Es war nun fünf Tage her, und er hatte nicht einen Mucks von ihr gehört. Sie hatte gesagt, sie würde es ihn wissen lassen, doch jetzt zeigte sie ihm die kalte Schulter, und er wurde ungern im Dunkeln gelassen.

Er schalt sich wieder einmal selbst, weil er so dumm gewesen war. Er, der niemals die Verantwortung für Kinder übernehmen wollte, hatte die Vaterschaft nicht nur einmal, sondern gleich *zweimal* riskiert.

Er verlangte sich noch mehr ab, bis alle Gedanken an Liz verschwanden. Endlich ließ ihn der Krampf in seiner Seite anhalten, er schwitzte und atmete heftig. Er wurde langsam zu alt dafür, seine Probleme mit Laufen zu lösen. Er drehte sich um und joggte langsam zurück, als die Vision eines kleinen Mädchens mit blonden Zöpfen sich in seinen Gedanken breitmachte, eine Miniaturausgabe von Liz. Er würde das Kind richtig behandeln, ob er nun dazu bereit war oder nicht. Frischer Schweiß tropfte ihm von der Stirn. *Reiß dich zusammen. Mitgehangen mitgefangenen.*

Liz war langsam genervt. Sie hatte immer noch nichts von dem Tigers Manager gehört, auch nicht zwei Tage später. Klar, sie waren in Kalifornien für Auswärtsspiele unterwegs, aber sah er sich denn nie seine Mails an? Sie war so gespannt auf seine Antwort, dass sie jedes Mal nach ihren Mails geschaut hatte, wenn ihr eine neue Mail angezeigt wurde. Leider nichts. Doch sie bekam eine Mail von Maggie, die sie zu einem „informellen" Sonntagabendessen für heute einlud.

Als die Zeit für das Abendessen näher rückte, war Liz launenhaft und emotional, entweder war es, weil sie bald ihre Tage bekam, oder sie ertrank in Schwangerschaftshormonen. Es nicht zu wissen, trieb sie in den Wahnsinn. Dazu kam die Tatsache, dass Ryan womöglich bei Maggie sein würde. Sie verbrachte ein wenig Zeit damit, ihre Atemübungen zu machen, bevor sie ihre Wohnung verließ. Sie hatte noch keine Neuigkeiten für Ryan, und sie musste vor seiner Familie so normal wie möglich tun.

Als Liz Maggies Haus betrat, war sie gleich misstrauisch.

Das lockere Abendessen bestand aus Maggie, Jorge und Ryan. Es fühlte sich wie ein surreales Doppeldate an.

„Hallo, alle zusammen." Liz stellte ihre Tasche neben einen der Samtsessel. Sie hatte sich ein wenig fein gemacht, versucht, ihre schlechte Laune zu übertünchen, trug weiße Leinen-Capri-Shorts und ein ärmelloses seidenes Oberteil mit floralem Schal, der locker um den Hals gebunden war.

„Hallo, Liz!", trällerte Maggie.

Jorge und Maggie standen auf, um sie zu begrüßen. Jorge küsste sie auf beide Wangen. Maggie umarmte sie.

Als sie damit fertig waren, kam Ryan zu ihr. „Wie geht es dir?" Seine haselnussbraunen Augen sahen sie an.

Sie hielt ihre Stimme sachlich. „Mir geht's gut. Und dir?"

„Gut. Ich –" Er unterbrach sich, drehte sich um und ging zu seinem Platz in einem der Samtsessel zurück.

„Wenn du Wein möchtest, bedien dich nur", bot Maggie an. Sie machten es sich alle im Wohnzimmer bequem. Der Duft von gerösteten Hühnchen waberte durch die Luft. Liz sah auf den Sauvignon Blanc auf dem Beistelltisch, hielt sich aber zurück, für den Fall, dass sie schwanger war. Sie setzte sich in den anderen Samtsessel. Maggie und Jorge machten es sich auf dem mit Blumen gemusterten engen Sofa bequem. *Natürlich.*

„Das ist nett", sagte Maggie und lächelte sie alle an.

Ryan hob eine Braue. „Kommt sonst noch jemand zu dieser Dinner Party?" Er hatte sich eine Khakihose und ein Jeanshemd angezogen, dessen Ärmel er hoch umgekrempelt hatte, womit er seine gebräunten, muskulösen Unterarme präsentierte. Selbst in ihrer mürrischen Rühr-mich-nicht-an-Laune, fühlte sie sich zu ihm hingezogen.

„Deine Brüder sollten bald hier sein", erwiderte Maggie. Sie nahm sich einen Cashew Kern aus einer Schüssel mit gemischten Nüssen auf dem Tisch. „Hat irgendwer von euch in letzter Zeit ein gutes Buch gelesen?"

Als niemand darauf reagierte, sprach Maggie weiter und weiter über ein Buch, das sie gelesen hatte und in dem es „für jeden etwas" gab. Sie überhäufte eine Saga, die sich über drei Generationen erstreckte, mit enthusiastischem

Lob, „da kein einziges nacktes Detail ausgelassen worden war."

Liz räusperte sich. Jorge lächelte ein wenig.

„Ry, hast du irgendeinen guten Film gesehen?", fragte Maggie. „Liz sieht so gerne diese romantischen Komödien und, wie hast du's noch genannt, Liebes?"

„Ähm, Familiendramen", sagte Liz. „Es ist immer besser, wenn es nicht in der eigenen Familie passiert." Sie lachte schwach.

Maggie beugte sich vor. „Welches Familiendrama gefällt dir am meisten?"

Liz rutschte in ihrem Sessel hin und her, als alle sie ansahen. „Ich mag viele. Es ist gerade schwierig, mich für eins zu entscheiden."

„Erzähl Liz doch mal, welche Filme du gerne siehst, Ry", drängte Maggie.

Ryan neigte seinen Kopf zur Seite. „Kann ich dir in der Küche helfen?"

„Das wäre großartig", sagte Maggie. Die beiden verschwanden in der Küche, wo sie sich leise unterhielten. Liz lächelte Jorge unbehaglich an.

„Ich brauche keine Hilfe dabei, den nächsten Schritt zu tun!", war Ryans Stimme deutlich von der Küche aus zu vernehmen.

Liz verzog das Gesicht. Maggie hatte ja keine Ahnung, auf welch gefährliches Level sie und Ryan bereits gekommen waren und dass jetzt möglicherweise sogar ein Baby unterwegs war.

„Ich habe dich gar nicht mehr im Tanzkurs gesehen", sagte Jorge leise. „Ich plane gerade einen besonderen Single-Tanzabend für unter 40-jährige, wenn du gerne kommen möchtest. Du kannst auch eine Freundin mitbringen."

Liz schüttelte den Kopf. „Muss nicht sein, danke." Es herrschte weiter Schweigen, und sie versuchte, sich etwas einfallen zu lassen, worüber sie und Jorge sich unterhalten konnten. Das einzige, dass sie gemeinsam hatten, war Maggie, und was das anging, wollte sie keine Details hören.

„Was machst du beruflich?", fragte Jorge endlich.

„Ich unterrichte Dritt …" Sie unterbrach sich, als Ryans Stimme lauter wurde.

„Mein Sexleben geht dich absolut nichts an!"

„Klässler", beendete Liz den Satz.

„Lehrer zu sein ist hart", sagte Jorge und ignorierte die Hintergrundgeräusche. „Dazu muss man eine besondere Person mit viel Geduld sein."

„Und ich möchte auch nichts von deinem Sexleben hören!", rief Ryan.

Jorge nippte an seinem Wein, sein Blick wandte sich ab.

„Auch als Tanzlehrer braucht man viel Geduld", sagte Liz. *Grundgütiger, wenn der Abend so verläuft, dann glaube ich nicht, dass ich es bis zum Dessert aushalte.*

„Weißt du, das ist einfach etwas, das ich gerne mache", sagte Jorge. „Und jeder kann unterrichtet werden. Manche nehmen es einfach so auf" – er schnippte mit den Fingern – „manche brauchen etwas länger. Das ist egal. Es geht nur darum, sich zu bewegen, zu tanzen, sich von der Musik einfangen zu lassen."

Liz musste an den merkwürdigen Tanz mit Shane denken, als er sie gestoßen und geschubst hatte, als sie versucht hatten, Cha-Cha-Cha zu tanzen. Sie hatte gar keine Gelegenheit gehabt, sich von der Musik einfangen zu lassen.

Es folgte eine weitere unangenehme Stille. In der Küche hörte sie eine leise Unterhaltung, doch sie konnte die Worte nicht verstehen.

„Was die Temperatur angeht, war der Sommer schön", sagte Liz.

„Sehr schön", stimmte Jorge zu. „Nicht zu heiß."

„Ja." Sie bekam eine trockene Kehle, wagte es jedoch nicht, für ein Glas Wasser in die Küche zu gehen. „Dann …"

Es klingelte an der Tür. *Gerettet!* Jorge ging, um Shane und Trav herein zu lassen.

„Ich habe Eis mitgebracht", verkündete Shane. „Französische Vanille mit Haselnusswirbel."

„Klingt wundervoll", sagte Liz.

„Das ist es auch." Shane lächelte und ging zur Küche.

Trav hob seine leeren Hände über den Kopf. „Ich habe mich mitgebracht."

Liz lachte. „Auch das klingt wundervoll."

Trav legte einen Arm um sie und küsste ihre Wange. „Sag mir Bescheid, wenn du den alten Mann leid bist."

Ryan tauchte wie aus dem Nichts auf. „Ich kann es immer noch mit dir aufnehmen, Trav", knurrte er.

Liz zuckte zusammen.

Trav nahm langsam seinen Arm beiseite und hob seine Hände. „Nimms locker."

Ein Funke Hoffnung entfachte ihr Herz. In all den Nächten, die sie gemeinsam verbracht hatten, hatte Ryan nie etwas Zärtliches zu ihr gesagt, doch seine Handlung sprach Bände. Jorge und Trav tauschten amüsierte Blicke aus.

„Das Abendessen ist fertig!", rief Maggie.

Liz folgte Jorge ins Esszimmer, wo Maggie jetzt am Kopf des Tisches saß. Shane zog Liz einen Stuhl vor. *Das war ziemlich gentlemenlike!* Sie lächelte und setzte sich. Ryan warf Shane einen wütenden Blick zu.

Ohne darum gebeten worden zu sein, erhob sich Ryan und tranchierte das Huhn. Liz vermutete, dass sie daran gewöhnt waren, dass er das machte. Bald schon reichten sie geschnittenes Hühnchen, Kartoffelpüree, grüne Bohnen und weiche Brötchen um den Tisch.

Maggie hielt für sie alle die Unterhaltung am Laufen mit Geschichten vom Clover Park Frauenclub und dem Drama, in das die Frauen verstrickt wurden, weil sie sich zum Ziel gesetzt hatten, den weniger Glücklichen zu helfen. Wie die Frage, wer das Wohltätigkeitsdinner veranstalten würde, und dass Bridget gegangen war, weil sie sich darüber gestritten hatten, ob sie Kerzen auf die Tische stellen sollten oder nicht.

Nachdem alle satt vom Abendessen und dem Dessert waren, verkündete Maggie den Zweck des ganzen Abends.

„Jorge und ich haben euch etwas mitzuteilen."

Jorge ergriff über den Tisch ihre Hand, und Ryan kniff die Augen zusammen, als er das sah.

„Wir werden heiraten. Der dritte Samstag im September.

Das war der früheste Termin, zu dem die Kirche verfügbar war, und Jorge wollte gerne in der Kirche heiraten."

Jorge und Maggie sahen einander verliebt in die Augen.

„Oh mein Gott!", platzte es aus Liz heraus.

„Herzlichen Glückwunsch", sagte Shane langsam.

„Das ist ja kein Monat mehr bis dahin", sagte Trav. „Das ist so … wow."

„Du!" Ryan stand auf und zeigte mit seinem Finger auf Jorge. „Du glaubst wohl, du kannst einfach eine alte Lady ausnutzen, in ihr Haus ziehen und alles übernehmen? Denkst du, sie wird dir das Haus vermachen, dich ins Testament setzen?" Er lehnte sich bedrohlich über den Tisch. „Das lasse ich nicht zu." Er knallte seine Faust auf den Tisch, um seinen Worten Nachdruck zu verleihen, und das Geschirr klapperte.

Liz blinzelte. Sie hatte ihn noch nie so wütend gesehen. Es war einschüchternd. Sie sah zu Jorge, der weiterhin ruhig dasaß.

„Ryan, beruhige dich", sagte Shane.

„Du wirst es nicht zulassen?" Maggies Stimme wurde lauter, ganz passend zu der ihres ältesten Enkels. „Dich hat keiner gefragt. Jorge und ich sind verliebt."

Jorge küsste Maggies Hand. „Das stimmt. Ich versuche nicht, an ihr Haus zu kommen. Das ist mir noch nie in den Sinn gekommen. Wir wollen einfach nur zusammen sein. Deine Großmutter macht mich glücklich."

Oh … Wie süß. Alle sahen Ryan an, um zu sehen, wie er darauf reagierte.

Ryan schob sich frustriert eine Hand durchs Haar. „Gran, du kennst diesen Kerl wie lange, einen Monat? Und jetzt wirst du ihn heiraten?"

„Er ist nicht irgendein Kerl!", rief Maggie erbost.

Jorge legte ihr beruhigend eine Hand auf den Arm. „Ist schon in Ordnung, Liebes."

„Nein, es ist nicht in Ordnung!" Maggie starrte Ryan wütend an.

„Tut mir leid", sagte Ryan und klang überhaupt nicht, als täte es ihm leid. „Ich sage ja nur, warum diese Eile? Seid vernünftig, geht die Sache langsam an."

„Ryan hat recht. Es gibt keinen Grund zur Eile", warf Trav ein. „Ist ja nicht so, als wärst du schwanger."

Liz atmete vernehmbar tief ein, und Ryan sah sie einen langen Moment an. Sie wandte ihre Aufmerksamkeit wieder Maggie zu.

„Für den Fall, dass ihr es vergessen habt, ich bin zweiundsiebzig Jahre alt." Maggie hob trotzig ihr Kinn. „Ich habe keine Zeit, es langsam anzugehen. Jorge verbringt ohnehin bereits die meisten Nächte hier –"

„Na großartig", murmelte Ryan.

„Und er macht mich glücklich", fuhr Maggie fort. „Ich möchte ihn sehen, wenn ich nachts ins Bett gehe und wenn ich morgens aufwache."

„Maggie", murmelte Jorge. „*Mi amor.*"

Ryan sah Jorge wütend an, dann wandte er sich an Liz. „Wusstest du davon?"

Liz schluckte. „Ich wusste, dass sie sich nahestehen."

Ryan wandte sich an Shane.

„Ich wusste auch, dass sie sich nahestehen", sagte Shane, „aber –"

„Und warum bin ich der letzte, der hier etwas erfährt?", explodierte Ryan.

Trav hob eine Hand. „Ich wusste nichts."

Ryans rasender Ausdruck sagte, dass ihm das auch nicht weiterhalf.

Liz ergriff das Wort. „Ich freue mich für Maggie, auch wenn ich mit euch übereinstimme, dass es sehr plötzlich kommt."

„Ich freue mich auch für dich, Gran", sagte Shane.

Trav nickte zustimmend.

Ryan öffnete und schloss seinen Mund. Da er nichts weiter zu sagen hatte, stürmte er aus dem Haus.

Maggie wandte sich an Jorge. „Das ist ungefähr so gut gelaufen, wie ich es erwartet hatte."

„Wir werden aufräumen, Gran", sagte Shane und bedeutete Trav mit dem Kopf, das Geschirr zu nehmen. Die beiden verschwanden in der Küche, während Jorge Maggie tröstete.

„Ich werde auch helfen", sagte Liz und erhob sich vom Tisch.

„Nein, du bist ein Gast", beharrte Maggie. „Du ruhst dich einfach nur aus."

„Bist du dir sicher?", fragte Liz.

„Wir kommen allein klar", rief Shane.

„Ich hätte dich gerne als meine Trauzeugin, Liz", sagte Maggie.

„Natürlich, gerne!" Liz ging zu Maggie und umarmte sie. „Herzlichen Glückwunsch euch beiden. Ich freue mich so sehr für euch."

„Danke, mein Liebes", sagte Maggie.

Trav erschien im Wohnzimmer. „Kannst du Ryan dazu bringen, dass er diese schlechte Laune wieder ablegt?"

„Geh zu ihm, Süße", drängte Maggie. „Du bist vermutlich die einzige, die jetzt mit ihm reden kann."

„Okay", sagte Liz unsicher. Sie hatte keine Ahnung, was sie zu ihm sagen sollte. „Danke für das Abendessen." Sie eilte nach draußen, und im dämmrigen Licht des späten Sonnenuntergangs erblickte sie Ryan, der über den Bürgersteig zu seinem Haus stapfte. „Warte auf mich!"

Er lief weiter.

Sie eilte über den Bürgersteig. „Ryan!"

Keine Antwort. Der Mann konnte sich bewegen, wenn er wollte.

„Ich sagte, warte auf mich, du Dickschädel!", brüllte sie.

Damit hatte sie ihn. Er blieb stehen und drehte sich langsam um. Dann marschierte er auf sie zu. Sie kam ihm auf halber Strecke entgegen.

„Hast du mich gerade einen Dickschädel genannt?", fragte er zwischen zusammengebissenen Zähnen.

„Ich doch nicht. Ich habe dich einen vernünftigen, hingebungsvollen Enkel genannt." Sie unterdrückte ein Lächeln.

Er verschränkte die Arme und betrachtete sie wütend. „Erwarte jetzt nicht von mir, dass ich glücklich darüber bin, dass Gran etwas mit ihrem Tanzlehrer angefangen hat."

Okay, sie verstand, dass das ein Schock war. Er war ja nicht beim Tanzkurs gewesen und hatte nicht gesehen, wie sie miteinander umgegangen waren. Wie sie so schön miteinander getanzt hatten. Die anhimmelnden Blicke. Ihre Chemie.

Sie legte ihm tröstend eine Hand auf den Arm. „Möchtest du denn nicht, dass sie glücklich ist? Sie hat mir erzählt, dass sie seit mehr als zwanzig Jahren Witwe ist. Jetzt hat sie endlich jemanden gefunden. Ich glaube nicht, dass Jorge sie ausnutzen will."

„Das weißt du doch nicht! Das Haus ist schon etwas wert. Was, wenn er sie dazu überredet, es ihm zu überschreiben? Was, wenn er ihre Rentenschecks klaut?"

„Er hat gesagt, dass er sie liebt", sagte Liz. „Ich finde das schön."

„Und du." Er zeigte mit einem Finger in ihre Richtung. „Lässt mich die ganze Woche einfach so hängen", – er gestikulierte wild – „hast mich einfach nicht zurückgerufen. Was soll das, Liz?"

„Ich habe doch geschrieben", sagte sie leise. Doch sie wusste, dass sie Unrecht hatte. „Es tut mir leid. Ich konnte einfach nicht darüber reden."

Ein wenig schien ihm der Zorn zu vergehen. Er näherte sich ihr, legte ihr eine Locke hinter das Ohr. „Du musst damit nicht allein sein."

Sie trat zurück, widerstand seiner warmen Berührung. Sie war zu emotional, zu sehr in einem Gewissenskonflikt, weil sie sich zugleich nach einer Schwangerschaft sehnte, seitdem ihr Neffe da war, und zugleich Angst hatte vor den Komplikationen, die es mit sich brachte, ein Kind großzuziehen, das er nicht wollte. „Mir geht es gut. Wirklich."

Er musterte sie. „Na gut. Ich gebe zu, dass ich die ganze Woche über eine Scheißangst hatte. Lass es mich einfach wissen, sobald du es weißt, okay?"

Das bestätigte ihre Ängste. Er wollte keine Kinder. Diese ganze Geschichte war ein riesiger Fehler gewesen.

„Okay?", hakte er nach, da sie schwieg.

Sie nickte, weil sie mit dem Kloß in ihrem Hals nicht sprechen konnte.

Er sah die Straße hinunter zu seinem Haus und drehte sich zu ihr zurück. „Möchtest du mitkommen?"

Schlechte Idee. Sie war nicht in der Stimmung für Gelegenheitssex. Den Gelegenheitssex hatten sie auf dem Weg zum Schwangerschaftstest hinter sich gelassen.

Sie schüttelte den Kopf. „Ich bin ziemlich müde, also –"

„Wir müssen nicht … wir könnten einfach, du weißt schon, rumhängen." Er schob seine Hände in die Taschen.

„Nicht heute Nacht, okay? Ich seh dich dann später." Und auch wenn es schmerzhaft war, wandte sie sich ab.

Er packte ihren Armen und wirbelte sie zurück, zog sie in seine Arme. Da sie zu erschöpft war, um gegen ihr Bedürfnis nach diesem bisschen Trost anzukämpfen, seufzte sie tief und legte seine Arme um ihn.

„Daisy hat ihr Baby", sagte sie an seiner Brust.

„Bitte?" Er löste sich von ihr, um ihr in die Augen zu sehen.

„Daisy hat das Baby. Einen gesunden kleinen Jungen."

„Das ist gut. Du bist Tante. Herzlichen Glückwunsch."

Ihr Hals verengte sich. „Sie hat ihn Bryce genannt, weil eine Schwester ihr gesagt hat, dass das *schnell* bedeutet. Er hatte es eilig, herzukommen." Sie versuchte, zu lachen, doch es wurde zu einem Schluchzen. Sie wischte sich eine Träne beiseite.

Er sah erschrocken aus. „Was ist los?"

Sie schüttelte den Kopf. „Nichts. Ich muss gehen."

Und dieses Mal ließ er sie.

22

Zwei Tage später nahm Ryan einen eleganten Briefumschlag aus einer Post und riss ihn auf.

Sie sind hiermit eingeladen zur Hochzeit von Margaret
O'Hare und Jorge Chavez
Samstag, 19. September um 13 Uhr
St. Joseph's Church
179 Main Street
Clover Park, Connecticut
Bringen Sie Ihre Tanzschuhe mit für unsere Und-glücklich-bis-ans-Lebensende-Party im Anschluss!
uAwg bis zum 12. September
__Nehme die Einladung gerne an
__Muss mit Bedauern absagen

Gran zog das wirklich durch. Er marschierte zur Tür hinaus, direkt in Richtung von Grans Haus, um sie zur Vernunft zu bringen. *Es ging zu schnell.* Das sagte ihm sein Bauchgefühl. Gran kannte diesen Loser kaum.

Auf dem Bürgersteig blieb er stehen und legte einen anderen Gang ein. Vielleicht sollte er erst Jorge etwas Vernunft beibringen. Wo wohnte dieser Idiot eigentlich? Ach ja, richtig, bei Gran. Sie hatten es ja schon miteinander gemacht. Seine Hände ballten sich zu Fäusten.

Er kam an ihrem Haus an und sah sich nach Jorges Auto um. Er musste wohl bei der Arbeit sein. Er klopfte einmal an und ging hinein. Sie hatte die Tür wieder nicht abgeschlossen.

„Gran!", bellte er.

Seine Großmutter kam hinten aus dem Haus. „Sprich leise, Ryan. Ich sehe deinem Gesicht an, dass du die Einladung gerade bekommen hast, also setz dich und lass uns reden."

Sie trug ein leuchtend rotes T-Shirt und Jeans, die für eine Frau in ihrem Alter zu eng waren. Was dachte sie, wem sie etwas vormachen konnte? Sie war eine Großmutter, kein Teenager. Sie sollte ein Kleid mit Blumen tragen oder etwas, das mehr … rentnerfreundlich war.

Sie bedeutete ihm, sich auf einen der Sessel im Wohnzimmer zu setzen, sie nahm das Sofa.

„Gran, du kannst diesen Typen nicht heiraten –"

„Ich *kann*, und ich *werde*."

Er legte seine Finger ineinander. *Ruhig bleiben. Sprich vernünftig mit ihr*. „Aber was wissen wir denn wirklich über ihn?"

Sie sah ihm fest in die Augen. „Ich weiß alles, was ich wissen muss, und ich hoffe, dass auch du ihn bald besser kennenlernen wirst."

Ryan beugte sich vor. „Warum die Eile?"

„Wenn es richtig ist, dann ist es richtig", sagte sie.

„Wie kann es denn richtig sein? Der Typ ist, was … zwanzig Jahre jünger, und du kennst ihn erst seit fünf Minuten! Es wird nicht passieren." Er verkrampfte seinen Kiefer, war entschlossen, zu ihr vorzudringen. „Seit deinem Unfall bist du nicht mehr die alte. Jemand muss sich um dein Wohl kümmern. Es ist so sicher wie das Amen in der Kirche, dass du nicht klar denkst."

Sie verengte ihre Augen. „Ryan O'Hare! Du wirst nicht mit mir wie mit einem Kind sprechen. Ich bin glücklich, und ich werde das tun."

Er sprach leiser weiter und langsam. „Nicht, wenn ich etwas dazu zu sagen habe."

„Hast du nicht", sagte Gran fest.

Frustriert atmete er aus. „Ich weiß nicht, was ich sagen soll. Es fühlt sich einfach falsch an."

„Sag, dass du dich für mich freust", sagte sie ein wenig lächelnd. „Sei unser Trauzeuge, denn du bist ein *großartiger* Mann. Zudem habe ich dich erzogen."

Er rieb sich die Stirn und schloss die Augen, da sich dahinter ein Kopfschmerz ankündigte. „Verdammt", murmelte er.

Das nächste, was er wusste, war, dass Gran ihn in ihre Arme nahm. „Ich liebe dich." Sie klopfte ihm auf den Rücken. „Und jetzt beruhige dich. Alles wird gut werden. Du wirst schon sehen."

„Ich liebe dich auch", murmelte er.

Es gab nichts, womit er diese Hochzeit aufhalten konnte. Oder doch? Er konnte Jorge überprüfen, um zu sehen, ob er irgendwelchen Dreck am Stecken hatte. Dann würden er und Jorge sich ein wenig unterhalten. Von Mann zu Mann.

Er stand auf. „Okay. Ich sollte mich besser wieder an meine Arbeit machen."

Sie nickte und begleitete ihn zur Tür. Er hatte gerade die Tür geöffnet, als sie sagte: „Dein Vater wird mit seiner Freundin, Gina, bei der Hochzeit sein."

Er drehte sich um, und sie schlug ihm die Tür ins Gesicht. Ende der Diskussion.

Na großartig. Jetzt warf seine Großmutter ihre Lebensersparnisse irgend so einem tangotanzenden Arschloch in den Schlund, sein Trunkenbold von einem Vater tauchte nach siebzehn Jahren mit irgendeiner Nutte auf, und die einzige Person, an dem ihm wirklich etwas lag, war zu verschreckt wegen ihrer Angst vor einer Schwangerschaft, um sich mit ihm zu treffen. Wäre er ein Trinker, wäre das jetzt die perfekte Zeit. Stattdessen ging er laufen und blieb erst stehen, bis er an nichts anderes mehr als den nächsten Schritt, den nächsten Atemzug und das Klopfen seines Herzens denken konnte.

~

An jenem Abend wartete Ryan im Schatten des Parkplatzes vom Jorge Chavez Tanzstudio, weigerte sich, auch nur einen Schritt in den sogenannten Tanzkurs dieses Verführers zu setzen. War anscheinend eine großartige Szene, um jemanden aufzureißen. Hätte er das gewusst, hätte er sichergestellt, dass Gran sich niemals auch nur angemeldet hätte. Der Hintergrundcheck hatte nichts ergeben, das hieß aber nicht, dass Ryan den Typen einfach so von der Angel ließ. Als die Schüler das Tanzstudio verlassen hatten, hatte er sich in eine noch größere Wut hineingesteigert. Nur einen guten Schlag. Mehr brauchte er nicht.

Endlich kam Jorge nach draußen.

„Hey, Jorge!", rief er über den leeren Parkplatz.

Jorge sah sich um, und Ryan trat in das Licht einer nahen Straßenlaterne, ging über den Parkplatz zu dem älteren Mann.

„Hallo, Ryan, was führt dich denn heute Abend hierher?" Jorge lächelte ihn offen und freundlich an, verhielt sich, als wäre nie etwas geschehen, weswegen jemand angepisst sein könnte. „Mein Tanzstudio ist jetzt geschlossen, aber wir machen morgen um drei wieder auf."

Ryan riss sich zusammen. Er war kein Schläger. Dennoch, dieser Mann versuchte, seine Gran auszutricksen.

„Warum hast du es so eilig, meine Großmutter zu heiraten?", verlangte Ryan zu erfahren. „Hoffst du, ihre Lebensversicherung zu kassieren? Ihr hübsches Haus zu erben?" Er sah den älteren Mann wütend an, ein Blick, mit dem er die Schuldigen in seiner Zeit als Polizist dazu gebracht hatte zu gestehen.

„Ich weiß, was du tust", sagte Jorge mit beruhigendem Ton. „Du beschützt Maggie, aber das ist nicht nötig. Ich liebe sie." Er legte seine Hand auf sein Herz. „Ich schwöre, dass das alles ist."

Ryan packte vorne Jorges Hemd und zog ihn an sich. „Wenn du sie verletzt oder ihr auch nur einen Cent nimmst, wirst du schneller im Gefängnis landen, als du eine deiner geliebten Tangodrehungen hinbekommst."

Jorge schluckte sichtlich. „Ich habe meine Frau vor fünf Jahren an den Krebs verloren."

Ryan ließ ihn los. „Das wusste ich nicht."

Jorge glättete sein weißes Hemd. „Ich habe gelernt, mir das Glück zu schnappen, wo ich nur kann." Tränen sammelten sich in seinen Augen. „Ich hätte nie gedacht, dass ich wieder lieben könnte."

Ryan spürte einen unwillkommenen Stich von Mitleid. „Schon gut, halt einfach den Mund."

Jorge hielt nicht den Mund. „Deine Großmutter ist so voller Leben. Es kann sogar sein, dass sie länger lebt als ich. Wenn ihr irgendetwas passiert, werde ich dafür sorgen, dass sie alles dir und deinen Brüdern hinterlässt."

Jetzt fühlte er sich wie ein Arschloch. Ryan ging es gar nicht darum, selbst Grans Erbe zu bekommen. Er wollte nur einfach nicht, dass dieser Kerl es bekam.

„Gut." Ryan drehte sich um und ging zurück zu seinem Wagen.

„Es würde Maggie und mir sehr viel bedeuten, wenn du unser Trauzeuge wärst", rief Jorge über den leeren Parkplatz.

„Schön!", bellte Ryan und machte sich nicht die Mühe, sich noch einmal umzudrehen. Er drückte auf die Fernbedienung, um sein Auto zu öffnen, und stieg ein. Dieser ganze Irrsinn wäre nicht passiert, wenn Gran nicht diesen Unfall gehabt hätte und durchgedreht wäre mit all diesem „das Leben in vollen Zügen genießen." Er hatte das Leben in vollen Zügen genossen, und trotzdem lief er nicht los, um Liz zu heiraten. Er kannte sie verdammt viel besser, als Gran Jorge kannte. Liz war schön und nett und voller Feuer, wenn man wusste, welche Knöpfe man drücken musste. Und er wusste das.

Nicht, dass sie dich lassen würde.

Er war seit einer Woche nicht mit Liz allein gewesen. Er fuhr vom Parkplatz und drehte das Radio auf. Er wollte einfach nur mit jemandem reden, der diesen ganzen Gran-Wahnsinn verstand.

Er wollte Liz.

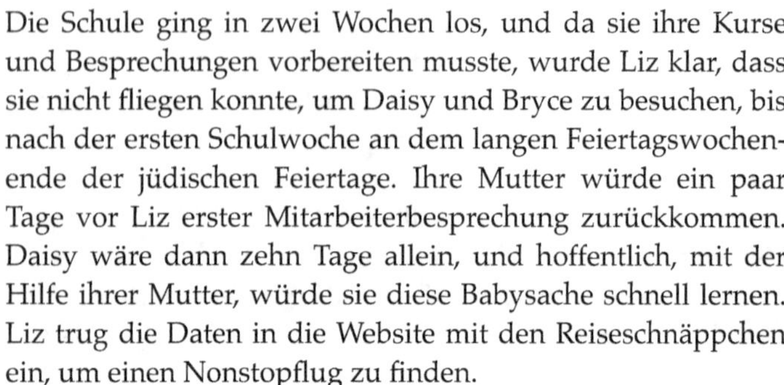

Die Schule ging in zwei Wochen los, und da sie ihre Kurse und Besprechungen vorbereiten musste, wurde Liz klar, dass sie nicht fliegen konnte, um Daisy und Bryce zu besuchen, bis nach der ersten Schulwoche an dem langen Feiertagswochenende der jüdischen Feiertage. Ihre Mutter würde ein paar Tage vor Liz erster Mitarbeiterbesprechung zurückkommen. Daisy wäre dann zehn Tage allein, und hoffentlich, mit der Hilfe ihrer Mutter, würde sie diese Babysache schnell lernen. Liz trug die Daten in die Website mit den Reiseschnäppchen ein, um einen Nonstopflug zu finden.

Es klingelte an der Tür. Sie sah durch den Spion. Ryan! *Mist*. Sie sah an sich hinab, auf ihre gelbe Pyjamahose mit lächelnden Affengesichtern und dem passenden Oberteil und seufzte. Es war nicht so, als versuchte sie ihn jetzt zu verführen. Genau genommen wusste sie nicht, was sie mit ihm anfangen sollte. Sie wusste immer noch nicht, ob sie schwanger war. Wo standen sie also? Ihr Leben ergab keinen Sinn mehr.

Sie öffnete die Tür.

„Hey, Liz", sagte er in seiner tiefen Stimme, die ihr einen Schauer der Vorfreude die Wirbelsäule hinunterlaufen ließ, trotz allem. „Kann ich hereinkommen?"

Sie trat beiseite. „Natürlich, was ist denn los?"

„Hast du die Hochzeitseinladung bekommen?"

Ah, Ärger mit Maggie. Also, das ist einfacher, als sich zu überlegen, was man mit einem vermeintlichen Baby anfing.

„Habe ich", sagte sie vorsichtig. „Setz dich. Kann ich dir etwas zu trinken bringen?"

„Gerne ein Wasser." Er ließ sich schwer auf das Sofa sinken.

Sie eilte in die Küche. Sie vermisste ihn, vermisste seine Berührungen. Aber sie wollte nicht noch einmal mit ihm schlafen, bevor sie nicht wusste, was los war. Schwanger oder nicht waren für ihre Zukunft zwei radikal verschiedene Wege.

Sie goss zwei Gläser Wasser ein und gesellte sich zu ihm auf das Sofa, legte keusch ihre Beine übereinander.

„Du bist also wütend, weil Maggie heiratet", sagte Liz.

Er zog die Brauen zusammen, und er sah sie mit einem Blick an, der ihr sagte, dass sie die Königin des Offensichtlichen sei.

„Deine Großmutter ist glücklich", sagte Liz. „Und es ist ihr Leben. Ich glaube, wir sollten ihr einfach dieses bisschen Glück gönnen, auch wenn es plötzlich erscheint."

Er warf seine Hände in die Höhe. „Ich kann nichts dagegen tun. Sie will mir nicht zuhören. Und Jorge hat quasi geweint, als er mir sagte, dass er sie liebt." Bei dem letzten Satz verzog er die Lippen.

„Warum sollte er weinen?", fragte sie plötzlich alarmiert. *Hatte Ryan ihn bedroht? An jenem Abend war er sehr wütend gewesen.*

Er winkte ab. „Weichei. Ich weiß es nicht. Jedenfalls ist es durch. Ich bin Trauzeuge. Ende der Geschichte."

„Wirklich?" Sie schüttelte den Kopf. „Wow. Das ist wunderbar. Ich dachte … Naja, du hast so wütend gewirkt –"

„Ich muss mich ja wohl nicht auch noch darüber freuen."

„Nein, musst du nicht." Innerlich lächelte sie. Maggie kam bei ihm an erster Stelle, selbst wenn das Dinge beinhaltete, über die er nicht glücklich war. Er war ein guter Enkel. Ein guter Mann.

Sie nahm einen Schluck Wasser und sehnte sich danach, sich einfach an ihn zu kuscheln. „Möchtest du fernsehen?"

Überrascht bekam er ganz große Augen. „Klar."

Sie schaltete HGTV ein und kuschelte sich an ihn, legte ihren Kopf an seine Schulter. Er legte einen Arm um sie. Sie sahen sich eine Serie von *House Hunters* an, in der junge Paare sich zwischen drei verschiedenen Häusern entscheiden mussten. Ryan gab seine Meinung zu der Konstruktion des Hauses zum Besten, während sie im sagte, was sie von der Funktionalität des Inneren hielt. Es war gemütlich.

Schließlich wurde es spät. Sie wollte nicht, dass er ging, aber sie wollte keinen Sex, bis nicht sicher war, dass sie nicht schwanger war. Vielleicht nicht einmal dann.

Sie setzte sich auf und schaltete den Fernseher aus. „Ich bin ziemlich müde."

Auch er stand auf. Er streckte seine Finger aus und nahm ihre Hand, zog sie vom Sofa auf. Sie sah hinab auf ihre ineinander liegenden Hände.

„Ich brauche wirklich meinen Schlaf", sagte sie und wich seinem Blick aus, denn sie wusste, sonst würde sie nachgeben.

Er hob ihr Kinn, zwang sie dazu, ihm in die Augen zu sehen. „Ich möchte nur mit dir zusammen sein."

Sie sah ihm in die Augen, erkannte die Ehrlichkeit darin. Ohne ein Wort führte er sie in ihr Schlafzimmer.

Als sie erst einmal da waren, floh sie ins Badezimmer. „Bin gleich zurück", rief sie über ihre Schulter. Sie räumte rasch auf, versteckte Tampons und Schwangerschaftstest, den sie gekauft hatte, kratzte die Zahnpasta vom Waschbecken. Sie sah in den Spiegel. Ihr Haar war auf einer Seite ganz zerzaust, weil sie sich gegen seinen warmen Körper gelehnt hatte, und sie war nicht geschminkt. Sie bürstete sich die Haare. Das konnte sie zumindest tun. Nachdem sie sich zu Ende gebürstet hatte, öffnete sie die Tür und reichte ihm eine Ersatzzahnbürste, die sie immer für Gäste dahatte.

„Danke", sagte er und sah sie amüsiert an. „Ist das von jetzt an meine?"

Er möchte in meiner Wohnung eine Zahnbürste haben? Das ist ein gutes Zeichen, oder nicht? Hör auf, immer zu viel in die Dinge hineinzulesen.

„Klar", sagte sie.

Er verschwand im Badezimmer.

Sie ging zu ihrem Bett, legte drei Dekokissen beiseite, schüttelte die Kissen aus und kuschelte sich hinein. Sie legte sich flach auf den Rücken, starrte an die Decke, fragte sich, was es hieß, wenn ein Mann die Nacht mit einem verbringen wollte, wenn er wusste, dass er nichts bekäme. Sie hasste es, sich wie die alte Liz zu fühlen, so viel über ihre Beziehung nachzudenken. Aber das konnte eine mögliche Schwangerschaft eben mit einem anstellen. Alles auf ein ernstes – wenn auch unsicheres – Level bringen.

Ryan kam einen Moment später wieder heraus und pfiff. Er zog sich sein T-Shirt und die Jeans aus und ließ sie zu Boden fallen. Bevor sie ihn bitten konnte, die Sachen ordentlich zu falten und sie auf die Kommode zu legen, schlüpfte er auch schon neben sie unter die Decke. Sogleich spürte sie seine Hitze durch ihren dünnen, Baumwollaffenpyjama. Sie schaltete die Lampe auf ihrem Nachttisch aus.

Er zog sie an sich. Sie lag in seinen Armen, Brust an Brust, ihre Beine ineinander verschlungen. Seine Haut war warm, und sie inhalierte seinen holzigen, männlichen Duft. Sie gestand sich die Freude zu, mit ihren Händen an seinem Rücken hinauf und hinab zu streicheln.

„Sag mir, woran du denkst", sagte sie.

„Ich denke an gar nichts", erwiderte er und küsste ihr Haar.

„Wirklich? An nichts?"

„Vollkommene Leere."

„Oh." Sie spürte, wie sich sein Interesse hart gegen ihr Bein presste.

„Woran denkst du gerade?", fragte er.

Ich habe Angst, schwanger zu sein. Ich habe Angst, dass ich nicht schwanger bin. Ich habe Angst, dass das alles ein Fehler war.

„Nichts", sagte sie und rollte sich von ihm fort.

Er legte sich zur Löffelchenstellung hinter sie, schob einen Arm unter ihr Kissen, den anderen legte er locker um ihre Taille. Sie kuschelte sich an ihn, und er schob ihren Hintern ein Stück weg. „Beweg dich nicht."

Sie verschränkte ihre Finger mit seinen und seufzte.

Sie lagen einfach da, still in der Dunkelheit. Unfähig einzuschlafen lauschte sie auf seinen Atem, bis er anscheinend eingeschlafen war.

Aus der Stille heraus sprach er plötzlich: „Mein Vater wird bei der Hochzeit sein."

Sie wusste von Maggie, dass sein Vater ein trockener Alkoholiker war und dass er Ryan und seine Brüder im Stich gelassen hatte. „Wie lange ist es her, dass du ihn das letzte Mal gesehen hast?"

„Als ich siebzehn war. Er war ein Trinker. Ich habe gehört,

dass er jetzt trocken ist, aber ich möchte ihn trotzdem nicht sehen. Was brauche ich denn von ihm? Nichts."

Sie war gerührt, dass er mit ihr etwas teilte, das offensichtlich ein schwieriges Thema für ihn war. Sie wusste, dass er auf einer bestimmten Ebene seinen Vater doch brauchte. Und wenn es auch nur dafür war, ihm zu sagen, dass er ihn in seinem Leben nicht brauchte. Ryan brauchte diesen Abschluss.

„Man bekommt nur eine Familie", sagte sie leise. „Nur einen Vater."

„Ich habe eine Familie", gab er zurück. „Gran, meine Brüder. Das ist, was zählt."

„Ich weiß." Sie drückte seine Hand. „Ich sage auch nicht, dass du ihm irgendetwas schuldest. Das tust du nicht. Sprich einfach nur zumindest mit ihm, vor der Hochzeit. Maggie hat an ihrem großen Tag kein Drama verdient. Sie verdient Frieden und Glück."

Als Erwiderung grunzte er.

Tröstend rieb sie seinen Arm. „Tu es für Maggie, okay?"

Es folgte langes Schweigen, und sie dachte schon, er würde nicht antworten.

„Ich werde darüber nachdenken", sagte er endlich. „Gute Nacht." In der Dunkelheit hielt er ihre Hand.

Die Wärme seines Körpers und die Erschöpfung der letzten Woche überkamen sie. „Gute Nacht", murmelte sie. Ihr letzter Gedanke, bevor sie davondriftete, war, dass zumindest im Schlafzimmer zwischen ihnen alles gut war.

23

Liz erwachte ein paar Tage später mit leichten Krämpfen. Ihre Periode war seit einem Tag überfällig. Waren es Krämpfe oder das Einnisten des Embryos? Sie hatte viel über Symptome einer frühen Schwangerschaft online gelesen und festgestellt, dass sie das meiste davon hatte: empfindliche Brüste, Blähungen, Reizbarkeit. Natürlich konnte das auch alles mit einer bevorstehenden Periode zusammenhängen.

Sie ging ins Badezimmer, um das zu überprüfen. Sie hatte ihre Tage bekommen. Sie stieß einen tiefen Atemzug aus. Okay. Das Leben konnte also wieder in normalen Bahnen verlaufen.

Sie spülte, ging zurück ins Bett und griff nach ihrem Handy, um den einzigen beiden Menschen in der Welt, die davon wussten, eine Nachricht zu schicken. Als erstes an Ryan: *Ich bin nicht schwanger*. Dann an Rachel: *Nicht schw.*

Rachel war bereits auf und schrieb gleich zurück: *Halleluja. Wir treffen uns zum Mittagessen. Ich lade dich ein.*

Liz war eigentlich nicht in der Stimmung, doch sie war Rachel für ihre Unterstützung dankbar, deswegen schrieb sie zurück: *OK*.

Eine Minute später klingelte ihr Handy. Ryan.

„Hey, Liz, das sind ja großartige Neuigkeiten! Dann sind wir ja gerade noch einmal davongekommen."

Sie spürte, wie sich ihre Kehle zuschnürte. Sie konnte sich einfach nicht über die ganze Sache freuen. „Ich schätze schon", brachte sie hervor.

„Alles in Ordnung?", fragte er.

„Ja, ich fühle mich nur nicht so gut. Ich versuche, noch ein wenig zu schlafen."

„Okay", sagte er langsam. „Ruf mich an, wenn du etwas brauchst."

„Bye." Sie legte auf und drehte sich auf die Seite, legte die Arme um sich, während ihre Tränen frei liefen und sie über den Verlust dessen, was hätte sein können, weinte.

Nachdem sie einen ganzen Tag und eine Nacht getrauert hatte, unterbrochen nur von einem kurzen Mittagessen mit Rachel, bei dem Liz nicht gerade eine gute Gesellschaft war, war sie etwas erleichtert, als sie an einem späten Augustsamstag ihre Wohnung verließ und in den Sonnenschein trat. Sie fuhr zu Maggies Haus, da sie sie am Abend zuvor schriftlich gebeten hatte, ihr dabei zu helfen, das perfekte Hochzeitskleid zu finden.

Sie stiegen in Maggies Cabrio, natürlich mit offenem Verdeck. Maggies Outfit – schwarzes T-Shirt, darauf in goldener Schrift *Jorge Chavez Dance Studio,* ein weißer Kunstlederrock und weiße Keds – ließ Liz darüber nachdenken, was sie sich wohl für ein Kleid vorgestellt hatte.

„Wohin?", fragte Liz. „Kelly's Bridals? The Majestic Bride?"

„Lass uns in die Juniorabteilung bei Macy's fahren. Mir haben die Abschlussballkleider dieses Jahres gefallen."

Liz hob ihre Brauen. „Ein Abschlussballkleid? Bist du dir sicher?"

Maggie schlug ihr auf den Arm. „Natürlich bin ich mir sicher. Lass uns losfahren."

Liz fuhr aus der Einfahrt und in Richtung Mall.

„Ich denke an etwas mit Pailletten", sagte Maggie und öffnete ihr Fenster. „Vielleicht lila."

Liz konnte sich das gut vorstellen. Maggie war zierlich genug, um eine Juniorgröße zu tragen, aber lila Pailletten für eine Hochzeit in einer Kirche? Jorge fände das vielleicht charmant – fast alles, was Maggie tat, war in seinen liebesblinden Augen anbetungswürdig. Aber was wäre mit Pater Munson?

„In Weiß habe ich beim ersten Mal geheiratet", sagte Maggie und fuhr sich mit den Fingern in der Brise durch ihre kurzen Haare. „Das zweite Mal muss lila sein. Ich bin keine jungfräuliche Braut mehr." Sie lachte.

Liz lachte verkrampft.

„Wie gehts dem Baby?", fragte Maggie.

Liz versteifte sich, dann wurde ihr klar, dass Maggie über ihren Neffen sprach. „Bryce geht es gut. Meine Mom sagt, dass er gut isst und Daisy den Bogen schon raushat."

„Gut. Hat sie einen Schläfer bekommen?"

„Ich weiß nicht. Sie klingt müde, aber meine Mom sagt, dass alle neuen Mütter müde sind."

„Die ersten Monate können hart sein. Natürlich hatte ich nur Jack und keine Vergleichsmöglichkeit. Aber ungefähr nach drei Monaten wurde es einfacher."

„Ich glaube, es geht ihnen ganz gut", sagte Liz und gab Gas, als sie die Stadt verließen. Jetzt peitschte der Wind um sie. Liz war vorbereitet und trug eine schicke Baseballkappe über ihrem Pferdeschwanz. Maggie war das egal; sie liebte die Brise in ihrem Haar.

Als sie in der Juniorabteilung ankamen, waren die Kleiderständer voll mit Pullovern für den Herbst, Röcken und Hosen für das kommende Schulhalbjahr. Liz wandte sich an eine Verkäuferin. „Haben Sie noch Abschlussballkleider übrig?"

Die Verkäuferin hob ihre Brauen, weil die Frage eigenartig war, Monate nach der Abschlussballzeit, doch sie zeigte ihnen die Richtung. „Nur noch das, was hinten im Ausverkauf hängt."

Eifrig eilte Maggie nach hinten ins Geschäft.

Zumindest würde sie einen guten Preis bekommen. Sie hatten alles um siebzig Prozent reduziert.

Maggie fing an, leuchtend bunte Kleider vom Ständer zu

reißen, je glänzender desto besser, und warf sie Liz in die Arme. Zwanzig Minuten später quetschten sie sich in die Umkleide, wo Liz ihr dabei half, alle Kleider an die Wandhaken zu hängen.

Liz saß auf der Bank, dem dreiseitigen Spiegel am Ende des Umkleidebereiches gegenüber, und wartete.

Maggie kam kurz darauf aus ihrer Umkleidekabine mit einem neongelben, ärmellosen Paillettenkleid, das bis zum Boden ging. Sie musste den Saum hochheben, damit sie zum dreiseitigen Spiegel überhaupt gehen konnte. Sie drehte sich nach rechts und links, bewunderte sich. „Ich glaube, das müsste ich ein wenig kürzen", sagte sie und zog das Korsett, das sie nicht ganz ausfüllte ein wenig hoch.

„Das ist vielleicht nicht ganz dein Kleid", sagte Liz. Kein Teenagermädchen, das noch bei Verstand war, würde dieses hässliche gelbe Ding zum Abschlussball tragen.

„Du hast recht, das ist nicht auffällig genug." Maggie huschte zurück in ihre Kabine.

Das nächste war ein rosa Baby-Doll-Kleid, das nur bis zur Mitte ihres Oberschenkels reichte und dann in Tüll explodierte. Sie sah aus wie eine Oma Ballerina. Und es gab einen Grund, warum es die eigentlich nicht gab.

Maggie drehte sich vor dem Spiegel. „Mehr Pailletten", erklärte sie, bevor sie zurück in die Kabine ging.

Liz atmete erleichtert aus, da es ihr erspart blieb, auch das abzulehnen. Ihr Handy meldete sich. „Bin gleich wieder da!" Sie verließ den Umkleidebereich, um den Anruf anzunehmen.

Es war Ryan. „Hey, Liz. Schaffst du's heute zum Abendessen?"

Sie zögerte. War sie bereit für ein Date mit ihm? Dass die Dinge sich zu mehr entwickelten? Konnte sie diese Gelegenheit beim Schopf ergreifen?

„Bist du da?", fragte er.

„Ja, ich bin hier. Klar."

„Großartig, ich werde dich um sieben abholen. Ist ein schönes Lokal, also mach dich ein bisschen schick."

„Wohin gehen wir?"

„Das ist eine Überraschung." Sie hörte das Lächeln in seiner Stimme.

Sie erwiderte das Lächeln, auch wenn sie wusste, dass er sie nicht sehen konnte. „Okay. Ich seh dich dann also. Bye."

„Liz!", rief Maggie. „Könntest du mir mit dem Reißverschluss helfen?"

Sie eilte hinein, um Maggie dabei zu helfen, den Reißverschluss an einem smaragdgrünen Meerjungfrauenkleid zu schließen. Sie konnte sich in dem Ding kaum bewegen. Liz beobachtete, wie sie sich zum Spiegel vorarbeitete, um zu bestätigen, dass sie wirklich von allen Seiten aussah wie eine Meerjungfrau.

„Zu fischig!", erklärte Maggie.

Liz führte sie zurück in die Kabine und half ihr dabei, den Schwanz zu lösen.

Eine halbe Stunde – und noch mehr hässliche Kleider als Liz in Erinnerung behalten wollte – später, verkündete Maggie: „Das ist es!"

Liz hielt den Atem an, als Maggie die Kabinentür strahlend öffnete. „Mein Hochzeitskleid. Was hältst du davon?"

Es war leuchtend, orangerot, bodenlang und hatte einen tiefen V-Ausschnitt, silberne Pailletten um die ganze Taille und einen langen Schlitz am linken Bein. Etwas, mit dem vielleicht Angelina Jolie auf einem roten Teppich davongekommen wäre, aber niemand sonst. Die Farbe war einfach … so … orange. Und es war so … freizügig.

Maggie bewunderte sich von allen Seiten in dem dreiseitigen Spiegel und drehte sich erwartungsvoll zu Liz um.

Wenn Maggie glücklich ist, ist alles andere egal.

„Es ist perfekt", sagte Liz.

„Und ich bekomme siebzig Prozent Nachlass! Was für ein Schnäppchen! Ich kann es nicht fassen, dass es noch da war!"

Natürlich war es noch da. Keine Teenagerin wollte bei seinem Abschlussball aussehen wie eine nuttige Orange.

Liz lächelte. „Erstaunlich!"

~

Die Nervosität machte Liz zu schaffen, als sie ein Outfit nach dem anderen anprobierte und beiseite legte für ihr erstes offizielles Date mit Ryan. Sie wusste, dass sie sich gerade lächerlich verhielt. Sie hatten bereits viel Zeit miteinander verbracht. Es war nur, dass sie dabei die meiste Zeit gestöhnt hatten und nackt gewesen waren. Was sollten sie einander sagen?

Sie entschied sich schließlich für eine rosa Stoffhose, die in der Taille ein wenig elastisch war, um bei ihren Blähungen nachzugeben. Igitt. Sie zog darüber noch ein rotes und rosa Blumentop an und Schuhe mit Keilabsätzen. Für ihr Make-up nahm sie sich Zeit, trug sorgfältig erst eine Grundierung auf, dann Eyeliner, Mascara, Rouge und einen rosa Lippenstift, der zu ihrer Hose passte.

Genau pünktlich klingelte es an der Tür. Er stand da in einem Hemd mit Blazer und khakifarbener Hose. So fein gekleidet hatte sie ihn noch nie gesehen.

„Du siehst gut aus", sagte sie.

Er trat ein und küsste sie auf die Wange. „Du auch. Bereit?"

„Bereit."

Er fuhr aus der Stadt, und Liz fragte sich, wohin sie fuhren. „Kannst du mir wenigstens die Stadt nennen?", fragte sie.

„Nö."

Lange Zeit schwiegen sie. Er spielte mit dem Radio, suchte nach einem Sender. Sie wischte sich insgeheim den Schweiß von den Händen.

„Was gibt es Neues?", fragte Liz endlich.

„Nichts." Er sah zu ihr hinüber. „Bei dir irgendwas Neues?"

„Nur … du weißt schon." Sie faltete ihre Hände ganz eng in ihrem Schoß.

„Was für eine Erleichterung, was?"

„Genau." Sie sah aus dem Fenster, während sie an eleganten Häusern vorbeifuhren. Die Erinnerung an ihre Fast-Schwangerschaft brachte die Trauer zurück.

Den Rest der Fahrt über schwieg sie, ihre Gedanken

verweilten bei ihrer möglichen Zukunft, die sie mit Ryan haben konnte. Er fuhr, bemerkte gar nicht, dass ihre Stimmung immer finsterer wurde.

Schließlich kamen sie am Alberto's an. Ryan fuhr an dem Parkservice vorbei und stellte seinen Wagen selbst auf den Parkplatz. Das Alberto's war in einer eleganten Stadt eine halbe Stunde von Clover Park entfernt und bekannt als eines der besten Restaurants des Landes.

„Ich habe gehört, das Essen hier ist richtig gut", sagte Liz.

„Das hat Shane mir auch gesagt." Er stellte den Wagen ab und öffnete ihr die Tür.

Das Restaurant war in einem umwerfenden umgebauten, zweistöckigen Haus im Kolonialstil, das goldgelb gestrichen war und weiße Zierleisten hatte. Die weißen Handläufe des umlaufenden Balkons im oberen Stockwerk zogen ihre Aufmerksamkeit auf sich. Fenster, die bis zum Boden reichten, umliefen das, was anscheinend ein nachträglich eingebautes Observatorium war. Sie betrat eine holzgetäfelte Lobby, wo er seinen Namen für die Reservierung nannte.

Einen Augenblick später führt man sie zu ihrem Tisch in einem großen Speisesaal mit Gewölbedecken und Stuck. Die Fenster im Raum ließen die letzten Strahlen der untergehenden Sonne herein. Große Gemälde von italienischen Landschaften hingen an der Wand. Runde Tische mit weißen Tischtüchern füllten den Raum.

Sie setzte sich und legte sich die Serviette auf den Schoß. „Das ist so hübsch", flüsterte sie.

„Ja." Er zupfte an seinem Kragen.

Der Kellner kam und reichte ihnen die Speisekarten, nannte ihnen die Spezialitäten. Sie war noch nie in einem so schönen Restaurant gewesen. Kein Date hatte sie jemals in ein so elegantes Lokal geführt, und ihre Familie feierte jeden Anlass im Garner's.

Ryan studierte die Speisekarte und verzog das Gesicht.

„Stimmt etwas nicht?", fragte Liz.

Er ließ die Schultern hängen. „Ich bin mehr so der Typ Pizza und Wings, aber ich wollte für dich etwas Gutes."

Liz wollte nicht bleiben, wenn er sich unbehaglich fühlte. „Lass uns fahren. Ich kann auch Pizza essen."

„Nein. Tut mir leid. Es läuft nur nicht so, wie ich es gehofft hatte. Ich möchte, dass du eine gute Zeit hast. Ich werde versuchen, mich zu entspannen." Er streckte seine Arme über den Kopf und atmete einmal tief ein. „Jetzt geht es mir gut." Seine Augen betrachteten sie warm. „Wie geht es dir?"

„Mir geht es gut." Ihre Wangen wurden heiß. Sie wünschte sich, sie würde nicht immer so intensiv auf ihn reagieren. „Dir?"

„Gut."

Der Kellner kam, um ihre Bestellung entgegenzunehmen. Nachdem er gegangen war, schwiegen sie wieder. Liz nahm ein Stück des warmen italienischen Brotes. Das war genau das, wovor sie sich gefürchtet hatte. Dass sie einander nichts zu sagen hatten, nichts gemeinsam hatten.

Er lächelte sie verkrampft an.

Sie sah sich im Speisesaal nach all den anderen Paaren um, die miteinander plauderten.

„Hattest du irgendwelche interessanten Fälle in letzter Zeit?", fragte sie.

„Nur die üblichen treulosen Idioten."

Sie nickte, und eine unbehagliche Stille senkte sich erneut über den Tisch. Vielleicht hätte sie Wein bestellen sollen.

Sie saß steif da.

Er saß steif da.

Endlich kam ihr Essen, und sie schnitt ihr Hähnchen-Piccata in ordentliche Quadrate, bevor sie ein Stück aufspießte. Er hatte einen Teller mit Schwertfisch, Pilaw und Spargel.

„Wie geht es Daisy und dem Baby?", fragte er.

Ja, über die Familie können wir reden. „Bryce. Es geht ihnen gut. Ich werde in zwei Wochen zu ihnen fliegen."

„Wie lange wirst du weg sein?"

„Vier Tage. Ich kann am Anfang des Jahres nicht gleich in der Schule fehlen. Außerdem ist da ja noch Maggies und Jorges Hochzeit."

Er verzog das Gesicht, als sie die Hochzeit seiner Großmutter erwähnte.

„Hast du dich schon mit deinem Vater getroffen?", fragte sie.

„Nein." Er spießte seinen Spargel auf und schnitt ihn in Stücke.

„Denk mal darüber nach."

„Mmmm …", war seine nichtssagende Antwort.

Das Schweigen kam zurück. Liz wurde zunehmend wütender. *Was tun wir hier eigentlich? Wohin führt das?*

Liz legte ihre Gabel ab. „Ryan, die Dinge waren so merkwürdig, seit ich dachte, ich wäre … Und dann war ich es doch nicht. Es fühlt sich nicht mehr … locker an, zumindest nicht für mich. Also, was meinst du denn? In welche Richtung steuert diese Beziehung?"

„Ich hasse diese Frage", murmelte er.

„Ach, warum, hörst du die oft?", fragte sie schnippisch.

„Ja! Frauen wollen immer wissen, wohin die Beziehung führt. Ich weiß es nicht, okay?"

Getroffen lachte sie zurück. „Nein, es ist nicht okay."

Er lehnte sich vom Tisch weg. „Was willst du denn von mir?"

Mehr, als du geben kannst, dachte sie. Und sie wusste, *wusste* es einfach, dass es nicht fair von ihr war zu fragen.

„Nichts. Vergiss einfach, dass ich etwas gesagt habe." Sie legte ihre Serviette auf den Tisch. „Ich glaube, ich würde jetzt gerne nach Hause fahren."

Er bekam große Augen. „Liz, bitte –"

„Fahr mich einfach nach Hause, okay?"

Er starrte sie einen langen Moment lang an. „Okay."

24

Ryan lehnte sich in der Vinylnische des Fresh Café zurück, wartete auf ein samstägliches Mittagessen mit dem Mann, den er niemals hatte wiedersehen wollen. Er war einverstanden damit gewesen, Jack in seiner neuen Heimatstadt Fieldridge zu besuchen, denn Ryan wollte keinem dieser Wichtigtuer aus Clover Park begegnen, die sich in alles einmischten. Sein Kaffee stand unberührt vor ihm, sein Magen hatte sich zusammengezogen, während er die Tür betrachtete. Eine Vielzahl an Emotionen raste durch ihn – Wut, Resignation, Erschöpfung. Er war so verdammt müde. Er hatte letzte Nacht spät noch eine Observation gehabt, und dass er jetzt nicht mit Liz zusammen war, nagte an ihm. Er hatte keine Vorstellung, wo etwas mit ihr falsch gelaufen war. Klar, sie hatten wegen der Schwangerschaft einen Schrecken bekommen, aber das war ja jetzt vorbei. Am letzten Wochenende hatte er sie in ein teures Restaurant ausgeführt. Den meisten Frauen hätte das gefallen. Stattdessen wurde sie nur zickig und fordernd und war früh gegangen.

Er wusste nicht, was er als nächstes tun sollte.

Die Tür öffnete sich, und er sah in die ihm so gleichen haselnussbraunen Augen von Jack O'Hare, als der auf ihn zukam. Der alte Mann sah immer noch so ziemlich aus wie immer. Seine Haare waren etwas von Grau durchzogen nach all diesen Jahren, und er hatte etwas mehr Falten im Gesicht. Ryan musterte den Mann, dem er so sehr ähnlich war. Es war, als blicke er in einen verdammten Zukunftsspiegel.

„Ryan, danke, dass du dich mit mir triffst." Jack lächelte und setzte sich ihm gegenüber.

Er erwiderte das Lächeln nicht.

„Ich war wirklich froh, dass du angerufen hast", sagte Jack.

Ryan neigte seinen Kopf, kaum sichtbar zustimmend.

Schweigen.

Jack sah auf den Tisch hinab, dann hob er seinen Blick wieder. „Ich bin seit drei Jahren trocken. Ich habe Hilfe bekommen. Ich bin in meiner Kirche sehr aktiv. Ich habe sogar Gina dort kennengelernt."

„Bin wirklich glücklich für dich", erwiderte er sarkastisch.

Die Kellnerin kam, um ihre Bestellungen für das Mittagessen entgegenzunehmen.

„Für mich nur einen Kaffee", sagte Ryan und deutete auf seine Tasse. Er würde ohnehin nicht lange bleiben.

Jack sah auf die Speisekarte. „Ich hätte gerne Bacon, Salat und Tomaten, danke." Er reichte der Kellnerin die Speisekarte zurück.

Wieder schwiegen sie. Ryan hatte nicht vor, ihm das Reden leicht zu machen.

„So wird es also laufen?", fragte Jack endlich. „Also, du wirst einfach dort sitzen und wütend auf mich sein? Es tut mir leid." Er sprach mit leiser Stimme weiter. „Du weißt nicht, wie sehr ich diese Jahre bereue. Deine Mutter –"

„Sprich nicht über sie", brachte Ryan knurrend hervor.

„Sie war die Liebe meines Lebens. Ich habe nur … mich selbst verloren, als sie –"

Ryan schlug mit der Faust auf den Tisch. Jack zuckte zusammen. „Ich *sagte*, du sollst nicht über sie reden."

Ein paar andere Gäste sahen hinüber, und Jack hob eine Hand, um zu zeigen, dass alles gut war.

„Ich bin nur hier, weil das so für Gran besser ist", sagte Ryan zwischen zusammengebissenen Zähnen hindurch.

Sie saßen schweigend beisammen. Jack faltete seine

Hände und schien zu beten. Ryan fragte sich, wie lange er wohl dasitzen müsste, um alles für Gran zu regeln.

Das Essen kam, und Jack machte sich über sein Sandwich her. Ryan nippte an seinem Kaffee und betrachtete den alten Mann. Er sah ganz gesund aus. Seine Leber hatte er wohl nicht zerstört. Er war fit und braungebrannt. Er achtete jetzt auf sich, oder Gina tat es. Nicht das Wrack, dass er gewesen war, als Ryan ihn zum letzten Mal gesehen hatte.

Er erinnerte sich daran, dass Jack nach Alkohol gestunken hatte. Es war durch seinen Schweiß gedrungen, seine fleckigen Kleider. In der Trauer um den Tod seiner Frau hatte sein Vater zur Flasche gegriffen.

Ryan hatte sie gefunden. Er war siebzehn Jahre alt gewesen und hatte sie nach der Schule gefunden, sie war an einer Überdosis Schlaftabletten gestorben. Sie hatte eine Nachricht hinterlassen:

Ich gehe an einen Ort, an dem es keine Schmerzen gibt.

Ich liebe euch alle –

Lisa

Ryan hatte versucht, sie wiederzubeleben, ihren Namen gerufen, versucht, sie wach zu rütteln. Er rief die Polizei, seinen Vater, doch es war zu spät gewesen.

Verdammt noch mal zu spät.

Er hatte immer gewusst, dass etwas mit seiner Mutter nicht stimmte. Sie hatte viele Tage lang nur in einem abgenutzten alten Bademantel dagesessen und ins Nichts gestarrt. Sie war auch so empfindlich gewesen; alles konnte bei ihr einen Weinanfall auslösen. Shane war sensibel. Ryan beobachtete ihn im Laufe der Jahre genau, suchte nach Anzeichen für eine Depression, entschlossen, dass Shane die Behandlung bekäme, die ihre Mutter niemals bekommen hatte, wenn nötig. Aber Shane ging es gut. Empfindlich, nicht deprimiert.

Jack hätte sicherstellen müssen, dass sie zu einem Arzt kam. Das hatte Ryan damals gedacht, und er dachte es jetzt.

Auch hätte es Jack sein sollen, der sie fand.

Ryan hatte später herausgefunden – als Jack wieder einmal im betrunkenen Zustand drauflosgeplaudert hatte – dass sie ihn bei der Arbeit angerufen und angefleht hatte, er solle früher nach Hause kommen, weil sie ihn sehen müsse. Er hatte gesagt, dass er gleich nach Hause käme. Doch das hatte er nicht getan. Weil sie ihm geglaubt hatte, hatte sie die Nachricht hinterlassen und war für immer schlafen gegangen.

Ryan wusste, dass seine Mutter nicht gewollt hätte, dass er oder seine Brüder sie so gesehen hätten.

Dann wurde alles nur noch schlimmer.

Jack verlor seinen Job, weil er nicht mit dem Trinken aufhören konnte. Er ließ sie tagelang allein, Ryan musste auf Trav, fünfzehn, und Shane, dreizehn, aufpassen. Er lernte schnell, wie man Rührei machte und für ihre ewig hungrigen Mägen das Beste aus Spaghetti herausholte. Er verwendete sein eigenes, mager Erspartes, das er fürs Mähen bekommen hatte, für Essen. Und als das weg war, musste er Geld aus Jacks Brieftasche stehlen. Gelegenheit dazu hatte er nur einmal.

Er hatte vor der Schule fünfzig Dollar herausgenommen, während Jack den tiefen Schlaf des Betrunkenen schlief. Als er von der Schule nach Hause kam, erwartete ihn ein wacher und wütender Jack an der Tür. Seine Augen waren blutunterlaufen, und er hatte eine offene Flasche Whisky in der Hand.

„Du kleiner Dieb!", brüllte Jack, seine Worte lallend. „Ich weiß, dass du es warst. Ich will mein Geld!" Er griff nach Ryans Rucksack, doch Ryan drehte sich weg.

Er hatte das Geld bereits für Essen ausgegeben, und das war in seinem Rucksack. Das würde er ihm auf keinen Fall geben.

„Komm hierher zurück!" Jack griff unsicher nach ihm.

Ryan war nicht so stark wie sein Vater, doch er war dem betrunkenen Mann an Jugend und Geschwindigkeit voraus. Er schaffte es, dem Schlag seines Vaters auszuweichen und etwas Raum zwischen sich und ihn zu bringen.

„Wir brauchen Essen", sagte Ryan. „Sieh dich doch an! Du bist betrunken. Krieg dich endlich ein. Trav und Shane brauchen dich."

„Trav und Shane …", murmelte Jack und kam ihm näher.

„Ja, Dad—"

Jack landete einen rechten Haken, der Ryan nach hinten

fallen ließ. Er legte eine Hand an seine Wange, die bereits anschwoll. Jack kam wieder auf ihn zu, bereit, ihn zu schlagen.

In dem Moment kam Shane nach Hause. Trav war weiß Gott wo und brachte sich wieder in Schwierigkeiten.

Sein Bruder warf sich zwischen sie. „Dad! Ryan! Hört auf!" Jacks Faust traf die Brust seines jüngeren Sohnes und warf ihn zu Boden.

Shane begann zu weinen.

„Shane! Es tut mir leid", sagte Jack.

„Verschwinde!", brüllte Ryan sein Vater an. „Wir brauchen dich hier nicht!"

Jack stand schwankend über Shane. „Geht es dir gut?"

Shane hielt eine Hand an seine Brust und nickte.

„Verschwinde, oder ich rufe die Polizei!", brüllte Ryan.

Jack ging mit gesenktem Blick, ließ die Schultern hängen, den Whisky immer noch in der Hand.

Und er kam nicht zurück.

Ryan hatte versucht, ihn zu finden, doch niemand wusste, wo er war. Er hatte Angst, eine Vermisstenanzeige für seinen Vater aufgeben zu müssen, weil er dachte, dass er und seine Brüder am Ende möglicherweise in verschiedenen Pflegefamilien untergebracht werden würden. Er hielt ihre kleine Familie, solange er konnte, zusammen, versuchte, das Aussehen einer normalen Familie aufrechtzuerhalten. Endlich, zwei Wochen später, als er erschöpft war von der Schule und der zusätzlichen Mehrarbeit, die er aufgenommen hatte, um Geld zu bekommen, und weil sie kein Essen hatten, rief er Gran an.

„Werde sofort da sein", hatte sie gesagt. Und seitdem war sie immer für sie da gewesen.

Bis zu diesem Arschloch, dachte er, als er über den Tisch Jack ansah.

„Gran hat sich besser um uns gekümmert, als du es jemals getan hast", sagte Ryan.

Jack verzog das Gesicht. „Ich weiß, ich war kein guter Vater, nachdem … *das passiert ist,* aber vorher war ich für euch da. Erinnerst du dich nicht mehr an all die Abendessen, die ich habe anbrennen lassen? An die Zeit, die ich damit verbracht habe, am Wochenende mit euch Ball zu spielen?"

Ryans Gedanken sprangen zu einem Abendessen mit angebrannten Burgern. Nach und nach kamen die schrecklichen Mahlzeiten, die sein Vater zubereitet hatte, wieder zu ihm zurück – trockenes Hähnchen, verbrannte Burger, verbrannte Fischstäbchen. Er hatte diese Mahlzeiten gehasst. Er und seine Brüder hatten für die Freitagabendpizza gelebt. Er hatte immer seinem Vater die Schuld für das grässliche Essen gegeben, doch jetzt wusste er, warum er das getan hatte. Weil Mom es nicht konnte. Sie war durch das Haus gelaufen, hatte sich hier und da etwas genommen. Ihre Vorstellung von einer Mahlzeit war, ihnen Schokoladenpudding und Orangen zu geben. Die er als kleines Kind geliebt hatte, doch als er älter wurde und öfter mal bei Freunden zu Hause aß, stellte er fest, dass das nicht normal war.

Er erinnerte sich auch daran, mit Jack im Garten Ball gespielt zu haben, natürlich tat er das, doch die Erinnerung war solch ein schmerzhafter Kontrast zu Jack, der sie betrunken im Stich gelassen hatte, dass er dahin nicht wieder zurückkam. Ihr Vater hatte sie im Stich gelassen, hatte sie zurückgelassen, und sie mussten für sich selbst sorgen. Pizza und Ball konnten das niemals wieder auslöschen.

Ryan sah Jack auf gleicher Augenhöhe an. „Du schiebst es also auf den Alkohol."

„Alkoholismus ist eine Krankheit", sagte Jack. „Es kann sein, dass ich niemals davon geheilt werde, doch ich sage jeden Tag Nein zum Alkohol." Er legte einen Zwanziger auf den Tisch, atmete einmal tief ein und sah Ryan in die Augen. „Deine Großmutter ist eine wundervolle Frau, und ich danke Gott, dass du daran gedacht hast, sie anzurufen, als ich mich um nichts kümmern konnte. Die Sache ist, sie hat euch Jungs großgezogen, und jetzt ist sie dran. Sie hat die Gelegenheit, glücklich zu werden, verdient. Das haben wir alle. Ich gebe zu, dass ich am Anfang besorgt war. Es war so plötzlich, und Jorge ist so viel –"

„Jünger", sagten sie gleichzeitig.

„Ich weiß!", sagte Ryan. „Ich habe ihr gesagt …" Er unterbrach sich, als ihm klar wurde, dass sie in etwas einer Meinung waren.

„Ich werde dir bei der Hochzeit keine Probleme machen", sagte Jack. „Und ich erwarte nicht, dass du mir verzeihst, aber ich hoffe, dass du mich trotzdem hin und wieder mal anrufst. Ich wohne nur ungefähr eine Meile von hier entfernt, das ist nicht weit für einen Besuch."

Ryan antwortete nicht. Er würde ihn nicht besuchen.

Jack beugte sich vor. „Ich entschuldige mich jetzt ein letztes Mal bei dir. Ich war schwach, und ich bin bei dir gescheitert – etwas, das ich ewig bereuen werde –, aber ich habe Hilfe gefunden, und ich habe mein Leben wieder in den Griff bekommen. Jeder Schmerz, den ich dir bereitet habe, tut mir leid."

„Hat das bei Trav und Shane funktioniert?", fragte Ryan scharf.

Jack verengte die Augen. „Ich tue nicht nur so. Es ist eine ehrliche, bescheidene Entschuldigung. Ich versuche, es wiedergutzumachen. Und, ja, hat es. Das ist ein Anfang. Einer, von dem ich gehofft hatte, ihn mit dir machen zu können. Aber du bist der toughe, was?"

„Tough, weil ich es sein musste." Er stand auf.

Jack erhob sich ebenfalls. Sie waren gleichgroß – Angesicht zu Angesicht. Der alte Mann trat nicht beiseite, um ihn vorbei zu lassen. Sie sahen einander an.

Kurz war Trauer in Jacks Gesicht zu sehen. „Es ist zu spät. Das sehe ich jetzt. Mach's gut, Ryan. Ich sehe dich dann bei der Hochzeit; dann werde ich dir aus dem Weg gehen." Er ließ die Schultern hängen, während er zur Tür ging.

Jack ist armselig.

Er sah ihm hinterher.

Ach, verdammt, er fühlte sich, als hätte er gerade einen Hund getreten.

Ryan stieß einen Seufzer aus und holte seinen Vater auf dem Bürgersteig ein. „Es ist nicht zu spät. Es ist nur … nicht einfach."

Sein Vater stieß ein Lachen aus. „Nein, es ist nicht einfach." Er streckte ihm seine Hand entgegen.

Ryan sah auf die Hand und dann zurück auf das Gesicht, das seinem eigenen so ähnlich war. Er schüttelte die Hand, und sein Vater zog ihn in eine Umarmung. Sie lösten sich voneinander.

Sein Vater nickte ihm kurz zu. „Ich sehe dich dann später, mein Sohn."

„Auf Wiedersehen", sagte Ryan und spürte, dass es richtig war, dass er jetzt das hatte sagen können, was er das letzte Mal, als er ihn gesehen hatte, nicht hatte sagen können. *Auf Wiedersehen.*

Er hatte das Gefühl, dass das Gewicht, das er seit Jahren mit sich herumgeschleppt hatte, sich langsam hob.

Er eilte zum Wagen und dachte als erstes an Liz. Sie war die Person, die er am liebsten sehen wollte, wenn etwas Großes passierte, wie die Hochzeit seiner Gran oder seinen Vater nach siebzehn Jahren wiederzusehen. Und wenn es nur als Freunde war, damit könnte er klarkommen. Er war es gewöhnt, dass die Leute mit ihren Problemen zu ihm kamen, immer etwas brauchten. Liz war nicht so. Sie war anders. Speziell.

In welche Richtung geht diese Beziehung?

Er wusste es nicht, doch er wollte nicht, dass sie endete.

25

Ryan klingelte an Liz' Wohnung. Einen Augenblick später wurde die Tür aufgerissen, doch es war nicht Liz. Es war ihre Schwester, Daisy, die ein schreiendes Baby hielt, das locker in eine blaue Decke gehüllt war. Sie sah so aus, als hätte sie am liebsten selbst geschrien.

„Ist Liz zu Hause?", fragte er und schaute hinter sie.

„Nein." Sie drückte ihm das Baby in die Arme. „Herzlichen Glückwunsch, du bist Onkel. Jetzt werde ich deinem Bruder die frohe Nachricht überbringen."

„Was? Warte!"

Die Tür wurde hinter ihr zugeknallt, und sie war weg.

Er sah auf das winzige, schreiende Bündel in seinen Armen hinab. Das hier war sein *Neffe*? Es musste Trav sein. Shane würde niemals mit Daisy mithalten können. Er hatte keine Gelegenheit, zu sehr darüber nachzudenken, denn das Baby stand kurz davor, sein Trommelfell vor lauter Schreien zum Platzen zu bringen.

Er drehte das Baby um und hielt es an seine Brust, sodass der Kopf des Babys auf seiner Schulter liegen konnte. Es war, als hielte er einen schlappen Sack Kartoffeln. Aber mit starken Lungen.

Er klopfte dem Baby ein paarmal auf den Rücken. Was

hatte es nur? Er. Wie war noch mal sein Name? Liz hatte ihn letzte Woche erwähnt. Bryan? Nein, Bryce.

Er klopfte ihm noch ein paarmal mehr auf den Rücken. „Bryce, beruhige dich. Hast du Hunger?" Er sah in den Kühlschrank nach einem Fläschchen, stellte es in die Mikrowelle für ein paar Sekunden, um es aufzuwärmen, dann legte er das Baby in seine Armbeuge und steckte den Sauger in sein weit geöffnetes, schreiendes Mündchen.

Das Baby saugte ein paar Sekunden lang, dann wandte es den Kopf ab. *Waaa-aaaa-aaaa-hhhh!!!!*

Wo war nur Liz? Wie lange würde es dauern, bis Daisy zurückkam? Er ging mit Bryce im Wohnzimmer auf und ab.

Vielleicht brauchte er eine neue Windel. Er fand eine große schwarze Tasche mit vielen Seitentaschen neben dem Sofa. Außen dran war ein Babyschlüsselring befestigt. Darin mussten doch wohl auch Windeln sein. Er hob die Tasche auf und stellte fest, dass er den Reißverschluss mit Bryce auf seinen Armen nicht öffnen konnte. Er legte das Baby auf den Boden, damit es in Sicherheit war.

WAAA-AAA-AAA-HHH!!!! Jetzt war Bryce richtig angepisst. Das Baby schüttelte seine Arme – seine Hände in winzigen Fäusten – und trat mit den Beinchen.

„Okay, okay, okay", sagte er ihm. „Ich muss doch nur in der Tasche nach Windeln sehen." Er öffnete den Reißverschluss. Bingo. Er zog eine winzige Windel heraus und sah das Baby an. Da waren ein paar Laschen. Sah ziemlich einfach aus.

Er hob Bryce hoch und legte ihn aufs Sofa, da er meinte, dass ihm die weichen Kissen sicherlich besser gefallen würden als der harte Fußboden. Bryce war immer noch nicht glücklich.

„Wir schaffen das schon, kleiner Mann, aber du musst mir helfen. Gib mir mal einen Tipp." Ryan öffnete den Strampler und sah in die Windel hinein. Sah in Ordnung aus. Bryce hörte für einen Moment auf zu schreien, und Ryan spürte neue Hoffnung für sein Gehör, doch das währte nur einen Atemzug lang.

WAAA-AAA-AAA-HHH!

Er versuchte, den Strampler schnell wieder anzuziehen, doch Brice trat weiterhin um sich, machte ihm alles etwas schwierig. Hm. Irgendwie hatte er anscheinend einen Druckknopf übersehen. Ein Teil des Beinchens war noch nicht bedeckt, und der Stoff zog sich merkwürdig zusammen. Er wickelte die Decke lose um ihn, um das nackte Bein zu bedecken.

WAAA-AAA-AAA-HHH!

Was konnte es denn sonst noch sein? Essen, Windel, es schien ihm nicht kalt zu sein. Er betrachtete die winzige schreiende Person auf dem Sofa. Bryce hatte sich mittlerweile so hineingesteigert, dass er ziemlich rot angelaufen war.

Im Kopf ging Ryan durch, wie man erste Hilfe bei einer Person anwandte, die unter Schock stand. Als erstes musste man sie hinlegen und die Füße anheben.

Er hob die Beine des Babys. *PRRRRR…RRRT*. Bryce stieß einen großen Pupser aus. Das Baby blinzelte und hörte auf zu weinen.

Ryan lachte. „Das wars? Das war doch gar nicht so schlecht." Er nahm das Baby hoch und lehnte es gegen seine Schulter. Da er sich nun entspannter fühlte, lief er mit ihm herum, machte eine Tour mit ihm. Erster Halt, die Küche. „Hier bereitet deine Tante Liz gesundes Essen zu. Ich bin mir sicher, dass du eine Menge davon abbekommen wirst." Er öffnete einen Schrank und staunte. „Hier sind die Gewürze … *in alphabetischer Reihenfolge*." Es gab auch durchsichtige Behälter mit Etiketten, die aussahen, als wären sie bedruckt worden – Zucker, Mehl, Mehlstärke, Reis, Bohnen. Er hatte keine Ahnung gehabt, dass Liz so organisiert war. Sie würde ausrasten, wenn sie die Unordnung in ihrer Küche sah.

Die Tour ging weiter, und Bryce sah ruhig geradeaus. „Hier ist das Wohnzimmer." Er öffnete die Vorhänge. „Umwerfender Blick auf den Parkplatz. Immer noch keine Liz oder Daisy, aber wir kommen schon klar, einfach wir Männer."

Er ging ins Schlafzimmer und zeigte ihm das Laufband. „Ein langweiliger Gegenstand. Wenn du alt genug bist, laufen wir draußen, wofür Männer eben geschaffen sind."

Bryce gähnte.

Sie gingen weiter, blieben stehen, um sich die gerahmten Bilder auf Liz' Kommode anzusehen – eines von ihr und Daisy als Kinder, die durch eine Sprinkleranlage liefen; ein anderes mit Rachel und Liz, wie sie die Arme umeinander gelegt hatten; eins von Daisy, wie sie hochschwanger war. „Da bist du." Ryan deutete auf Daisys riesigen Bauch.

Bryce kommentierte das nicht.

Ryan ging ins Badezimmer und schaltete das Licht an. „Hier ist ein Spiegel. Wusstest du, dass du so aussiehst?" Er drehte sich um, sodass das Baby sich selbst sehen konnte.

Das Baby war eingenickt.

Ryan stellte das Licht aus und ging vorsichtig zurück zum Sofa. Was sollte man dazu sagen? Er hatte es geschafft, den kleinen Jungen zum Schlafen zu bringen.

Er machte es sich mit der Fernbedienung auf dem Sofa bequem, um ein wenig fernzusehen, während Bryce zufrieden an seiner Brust schlief.

Eine Stunde später, während Bryce immer noch schlief, hörte Ryan den Schlüssel in der Tür.

Liz schob die Wohnungstür auf und trug zwei Taschen voll mit Geschenken aus der Babyboutique hinein für ihre bevorstehende Fahrt, um ihren Neffen zu besuchen.

„Hey!", rief eine leise, tiefe Stimme.

„Ah!" Sie zuckte zusammen. „Ryan? Wie bist du denn hier reingekommen?" Sie ging zu ihm und sah das Baby, das auf seiner Brust schlief. „Ach du meine Güte, ist das mein Neffe? Wo ist Daisy?"

„Ich bin hergekommen, um dich zu sehen, und sie hat mir Bryce in die Arme gedrückt und ist abgehauen." Er sprach mit leiser, ruhiger Stimme.

Liz ließ die Taschen fallen und setzte sich auf das Sofa neben ihn. Um Bryce war eine blaue Decke gewickelt, und er trug einen anbetungswürdigen Hummelpyjama mit passendem, gelbem Mützchen. Sie betrachtete die schönen Gesichtszüge des Babys. Es schlief tief und fest, und sein Mund stand offen. Seine Wangen waren rosig, er hatte eine winzige Knopfnase, kleine Hände, die zu winzigen Fäusten geballt waren.

„Er ist so schön", flüsterte sie, erstaunt über diese winzige Perfektion. „Ich wollte eigentlich morgen fliegen, um sie am Wochenende zu besuchen. Und jetzt sind sie hier." Sie streichelte seine kleine Hand.

„Er ist auch mein Neffe. Daisy sagte, mein Bruder sei der Vater. Ich bin mir ziemlich sicher, dass das Trav bedeutet."

„Moment mal, was?" Ihre Stimme wurde lauter.

Bryce rührte sich in Ryans Armen. „Sssch … weck ihn nicht auf. Bei seinen Schreien fangen deine Ohren an zu bluten."

„Daisy sagte, der Vater sei ein Baseballspieler aus der Minor League", sagte sie alarmiert.

„Nö. Er ist Landschaftsarchitekt."

„Ach je. Sie hat gelogen und dem Vater das Baby weggenommen."

„Naja, jetzt ist sie zu Hause."

„Mein Gott", wiederholte Liz. „Hat Daisy gesagt, wann sie zurückkommt, um das Baby zu holen?" *Wenn sie überhaupt zurückkommt. Grundgütiger, bitte lass sie zurückkommen. Sie kann doch nicht vor ihrem eigenen Kind davonlaufen.*

„Nein, aber sie ist ja auch erst ein paar Stunden weg, höchstens. Wie lange kann es wohl dauern, jemandem zu sagen, dass er Vater geworden ist? Vielleicht sind sie schon wieder auf dem Weg hierher."

Liz war sich da nicht so sicher. „Hat sie Windeln dagelassen? Milch? Irgendetwas?"

„Im Kühlschrank habe ich ein paar Fläschchen gefunden, und es gibt eine Windeltasche."

Liz lief zum Kühlschrank, um nachzusehen. Zwei Fläschchen. Sie begann, im Kopf eine Liste zu erstellen: Fläschchen, Milchpulver, Desinfektionsmittel, Windeln und ein Bettchen. Vielleicht konnte sie die Sachen kaufen, während Ryan bei dem Baby blieb. Sie nahm sich ihr Handy und rief Daisy an. Niemand ging ran.

Das war nicht gut.

Mit ihrer Liste ging sie zurück ins Wohnzimmer.

„Ich werde jetzt bei Trav nachsehen", sagte Ryan.

„Was? Du lässt mich allein mit ihm?" Trotz all der Bücher, die Liz über Babypflege gelesen hatte, war es für sie doch erst einmal erschreckend, mit dem Baby allein zu sein.

„Hier", sagte er, erhob sich langsam vom Sofa und legte das warme Baby in ihre Arme. Bryces Kopf lehnte sich gegen ihre Brust, und er stieß einen kleinen Babyseufzer aus. „Bis bald." Er küsste sie auf die Wange und ging.

Langsam setzte sie sich aufs Sofa, ganz vorsichtig, um das Baby in ihren Armen nicht zu bewegen. Er sah aus wie ein schlafender Engel, roch so frisch und neu, fühlte sich wie das süßeste, wärmste Gewicht der Welt an. Sie streichelte seine Hand, seine Haut war so weich.

Die Möglichkeit zu haben, was sie immer hatte haben wollen, war jetzt hier, hier in diesem Moment, und sah sie an. Sie wusste nicht, ob Daisy zurückkommen würde. Sie konnte schon längst in einem Flugzeug nach New Mexiko sitzen. Sie war darauf vorbereitet gewesen, eine hingebungsvolle Tante zu sein, keine alleinerziehende Mutter.

Das Gewicht des Babys in ihren Armen wurde schwerer, während die Zeit langsam verstrich.

Ryan fand Trav ihm Garner's Sports Bar und Grill, er saß an der Bar. Nur ein paar Typen saßen am Ende der Bar und sahen sich das Fußballspiel im Fernsehen an. Es war noch zu früh für die Menge, die nach dem Abendessen kommen würde. Ein fast leeres Bierglas stand vor Trav. Wenn ein Mann jemals einen Drink brauchte, dann war es, wenn man zum ersten Mal mit dem Vatersein konfrontiert wurde. Ryan sollte es wissen, er war selbst nah dran gewesen.

Er setzte sich auf den Hocker neben seinen Bruder. „Trav."

Trav antwortete nicht, starrte nur in sein Bier.

„Wie viel hattest du schon?"

Keine Antwort.

Ryan stupste ihn an.

„Nur dieses eine." Trav trank es zu Ende und bestellte mit einer Geste ein weiteres.

„Lass uns was essen", sagte Ryan und winkte den Barkeeper fort. „Ich suche uns einen Tisch."

Ein paar Minuten später hatte er seinen Bruder in eine abseits liegende hintere Nische manövriert. Er bestellte Travs Lieblingsessen, einen Korb voller Cheese Fries, und ließ ihn zu Cola übergehen.

Ryan hatte keine Ahnung, was er seinem Bruder sagen sollte, aber er wollte nicht, dass er sich unter den Tisch trank, deswegen blieb er. Trav legte seinen Kopf in die Hände.

Die Kellnerin ließ die Cola da und etwas Wasser und trat leise beiseite.

Trav hob seinen Kopf. „Sie hatte doch neun Monate Zeit, es mir zu erzählen; dann taucht sie einfach auf und sagt, dass er von mir ist."

„Ist er von dir?"

Trav klopfte mit seinem Trinkhalm auf den Tisch, um die Verpackung abzumachen, und trank etwas Cola. „Sie sagt, er sei von mir. Wir haben einmal nach zu vielen Gläsern in eben dieser Bar miteinander geschlafen. Das war die Nacht, in der Sherri mit mir Schluss gemacht hat. Daisy war gerade für Thanksgiving zu Hause. Wir haben über unseren jeweiligen Ex gesprochen. Wir haben getrunken, wir waren glücklich, die alte Leier."

Ryan sprach mit leiser Stimme weiter. „Habt ihr denn nicht verhütet?"

Trav hob die Hände. „Sie hat gesagt, sie nehme die Pille."

Er konnte sich gerade noch zurückhalten, seinem Bruder eine Kopfnuss zu verpassen. Er hatte beiden Brüdern gesagt, sie sollen jedes Mal ein Kondom benutzen, ganz egal, was ihre Freundin sagte, doch was das anging, durfte er sich nicht zu weit aus dem Fenster lehnen. Auch er hatte es ja vermasselt.

„Als ich sie dann in der Stadt wiedersah", sagte Trav, „so riesig wie ein Haus, habe ich sie gefragt, ob es von mir ist. Und weißt du, was sie gesagt hat?"

Er schüttelte den Kopf.

„Sie sagte, es war irgendein Typ von den Norwalk Tigers." Er zuckte die Schultern. „Ich habe ihr geglaubt."

„Darum warst du plötzlich so interessiert an der Minor League!"

Trav nickte.

Ryan dachte darüber nach. „Woher weißt du, dass sie jetzt die Wahrheit sagt?"

„Sie hat geschluchzt, als sie es mir erzählt hat, hat gesagt, sie möchte nicht, dass ich mich verpflichtet fühle."

Ryan hob eine Braue.

Die Cheese Fries kamen. Sie hatten den halben Korb leer gegessen, als Trav mit vollem Mund sagte: „Daisy sagt, sie will mich nicht heiraten."

Ryan erstarrte, eine Fritte gerade noch auf dem Weg in seinen Mund, und starrte seinen Bruder an. „Du hast sie gefragt, ob sie dich heiraten will?"

„Was sollte ich denn tun? Wenn man jemanden schwängert, muss man ihn doch auch heiraten."

„Nein, Blödmann, du stapelst nur einen Fehler auf den nächsten. Glaub mir, mit einer schlechten Ehe tust du den Kindern keinen Gefallen. Du solltest mal meine Klienten sehen."

Trav schob den Korb mit den Fritten von sich. „Und was soll ich tun?"

Er nahm eine Fritte und zeigt damit auf ihn. „Als erstes musst du einen Vaterschaftstest machen; dann, wenn es wirklich von dir ist, kommst du auf den Plan und unterstützt sie mit dem Kind."

Trav packte sein Haar und zog daran. „Okay."

„Es wird alles gut werden, Trav."

Sein Bruder hob die Brauen, sein Ausdruck hoffnungsvoll. „Woher weißt du das?"

„Weil ich dich kenne und ich dir den Rücken stärke." Er hob seine Faust, um sie mit ihm zusammenzuschlagen.

Trav atmete kräftig aus und schlug seine Faust gegen seine. „Ich soll ihn morgen kennenlernen. Er heißt Bryce."

„Ich weiß", sagte Ryan. „Ich habe ihn schon kennengelernt. Mann, hat das Kind Lungen. Er ist stark."

Jeff machte große Augen. „Du hast ihn schon kennengelernt?"

„Ja, ich bin bei Liz vorbeigefahren, weil ich sie sehen wollte. Daisy hat ihn mir gegeben, als sie gefahren ist, um dir von ihm zu erzählen."

„Wie sieht er aus?"

Ryan zuckte die Schultern. „Ist eben ein Baby. Ich weiß nicht. Niedlich, du weißt schon. Weinen, schlafen. Er hat auf mir ein Nickerchen gemacht."

Trav schüttelte den Kopf. „Ich kann es nicht fassen, dass du ihn vor mir kennengelernt hast."

„Dann wirst du ihn eben morgen kennenlernen. Wenn er wirklich von dir ist, hast du den Rest deines Lebens, um ihn kennenzulernen."

Trav rieb sich offensichtlich überwältigt die Schläfe.

Ryan aß die Fritten zu Ende und trank sein Wasser, dann warf er einige Scheine auf den Tisch. „Lass uns gehen."

Trav stand auf und ging wie ein Zombie zum Ausgang. Gemeinsam liefen sie in der späten Nachmittagssonne den Bürgersteig entlang. Die Temperatur war bereits etwas kühler geworden, und an ein paar Bäumen waren schon gelbe Blätter zu sehen, die den bevorstehenden Herbst ankündigten. Travs Haus war auf der anderen Straßenseite von seiner Gran. Sie sprachen nicht.

Als sie am Haus ankamen, blieb Ryan auf dem Bürgersteig stehen. „Viel Glück morgen. Du wirst das schon machen. Und lass am Montag einen Test machen."

Trav sah ihn schmerzerfüllt an. „Ry, ich glaube nicht, dass ich zum Dad geschaffen bin. Ich hatte nicht gerade das beste Vorbild."

Das pisste ihn an – die Narben des alten Mannes, ganz egal, wie sehr Ryan versucht hatte, den Platz seines Vaters im Leben seiner Brüder einzunehmen.

„Du bist überhaupt nicht wie er", sagte Ryan scharf. „Du wärst ein großartiger Dad."

„Okay, mal angenommen, er ist von mir." Jeff rieb sich den Nacken. „Als Kind war ich ein wenig ein Unruhestifter."

„Ein wenig? Wenn Chief Bailey nicht gewesen wäre, wärst du mehrmals im Jugendknast gelandet."

Jeff ließ die Schultern hängen. „Ich weiß. Du und Bailey habt mir das Schlimmste erspart, aber was, wenn Bryce so ist wie ich?"

Ryan grinste und verschränkte die Arme. „Karma, Baby." Als er den Blick seines Bruders sah, fügte er hinzu: „Schau mal, du weißt, was nicht zu tun ist, deswegen wirst du ihn aus Schwierigkeiten heraushalten können."

Trav ächzte. „Und Daisy hat sich auch nie viel aus Regeln gemacht."

„Euch beiden blüht eine Höllenfahrt."

„Kannst du mich morgen begleiten, wenn ich zu ihm hingehe?", fragte Trav nervös.

„Moment mal. Lass mich mal sehen, was sie gerade machen." Er zog sein Handy hervor und rief Liz an.

Trav verzog das Gesicht.

Liz ging beim ersten Klingeln ran. „Hallo?", flüsterte sie.

„Hey, ich bin's. Schläft Bryce immer noch?"

„Ja."

„Okay, ich werde Trav vorbeibringen, damit er ihn wenigstens einmal sieht, aber er wird trotzdem morgen noch einmal kommen, wenn er dann wach ist." Er drehte sich zu seinem Bruder um. „Komm. Es ist Zeit, das Baby kennenzulernen."

Sie stiegen in Travs Wagen, und Ryan dirigierte ihn zu Liz' Wohnung. Als sie dort ankamen, klopfte Ryan leise an, damit er das Baby nicht aufweckte. Liz kam an die Tür, hielt Bryce immer noch.

„Siehst du?", sagte Ryan zu seinem Bruder. „Er ist großartig."

Trav ging hinein und starrte den schlafenden Jungen an. „Wo ist Daisy?"

„Sie ist bei meinen Eltern hereingeplatzt", sagte Liz leise. „Offensichtlich hat dieser kleine Kerl sie alle zwei Stunden geweckt. Meine Mom sagt, sie wird sie gleich aufwecken und dann zurück hierher schicken. Möchtest du ihn halten?"

Trav nickte und streckte seine Arme in einem merkwürdigen Winkel aus, veränderte ihn mehrere Male. „Ich bin nicht sicher, wie ich ihn halten muss."

„Wie einen Sack Kartoffeln", sagte Ryan, als Liz das Baby in Travs Arme legte, Brust an Brust, sein Kopf an Travs Schulter.

Das Baby seufzte und entspannte sich an Trav. Ryan tauschte mit Liz einen Blick aus. Jetzt waren sie eine Familie. Vermutlich.

Trav sah zu dem Baby hinab. „Hallo, Bryce. Ich bin dein Daddy."

Ryan merkte, dass er lächelte. Liz lächelte auch, blinzelte Tränen beiseite. Und zum ersten Mal wünschte Ryan sich, er wäre es, der diese Worte zu einem Kleinen sagte.

26

Kurz, nachdem Trav und Ryan gegangen waren, kamen Daisy und ihre Mutter an Liz' Wohnung an.

„Lass mich mal den kleinen Süßen sehen", sagte ihre Mutter.

Liz reichte ihn ihr, und ihre Mutter sang ihm leise etwas vor und ging schaukelnd mit ihm durchs Wohnzimmer.

„Hey, Liz, ich bin zurück", sagte Daisy. Sie versuchte zu lächeln, scheiterte jedoch kläglich. Sie sah grässlich aus. Ihr Haar war strähnig und fettig, als hätte sie es seit Tagen nicht gewaschen. Ihre Stirn war ganz runzlig. Sie hatte dunkle Ringe unter den Augen. Alle Züge ihrer sonst so sonnigen Erscheinung waren verschwunden. „Ich hoffe, es macht dir nichts, dass ich meinen Schlüssel benutzt hab und einfach hereingekommen bin."

„Geht es dir gut?", fragte Liz alarmiert.

„Es geht ihr gut, sie ist nur eine frischgebackene Mutter", sagte ihre Mutter ihr.

Bryce wachte auf und fing gleich an zu wimmern.

Daisy sah ihre Mutter wütend an. „Du hast ihn aufgeweckt!"

„Er sucht", sagte ihre Mutter. „Ich glaube, er hat Hunger."

„Warte", sagte Daisy und griff nach dem Baby. Sie setzte

sich aufs Sofa, hob ihr fleckiges T-Shirt hoch und holte ihre Brust heraus. Das Baby fing gleich an zu saugen.

„Du hast gelernt, wie es geht", sagte Liz erstaunt.

„Ja, wir haben den Dreh jetzt raus. Er will nur Brust, Brust, Brust." Daisy lehnte sich zurück und seufzte. „Die Hebamme im Krankenhaus hat uns geholfen. Ich pumpe trotzdem immer etwas Milch ab, weil Mom mir mit dem nächtlichen Füttern geholfen hat. Dann ist sie *abgereist*."

Ihre Mutter beugte sich hinab und küsste Daisy auf die Wange. „Ich bin froh, dass du zu Hause bist. Ich sehe euch Mädchen dann morgen. Kommt morgen Vormittag im Garner's vorbei."

„Okay, bye, Mom", sagte Liz.

Nachdem ihre Mutter gegangen war, setzte sich Liz zu ihrer Schwester aufs Sofa. Das Baby saugte lautstark, seine kleine Faust in Daisys Haaren verkrallt. Es war so merkwürdig zu sehen, wie ihre Schwester stillte. Aber sie war auch glücklich, es zu sehen.

„Wie geht es dir, Schwesterchen?", fragte Liz.

Daisy sah sie mit tiefliegenden Augen an. „Ich fühle mich scheiße. Dieses Baby saugt das Leben aus mir."

„Oh." Sie unterbrach sich, versuchte, sich etwas Aufmunterndes einfallen zu lassen. „Maggie hat gesagt, nach ungefähr drei Monaten wird es besser."

„Ich glaube, so lange halte ich es nicht durch."

„Ich werde helfen, und Mom auch." Liz klopfte ihr auf die Schulter. „Du wirst das schon schaffen."

„Autsch!" Daisy steckte ihren Finger in Bryces Mund, damit der aufhörte zu saugen, und legte ihn neu an. „Manchmal verrutscht er etwas."

Liz bekam ganz große Augen, als sie sah, wie Daisys Nippel aussah, so groß und angeschwollen. Sie verschränkte die Arme vor der Brust. „Ich werde dir ein Wasser bringen."

„Das wäre großartig."

Liz kam ein paar Augenblicke später mit zwei Gläsern Wasser zurück und versuchte, nicht darauf zu achten, wie riesig die Brüste ihrer Schwester so voll mit Milch waren.

Daisy nahm einen Schluck Wasser, setzte es ab und lehnte

ihren Kopf zurück, sah an die Decke. „Nachdem Mom abgereist war, war ich so allein –"

Liz zog verwirrt die Augenbrauen zusammen. „Das war doch erst vor drei Tagen. Ich wollte nächste Woche kommen."

Ihre Schwester drehte sich um, um sie anzusehen. „Ich weiß, aber Meena wollte mir nicht helfen. Bryce hat sie mit all seinem Geschrei immer aufgeweckt. Sie hat mich gebeten, mir eine eigene Wohnung zu suchen. Ich brauchte Hilfe. Ich brauchte eine Familie. Ich brauchte dich, Liz."

„Ich bin hier. Ich bin immer da für dich."

„Ich weiß." Das Baby ließ los, um nach Luft zu schnappen, und sie legte ihn an die andere Brust. Eifrig begann er weiter zu saugen. „Bryce wacht alle zwei Stunden auf. Ich brauche unbedingt Schlaf. Kannst du ihn einmal in der Nacht füttern? Wenn du das um zwei Uhr übernehmen würdest, könnte ich vier Stunden am Stück schlafen. Es ist immer noch nicht genug, aber dann würde ich mich immerhin nicht mehr wie eine wandelnde Tote fühlen."

„Klar, kann ich machen."

„Können wir in deinem Bett schlafen? Ich hab keine Wiege oder irgendetwas. Ich hatte nur eine geliehene Babytragetasche in New Mexico."

„Das ist in Ordnung. Wir werden morgen ein Bettchen kaufen gehen", sagte Liz. „Am Morgen wird sich alles besser anfühlen."

Bis zum Morgen war es jedoch noch lange hin. Liz hatte das Gefühl, gerade erst eingeschlafen zu sein, als sie Bryce in lautstarkem Weinmodus vernahm. Sie sprang vom Sofa auf. *Bin ich dran mit Füttern?* Sie nahm sich ihr Handy, um auf die Uhr zu sehen. Mitternacht. Noch nicht. Nach ein paar Minuten war er still. Wahrscheinlich stillte Daisy ihn gerade, damit er weiterschlief.

Sie versuchte, wieder einzuschlafen, doch sie machte sich ständig Sorgen. Was, wenn sie das nächste Füttern verschlief, weil sie einfach zu müde war, es zu hören? Sie hatte versprochen, sie würde Daisy etwas Schlaf bekommen lassen. Sie wälzte sich herum, spürte, wie der Schlaf immer weiter von ihr wich. Endlich hörte sie seinen Schrei erneut. Sie eilte ins Schlafzimmer, nahm ihn hoch, klopfte ihm auf den Rücken, während sie zurück in die Küche ging. Er wimmerte immer noch, doch wenigstens war er ein wenig von Daisys Ohren entfernt.

Sie ließ heißes Wasser ins Spülbecken einlaufen, wartete, dass es warm wurde, schaukelte ihren Neffen, der mittlerweile nicht mehr nur wimmerte, sondern wütend und mit rotem Gesicht schrie. *Oh mein Gott, meine Ohren.* Sie hielt die Flasche unter das heiße Wasser, damit sie warm wurde. Sie probierte sie auf ihrem Puls aus, immer noch kalt. Sie schaukelte ihn weiter und sang: „Ist in Ordnung, ist in Ordnung." Es dauerte ewig, bis die Flasche warm war.

Sie schüttelte die Flasche und hielt sie unter das heiße Wasser, brach in Schweiß aus, als Bryce für einen weiteren wütenden Schrei ausholte. Sie entschied, dass die Flasche jetzt warm genug war. Sie trug ihn zum Sofa, legte ihn auf ein Kissen auf ihren Schoß und gab ihm die Flasche. Er saugte wütend, sein kleines rotes Gesicht immer noch errötet und aufgebracht.

Das war Runde eins.

Drei Tage später fühlte Liz sich so schlecht, wie ihre Schwester aussah. Sie wachte bei jedem Füttern auf, ob sie nun dran war oder nicht, es war unmöglich, die Schreie des Jungen nicht zu hören. Manchmal schlief er auch nicht sofort wieder ein, sondern weinte, weil er solange kein Bäuerchen machen konnte. Manchmal spuckte er auch beim Bäuerchen, sodass das Füttern vergeblich gewesen war.

Den Großteil jedes Nachmittages schrie er, musste eigentlich schlafen, kämpfte aber mit dem Schlaf. Immer, wenn sie versuchten, ihn hinzulegen, schrie er. Er musste die ganze Zeit gehalten werden. Liz war vollkommen erschöpft. Daisy war vollkommen erschöpft. Zwei Erwachsene, die sich den ganzen Tag kümmerten, und der Junge war trotzdem nicht glücklich.

Sie bekamen nur dann eine Pause, wenn ihre Mutter

mittags vorbeikam und ihnen Essen vom Garner's brachte. Sie schien auf magische Weise mit Bryce umgehen zu können. Sie konnte singen und mit ihm schaukeln, und er beruhigte sich sofort. Ganz egal, wie viel Liz und Daisy sangen und schaukelten, es hatte nicht den gleichen Effekt. In diesen magischen Momenten nahm Liz eine Dusche, während Daisy zu Mittag aß. Dann duschte Daisy, während Liz aß. All das machten sie schweigend, denn sie hofften, dass Bryce bei seiner Großmutter glücklich bleiben würde.

Liz musste am nächsten Tag zurück zur Arbeit. Dann wäre Daisy bis zum Wochenende allein. Natürlich würde sie weiterhin die halbe Nacht wach sein, weil ihr Neffe weinte.

Mutter zu sein war nicht hübsch.

Liz hatte ihren ersten Tag an der Schule überstanden und es sich jetzt auf dem Sofa bequem gemacht, schaute HGTV, während Bryce im Schlafzimmer in seinem Bettchen schlief. Das Paar in *House Hunters* nervte sie furchtbar. Sie meinten, sie hätten Probleme, weil sie nach dem perfekten Haus suchten. Ha! Wartet erst einmal, bis ihr Kinder habt. Dann beginnen die wirklichen Probleme.

Sie nahm die Fernbedienung, um den Kanal zu wechseln, als es an der Tür klingelte. Sie eilte hin, bevor das Geräusch das Baby aufwecken konnte. Es war Rachel. Liz hatte sie nicht mehr gesehen, seitdem Bryce und Daisy vor vier Tagen angekommen war. Das war ungewöhnlich für sie.

„Rachel, hi, sprich bitte leise. Meine Mutter hat dafür gesorgt, dass Bryce schläft. Du möchtest ihn nicht hören, wenn er zu früh aus seinem Schlaf aufwacht."

„Okay", flüsterte Rachel. „Ich habe ihm ein Geschenk mitgebracht." Sie fand Daisy in der Küche und reichte ihr die Geschenktüte.

Daisy hatte ins Nichts gestarrt und auf dem Grillkäse herumgekaut. Sie sah überrascht aus, als Rachel einfach dastand. „Danke, Liebes." Sie zog einen leuchtend gelben Strampler mit Gänseblümchen heraus. „Das ist ja hübsch."

Rachel lächelte. „Freut mich, dass er dir gefällt. Darf ich ihn sehen?"

„Klar, solange du absolut leise bist", sagte Daisy.

„Ich werde wie ein Ninja sein", sagte Rachel und vollführte eine kleine Karatebewegung.

Liz begleitete Rachel, öffnete vorsichtig die Schlafzimmertür, damit sie nicht in den Angeln quietschte. Rachel ging auf Zehenspitzen zum Bettchen und sah auf das Baby hinab. „Er sieht ja wie ein Engel aus!"

Liz machte Sssch und zog sie aus dem Raum, schloss leise die Tür hinter sich. „Du hättest in aufwecken können. Er darf nicht zu früh aufwachen! Wir brauchen diese ruhige Zeit, um Energie zu sammeln, damit wir die Nacht überstehen." Sie schob sich eine lose Strähne aus dem Gesicht.

„Okay, okay", sagte Rachel. „Mann, ich war bei meinen Nichten und meinem Neffen, seitdem sie Babys waren. Wir haben einfach unser Leben gelebt, und sie haben sich an den Lärm gewöhnt."

„Na, da kennst du aber Bryce nicht."

Rachel lächelte sie verkniffen an. „Könnte stimmen."

Liz ging zurück zum Sofa im Wohnzimmer, und Rachel gesellte sich zu ihr. Daisy ging, um sich im Schlafzimmer hinzulegen.

„Ich habe dich nicht mehr gesehen, seitdem Bryce hier eingezogen ist", sagte Rachel. „Geht es dir gut?"

„Außer Mom und Daisy habe ich ohnehin niemanden gesehen. Bryce ist wie ein Vollzeitjob. Von jetzt an habe ich zwei Vollzeitjobs." Sie lehnte ihren Kopf zurück ans Sofa und schloss die Augen. „Im Buch steht, man solle ihn an eine Routine gewöhnen, aber er will sich nicht daran halten. Er will zu verschiedenen Zeiten essen, schreit, wenn er nachmittags schlafen soll, und wacht die ganze Nacht lang alle zwei Stunden auf. Und dieses Schreien. Meine Güte, dieses Schreien." Sie öffnete die Augen und sah Rachel mit verquollenen Augen an. „Ich weiß gar nicht mehr, warum ich so unbedingt ein Baby haben wollte. Es ist erschöpfend."

„Du siehst wirklich müde aus", sagte Rachel.

„Natürlich liebe ich ihn ohne Ende." Liz sah in Richtung

Schlafzimmer und sprach mit leiser Stimme weiter. „Für Daisy ist es noch schlimmer. Ihre Hormone sind immer noch nicht ausgeglichen, ihre Brüste laufen aus, und sie sagt, dass Bryce manchmal falsch saugt. Du solltest mal ihre Nippel sehen."

Rachel erschauerte.

„Aber das Baby macht alles wieder wett." Liz schaffte ein Lächeln.

„Aha."

„Wirklich." Sie nickte, um sowohl Rachel als auch sich selbst zu überzeugen. „Wenn wir erst mal wieder Schlaf bekommen und er sich an die Routine gewöhnt hat, dann wird es schon besser werden."

„Wie lange kann das dauern?"

Liz winkte ab. „Der Arzt sagt, die Koliken können drei oder vier Monate anhalten."

Schweigend saßen sie da, die enorme Menge an Schlafmangel hing bedeutungsvoll in der Luft.

Endlich erhob Rachel die Stimme. „Also, wie läuft es zwischen dir und Ryan?"

Liz zuckte eine Schulter. „Ich habe ihn nicht gesehen. Nach diesem dummen Fehler ist alles merkwürdig geworden, und jetzt … jetzt habe ich Bryce. Ich habe einfach nicht die Energie für irgendetwas Kompliziertes. Bryce braucht mich. Daisy braucht mich. Das hier ist jetzt mein Leben."

„Du solltest ihn nicht aufgeben", sagte Rachel. „Du hast selbst gesagt, die Dinge mit dem Baby werden einfacher werden."

Liz schnaubte. „Ryan ist nicht für so etwas. Du hättest mal hören sollen, was er gesagt hat, als er erfuhr, dass ich nicht schwanger bin. Er will sich ganz sicher nicht mit dieser ganzen Familiensache herumschlagen." Sie hielt inne, erinnerte sich an seine Erleichterung. Was hatte er gesagt? Dass sie gerade noch einmal davongekommen waren? „Ich sollte einfach Schluss mit ihm machen. Es ist nichts Ernstes, und ich habe nicht die Energie für etwas Belangloses."

„Liebst du ihn?", fragte Rachel.

Weil die Wahrheit so schrecklich war, verzog sie das

Gesicht. Das war wieder typisch Rachel, dass sie das wirkliche Problem direkt ansprach. „Das tue ich. Aber es ist einseitig und das reicht nicht."

Rachel drückte mitleidig ihre Hand. „Woher weißt du das?"

„Ich habe ihn direkt gefragt, wohin diese Beziehung führt, und er wusste es nicht. Er war ziemlich angepisst, weil ich überhaupt diese Frage gestellt habe. Er hat noch nie gesagt, dass er mich liebt. Er hat überhaupt noch nicht viel darüber gesprochen, wie er empfindet."

„Das heißt aber nicht, dass er nichts empfindet", sagte Rachel beruhigend. „Männer sind nicht gut darin, ihre Gefühle auszudrücken."

Drei kleine Worte ausspucken kann doch nicht so schwierig sein.

„Das Baby und ich, wir sind jetzt ein Paket", sagte Liz schlicht. „Ich muss mich für Bryce entscheiden."

Rachel drückte die Lippen aufeinander und nickte endlich. „Nun, wenn man etwas liebt, muss man es freilassen, bla, bla, bla."

Liz lehnte sich gegen die Schulter ihrer Freundin und seufzte.

27

Liz wählte das La Casa de Margarita für ihr Abschiedsessen mit Ryan aus zwei Gründen: 1) es war außerhalb der Stadt, also bestand weniger Gefahr, dass getratscht wurde, und 2) war es immer noch nah genug, sodass sie keine lange Fahrt hatte, wenn Daisy und Bryce sie brauchen würden. Sie entschied sich, ihn dort zu treffen, um nicht nach dem Schlussmachen auch noch diese unangenehme Fahrt mit ihm zu haben, obwohl sie ihm sagte, sie führe lieber allein für den Fall, dass sie wegen Bryce nach Hause eilen musste. Sie seufzte und stieg aus dem Wagen, richtete den Gürtel, den sie um ihr blumiges Sommerkleid gelegt hatte, das sie sich von Daisy geliehen hatte. Ihre Klamotten waren alle zerknittert bis auf zwei Outfits, die sie für die Arbeit beiseite gelegt hatte.

Sie ließ sich Zeit, zum Eingang zu gehen. Warum war das so schwierig? *Weil ich ihn liebe. Und wenn er mich liebt, dann hat er nur nicht den Mut aufgebracht, es zu sagen.*

Er war zu verschlossen.

Und sie hatte ein schreiendes, forderndes Baby zu Hause.

Und ihr Leben war ätzend.

Als sie die Tür öffnete, stand Ryan schon in der Lobby. Er entdeckte sie, ging zu ihr und küsste sie auf die Wange. Sie atmete seinen Duft ein, und automatisch wurde ihr Körper heiß, weil sie sich an ihn erinnerte. Ja, ein öffentlicher Ort war das richtige gewesen. Ein Kuss und sie wusste, dass sie schwach werden würde.

„Du siehst gut aus", sagte er. „Ich habe dich noch nie in einem Kleid gesehen."

„Danke dir." Sie bewegte eine Hand, um ihr Haar zu glätten, dann fiel ihr ein, dass es ohnehin ein zerzaustes Durcheinander war, und ließ es sein.

Sie hatte vorher angerufen, deswegen bekamen sie schnell einen Tisch. Der Kellner brachte gleich Chips und Salsa, dazu die Getränkekarte. Liz entschied sich gegen eine Margarita, obwohl die hier großartig waren, denn sie dachte sich, es wäre wohl einfacher, ihm die Neuigkeit mitzuteilen, wenn sie nüchtern war.

„Wie geht es dir?", fragte Ryan.

„Gut." Sie dippte einen Chip in die Salsa und wünschte sich, sie hätte irgendwie eine Rede vorbereitet. Irgendwelche Zeilen, die sie hätte auswendig lernen können, mit denen sie die Gründe erklärte, warum sie mit ihm Schluss machen musste – auf nette, vorsichtige Art und Weise – denn im Moment fiel es ihr schwer, auch nur an eine zu denken. Ihr fielen nur die Gründe ein, warum sie ihn liebte – seine selbstbewusste Art, Dinge in die Hand zu nehmen, seine tiefe Verlässlichkeit, sein viel zu attraktives Selbst.

Ihr Handy blinkte – eine Nachricht von Daisy. Heimlich las sie sie unter dem Tisch. *Bryce will nicht aufhören zu weinen.* Sie hob einen Finger in Ryans Richtung. „Nur eine Minute." Sie schrieb: *Bin bald zurück. Versuch, ihn zu stillen, ein Bäuerchen machen zu lassen, ihn zu schaukeln.* Sie nahm sich einen Chip, dann fielen ihr ihre Manieren wieder ein. „Wie geht es dir?"

Seine Brauen schossen in die Höhe. „Problem?"

„Nein, alles gut. Ich werde es beiseite legen." Sie legte ihr Handy in die Tasche und konzentrierte sich wieder ganz auf ihn.

„Trav hat die Testergebnisse. Er ist der Vater." Er lächelte sie schief an. „Dann sind wir wohl jetzt eine Familie."

Liz versteifte sich, als er den Vaterschaftstest erwähnte. „Daisy würde Trav niemals sagen, dass er der Vater ist, wenn sie sich nicht sicher wäre."

Ryan sah sie mit skeptisch erhobener Braue an, was sie anpisste, auch wenn Daisy, bevor sie die Wahrheit zugegeben hatte, gelogen hatte, was den Vater anging. Sie biss sich auf die Lippe. Sie wollte nicht mit ihm streiten, einfach nur vorsichtig mit ihm Schluss machen.

Liz lehnte sich zurück und betrachtete Ryan, während sie tief atmete. Er aß ein paar Chips, schien sich überhaupt keine Gedanken über ihre Beziehung zu machen. Es gefiel ihr gar nicht, dass sie sich wie die alte Liz fühlte, die sich über die Zukunft Sorgen machte und jedes Detail analysierte.

Doch sie hatte ihn vermisst. Es war erst eine Woche her, dass sie nach Hause gekommen war und ihn mit Bryce in den Armen vorgefunden hatte. Es fühlte sich an, als wäre es eine Ewigkeit her. Alles, was passiert war, seitdem Bryce da war, fühlte sich wie ein Bruch an — eine Zeit vor Bryce und eine nach Bryce. Die Zeit, die sie mit Ryan gehabt hatte, fühlte sich an, als wäre das in ferner Vergangenheit gewesen, als es in ihrem Leben noch nur um Spaß gegangen war, und sie wusste, was guter Schlaf hieß. Jetzt war ihr Spaß vollkommen egal. Sie wollte nur schlafen.

Der Kellner kam zurück und nahm ihre Bestellung entgegen. Schweigen senkte sich über den Tisch. Sie wusste nicht, ob die Stille ihre Schuld war, da sie versuchte, sich einfallen zu lassen, wie sie ihm sagen konnte, *es ist Schluss*, oder ob es seine Schuld war, weil er ein schlechter Unterhalter war, oder ob es ihrer beider Schuld war, da sie einfach nichts gemein hatten.

Jetzt tat ihr der Kopf weh. Sie öffnete ihre Tasche und zog ein paar Paracetamol hervor. Sie schluckte sie und schloss die Augen. Es war nicht einfach, das zu sagen.

Sie atmete tief ein und öffnete die Augen, stellte fest, dass er sie musterte, sein Ausdruck sehr ernst.

„Ich habe ein wirklich schlechtes Gefühl", sagte er. „Sag mir einfach, was du zu sagen hast."

Bin ich so durchschaubar? „Es ist ja nicht so, dass ich dich nicht mehr treffen möchte –"

„Gut."

„Aber ich dich nicht mehr treffen *kann*."

Er nahm ihre Hand und beugte sich über den Tisch. „Liz, ich mag dich."

Mag. Sie zwang sich zu lächeln. Mögen, nicht lieben. Vermutlich wird das immer so sein. Das hier war Grund Nummer eins dafür, dass sie Schluss machen musste. Grund Nummer zwei – sie hatte Bryce.

Er runzelte die Stirn. „Was ist denn los?"

Liz sah auf ihre kleinere Hand hinab, die in seiner warmen, starken Hand lag. Himmel, es war so schwierig. Sie zog ihre Hand fort und, da sie das Risiko eines Schmerzes umgehen wollte, der einem unerwiderten *Ich liebe dich* folgen würde, stürzte sie sich auf Grund Nummer zwei.

„Bryce braucht mich", sagte sie fest. „Diese ganze Sache kommt für dich unvorbereitet." Sie schob ihr Gesicht vor, damit er sie gut ansehen konnte. „Sieh mir in die Augen. Ich habe Tränensäcke *und* dunkle Ringe unter diesem ganzen Make-up. Ich stehe nachts alle zwei Stunden auf." Sie nahm sich ein Büschel ihrer strubbeligen Haare. „Ich habe nicht einmal genug Zeit, um nach dem Duschen noch Conditioner aufzutragen. Und das hier" – sie nahm sich ein Stück Stoff des Kleides – „ist ein Kleid, das Daisy gehört, weil ich nicht einmal Zeit habe, meine Kleidung zu bügeln!"

Seine Brauen schossen in die Höhe. „Und? Es ist mir egal, ob deine Kleidung zerknittert ist oder du Conditioner in den Haaren hast."

„Das ist es nicht allein." Sie gestikulierte wie wild. „Bryce und ich sind ein Paket. Er braucht mich. Du nicht."

Er lehnte sich vom Tisch zurück und betrachtete sie mit ruhigen, einschätzenden Augen. „Ich hatte den Eindruck, Daisy ist die Mutter."

„Was soll das denn heißen?" Sie kämpfte gegen den Drang an, aufzuspringen und seine Ruhe aus ihm zu schütteln.

„Ich verstehe einfach nicht, warum dein Leben aufhören muss, weil sie jetzt ein Baby hat."

Liz' Hals schnürte sich zu. „Du verstehst einfach nicht, welche Beziehung ich zu Daisy habe."

Er beugte sich vor und sagte vorsichtig: „Was ich verstehe, ist, dass sie sich für eine große Schwester ganz schön heftig auf dich stützt. Sie ist eigentlich diejenige, die auf dich aufpassen sollte, nicht anders herum."

Sie hob ihre Hände. „Aber ich habe mich immer um sie gekümmert."

Er neigte den Kopf, als wäre genau das das Problem. Er war wirklich dickköpfig. Gerade er sollte doch verstehen, wie wichtig Familie ist. Wenn man sich nur ansah, wie er sich um seine Großmutter und seine Brüder kümmerte.

Der Kellner kam mit dem Essen. Sie ignorierten es beide.

Liz versuchte es noch einmal. „Schau mal, Bryce braucht jemanden wie mich in seinem Leben. Jemanden, der stabil ist. Daisy kann so … flatterhaft sein."

„Trav sagt, sie macht es gut."

„Tut sie auch." Sie atmete tief ein. „Bryce braucht mich aber auch. Es tut mir leid, aber … das heißt Lebewohl." Sie legte ihre Serviette auf den Tisch.

„Liz, komm schon —"

„Es hat einfach keinen Sinn. Verstehst du das denn nicht?" Sie flehte ihn mit den Augen an, sie zu verstehen. „Wir leben in zwei verschiedenen Welten."

Verwirrt zog er die Brauen zusammen. „Warum können wir denn nicht einfach Spaß miteinander haben? Wir hatten doch eine schöne Zeit. Warum geht denn nur ganz oder gar nicht?"

Ich bin so blöd. Warum dachte ich, ich könnte jemals mehr für ihn sein als bloß jemand, mit dem man eine schöne Zeit hatte?

Sie stand auf und blinzelte die Tränen beiseite, wütend, dass die überhaupt da waren. „Lebwohl, Ryan."

„Verdammt, Liz." Er warf seine Serviette auf den Tisch.

Sie verließ das Restaurant. Man konnte einen Mann nicht dazu bringen, einen zu lieben. Ihre Kehle hatte sich zugeschnürt. *Mist, ich habe keine Zeit für Tränen!* Sie musste sich noch ausruhen, bevor sie um zwei Uhr wieder füttern musste. Ihr Pyjama und das Sofa waren so einladend gewesen.

Sie schrieb Daisy: *Bin auf dem Heimweg.*

Daisy schrieb gleich zurück: *Bryce schreit. Mom arbeitet. Hilfe!*

Liz stieg ins Auto und stellte die Freisprechanlage ein,

damit sie freihändig reden konnte. „Hast du ihn schon auf den Bauch gelegt?", schrie sie. „Hat er sein Bäuerchen gemacht? Ein warmes Bad? Ihn wickeln?" Rasch ging sie die Liste von Dingen durch, die bei Babys mit Koliken halfen, aber irgendwie nie bei ihrem Neffen.

Es war die richtige Entscheidung gewesen, mit Ryan Schluss zu machen. Sie musste zu Bryce zurück und zu Daisy. Ihre Familie brauchte sie.

~

Ryan ging am nächsten Morgen joggen, immer noch verwirrt darüber, was mit ihm und Liz schiefgelaufen war. Er konnte einfach nicht verstehen, warum sie nicht auch weiterhin bei ihm zu Hause vorbeikommen konnte, um Spaß mit ihm zu haben und ein wenig Zeit ohne das Baby zu genießen. Es war ja nicht so, als wäre es ihr Baby. Und sie hatte sich auch so verhalten, als wäre sie enttäuscht von ihm, als hätte er etwas sagen sollen. Er hatte nur keine Ahnung, was. Hätte er ihr seine Hilfe bei Bryce anbieten sollen? Es war ja nicht so, als hätte er den Jungen füttern können – dafür waren Daisys Brüste zuständig. Er schätzte, er hätte ihr anbieten können, dabei zu helfen, den Jungen zum Schlafen zu bringen, obwohl Bryce doch beide Elternteile in der Stadt hatte. Trav besuchte seinen Sohn, aber er wohnte nicht mit ihm zusammen, mehr konnte er nicht tun.

Er blieb stehen, um Atem zu holen, und stellte fest, dass er vor Grans Haus stand. Er klopfte an und wartete. Es war noch sehr früh, ungefähr neun, doch er schätzte, dass sie schon auf sein würde. Da sah man, wie verzweifelt er war, dachte er grimmig. Er hoffte, Gran könnte ihm dabei helfen zu verstehen, was das Ganze mit Liz auf sich hatte. Aber sie war eine Frau, und sie war ihm gegenüber immer ehrlich gewesen.

Jorge kam in Grans gelbem Bademantel an die Tür.

„Kauf dir doch verdammt noch mal einen eigenen Bademantel", murmelte Ryan.

„Deine Großmutter ist unter der Dusche", sagte Jorge. „Möchtest du warten?"

„Ja, ich werde warten." Er drängte sich an ihm vorbei und nahm sich in der Küche etwas Wasser.

Jorge kam herein, schüttete sich eine Tasse Kaffee ein und bot auch Ryan etwas an.

Ryan nahm den Becher, den Jorge ihm hinhielt. Er setzte sich an den Küchentisch, verwirrt und angepisst wegen Liz und weil er jetzt auch noch mit *diesem Kerl* anstatt mit seiner Gran zu tun hatte. Wütend sah er auf den gefliesten Fußboden hinab.

Jorge machte etwas Toast und gesellte sich einige Minuten später zu ihm. Es war alles so ekelerregend häuslich. Er fühlte sich, als wäre er in ein geriatrisches Liebesnest geraten.

Schweigend saßen sie beieinander. Ryan hörte, wie oben in der Dusche seiner Großmutter das Wasser lief. Warum brauchte sie so lange? Einseifen, abbrausen und fertig.

„Bei Frauen ergibt nichts einen Sinn", verkündete Ryan, ernsthaft wütend auf das gesamte Geschlecht.

„Sie sind ein Geheimnis", sagte Jorge leise. „Das macht ihren Charme aus."

Er schnaubte. „Charme. Wie charmant ist es denn, wenn jemand einfach Schluss macht, ohne einen wirklichen Grund zu haben? Nur, weil sie Tante geworden ist. Ich bin Onkel, und trotzdem werfe ich nicht alles hin!" Aufgebracht erhob er sich.

„Brauchst du einen Rat, von Mann zu Mann?", fragte Jorge.

Ryan sah ihn vielsagend an. Wollte er einen Rat von dem tangotanzenden Mann, der seine Großmutter verführt hatte? *Genau genommen ja.* Der Typ musste doch etwas über Frauen wissen. Gran war zwanzig Jahre lang Single gewesen und zwar nicht, weil es ihr an Verehrern gemangelt hätte. Die Männer in der Kirche schwärmten immer von ihren großartigen Kochkünsten.

Ryan fiel zurück auf seinen Stuhl und neigte den Kopf, nickte kurz.

Jorge beugte sich vor, als wollte er ihm eine geheime Weisheit verraten. „Du brauchst eine große romantische Geste, etwas, das Liz zeigt, was sie dir bedeutet."

„So etwas kannst *du* vielleicht. Eine große, romantische Geste. Was zum Teufel soll das sein?"

Jorge zuckte die Schultern. „Das ist bei jeder Frau anders. Was würde Liz ansprechen? Was würde ihr zeigen, dass sie in deinem Herzen ist?"

Als er so an Liz dachte, wurde er weich. Ihre zugeknöpfte Haltung und ein Feuer, das darunter verborgen war, ihre selbstlose Hingabe für ihre Familie, ihre Liebe zu Kindern. Sie hatte Bryce ihm vorgezogen. Doch er verstand immer noch nicht, warum sie sich überhaupt entscheiden musste. Warum konnten sie nicht einfach noch ein wenig länger Spaß miteinander haben?

Abrupt stand er auf. „Sag Gran, dass ich da war."

Er ging, noch mehr durcheinander, als er bei seinem Kommen gewesen war. Er lief nach Hause. Seine Brust schmerzte auf halbem Weg, und er fragte sich kurz, ob er vielleicht einen Herzinfarkt hatte. Keine Schmerzen im Arm. Er ging weiter und dachte an Liz.

Er erinnerte sich an das erste Mal, dass er sie getroffen hatte, vor so langer Zeit, als er Rettungsschwimmer am Grand Lake gewesen war. Liz muss ungefähr dreizehn gewesen sein und quoll geradezu aus ihrem viel zu kleinen Badeanzug, doch sie brachte immer noch den Mut auf, mit ihm zu sprechen, einem Oberstufenschüler in der Highschool. Nicht viele Mädchen aus der Mittelstufe hätten den Mut gehabt, ihn, jemanden aus einer höheren Klasse, Tag für Tag danach zu fragen, wie es war, Rettungsschwimmer zu sein. Er hatte es gemocht, dass sie sich für seinen Job interessiert hatte, dass sie nicht einfach nur mit ihm flirtete, wie all diese dummen Mädchen, die kicherten und ihm schöne Augen machten.

Bis sie eines Tages einen Sonnenstich hatte und vor seinen Füßen zusammengebrochen war. Sie hatte sich über ihn übergeben, so eklig das auch war, und so ausgesehen, als würde sie gleich das Bewusstsein verlieren. Am Anfang hatte er Panik gehabt, hatte nach ihrer Mom gesucht, damit sie half, doch sie war nicht da, und es lag alles an ihm. Er hatte sich an sein Erste-Hilfe-Training erinnert. „Ruft einen Krankenwagen", hatte er gebrüllt und sich an die Arbeit gemacht. Er hatte sie auf die Seite gelegt, damit sie nicht erstickte. Hatte sie in den Schatten gebracht. Ihr Wasser gegeben. Sie war blass und zittrig gewesen, und er war erst gegangen, als Rachel ihm versichert hatte, dass es ihr gut ging und dass ihre Mutter unterwegs sei.

Er war mit Chase davongegangen, diesem Linebacker ohne Gehirn. Chase hatte ihn geärgert, weil er geschwankt war, als er Liz getragen hatte. Er hatte es lachend abgetan. Er hatte das Tragen also vergeigt. Dann war er wütend gewesen, weil Chase dumme Kommentare zu Liz' Gewicht abgegeben hatte, und hatte ihn abgewimmelt. Er war schließlich bei der Arbeit. Er war zu seinem Rettungsschwimmersitz zurückgegangen, hatte den See beobachtet, hatte Liz beobachtet, bis ihre Mutter auftauchte. Sie konnte selbst zum Wagen laufen, und er wusste, dass es ihr gut gehen würde.

Dieser Notfall hatte ihn auf die Probe gestellt, unter extremen Umständen wirklich durchzuhalten und etwas zu leisten. Es gefiel ihm zu helfen, zu beschützen, dafür zu sorgen, dass sie in Sicherheit war. Liz war der Grund, weswegen er Polizist geworden war. Er hatte angefangen, an die Polizeischule zu denken, um zu beschützen und zu dienen. Und dann war Chief Bailey sein Mentor gewesen, während sie zusammen daran arbeiteten, Trav auf der Spur zu halten.

Würde das helfen? Wenn Liz wüsste, dass sie ihn auf den Pfad seines Lebensberufes gebracht hatte? Er ging langsamer. Die kalte Wahrheit war, dass dieser Job, bei dem er Affären hinterherschnüffelte, meilenweit von dem Beruf seines Lebens entfernt war.

Wieder dachte er an seine Unterhaltung mit Jorge. Eine große, romantische Geste, hatte er gesagt. Okay, in Ordnung. Er war ohnehin nicht gut mit Worten. Vielleicht, wenn er wieder Polizist werden würde, würde Liz sehen, dass er wertvolle Arbeit leistete, und sie würde … was? Er wusste es nicht. Vermutlich würde sie sich für ihn freuen, aber das wäre nicht genug, um sie dazu zu bringen, wieder in sein Bett zu springen, und das war es, wo er sie haben wollte.

Vielleicht etwas Traditionelleres. Liz würden vielleicht Blumen gefallen oder Pralinen oder ein Diamantring.

Abrupt blieb er auf dem Bürgersteig vor seinem Haus stehen. Woher war das denn gekommen? Man machte jemandem keinen Heiratsantrag, nur um ihn davon abzuhalten, dass er mit einem Schluss machte. Außerdem standen ihr Ehemann, Kinder und ein Hund ins Gesicht geschrieben. Und das war niemals sein Plan gewesen. Vielleicht hatte sie recht, und sie sollten Schluss machen.

Er öffnete die Haustür und stand einfach am Eingang. Es war still.

Das Haus fühlte sich auf eine Art leer an, wie es das nie getan hatte, bevor Liz eingetreten war.

Ihm drehte sich der Magen um. Er holte sein Handy heraus und wählte die Nummer. „Hey, Chief, Ryan O'Hare hier."

Liz riss die Tür auf, bevor derjenige da draußen noch einmal klingeln konnte und Bryce noch wütender machte. Er jammerte ohnehin schon in Daisys Armen, während ihre Schwester auf und ab ging und immer wieder sagte: „Ruhig, ganz ruhig." Ihre Worte verliefen ineinander und wurden immer schwächer. Aber Bryce war nicht überzeugt. Wenigstens brüllte er noch nicht wieder aus vollem Leib.

„Maggie, hi!", rief Liz. Es fühlte sich an wie ein neuer Hoffnungsschimmer. Jemand war da, um sie vor der endlosen Qual von Bryces Schreien zu bewahren. Sie war noch nie bei ihr zu Hause vorbeigekommen.

Maggie trat ein und betrachtete das Durcheinander. „Ich hab dich schon eine ganze Weile nicht mehr gesehen, Liz. Ich dachte mir, ich schau mal vorbei, mal sehen, wie es so läuft mit meinem einzigen Urenkel."

Sie näherte sich dem Baby. Daisy hatte es geschafft, sich anzuziehen, doch auf ihrem rosa T-Shirt waren Milchflecken und Babyspucke. Sie sah Maggie mit trüben Augen an. „Möchtest du ihn mal halten?"

„Hast du ihn schon gefüttert?", fragte Maggie.

„Ja."

„Na, dann lasst uns mal los. Babys mögen Bewegung."

„Wohin denn?", fragte Liz.

„Eine kleine Fahrt, kommt schon." Maggie deutete auf die Tür.

Liz sah an sich herab, um sich zu vergewissern, ob sie so in die Öffentlichkeit gehen konnte – nein, sie war noch in Pyjama. Hatte sie heute schon ihre Haare gebürstet? Sie fasste sich aufs Haar und spürte einen Knoten im Nacken. Sie reichte Daisy die Autoschlüssel. „Setzt euch schon mal in meinen Wagen. Ich bin gleich da."

Sie lief ins Schlafzimmer und zog eine knubbelige Hose aus dem Wäschekorb. Sie konnte sich nicht überwinden, alle Sachen aus dem Wäschekorb zu ziehen, deswegen nahm sie sich ein seidenes Top aus dem Schrank, das Daisy getragen hatte, bevor sie das Baby bekommen hatte. Es musste unbedingt mal Wäsche gewaschen werden. Sie waren nur beide einfach so … so … müde. Sie schob sich die Haare zu einem unordentlichen Pferdeschwanz und eilte zur Tür hinaus.

Maggie saß bereits vorne auf dem Beifahrersitz. Liz setzte sich ans Steuer. Sie sah über die Schulter, wo Daisy versuchte, einen schreienden Bryce dazu zu bekommen, den Schnuller zu nehmen. Er spuckte ihn immer wieder aus.

„Wohin?", fragte Liz, als sie den Wagen startete.

„Babies-N-Things", sagte Maggie und sprach etwas lauter, um Bryces nicht enden wollendes Weinen zu übertönen. „Ich kaufe euch jetzt eine Babyschaukel, damit ihr etwas Hilfe habt, wenn eure Arme lahm werden."

Liz fuhr auf den Highway Richtung Eastman, stellte im Radio klassische Musik ein, da sie gelesen hatte, dass das Babys beruhigte, obwohl es zu Hause nie funktionierte. Innerhalb von fünf Minuten wurde es im Auto auf wundersame Weise still. Liz blieb an einer Ampel stehen und warf einen Blick auf den Rücksitz. Sowohl Daisy als auch Bryce waren eingeschlafen.

„Es hat funktioniert", flüsterte sie Maggie zu.

„Habe ich dir doch gesagt, Bewegung", sagte Maggie. „Und sei nicht still, wenn das Baby schläft. Er muss sich an die normale Lautstärke gewöhnen, dann erst lernt er, trotzdem zu schlafen. Ihr müsst bei einem Baby nicht auf Zehenspitzen gehen."

„Okay." Sie würde alles tun, was Maggie sagte. Für sie war die Frau ein Genie. Plötzlich fiel ihr ein, dass Rachel etwas Ähnliches gesagt hatte. Sie hätte auf sie hören sollen.

„Also, Liz", sagte Maggie. „Warum hast du Ryan verlassen?"

28

Zunächst sagte sie gar nichts. Ihre Gefühle waren einfach noch zu wund, um darüber zu sprechen, besonders mit Ryans Großmutter. Sie wusste, dass Maggie immer auf Ryans Seite und nicht auf ihrer stehen würde.

„Ich weiß es nicht", sagte Liz endlich.

„Doch, du weißt es", beharrte Maggie. „Und du wirst es mir sagen. Meinem Jungen geht es elend, und dafür muss es einen besseren Grund geben."

Die Tränen stachen in ihren Augen. Sie wollte nicht, dass es ihm elend ging. Sie hatte ihm seine Freiheit gegeben, damit er glücklich sein konnte.

„Ich bin nur so überwältigt", gestand Liz ruhig. „Mit dem Baby und dem Schlafmangel ist es, als könnte ich im Moment nicht mit weiterem Stress umgehen. Und … und er hat sich ja nicht bewusst darauf eingelassen."

„Lass ihn mal besser selbst beurteilen, womit er umgehen kann", sagte Maggie. „Die Entscheidung darfst du ihm nicht abnehmen."

Liz packte das Lenkrad ganz fest. „Ich kann es nicht riskieren, verletzt zu werden. Ich ertrage keine weitere Sache. Ich stehe das hier fast nicht durch."

„Liebes, du kannst dich unter dem Bett verstecken, und

dann bricht das Bett über dir zusammen. Zu Hause passieren mehr Unfälle als sonst wo, wusstest du das?"

Liz verzog das Gesicht.

Maggie legte eine Hand auf Liz' Arm. „Sei nicht so wie ich und warte nicht erst darauf, dass ein Unfall dich aufweckt. Pflicht und Verantwortung haben ihren Ort – wo wären Familien ohne sie? – Aber du musst auch Gelegenheiten ergreifen, nimm dir das, was du willst. Deine Träume, deine Hoffnungen, *Liebe*, auch diese Dinge zählen. Was möchtest du wirklich tief in deinem Herzen?"

Liz konnte nicht antworten. Es war ganz egal, was sie tief in ihrem Herzen wollte. Es war eine Unmöglichkeit. Ryan würde niemals ein hingebungsvoller Ehemann sein wollen, ein liebevoller Vater, der Besitzer eines Hundes, der nicht haarte, der Mann, von dem sie einmal geträumt hatte. Eigentlich sollte sie diese Fantasie endgültig begraben, denn jetzt hatte sie das Kind, und das müsste reichen.

Sie stellte den Wagen ab und drehte sich zum Rücksitz um, betrachtete ihre erschöpfte Schwester und ihren engelhaften Neffen beim Schlafen. Sie hatte so lange ein Baby gewollt, und jetzt hatte sie eins.

Es ist nicht so, wie ich gedacht hatte.

Sie fühlte sich entsetzlich schuldig dafür, dass sie das dachte. Bryce war ein Geschenk.

„Ich sehe, dass du nachdenkst, und das ist gut", sagte Maggie. „Und jetzt lass uns einkaufen gehen."

Liz stellte Bryces Babytrage in einen Wagen, während Maggie Daisy auf dem Rücksitz aufweckte. Als sie die Gänge der Babyabteilung entlanggingen, während Bryce Gott sei Dank weiter schlief, kam Daisy wieder zu sich. Maggie ließ Daisy eine Schaukel aussuchen.

Sie gingen in die Bekleidungsabteilung, wo die drei Frauen sich regaleweise wunderhübsche Babykleidung ansahen.

„Ach, seht euch mal das an!", rief Daisy und hielt einen Schlafanzug mit Hundeköpfen an den Füßen hoch. „Und es gibt auch noch ein passendes Lätzchen!" Sie nahm sich das Lätzchen von der Auslage.

„Nimm auch noch die Mütze!", sagte Liz. Sie hielt eine beigefarbene Mütze mit braunen Hundeohren obendrauf in die Höhe.

Maggie suchte einen Strampelanzug aus, der aussah wie eine rotblaue Baseballuniform mit einer weichen Baseballkappe.

„Anbetungswürdig!", rief Daisy.

„Nimm noch ein paar mehr in der nächsten Größe", sagte Maggie. „Ich merke, dass mein Urenkel bereits wächst bei all der guten Milch, die du ihm gibst." Sie suchte ein kleines Herbstoutfit aus, bestehend aus einem Pullover, einem Body mit Rollkragen und einem Höschen mit elastischen Kordeln und hielt es hoch. „Und noch passende Söckchen." Sie nahm sich die Söckchen.

Daisy umarmte Maggie und strahlte sie an. „Ach, Maggie, das war eine gute Idee. Ich bin so froh, dass du vorbeigekommen bist."

„Das bin ich auch", sagte Maggie und sah von Daisy zu Liz. „Ihr Mädchen arbeitet so viel mit diesem Baby und seinen Koliken. Glaubt mir, ich hab das auch durchgemacht. Ihr macht einen großartigen Job." Sie drehte sich zu Daisy um. „Aber, Liebes, du musst Trav mehr einbeziehen. Er möchte helfen. Er hat jeden Sonntag frei. Ich möchte, dass du mal darüber nachdenkst, ob du ihm den Tag nicht geben möchtest. Das wäre gut für euch alle drei. Trav und Bryce können bei dir bleiben, damit du ihn stillen kannst, oder du kannst ihm ein Fläschchen mitgeben, und Bryce verbringt den Tag bei Trav."

Daisys Lächeln versiegte. „Darüber werde ich nachdenken müssen."

„Ich sage nicht, dass du den Jungen verlassen sollst", sagte Maggie. „Gibt Trav das Sofa oder den Fußboden, wenn es besser für dich ist. In der Zwischenzeit …" Maggie bedeutete ihnen, ihr zu folgen, während sie ihren Wagen zu der Abteilung mit größerem Zubehör schob. „Lasst uns ihm noch ein Reisebettchen kaufen, damit Bryce überall übernachten kann."

„Ach, das brauchen wir nicht", sagte Daisy. „Er hat ein Bettchen in Liz' Schlafzimmer direkt neben mir."

Maggie hob eine Augenbraue. „Und wo schläft Liz?"

„Ich bin auf dem Sofa", sagte Liz, „das ist sehr bequem." *Und weiter weg vom Geschrei.*

„Nun, du kannst schlafen, wo immer du willst", sagte Maggie und ging in die Reisebettabteilung. „Ich werde es trotzdem kaufen, dann haben wir Optionen."

Daisy nahm Bryces Babyschale vom Wagen, damit sie Platz hatten für das Reisebett. Nachdem der Wagen nun gefüllt war, schob Liz ihn zur Kasse und dachte, dass eine große Dosis Maggie für sie genau das gewesen war, was sie gebraucht hatte.

Am nächsten Tag kam Trav für seinen ersten Daddy-Sohn-Sonntagnachmittag vorbei, nahm zwei Flaschen abgepumpter Milch und versprach, ihn bis zum Abendessen zurückzubringen. Daisy ging direkt ins Bett. Liz setzte sich aufs Sofa, sie fühlte sich zu elend, um zu schlafen. Ohne die Ablenkung durch das Baby spürte sie den Verlust von Ryan in ihrem Leben ganz stark. Doch sie konnte ihn einfach nicht in das hier hineinziehen – ständig Windeln wechseln, füttern, endlose Nächte, unordentliches Haus, all das Schreien und Weinen. Verdammt, auch sie war das reinste Chaos. Seitdem Bryce da war, hatte sie nicht einen Fuß auf ihr Laufband gesetzt. Und sie hatte Essen vom Chinesen bestellt und Reste vom Garner's gegessen, weil sie zu müde gewesen war, um zu kochen. Sie würde bestimmt zunehmen.

In der Wohnung fiel ihr die Decke auf den Kopf.

Sie schoss vom Sofa hoch. Sie würde nach draußen gehen. Normalerweise zog sie es vor, heiß, verschwitzt und eklig bei sich zu Hause zu sein, doch es waren verzweifelte Zeiten. Das Laufband war im Schlafzimmer, wo ihre Schwester schlief. Sie hinterließ Daisy eine Nachricht und schloss leise die Wohnungstür. Sie würde rasch durch die Stadt laufen und hinterher am Garner's Halt machen, um dort Abendessen zu holen. Sie fuhr zum Garner's, um dort ihre Bestellung aufzugeben.

„Hi, Mom, Dad", sagte sie, als sie durch die hintere Tür in die Küche kam.

Ihr Vater kam aus dem hinteren Büro. „Hi, Süße."

Ihre Mutter sah von dort auf, wo sie den Salat mischte. „Wo ist denn mein kleiner Babyengel?"

„Er ist für ein paar Stunden mit seinem Daddy zusammen. Daisy schläft. Ich gehe schnell ein wenig joggen, aber kann ich auf dem Rückweg eine doppelte Portion Steak und Baked Potato bekommen? Daisy braucht das Eisen."

„Ich mach's euch fertig", sagte ihr Vater.

„Danke, Dad. Bin in einer halben Stunde ungefähr zurück."

Sie begann, langsam zu joggen, während sie die Main Street hinunterlief, sah sich die neu dekorierten Halloweenschaufenster an. Kürbisse, Vogelscheuchen und Heuballen dekorierten den Bürgersteig vor den Geschäften. Sie winkte ein paar Leuten zu, die sie kannte, ihre Laune stieg. *Das war eine gute Idee gewesen.* Sie gab etwas Gas, um wirklich zu laufen, und war schon beim nächsten Block völlig verschwitzt. Auf der Main Street gab es keinen Schatten, und die Sonne schien diesen Nachmittag besonders kräftig. Sie hielt an, um sich zu sammeln, drehte sich um und verließ die Main auf die baumgesäumte Catoonah Street mit ihren wunderschönen viktorianischen Häusern.

„Hi, Ms. Garner", sagten Alexis und Kayla, Zwillinge aus ihrer dritten Klasse, gleichzeitig. Sie fuhren neben ihr auf ihren Fahrrädern her.

„Hi, Mädchen", keuchte sie.

Sie fuhren an ihr vorbei, ihre Fahrräder um einiges schneller, als ihr langsam werdender Lauf.

Sie sah auf ihrem Handy nach der Uhrzeit. Das waren erst zehn Minuten gewesen. Auf dem Laufband konnte sie immer dreißig Minuten laufen. Sie lief weiter, bog auf die Elm ein. Sie lächelte einen schwarzen Labrador an, der zurückzulächeln schien, als er mit seinem Besitzer vorbei lief.

Schweiß lief ihr über das Gesicht, die Brust und den

Rücken, doch sie war entschlossen, ihr ganzes Work-out durchzuziehen. Vielleicht hatte sie erst wieder am nächsten Daddy-Sohn-Sonntag Gelegenheit dazu. Sie entschied sich, noch einen Block weiter zu laufen und dann zurück zum Garner's.

Ihr Lauf verlangsamte sich, als sie nach Luft schnappte.

„Hey", sagte eine tiefe Stimme hinter ihr.

Ihr Herz pochte schmerzhaft schnell. Die Stimme würde sie überall erkennen.

Sie drehte sich um und stolperte ein wenig. Ryan streckte seine Hand aus, um sie aufzufangen. Er sah wie immer aus. Nicht elend, wie Maggie gesagt hatte. Vielleicht hatte er ein paar mehr Stoppeln, aber ansonsten wie immer. Umwerfend. Ganz anders als sie. *Verdammt*. Sie wusste, dass sie schrecklich aussah. Am liebsten hätte sie geheult.

Sie kam sich dumm vor.

Sie ging langsam weiter, schob ihre strubbeligen, verschwitzten Haare, die aus ihrem Pferdeschwanz gerutscht waren, aus ihrem Gesicht.

„Wie geht es dir?", fragte er. Er trug ein schwarzes T-Shirt und schwarze Basketballshorts, vermutlich war er auch zum Laufen draußen wie sie. Nur, dass er nicht so außer Atem war wie sie.

„Müde", sagte sie.

„Trav war glücklich, dass er Bryce mal bekommen hat."

„Gut."

Sie gab Gas, um weiter zu joggen, wollte nur noch zum Garner's zurück und weg von ihm. Er hielt mit ihr mit.

Sie lief noch schneller. Er auch.

Sie bekam Seitenstechen und blieb mitten auf der Straße stehen, beugte sich vor und keuchte dagegen an.

Ryan erschien das wohl ganz normal, denn er sprach weiter. „Ich spreche morgen mit Chief Bailey, mal sehen, ob er etwas für mich zu tun hat. Du weißt schon, als Polizist."

Sie richtete sich auf. „Gut. Das ist gut für dich."

„Möchtest du –"

„Ich bin schon seit einer Weile nicht mehr gelaufen, ich

sollte wohl besser zurücklaufen, solange ich noch die Energie dazu habe."

Mit neutralem Gesichtsausdruck nickte er und trat beiseite.

Pures Adrenalin brachte sie dazu, zum Garner's zurückzujoggen, sie ignorierte den Krampf in ihrer Seite und den Schmerz in ihrem Herzen.

„Ryan, welch gerngesehener Gast", sagte Chief Bailey, gab ihm ein High Five und klopfte ihm auf den Rücken. Chief, der jetzt in seinen Fünfzigern war, sah für sein Alter immer noch sehr gut aus. Er hatte volles blondes Haar, blaue Augen, die immer vor Humor funkelten, und er hielt sich fit. Dieser Mann hatte keinen Doughnut Ring.

„Ich weiß, ich war zu lange weg", sagte Ryan. „Ich habe dich hin und wieder im Streifenwagen gesehen."

„Aber du bist nicht hereingekommen. Wir haben dich hier vermisst, nicht wahr, Linda?"

„Und ob." Linda, eine Frau in den Sechzigern, arbeitete schon als Sekretärin in dem kleinen Polizeirevier von Clover Park, seitdem Ryan ein Kind gewesen war. „Kaffee?"

„Nein, danke." Ryan beugte sich vor und küsste sie auf die Wange. „Du siehst aus wie das erste Mal, das ich dich gesehen habe. Schön wie immer."

Sie gab ihm einen verspielten Klaps. „Ach, du." Sie strich sich über ihr lockiges, rotes Haar.

„Komm mit nach hinten in mein Büro." Chief Bailey ging in sein Büro im hinteren Teil des alten viktorianischen Gebäudes, das als Polizeistation diente. Im Keller gab es eine uralt aussehende Zelle, in die der Chief manchmal jemanden steckte, der zu viel getrunken hatte. Abgesehen davon gab es hier nur ganz wenig Kriminalität.

Chief Bailey nahm alte Zeitungen von einem Holzstuhl und warf sie auf den Boden. „Setz dich."

Ryan nahm Platz und kam gleich zur Sache. „Wie schon am Telefon gesagt, ich bin hier, um –"

„Ich weiß, warum du hier bist. Was ich aber nicht weiß, ist, warum du den Dienst überhaupt quittiert hast." Er öffnete einen Ordner. „Ich habe mir deine Akte noch einmal angesehen. Du warst der Beste deiner Klasse in der Akademie, hast mehrfach Belobigungen für deine Integrität bekommen, fünfmal Officer des Monats, eine besondere Auszeichnung für deinen Dienst." Er betrachtete Ryan. „Du hast deine Dienstmarke abgegeben, nachdem man im Dienst auf dich geschossen hat. Warum?"

Ryan war auf diese Frage vorbereitet, und wenn irgendjemand es verstehen würde, warum er hatte gehen müssen, dann war es Chief Bailey. Er erzählte ihm die Geschichte von dem Kind mit der Waffe und dessen zweijähriger Schwester. Von der Kugel, die er in die Schulter bekommen hatte.

Der Chief lehnte sich in seinem Stuhl zurück, faltete die Hände über dem Bauch. „Moment mal. Wenn du sagst, du bist erstarrt, hast du dann auf das Kind mit der Waffe hinabgeschaut oder das kleine Mädchen?"

„Das Mädchen", sagte er leise. Er wurde nicht gerne an diesen Tag erinnert.

„Das ist doch das Beste, was du hast tun können."

Ryan fiel die Kinnlade hinunter. „Was?"

„Die Aufmerksamkeit des Angreifers ruhte auf dir. Als er sah, dass du seine Schwester angestarrt hast, hat er sich möglicherweise zu dem Mädchen umgewandt und deinem Partner die Ablenkung gegeben, die er brauchte, um ihn zu entwaffnen."

Ryan blinzelte. So hatte er das noch nie betrachtet. Natürlich konnte er nicht sicher sein, ob es wirklich so war. „Vielleicht", räumte er ein.

Der Chief schloss den Ordner und beugte sich vor. „Haben sie dich danach zu einem Psychiater geschickt?"

„Nein, ich habe am nächsten Tag meine Dienstmarke abgegeben. Seitdem arbeite ich als Privatdetektiv, aber damit bin ich durch. Hättest du irgendwelche Möglichkeiten, mich in der Nähe wieder als Officer einzusetzen?"

„Sie suchen einen Festangestellten in Fieldridge. Ich kenne den Chief. Ich könnte da mal anrufen."

„Jack ist in Fieldridge."

Der Chief warf ihm einen vielsagenden Blick zu. „Wie ich höre, ist er trocken. Könnte das ein Problem werden?"

„Nein." *Solange Jack auf der richtigen Seite des Gesetzes bleibt.*

„Bereitet deine Schulter dir Probleme?"

„Nein, Chief."

„Nenn mich Glenn." Er verschränkte seine Finger ineinander. „Ryan, ich habe vor, bald in Ruhestand zu gehen. Es gibt niemanden, dem ich mehr zutrauen würde, auf die Leute in Clover Park achtzugeben als dich. Leg ein Jahr in Fieldridge ein, dann kann ich dich zum Chief machen, sobald ich in Ruhestand gehe."

Ryan starrte ihn sprachlos an. Er klappte den Mund geräuschvoll zu. „Chief, ich hatte nie erwartet –"

„Glenn."

„Glenn, das ist … wow … eine großartige Gelegenheit … Es wäre mir eine Ehre, in deine Fußstapfen zu treten."

Glenn hob einen Finger. „Unter einer Bedingung."

„Sag schon."

„Ich verordne dir eine spezielle posttraumatische Therapie – du gehst in Eastman in den Polizeisportverein. Ich bin dabei, seitdem Trav hier mal gelandet ist. Wir helfen gefährdeten Kindern, auf die richtige Spur zurückzukommen. Wir bieten Fußball an, Basketball und Baseballteams. Du würdest dort als Coach eingesetzt werden, als Mentor, als Vorbild. Ich kann mir niemanden vorstellen, der qualifizierter wäre als du für den Sport und dafür, die Kids in die richtige Richtung zu lenken. Was sagst du dazu?"

Er hatte nie zuvor daran gedacht, mit Kindern zu arbeiten. Er hatte seinen Brüdern geholfen, aber das war auch etwas anderes, sie waren Familie. Dennoch war es ein mehr als faires Angebot. Er kannte sich mit Sport aus. Bei den Kindern war er sich nicht so sicher, aber er würde damit klarkommen. „Du kannst auf mich zählen."

Glenn lächelte und nickte. „Das wird dir auch helfen. Du arbeitest ganz eng mit diesen Kindern zusammen, du wirst nicht mehr erstarren, wenn so etwas geschieht. Du wirst wissen, wie du sie erreichen kannst. Du wirst es verstehen."

„Okay, Chief, ähm, Glenn."

Glenn stand auf und reichte ihm seine Hand.

Ryan schüttelte die Hand herzlich. „Danke."

„In Ordnung. Dann rufe ich jetzt an. Rechne mal damit, dass du bald von Chief Pax hörst."

Ryan nickte und wandte sich zur Tür.

„Fußballtraining ist um neun Uhr am Samstagmorgen", sagte Glenn. „Du übernimmst das Jungsteam der Mittelstufe."

Mittelstufe war immer noch ziemlich jung, stellte Ryan sich vor, die nahmen noch keine harten Drogen und waren auch nicht auf gefährliche Art und Weise kriminell. Das sollte kein Problem sein.

Er rief noch über seine Schulter: „Werde da sein!" Dann hielt er inne. „Moment mal, Gran heiratet am Wochenende. Ich kann erst nächsten Samstag da anfangen."

Glenn streckte ihm seinen erhobenen Daumen entgegen. „Das ist in Ordnung. Ich springe für dich ein."

Er verließ Glenns Büro, richtete sich auf, hatte das Gefühl, wieder auf der richtigen Spur zu sein. Das fühlte sich richtig an. Er hätte schon vor Jahren zu Chief Bailey gehen sollen. „Bye, Linda."

Sie wackelte mit ihren Fingern. „Ich hoffe, ich seh dich jetzt öfter."

Er drehte sich um und grinste. „Das wirst du."

Es war kein Wunder, dass Liz nicht mit jemandem zusammen sein wollte, der in anderer Leute Affären herumschnüffelte. Aber das hier – das hier war gute, ehrliche Arbeit. Jetzt war er Liz' würdig. Er musste sie nur noch davon überzeugen.

29

Ihre Wohnung war ausnahmsweise mal ruhig. Daisy fuhr mit Bryce eine Runde Auto, damit er endlich einschlief. Liz hatte heute frei, weil heute jüdischer Feiertag war, deswegen entschied sie sich, einen Plan aufzustellen, wann sich wer um Bryce kümmerte. Da Daisy sich nun entschieden hatte, Trav mit einzubeziehen, hatten sie mehr Hilfe. Liz wusste, dass sie, wenn die Dinge so weiterliefen, bei ihrer Arbeit nicht funktionieren konnte. Diese zurückliegende erste Woche war brutal gewesen.

Sie rief ihre Mutter an, um in Erfahrung zu bringen, welche Pläne sie für den Herbst hatte, dann schrieb sie auch ihren Namen in die Zeitfenster, in denen sie verfügbar war. Als nächstes rief sie Trav auf seinem Handy an. Ein paar Minuten später schickte er ihr per Mail seinen Arbeitsplan, und sie setzte ihn in die entsprechenden Felder. Als Daisy mit einem schlafenden Bryce in der Babyschale zurückkam, stand der Plan.

„Hey, es hat geklappt", flüsterte Liz, als sie hereinkamen.

„Natürlich", sagte Daisy. „Ich glaube, ich werde mich ein wenig hinlegen, während er schläft." Mit der Schale ging sie zum Schlafzimmer.

„Warte mal, ich möchte dir etwas zeigen." Sie sprach mit

normaler Stimme, und das Baby rührte sich nicht. Maggie wäre stolz auf sie.

Daisy hob ihren Finger. „Merk dir, was du sagen wolltest."

Sie ging ins Schlafzimmer und kam ein paar Minuten später ohne Bryce zurück. Sie nahm sich ein Glas Wasser aus der Küche und setzte sich zu Liz aufs Sofa. „Was ist denn los?"

„Ich habe einen Betreuungsplan für Bryce erstellt." Sie drehte ihren Laptop um, um es Daisy zu zeigen.

Daisy bekam ganz große Augen, als sie all die farbigen Details sah, die Liz eingefügt hatte und die für jede Stunde des Tages rund um die Uhr aus Babybetreuung bestanden.

„Liz, das musstest du doch nicht alles machen."

„Ich dachte nur, es wäre einfacher, wenn wir alle diesen Plan hätten. Wenn es für dich in Ordnung ist, werde ich ihn allen schicken und ihn auch ausdrucken, um ihn hier aufzuhängen."

„Nein, wirklich. Du hättest es nicht machen müssen. Ich habe eine Familienpflegerin engagiert."

Liz starrte ihre Schwester entsetzt an. Daisy plante niemals voraus, lebte immer impulsiv, im Flug. Sie geriet immer wieder in Schlamassel, wusste aber, dass Liz ihr dabei helfen würde, die Bruchstücke einzusammeln.

Doch sie hatte das getan. Ganz allein.

Daisy hob einen Mundwinkel zu einem schwachen Lächeln. „Ich weiß, ich war ein Wrack, als ich hierhergekommen bin, aber jetzt geht es mir besser. Ich habe eine Familie, Trav ist an Bord, und das Beste daran ist, dass ich wieder regelmäßig duschen kann."

Liz lächelte. Duschen war wichtig. „Wen hast du denn engagiert? Hast du Referenzen bekommen?"

„Die Mutter von Dr. Cohen, Miriam. Sie ist schon Großmutter und liebt es, Babys zu halten. Miriam sagt, sie würde ihn gerne in den Schlaf wiegen, wir sollen uns keine Gedanken machen." Sie grinste. „Dr. Cohen meinte, sie ist wie ein Babyflüsterer, und sie hat allen in ihrer Familie geholfen. Doch in nächster Zeit haben sie keine Babys."

„Du hast mir gar nichts davon erzählt."

„Es hat sich auch gerade erst herausgestellt. Ich bin Dr. Cohen im Garner's begegnet, als ich Mittagessen holen und ihn kurz seiner Oma geben wollte. Sie fragte mich, wie es mit Bryce lief, und ich erzählte ihr, dass ich nach einer Familienpflegerin suche."

„Seit wann?"

„Seitdem du mit Ryan Schluss gemacht hast. Du bist erschöpft, und ich weiß, dass du nicht glücklich bist. Ich möchte nicht, dass Bryce eine Last ist –"

„Ist er nicht."

Daisy drückte ihren Arm. „Er ist kein leichtes Baby. Du wirst ja immer noch helfen können, aber du wirst nicht die ganze Zeit helfen müssen."

„Wann fängt sie an?"

„Nächste Woche."

„Wow." Sie schüttelte den Kopf. „Ich bin immer noch so beeindruckt davon, dass du im Voraus geplant hast."

„Wenn Bryce mir etwas beigebracht hat, dann, dass ich vorbereitet sein sollte."

Liz umarmte sie. „Ich bin so stolz auf dich."

„Danke, Schwesterchen." Daisy stand auf. „Ich sollte jetzt besser diesen Schlaf bekommen. Und mach dir keine Sorgen um das Geld. Trav hilft mir aus."

„Gut", sagte Liz. Die Umstände waren nicht ideal gewesen, doch sie hätte sich keinen besseren Dad für ihren Neffen wünschen können.

~

Ryan war dieselbe Route gelaufen, zur gleichen, späten Nachmittagszeit, wie an dem Tag, als er Liz das letzte Mal beim Laufen begegnet war, schon drei Tage hintereinander. Immer noch keine Liz. Er wusste nicht, was er sonst noch tun sollte. Sie nahm seine Anrufe nicht entgegen. Nach dem dritten Versuch hatte er aufgegeben. Er wollte sie nicht drängen. Er wollte ihr nur einiges sagen. Unter anderem, dass er nicht mehr der Typ war, der Fremdgehern hinterherspionierte. Er würde in zwei Wochen seinen neuen Job als festangestellter

Officer in Fieldridge antreten. Und auch, dass er wusste, dass das, was sie hatten, etwas Besonderes war, und dass man das nicht bei jedem fand.

Verdammt, er konnte jedenfalls nicht mit Worten umgehen.

Er drehte um und joggte zum Shane's Scoops. Jorges dumme Idee mit einer großartigen, romantischen Geste hatte nicht funktioniert. Sie hatte kaum geblinzelt, als er ihr erzählt hatte, dass er nach einem neuen Job suchte. Shane war Mister Sensibel. Er hatte zwei lange Beziehungen hinter sich, also musste er doch wenigstens *etwas* wissen.

Er ging zum Geschäft seines Bruders und stellte sich für einen Vanille-Milchshake an.

Ein paar Minuten später nahm Shane seine Bestellung entgegen und reichte sie ihm persönlich. Als Ryan bezahlen wollte, schob Shane das Geld zurück. „Das geht aufs Haus."

„So wirst du bald kein Geschäft mehr haben." Er schob das Geld in die Hand seines Bruders. Shane schob es wieder zurück.

Ryan atmete scharf aus und steckte die Scheine in das Glas fürs Trinkgeld. „Wann machst du Pause?"

„Gib mir fünf Minuten."

Ryan wartete an einem Tisch. Jetzt, da der Sommer vorüber war, lief das Geschäft etwas schleppender, aber Shane hatte immer noch Stammkunden, die für ihre Nachmittagsdosis Koffein, Zucker oder beides kamen.

Shane schloss den Laden, und sie gingen zur Hintertür hinaus zu dem Privateingang, der zum oberen Apartment führte. Das Apartment seines Bruders war mit alten Postern von Weinen und verschiedenen Lebensmitteln gepflastert. Ryan bekam immer Hunger, wenn er hier oben war.

Sie setzten sich nebeneinander an die Kücheninsel auf Barhocker, die aussahen wie Barhocker aus den guten alten Zeiten, solche, wie man sie neben einem Getränkespender gefunden hätte, in leuchtend rotem und blauem Vinylleder.

„Was gibt's?", fragte Shane.

Ryan nahm einen Schluck von seinem Shake, nicht sicher, wie er das, was ihm durch den Kopf ging, sagen sollte.

Shane nahm sich eine Limonade aus dem Kühlschrank und setzte sich kameradschaftlich schweigend neben ihn.

Ryan schlürfte seinen Shake zu schnell, sodass er Hirnfrost bekam und seine Hand an den Kopf presste.

Shane hatte Mitleid mit ihm. „Geht es um Liz?"

„Ja."

„Wo ist das Problem?"

„Du weißt immer, was man zu Frauen sagen soll."

„Tue ich das?"

„Ja, du bist gut in diesem ganzen Beziehungskram. Das musst du doch sein; du hattest zwei lange."

„Das stimmt", sagte er langsam. „Natürlich bin ich jetzt mit keiner von beiden mehr zusammen."

Ryan winkte ab. „Es zählt trotzdem."

„Okay."

Er starrte geradeaus. „Also, was soll ich zu Liz sagen? Sie wird am Samstag bei Grans Hochzeit sein. Ich brauche einen Plan. Seitdem Bryce in ihre Wohnung gezogen ist, will sie nicht mehr mit mir zusammen sein. Ich kann das Baby ja nicht auf die Straße setzen. Aber warum müssen wir denn getrennt sein? Ich finde, wir könnten uns doch trotzdem ab und zu sehen, stimmt's?" Er sah Shane in die Augen.

„Klar", sagte Shane.

Ryan trank etwas von dem Shake und betrachtete den großen Holzlöffel, der über der Küchenspüle hing. „Kannst du für mich ein Gedicht schreiben?"

Sein Bruder schwieg. Er drehte sich um, um zu sehen, warum. Shanes Mund hing überrascht offen.

Ryan schob sich eine Hand in sein Haar, vollkommen verlegen, aber er brauchte dennoch eine Antwort.

Shane erholte sich schnell. „Du möchtest, dass ich –"

„Nichts zu Schickes, sonst weiß sie gleich, dass es nicht von mir ist." Er sah auf die Kücheninsel hinab, dachte angestrengt nach. „Einfach etwas über … ihre Augen, weißt du? Sie haben diese wirklich blaue Farbe, fast wie Türkis, aber wenn sie sich aufregt, leuchten sie. Dann sind sie wie Feuer. Und … ihr Haar ist wirklich weich. Auch etwas darüber."

„Aha."

Ryan riss den Kopf hoch. Shane lächelte.

„Vergiss es." Ryan wurde klar, dass er sich wie ein Idiot anhörte.

„Nein, ich finde es wirklich schön. Mein großer Bruder hat sich endlich verliebt."

Es traf ihn wie ein Schlag in die Magengegend. Er liebte Liz.

Er hatte das Gefühl, keine Luft zu bekommen, und atmete mehrmals durch. Auf diese Feststellung folgte rasch das Dümmste, was ihm bislang passiert war – er liebte eine Frau, die ihn nicht liebte. Sie hatte ein Baby ihm vorgezogen. In ihrem Herzen gab es keinen Platz für beide, da sie ihn nicht liebte.

„Es ist wieder typisch für mich, dass ich mich in jemanden verliebe, der diese Liebe nicht erwidert", sagte Ryan verbittert.

Shane klopfte ihm auf den Rücken. „Das würde ich nicht sagen. Gib ihr einfach Zeit. Das Baby wird ein wenig größer werden, die Dinge werden einfacher, dann wird sie für eine Beziehung vielleicht wieder offener sein."

Er starrte seinen Bruder an. „Wie lange wird das dauern?"

Shane zuckte die Schultern.

Warum habe ich nur gedacht, dass Shane alle Antworten kennen würde?

Er stand auf. „Du bist überhaupt keine Hilfe."

Sah so aus, als müsste er sich wieder an Jorges Idee halten. Er musste etwas unternehmen, wenn er Liz' Herz gewinnen wollte. Die Alternative fühlte sich zum Kotzen an.

Liebe war ätzend.

„Du bist ein Lebensretter", sagte Liz, als sie Rachel dabei half, das chinesische Essen, das sie gekauft hatte, in Liz' Wohnung zu bringen. „Wir hatten heute viel zu viel zu tun, um ans Abendessen auch nur zu denken."

Bryce war in seiner Schaukel direkt vor der Küche, wo er

zusehen konnte, wie sie die Tüten auspackten. Daisy telefonierte in Liz' Schlafzimmer.

„Also, es ist jetzt eine Woche her, seitdem du Schluss gemacht hast", sagte Rachel. „Wie geht es dir so?"

„Mistig", gestand Liz. „Und dann muss ich ihn auch noch bei der Hochzeit wiedersehen."

„Ich bin für dich da", sagte Rachel.

„Und ich tanze alle langsamen Tänze mit dir", warf Daisy ein, die von ihrem Telefonat zurückkam.

Liz lachte.

Sie schafften das halbe Essen, bevor Bryce erneut zu weinen begann. Liz und Daisy ächzten. Das war immer so.

„Es ist, als wollte er partout nicht, dass wir zu Ende essen", sagte Liz. „Das ist die Babydiät."

Daisy stand auf. „Ich kümmere mich darum. Ihr beiden esst zu Ende. Die Milch kommt, Baby!"

Sie hob Bryce aus seiner Schaukel und trug ihn ins Wohnzimmer. Ein paar Minuten später war er still. Die Küche wurde durch eine halbhohe Wand vom Wohnzimmer getrennt, sodass Liz nicht sehen konnte, wie er gefüttert wurde, aber hin und wieder hörte sie ein Schmatzen.

„Meinst du, Maggie wird einen Stripper bei ihrer Junggesellinnenabschiedsparty morgen haben?", fragte Rachel.

„Das nicht, aber ich habe eine Hellseherin bestellt."

"Uih!" Rachel verdrehte die Augen. „Du weißt schon, dass die nur sagen, was man ihrer Meinung nach hören will — du wirst reich sein, einen gutaussehenden Ehemann haben, lange leben."

„Ist doch nur zum Spaß", sagte Liz.

„Ich schätze, es ist schon in Ordnung, wenn du nicht daran glaubst."

„Ich glaube daran!", rief Daisy aus dem Wohnzimmer. „Ein Hellseher hat mir mal gesagt, dass ich sehr jung Mutter werde, und da bin ich."

Rachel und Liz tauschten einen Blick aus. Dreiunddreißig war nicht gerade jung.

„Cool", sagte Rachel endlich.

Sie grinsten einander an.

„Hochzeiten sind gut, um Leute kennenzulernen", sagte Liz. „Vielleicht wirst du Jorges heißen Neffen oder seinen zweiten Cousin kennenlernen."

„Der wäre aber vermutlich nicht jüdisch", sagte Rachel.

„Seit wann ist das denn wichtig?", fragte Liz überrascht.

„Vielleicht ist es Zeit für mich, nicht mehr länger in der Gegend herumzuschlafen und jemanden zu finden, mit dem ich die Zukunft verbringen kann. Ich glaube, es wäre ganz nett, mit jemandem zusammen zu sein, der den gleichen Glauben hat wie ich. Wir könnten unsere Kinder jüdisch erziehen."

Liz starrte Rachel überrascht an.

„Was?", fragte Rachel.

„Nichts, ich habe dich nur noch nie so reden gehört."

„Vielleicht, weil ich euch mit Bryce gesehen habe, habe ich noch einmal über alles ein wenig nachgedacht. Ihr habt hier so viel mit eurer Familie zu tun, und ich gehe immer nach Hause in meine leere Wohnung. Ich habe mich bei JDate angemeldet."

Liz fiel die Kinnlade herunter. „Aber ich dachte, beim Online-Dating sind nur lauter Spinner und Durchgeknallte."

Rachel zuckte die Schultern. „Ich habe mich mit meinem Rabbi unterhalten, und sie meinte, dass mehrere Leute unserer Gemeinde das erfolgreich genutzt haben."

„Wow."

„Das ist gut für dich!", warf Daisy ein.

„Ich arbeite gerade an meinem Profil, aber ich bin noch nicht fertig damit. Es ist nicht so leicht, mich gut zu beschreiben. Zum Beispiel was Hobbys angeht. Ich habe einfach keine Hobbys. Bücher sind mein Leben."

„Schreib lesen", sagte Liz.

„Das hört sich aber an, als würde ich immer nur zu Hause rumsetzen." Sie schob ihren Teller von sich.

„Du möchtest aber doch auch nicht lügen."

„Ich möchte nicht langweilig sein."

Liz nahm einen Schluck von ihrem Wasser. „Vielleicht kannst du schreiben, dass du den Strand magst."

Rachel legte ihren Kopf auf ihre Hand und dachte darüber nach. „Ich lese gerne am Strand."

„Na also!", sagte Liz. „Also stimmt es doch, dass du den Strand magst."

Daisy kam mit einem zufrieden aussehenden Bryce auf dem Arm zurück. „Kann eine von euch mit ihm sein Bäuerchen machen, während ich mal ins Bad gehe?"

Rachel hob ihre Arme und zog das Baby an sich. Sie atmete den Duft des Babyhaares ein; dann klopfte sie ihm auf den Rücken. „Er ist so niedlich."

Bryce stieß ein lautes Bäuerchen aus.

„Guter Junge", sagte Rachel und klopfte ihm weiterhin auf den Rücken. „Ist da noch irgendetwas anderes drin?"

PFFFT. Rachel hielt ihn auf Armeslänge von sich. „Das war eine Menge. Du bist dran." Sie reichte Bryce an Liz weiter, damit sie ihn wickelte.

Liz nahm das Baby und ging ins Wohnzimmer. „Das mit dem Baby hat keine Eile, oder, Rachel?"

Ihre Freundin lachte. „Ich muss mich erst einmal auf meine Suche machen. Am Ende muss ich vielleicht eine ganze Menge koschere Essiggurken probieren."

Sie drehte sich um. „Rachel! Weißt du, wie das klingt?"

Rachel lächelte verträumt. „Japp."

Junge!

30

„Lasst uns feiern!", brüllte Daisy, als Maggie die Tür öffnete.

Maggie zog die Tür auf. „Das ist genau die richtige Einstellung!"

„Juchhu!", fügte Liz hinzu und machte eine Beckerfaust. Daisy brach in Gelächter aus.

Sie hatten Bryce zu seinem Dad gebracht, damit sie ihren ersten babyfreien Abend bei Maggies Junggesellinnenabschied verbringen konnten.

„Ihr Mädchen kommt gerade rechtzeitig", sagte Maggie. „Kommt. Helft mir, diese Dippables fertig zu machen."

Daisy und Liz tauschen einen Blick aus. *Dippables?*

Sie betraten Maggies Haus und folgten ihr zum Esszimmertisch, wo sie einen Schokoladenbrunnen aufgestellt hatte. Schokoladenwellen flossen von oben an den Seiten hinab. Liz lief das Wasser im Mund zusammen. Spieße und Plastikteller waren auf den Tisch gestapelt.

„Hier, du legst die Marshmallows hin; und du die Butterkekse", sagte Maggie und reichte ihnen die Süßigkeiten. „Ich mache mich an die Erdbeeren und die Himbeeren."

Daisy riss die Marshmallowtüte auf und tauchte einen in den Brunnen. „Mmm", machte sie mit dem Mund voller schokoladenbedeckter Herrlichkeit.

Liz machte das Gleiche mit einem weiteren Marshmallow.

Die warme Schokolade war so-oo-oo gut. Sie öffnete die Butterkeksdose und dippte auch einen davon hinein. Weitere Butterkekse und Unmengen an Schokolade später fühlte Liz sich unheimlich glücklich.

Maggie kam mit den gewaschenen Beeren zurück. „Vielleicht solltest du eine Serviette benutzen, Liebes."

Daisy grinste. „Oder eine ganze Rolle Küchenpapier."

Liz lief ins Bad, um sich den Schaden anzusehen. Schokolade war über ihren Mund und ihr Kinn verschmiert. Sie sah aus wie ein Kindergartenkind, das sich gerade über einen Schokoladenkuchen hergemacht hatte. Sie wusch sich vor dem Spiegel. Bei der Party musste sie vorsichtiger sein. Es war einfach nur, dass sie sich mit der Schokolade besser fühlte. In letzter Zeit war alles schwierig gewesen mit der Trennung und den Anforderungen, Bryce zu helfen.

Liz' Mutter kam mit den heißen Gerichten, die das Garner's lieferte – Rigatoni, Chicken Wings und in Bacon gewickelte Scampi. Bald schon waren alle da: Rachel und ihre Mutter, einige von Maggies Freundinnen aus der Kirche und Jorges Töchter, dreißigjährige eineiige Zwillinge mit Namen Grace und Faith. Grace war Kinderärztin und Faith war Hausfrau mit einem zweijährigen Sohn. Auch die süße Pam kam, da sie Maggie die Beleidigungen beim Strickclub verziehen hatte, denn Maggie hatte auch sie mit zum Tanzunterricht bei Jorge gebracht, und sie liebte es. Der Rest des Strickclubs war nicht eingeladen.

Liz startete peppige Latinomusik auf einem iPod mit Lautsprechern, die sie aufgestellt hatte. Die Playlist hatte Maggie zusammengestellt. Faith und Grace zeigten den Frauen einige Merengue Tanzbewegungen – das Tanzen schien einfach in der Familie zu liegen. Die Party wurde immer lauter, während alle tanzten, sich unterhielten und sich das Essen schmecken ließen.

Liz hatte den Teller gerade mit schokoladenbedeckten Himbeeren gefüllt, als es an der Tür klingelte. Sie hörte, wie Maggie öffnete und sagte: „Sie müssen Madame Clarity sein."

Liz stopfte sich einige Himbeeren in den Mund und ging zurück ins Wohnzimmer, um die Hellseherin zu begrüßen, die sie engagiert hatte. Sie war genauso durchgeknallt, wie sie gehofft hatte. Lange Wellen von grauem Haar, große silberne Ohrringe und ein fließender violetter Kaftan.

„Hi, ich bin Liz", sagte sie.

„Könnten Sie mir zeigen, wo die Toilette ist, Liebes?", fragte Madame Clarity in grässlichem, britischem Akzent. Liz wusste, dass sie eigentlich aus Queens kam.

„Klar, hier entlang." Liz führte sie zum Badezimmer und machte sich danach auf die Suche nach Rachel. Sie fand sie, als sie sich gerade mit Faith über den Thinking Moms' Bücher Club unterhielt. „Gibst du uns mal eine Minute?"

„Sicher", sagte Faith und ging zu Maggie.

„Die Hellseherin tut so, als käme sie aus Großbritannien", sagte Liz zu Rachel.

Rachel zuckte die Schultern. „Und? Sie tut auch so, als sei sie Hellseherin. Ist doch keine große Sache."

Madame Clarity kam ins Wohnzimmer zurück, hob dramatisch ihre Arme und verkündete: „Die Toten wollen reden!"

Maggie klatschte in die Hände. „Ooh, eine Séance."

Sie versammelten sich um den Sofatisch. Liz und Rachel brachten einige Stühle aus dem Wohnzimmer. Madame Clarity zog eine Kristallkugel hervor. Rachel stupste Liz mit dem Ellbogen an und grinste.

Madame Clarity schloss die Augen und rieb sich die Hände über der Kristallkugel. „Sprecht mit uns, ihr lieben Dahingegangenen aus unserer Vergangenheit! Gebt uns ein Zeichen!"

Ein paar Minuten herrschte Stille, und alle waren angespannt, während sie warteten, einander und Madame Clarity ansahen.

Plötzlich erbebte Madame Clarity dramatisch. „Patrick ist hier."

„Oh, mein Patrick", sagte Maggie und verschluckte sich. „Hallo, mein Lieber."

Liz spürte, wie die Kälte sie durchfuhr. Hatte Maggie Madame Clarity von ihrem ersten Ehemann erzählt, oder war sie wirklich eine Hellseherin?

„Er grüßt Sie", sagte Madame Clarity.

Maggie lächelte. „Patrick, es ist so lange her. Habe ich deinen Segen, wieder zu heiraten?"

Es verging ein Moment, während Madame Clarity ihre Hände mit geschlossenen Augen über dem Kristall rieb und von einer Seite zur anderen schaukelte. Die Damen sahen einander nervös an.

„Sie haben seinen Segen!", erklärte Madame Clarity.

Ein erleichtertes Seufzen ging durch den Raum.

„Als nächstes Rita", sagte Maggie. „Sagen Sie ihr, dass ich heiraten werde."

Eine weitere überschwängliche Geste über dem Kristall. Madame Clarity öffnete ihre Augen und sah sich im Raum um. „Rita ist ganz erfreut."

„Friede sei mit meiner Schwiegertochter", sagte Maggie. „Sag ihr, Ryan, Travis und Shane sind wunderbare Menschen."

Liz schluckte heftig. Die Liste von Maggies Verlusten war nicht leicht anzuhören, doch die ältere Frau schien mit sich im Reinen zu sein, glücklich mit dem Leben, das sie hatte.

Madame Clarity schaukelte vor und zurück, streichelte ihren Kristall, dann richtete sie sich plötzlich auf. „Sie ruht in Frieden."

„Woo!", rief Maggie aus und sah sich im Raum zu ihren Freundinnen um. „Genug mit der Vergangenheit, lassen Sie uns auch einige Voraussagen für die Zukunft hören. Sie lesen doch auch aus der Hand, nicht wahr?"

„Ganz richtig", sagte Madame Clarity.

„Kommt her, meine Damen." Maggie bedeutete ihnen, zu ihr zu kommen. „Liz, du als erste. Ich möchte hören, was sie über dich sagt."

Liz blieb, wo sie war. Das Letzte, was sie hören wollte, war irgendeine himmelhochjauchzende Version ihrer Zukunft. Sie kannte ihre Zukunft – sie würde Bryce großziehen und arbeiten. Fall abgeschlossen. Auf keinen Fall würde sie Hoffnungen in irgendeine dumme Vorhersage einer Hellseherin setzen.

Rachel schob sie nach vorne. „Enttäusche die Braut nicht."

Sie ging durch den Raum und setzte sich vor Madame Clarity, die damit beschäftigt war, sich den Schweiß mit einem gefalteten Tuch, das sie unter dem Halter ihres BHs hervorgezaubert hatte, von der Stirn zu wischen. Die Hellseherin trank etwas Wasser und stellte das Glas mit einer dramatischen Geste wieder hin. „Ah, das hat meinen Durst gestillt. Jetzt bin ich bereit, in die unbekannte Zukunft einzudringen. Zeigen Sie mir Ihre Hand."

Liz öffnete ihre Hand mit der Handfläche nach oben. Madame Clarity fuhr einige Linien nach, murmelte etwas vor sich hin: „Lebenslinie, *mmm-hmmm,* Herzlinie, *oh – sehr interessant,* Kopf, Schicksal …" Sie sah mit großen Augen auf. „Das war mir noch nie so klar. Ihr Seelenverwandter ist ganz in der Nähe, wartet darauf, dass sie ihren rechtmäßigen Platz an seiner Seite einnehmen." Sie sah Liz mit bohrendem Blick an. „Kennen Sie diesen Mann?"

„Nein, ich glaube nicht." Liz zog ihre Hand weg und stand mit zitternden Beinen auf. „Ich bin hier fertig, die Nächste!" Sie glitt davon und zurück ins Esszimmer, um noch etwas in den Schokoladenbrunnen zu halten. Vier Himbeeren, zwei Erdbeeren und ein Marshmallow später gesellten Rachel und Daisy sich zu ihr.

„Was hat sie dir gesagt?", fragte Daisy Rachel.

„Sie sagte", – Rachel machte Anführungszeichen in die Luft – „mein *Seelenverwandter* warte auf mich. Ich hoffe, er hat sich bei JDate angemeldet, denn dort werde ich als erstes suchen."

„Mir hat sie das Gleiche gesagt!", meinte Daisy.

Liz kicherte erleichtert. „Mir auch!"

Dann musste sie sich also doch keine Gedanken machen, dass es falsch gewesen war, mit Ryan Schluss zu machen. Ihr Instinkt war richtig gewesen.

Daisy dippte eine Erdbeere und schluckte sie hinunter. „Schätze, du hattest recht, Rachel. Sie sagen einfach, was du ihrer Meinung nach hören willst. Wer sagt denn, dass wir überhaupt einen Seelenverwandten wollen? Ich möchte einfach nur, dass mein Baby nachts durchschläft und glücklich ist. Ich brauche keinen Mann, der auch noch möchte, dass ich ihn glücklich mache."

Liz musterte ihre Schwester. Daisy war nicht mehr der fröhliche Freigeist, der sie sonst gewesen war. Das Mutterdasein hatte sie verändert. Es war keine gute oder schlechte Veränderung, einfach nur anders.

„Ist doch nur ein Spiel", sagte Liz. „Kommt. Lass uns mal sehen, ob Maggie ihre Zukunft gefällt."

„Das sollte sie wohl besser", sagte Rachel. „Die Frau wird morgen heiraten."

Sie fanden Maggie im Wohnzimmer, wo sie sich mit ihren Freundinnen unterhielt.

„Und, bist du mit deiner Zukunft zufrieden?", fragte Liz.

„Natürlich! Sie sagt, ich werde unglaublich glücklich sein, und das bin ich." Sie legte einen Arm um Liz und drückte sie an sich.

Etwas später überreichte Liz Madame Clarity ihren Scheck. „Sie haben Maggie sehr glücklich gemacht, ich danke Ihnen."

„Sie waren ausgezeichnete Kunden", sagte Madame Clarity. Ihr Queens Akzent war im Laufe des Abends stärker geworden. „Genießen Sie den Abend!"

Als die Hellseherin weg war, sammelten die Damen ihre Handtaschen ein und begannen, sich zu verabschieden.

„Einen Moment noch!", rief Maggie. „Liz, lass sie nicht gehen."

Liz griff nach der süßen Pam, bevor sie zur Tür hinaus verschwinden konnte.

Maggie kam mit einer rosa Tüte, die mit einem Band verschnürt war. „Mitgebsel, viel Spaß!"

Liz half ihr dabei, den aufbrechenden Gästen ihre Mitgebsel in die Hand zu drücken. Schließlich war noch eine Tüte übrig. „Für wen ist die?"

„Eine brauche ich für mich selbst", sagte Maggie. „Könnte in den Flitterwochen recht hilfreich sein."

Liz, Rachel und Daisy öffneten ihre gleichzeitig. Daisy und Rachel prusteten los. Liz starrte das Kirschmassageöl an, die essbare Unterwäsche und den Vibrator.

So etwas hatte sie den Kirchengängerinnen von Clover Park in die Hand gedrückt? Frauen, die alt genug waren, um ihre Großmutter zu sein? Ihrer eigenen Mutter? Sie erbebte und stellte die Tüte zurück auf den Tisch.

Maggie drückte sie ihr wieder in die Hand. „Behalte es, mein Liebes. Man weiß ja nie."

31

„Ach, Maggie, du siehst wunderschön aus!" Liz wischte über ihre Augen, als sie Maggie zum ersten Mal in ihrer ganzen bräutlichen Pracht sah.

Maggie trug das leuchtend orangerote lange Kleid mit den glänzenden Pailletten, und sie hatte auch noch eine passende orangefarbene Haube mit einer einzelnen Feder an jeder Seite hinzugefügt.

„Danke!" Maggie deutete auf sie. „Nicht weinen. Sonst fange ich auch noch an."

„Ich freue mich nur so für dich." Sie umarmte ihre Freundin.

„Das Kleid, das du dir ausgesucht hast, gefällt mir auch", sagte Maggie.

„Danke." Liz lächelte. Sie hatte ein blass lavendelfarbenes Cocktailkleid mit ganz kurzen Ärmeln und einem braven V-Ausschnitt an. Maggie hatte ihren Brautjungfern – Liz, Daisy und Jorges Töchter Faith und Grace – gesagt, sie sollten tragen, was immer sie wollten. Um die Farbpalette neben Maggies leuchtendem Orange etwas abzumildern, hatte Liz sich für blasses Lavendel entschieden. Sie hatte auch die anderen Brautjungfern gebeten, Pastelltöne vorzuziehen.

Draußen hupte ein Wagen.

Liz zog den Spitzenvorhang beiseite, um aus dem Schlafzimmerfenster hinauszuschauen, und war vollkommen überrascht. „Meine Güte. Daisy hat einen Kombi gekauft!" Das passte so gar nicht zu ihr, dass sie lachen musste.

Maggie gesellte sich zu ihr ans Fenster. „Das ist ein hübsches, sicheres Auto für meinen einzigen Urenkel."

„Ich werde ihr sagen, dass du in ein paar Minuten unten bist. Lass dir auf der Treppe Zeit", befahl sie ihr.

Maggie verdrehte die Augen.

Sie ging hinaus. Es war ein wundervoller Herbsttag, etwas über zwanzig Grad mit einer kühlen Brise. Daisy winkte, ihr altes, sonniges Lächeln war zurück. Sie trug ein rosafarbenes Cocktailkleid mit tiefem Ausschnitt, um mit dem Dekolleté einer stillenden Mutter anzugeben.

„Super, stimmt's?" Daisy deutete auf ihren tomatenroten Wagen. „Trav hat mich heute Morgen damit überrascht. Das ist die erste Wahl der Versicherungsträger, was die Sicherheit auf Highways angeht. Schau mal, selbst Bryce gefällt er." Das Baby war auf dem Rücksitz eingeschlafen.

„Wir sollten jeden Tag damit fahren", sagte Liz.

„Dagegen hätte ich auch nichts. Ich hatte noch nie ein neues Auto."

„Das war wirklich süß von Trav", sagte Liz.

„Ja." Sie drehte sich um und bewunderte den Wagen.

„Wie läuft es denn sonst zwischen euch?", fragte Liz.

Daisy sah in den Seitenspiegel, überprüfte ihre Zähne und rieb sich etwas Lippenstift vom Schneidezahn. „Komm auf keine dummen Ideen. Er ist einfach nur ein guter Dad."

„Hübscher Wagen!", rief Maggie von der Veranda aus.

Daisy stieß einen Pfiff aus. „Du siehst aber gut aus! Das Kleid ist toll!"

„Danke", sagte Maggie. Liz half ihr auf den Beifahrersitz und stieg dann hinten neben dem schlafenden Bryce ein. Er sah aus wie ein Engelchen, wenn er schlief, dann vergaß sie, wie schwierig es war, wenn er wach war.

„Ich werde die Fenster schließen, damit deine Frisur nicht zerzaust wird", sagte sie und griff schon nach dem Knopf.

„Lass sie offen. Jorge mag mich, wenn ich wild bin."

Maggie nahm ihren Hut ab und schüttelte ihr weißes Haar, das so kurz war, dass es sich kaum bewegte.

Liz verkniff sich ein Lachen.

„Dann also offen", stimmte Daisy ihr zu. Langsam fuhr sie aus der Einfahrt und nahm ein paar Seitenstraßen durch die Stadt in Richtung St. Joseph's.

Daisy fuhr auf den Parkplatz der Kirche. Maggie warf einen Blick in den Seitenspiegel und steckte sich die Haube wieder auf. Sie grinste. „Bereit, Mädels?"

„Bereit", erwiderten Daisy und Liz gemeinsam.

Daisy holte Bryce aus seiner Babyschale heraus, während Liz Maggie die Vordertreppe hinaufgeleitete. In der Sekunde, als sie die Kirche betrat, entdeckte sie schon Ryan. Ihr Herz begann zu rasen. Er stand vorne in der Kirche mit Trav und Shane – alle drei im schwarzen Smoking – nur bei einem von ihnen jedoch fühlten sich ihre Beine wie Gummi an.

Liz ging mit Maggie den Gang hinunter zu den drei Männern, hielt sich am Arm der älteren Frau fest, um selbst nicht zu schwanken. Ryans Blick nahm seine Großmutter wahr und ging dann zu Liz über. Sie riskierte einen nahen Blick auf ihn. In einem Smoking sollte niemand so sexy aussehen, der Stoff betonte seine breiten Schultern und fiel hinunter zu seiner schmalen Taille. Ihr Körper erhitzte sich, und sie war sich sicher, dass auch ihr Gesicht in Flammen stand. Für einen flüchtigen Moment fühlte es sich an, als wäre er der Bräutigam, der darauf wartete, dass sie den Gang zu ihm hinunterkam.

„Daisy", flüsterte Trav und eilte den Gang entlang und an Liz vorbei zu Daisy, die gerade mit Bryce hereingekommen war. Er nahm ihr die Babyschale ab und grinste seinen schlafenden Sohn an. Sie unterhielten sich eine Minute, dann reichte Trav das Baby an Liz' Mutter weiter. Gemeinsam gingen sie den Gang hinunter. Daisy sah aus, als wäre es ihr unangenehm, Trav blickte ernst.

„Okay, jetzt warten wir nur noch auf Jorge, Faith und Grace", sagte Maggie. „Ich muss in den Warteraum mit Pater Munson und euch Mädchen, bevor der Bräutigam mich in meinem Kleid sieht. Das bringt Unglück, wisst ihr."

Liz und Daisy verschwanden mit Maggie in der Sakristei. Der Priester kam einen Augenblick später zu ihnen.

„Pater Munson, wie schön, Sie zu sehen!", rief Maggie.

Der steife Priester antwortete nicht gleich, als er Maggies orangenen Hut und das ebenfalls orangene Hochzeitskleid betrachtete. Endlich lächelte er sie verkrampft an. „Schöner Tag für eine Hochzeit. Würden Sie sich gerne setzen, während Sie warten, Maggie?"

„Ich bin viel zu aufgeregt, um mich zu setzen", sagte Maggie. „Könnten Sie mal nachsehen, ob Jorge da ist?"

„Natürlich." Der Priester ließ sie allein.

Sie hörten, dass Bryce mit seinem üblichen Wimmern aufwachte. Daisy packte sich an die Brüste. „Ah! Meine Milch kommt. Ich muss ihn füttern, bevor die Zeremonie beginnt." Sie verschwand.

„Ich hoffe, sie schafft es rechtzeitig", sagte Liz.

„Mach dir keine Sorgen", sagte Maggie. „Das Baby zu füttern geht vor."

Pater Munson kam zurück. „Der Bräutigam ist da. Ich habe ihren Gästen gesagt, sie sollen sich jetzt setzen." Er rieb seine Hände vor Vorfreude. „Liz, bringen Sie Maggie doch durch den Seitengang nach hinten, damit sie am Eingang warten kann, um dann den Mittelgang entlang zu kommen."

Liz bot ihr ihren Arm an und begleitete Maggie zum vorderen Bereich der Kirche. „Bist du nervös, Maggie?"

„Nur aufgeregt. Wenn alles richtig ist, gibt es keinen Grund, nervös zu sein. Es ist nur ein weiteres Abenteuer." Sie zwinkerte.

Liz zwinkerte ebenfalls. Mit dem Baby schien ihr Leben nun voll zu sein, aber sicher nicht abenteuerlich. Sie vermisste das lustige Single-Leben, dasdass sie begonnen hatte, mit Maggie und Rachel zu genießen.

Und Ryan. *Apropos …*

Ryan tauchte an Maggies Seite auf, um sie den Gang hinunter zu geleiten. Liz spürte das Gewicht seines Blickes, nickte ihm jedoch kaum zu und starrte weiter geradeaus. Heute ging es um Maggie, nicht um sie und Ryan. Langsam atmete sie tief ein. Faith und Grace gesellten sich zu ihnen. Einen Moment später fing die Musik an.

„Wartet, haltet die –" Maggie sprach nicht weiter, als Daisy auf sie zu gerannt kam den BH unter ihrem Kleid noch schnell zurechtzupfte. „Du hast es geschafft!"

„Ach, ich habe die Blumen liegen gelassen." Daisy nahm sich eine Tulpe aus Liz' Bouquet und ging den Gang entlang, gefolgt von Faith, dann Grace. Liz arrangierte ihr Bouquet neu, um die Lücke zu füllen, und ging ebenfalls den Gang entlang. Sie kam vorne in der Kirche an, und die Musik wechselte zum Hochzeitsmarsch.

Sie sah zu, wie Maggie an Ryans Arm den Gang hinunterkam. Maggie strahlte alle an, winkte ein paar Leuten in den Reihen zu, glänzte geradezu vor Glück. Ryan sah ernst aus und … naja, wie ein Beschützer. Der Mann der Familie.

Sie hatte ihn vermisst, doch ihr war nicht klar gewesen wie sehr, bis sie ihn wiedersah. Sie wandte sich ab und sah den Bräutigam an, der genauso glücklich wie Maggie schien und sie liebevoll anlächelte. Liz tat das Herz weh.

Als Pater Munson mit der Zeremonie begann, musste Liz unwillkürlich zu Ryan blicken, der direkt neben dem Bräutigam stand. Er bemerkte ihren Blick, und sie richtete ihre Aufmerksamkeit wieder auf Maggie und Jorge.

Tränen traten Liz in die Augen, als sie zu Mann und Frau erklärt wurden. Sie hörte jemanden schniefen und sah zu Daisy, die ganz offen weinte, sich mit dem Handrücken die Tränen wegwischte. Familie und Freunde brachen in Applaus aus, während Mr. und Mrs. Chavez der versammelten Gemeinde vorgestellt wurden.

Liz folgte ihnen rasch den Gang hinunter, ignorierte die Tatsache, dass sie eigentlich mit Ryan gehen sollte. Sie war erleichtert, als sie einen großen Abstand zu ihm herstellen konnte. Es tat einfach zu sehr weh, in seiner Nähe zu sein. Jetzt musste sie nur noch den Empfang hinter sich bringen.

Ryan setzte sich mit seinen Brüdern, Jorge und einer strahlenden Gran in die gemietete Limousine. „Herzlichen Glückwunsch."

„Danke!", sagte Maggie und reichte den Champagner weiter. Jeder füllte sich ein Plastikweinglas.

„Auf uns!", sagte Jorge glücklich.

„Und auf gute Zeiten!", jubelte Maggie. Alle stießen miteinander an. Das glückliche Paar trank den Champagner aus dem Glas des jeweils anderen, und Jorge küsste Maggie auf den Mund.

Ryan wandte seinen Blick davon ab, sein Champagnerglas war unberührt. Er konnte die Tatsache kaum verdauen, dass sie in ihrem Alter ungehörige Dinge taten; das musste er nicht noch mit ansehen. Er würde Jorge dennoch töten, wenn er Gran wehtat, doch er konnte bis jetzt nicht leugnen, dass Jorge Gran glücklich machte.

Es war ihm nicht leichtgefallen, Liz wiederzusehen. Sie sah fantastisch in ihrem Kleid aus, das Haar hochgesteckt, mit einzelnen losen Strähnen, die sich um ihren Hals kringelten. Er konnte nicht fassen, wie sehr er sie vermisste. Doch er hatte Pläne geschmiedet. Er hoffte, dass sie reichten. Er sah zu Trav, der so untypisch ruhig neben ihm war. Sein Bruder hielt ein leeres Champagnerglas und starrte zum Fenster hinaus, tief in Gedanken versunken.

„Was ist mit euch los?", fragte Shane von seiner anderen Seite aus. „Ihr seid so still. Freut ihr euch denn nicht für Gran?"

Trav lächelte und sah zu dem Paar, das ihnen gegenübersaß. „Doch, tue ich."

„Ich auch", sagte Ryan.

„Und was ist mit deinem Gespräch mit Jorge?", wollte Maggie wissen und sah ihn direkt an. „Die großartige, romantische Geste?"

Das hatte unter ihnen bleiben sollen. Er warf Jorge einen tödlichen Blick zu. Jorge zuckte nur mit den Schultern und hob die Hände.

Trav lachte. „Ryan hat es schlimm erwischt."

Ryan stieß ihn an. Trav grinste nur. Shane sah ihn erwartungsvoll an.

„Ich habe mir etwas einfallen lassen", gab Ryan zu. „Aber ich weiß nicht, ob es funktionieren wird."

„Was denn?", fragte Shane.

Ryans Lippen verformten sich zu einer schmalen Linie. „Du wirst es früh genug erfahren."

Maggie klatschte in die Hände. „Du wirst sie zum Staunen bringen, Ryan!"

Der Wagen fuhr zum Empfang im Garner's Sports Bar & Grill. Ryan war unruhig, als er daran dachte, was er als nächstes tun musste. Wenn es nicht funktionierte, wenn er nicht zu ihr durchdrang, hatte er keine Optionen mehr.

32

Das Garner's Sports Bar & Grill platzte aus allen Nähten. Ihre Eltern hatten ein hübsches Büffet für die Hochzeitsgäste zusammengestellt, und einige Tische und Stühle waren entfernt worden, damit man tanzen konnte. An der Decke hingen Girlanden, Luftballons und Hochzeitsglocken aus Papier. Shane betätigte sich als DJ an einem Tisch, der mit einem Mikrofon und Soundsystem ausgestattet war. Liz war froh gewesen, wie Ryan seinen Vater und dessen Freundin, Gina, eine ernste Frau in dezentem, blauem Kleid ganz nett begrüßte – nicht herzlich, aber höflich. Das war ein Fortschritt, und sie freute sich für ihn und für Maggie. Es verhieß, ein dramenfreies Ereignis zu werden.

Ihre Eltern geleiteten Braut und Bräutigam zu dem Büffet; dann folgte der Rest der Partygäste. Nachdem alle einen Platz hatten und aßen, erhob Ryan sich und nahm Shane das Mikrofon ab. Er klopfte an sein Glas, um als Trauzeuge einen Toast zu sprechen.

„Hi, ihr alle", sagte Ryan. „Lasst uns einen Toast aussprechen auf meine Großmutter, eine couragierte Frau –"

„Hört, hört!", jubelte Maggie.

„– die mir gezeigt hat, dass, wenn es richtig ist, es richtig ist. Gran, ich bin glücklich, dass du glücklich bist. Und wir heißen Jorge in unserer Familie willkommen."

Jorge ging zu ihm und umarmte Ryan, dessen Augen ganz groß wurden, als der ältere Mann seine Umarmung einen Kuss auf beide Wangen folgen ließ. Dann macht er das Gleiche mit Shane und Trav, die in der Nähe saßen. Maggie lief zu ihnen mit Tränen in den Augen und umarmte sie alle und küsste ihren neuen Ehemann.

Alle klatschten.

Liz ging zu ihnen ans Mikrofon. „Da Sie ohnehin schon hier hinschauen, möchte ich auch einen Toast aussprechen." Sie unterbrach sich, sah Maggie lächelnd an. „Ich habe Maggie diesen Sommer kennenlernen dürfen, und sie ist eine enge Freundin geworden. Sie hat mir so viel über das Leben beigebracht, und wie man den Moment genießt. Sie hat mich zu einem besseren Menschen gemacht, und ich danke dir dafür. Viel Glück mit ihr, Jorge. Sie ist ein Kracher!" Alle klatschten und lachten.

Maggie nahm sich das Mikrofon. „Darf ich noch sagen …" Sie hielt inne und hob ihre Stimme über das Gelächter. „Ich möchte Liz für ihre Freundschaft danken und für ihre immerwährende Haltung, die mir dabei geholfen hat, mich wohl dabei zu fühlen, neue Dinge auszuprobieren. Liz, wenn du nicht wärst, wäre ich nicht so weit gegangen. Ich war früher, wie du, an Routine und Verantwortung gebunden. Du hast mich daran erinnert, dass es Zeit ist, sich auszustrecken und darüber hinaus zu fliegen. Deswegen danke ich dir."

Liz lächelte verkniffen, war ein wenig beleidigt, dass sie der traurige Grund dafür war, dass Maggie so hart versucht hatte, ein neues Leben zu beginnen. Maggie zog sie in eine Umarmung, löste sich von ihr und lächelte sie mit einem Funkeln im Auge an.

„Setzt euch zurück an eure Tische und genießt das wundervolle Dessert!", sagte Maggie.

Nach dem Dessert – Tiramisu und Hochzeitstorte mit einer Schicht tropischen Früchten – legte Shane Tanzmusik auf und startete einen lebhaften Cha-Cha-Cha für das frisch verheiratete Paar.

Maggie und Jorge gingen auf die Tanzfläche, gaben mit ihren Cha-Cha-Cha-Künsten an, und dann, als die Musik wechselte, gingen sie zu einem langsamen Walzer über. Nach ein paar Augenblicken verkündete Shane: „Brautleute, macht mit."

Liz und Daisy sahen einander an. Unter den Brautleuten waren drei Männer, einer davon war gerade als DJ beschäftigt. Trav und Ryan zögerten nicht. Trav nahm Daisys Hand und zog sie auf die Tanzfläche. Ryan legte seine Hand unten an Liz' Rücken und führte sie neben Trav und Daisy. Widerwillig legte sie ihre Hände auf seine breiten Schultern, spürte seine Hitze durch sein Hemd. Er hatte sich die Jacke und die Fliege ausgezogen und sein Hemd weit genug geöffnet, dass man seine goldbraune Haut sah. Sie ließ genug Platz zwischen ihnen, damit sie nicht versehentlich gegen ihn stieß.

Shane gesellte sich mit Grace zu ihnen, die schnell die Führung übernahm. Faith tanzte mit ihrem Ehemann, Vinnie.

„Ich habe dich vermisst", flüsterte Ryan in ihr Ohr.

Ihre Knie gaben nach. *Bleib stark. Dein Leben ist jetzt anders.*

„Ich dich auch", gestand sie. Vermissen war viel zu milde gesagt. Sie konnte ihn nicht aus dem Kopf bekommen. Sein seltenes Lächeln, wie er auf seine Familie achtete, die Nächte, die sie gemeinsam verbracht hatten.

Ryan hielt seinen Mund weiterhin nahe an ihrem Ohr. „Ich arbeite jetzt als Officer in Fieldridge. Chief Bailey sagt, wenn ich dort ein Jahr bleibe, macht er mich zum Polizeichef von Clover Park, sobald er in Ruhestand geht."

Sie löste sich von ihm und sah ihn an. „Ryan, das ist ja großartig."

„Das mache ich nur deinetwegen, Liz. Du hast mich daran erinnert, warum ich überhaupt zur Polizei gegangen bin. Erinnerst du dich an den Sommer, als dir von der vielen Sonne schlecht wurde?"

Sie versteifte sich vor Scham, und die Demütigung strömte auf sie ein.

„Liz?"

Sie hatten aufgehört zu tanzen. Ihre Hände lagen noch auf seinen Schultern, seine an ihrer Taille, während die anderen Paare um sie herum tanzten.

„Ja?" Sie starrte über seine Schulter.

„Erinnerst du dich?"

Ihre Stimme war ganz leise. „Ja."

Er hob ihr Kinn und musterte sie einen Moment. „Hey, ich, ähm, habe vielleicht überreagiert, weil ich dich angepöbelt habe, als du dich übergeben hast. Also, ich war halt noch ein Kind. Niemand hatte sich je über mich übergeben. Und auch nicht danach, um genau zu sein. Wie dem auch sei, es tut mir leid, wenn ich nicht sensibel genug reagiert habe. Und ich weiß, dass ich einfach davongelaufen bin, aber ich bin zurückgekommen."

Sie blinzelte rasch. „Ich hab gehört, wie du und Chase euch über mich lustig gemacht habt."

„Chase war ein Arschloch. Ich war nur …" Er schüttelte den Kopf. „Nein, du hast recht. Ich hätte nicht lachen sollen. Es tut mir leid. Jetzt habe ich etwas mehr Verstand. Und weißt du was? Es hat mir gefallen, dir zu helfen. Es hat dafür gesorgt, dass ich beschützen und dienen wollte. Nun, das und dass ich mit Chief Bailey zusammengearbeitet habe, um Trav aus Schwierigkeiten herauszuhalten."

Sie konnte es nicht glauben. Sie war ihm die ganze Zeit aus dem Weg gegangen wegen DER Demütigung, und für ihn war es etwas Gutes gewesen, etwas, das ihn zu seiner Karriere verholfen hatte. Sie fühlte sich wie ein Idiot.

Er schaukelte ein wenig, begann ihren Tanz erneut. „Ich werde auch mit gefährdeten Kindern arbeiten, in einer Polizeisportschule in Eastman. Mit Kindern wie Trav, die ein paar Fehler gemacht haben und Anleitung brauchen, wie sie wieder auf den richtigen Pfad kommen."

„Das freut mich für dich. Ich weiß, dass du großartig dabei sein wirst." Sie konnte sich für ihn keinen besseren Job vorstellen, und wenn er mit Kindern arbeitete, würde sie ihn nur noch mehr lieben. Sie nahm ihre Hände von seinen Schultern. Es war schmerzhaft zu wissen, dass er nicht mehr in ihr Leben passte. Sie schob seine Hände von ihrer Taille. „Ich sollte wohl besser gehen."

Shane rief ins Mikrofon. „Tanzt alle zu einem von Grans Lieblingsliedern mit!" „Born to Be Wild" dröhnte aus den Lautsprechern. Maggie nahm Liz' Hand und zog sie mitten auf die Tanzfläche, wo sie den Liedtext mitgrölte. Ryan ging davon.

Ihre Mutter tanzte mit Bryce, und er schien zum pulsierenden Beat zu nicken. Ihr Dad tanzte in der Nähe. Jorge tauchte auf, und Liz trat beiseite, als Jorge seine Arme hob und mit etwas, das man als Paarungstanz bezeichnen konnte, mit seiner Frischvermählten zu tanzen begann.

Das Lied endete, und man hörte Daisys Stimme laut durch den ganzen Raum. „Nur, weil wir jetzt ein Baby haben, heißt das nicht, dass wir zusammen sein sollten!"

Entsetzte Stille folgte.

Daisy stürmte von der Tanzfläche, gefolgt von Trav. Liz sah ihrer Schwester hinterher. Ryan tauchte wieder an ihrer Seite auf.

„Er bedrängt sie zu sehr", sagte Liz und sah beiden hinterher. Selbst aus der Ferne sah sie, dass es eine hitzige Diskussion war.

„Das müssen sie selbst wieder hinbekommen", sagte Ryan. „Hör mal, ich habe eine Menge nachgedacht … und –"

„Alle alleinstehenden Damen bitte hierher. Jetzt wird der Brautstrauß geworfen!", brüllte Shane ins Mikrofon.

Liz blieb, wo sie war. Maggie gestikulierte ihr wie wild zu. Sie tat so, als sehe sie es nicht, doch dann packte Rachel ihre Hand und zog sie mit. Grace und Gina schlossen sich ihnen an. Maggie schloss die Augen, drehte sich um und warf ihn direkt nach hinten in Liz' Arme. Liz warf ihn wie eine heiße Kartoffel Rachel zu, die ihn zurückwarf.

Maggie drehte sich um und öffnete die Augen. „Gut, du bist die Nächste, mein Liebes."

Liz' Wangen brannten, als alle sie ansahen. Schnell entsorgte sie den Blumenstrauß auf einem Tisch und eilte zur Bar. Es war lieb von Maggie, an sie zu denken, doch es war schmerzhaft, weil sie wusste, dass es so bald nicht passieren würde. Wenn sie nicht so sehr mit Bryce beschäftigt wäre, würde sie sich diese zehn Katzen kaufen und jetzt schon mit ihrer Altjungfernschaft beginnen.

Ihr Weißwein kam eine Minute später. Sie griff danach, als eine Hand ihn wegzog. Sie drehte sich um, gar nicht amüsiert, und sah, dass Ryan das Weinglas hielt und sie aufmerksam ansah. „Komm, ich möchte dir etwas zeigen."

Das letzte Mal, dass er das gesagt hatte, war sie heiß geworden und hatte sich mit ihm in die hintere Ecke der Bücherei verdrückt.

„Nein, danke." Sie griff nach dem Wein, doch er hielt es ihr über den Kopf außer Reichweite.

„Ich meine es ernst."

„Ich habe schon gesehen, was du hast", sagte Liz nun vollkommen ungeduldig. „Und jetzt gib mir meinen Wein."

„Es ist doch nicht *das*. Ich möchte dir etwas in meinem Haus zeigen."

Steht mir etwa das Wort Idiot *auf der Stirn geschrieben? Sie wussten doch beide, was passieren würde, wenn sie allein in seinem Haus wären.*

Sie streckte sich, um sich den Wein zu greifen, und etwas davon tropfte ihr auf den Kopf. „Ah!"

Er verkniff sich ein Lächeln. „Das hättest du nicht tun sollen."

Sie nahm sich eine Serviette von der Bar und trocknete den Wein ab. „Na großartig", murmelte sie. „Jetzt wird mein Haar zu einer klebrigen Masse."

Er stellte den Wein außer Reichweite ab und glättete ihr Haar. „Du siehst gut aus. Und jetzt komm mit mir. Ich versuche nicht –"

„Mein Leben ist jetzt anders. Ich habe jetzt Bryce."

„Ich weiß. Das ist in Ordnung. Komm einfach nur mit." Er nahm ihre Hand.

Sie stemmte sich mit den Füßen dagegen und hob ihr Kinn, um ihn wütend dafür anzusehen, dass er ihr die Frisur ruiniert und auch noch dafür gesorgt hatte, dass sie sich wieder aufregte. „Ich kann nicht einfach vom Empfang verschwinden. Ich bin Trauzeugin."

„Für Gran ist das in Ordnung." Seine Finger streichelten ihr Handgelenk, verführten sie, während ein heißes Beben ihren Arm hinauflief.

„Hast du die Braut gefragt?", verlangte sie zu wissen.

„Nein, aber sie wird es verstehen."

Sie sah ihn skeptisch an.

Er atmete vernehmbar aus. „Das sollte doch eigentlich gar nicht so schwer sein. Warum wehrst du dich gegen mich? Ich möchte dir doch nur etwas zeigen!"

„Du musst mich nicht anbrüllen!" Sie riss ihre Hand frei und wandte ihm den Rücken zu.

Das nächste, was sie wusste, war, dass sie in der Luft war. Er hatte ihr einfach die Füße weggezogen und trug sie jetzt auf seinen Armen an der Bar vorbei, an einigen neugierigen Hochzeitsgästen vorbei. Sie trommelte auf seine Schulter, doch es nützte nichts. „Stell mich wieder ab!"

„Gran, wir sind gleich zurück!", rief er.

„Lasst euch Zeit!", schrie Maggie. Die Hochzeitsgäste tuschelten.

„Nein, das werden wir nicht!" Liz sah rot. Sie wollte nicht die Lachnummer der Stadt werden, weil sie durch die Tür getragen wurde, obwohl sie doch eine respektable Trauzeugin sein sollte. Sie wand sich in seinen Armen, trat mit den Beinen.

„Du bist wild", sagte er, als machte ihm das gar nichts. „Und hoch gehts." Mit einer schnellen Bewegung hatte er sie sich über die Schulter geworfen, eine Hand auf ihrem Hintern, die andere hielt ihre Beine fest. Das Blut rauschte in ihren Kopf, und sie hörte auf sich zu wehren, als sie vor Scham vollkommen erstarrte.

„Lass nicht zu, dass sie meine Unterwäsche sehen", flüsterte sie wütend.

Er klopfte ihr auf den Hintern. „Keine Sorge, ich halte dein Kleid fest."

Sie schloss die Augen, um die überraschten Gesichter ihrer Freunde und ihrer Familie nicht sehen zu müssen, versuchte angestrengt, das Flüstern und das Kichern zu ignorieren. Jetzt gab es einen neuen Vorfall, den sie DIE Demütigung nennen konnte.

Draußen auf dem Bürgersteig stellte er sie ab, hielt aber ihre Arme an den Seiten fest. „Soll ich dich zu meinem Haus fahren oder tragen?"

„Fahren", sagte sie zwischen zusammengebissenen Zähnen hindurch.

Schweigend fuhren sie die paar Blocks, und er hielt vor seinem Haus an. „Es ist drinnen."

„Ich werde auf der Veranda warten", sagte sie gleichgültig.

„Muss ich dich am Geländer festbinden?"

Sie widerstand dem Drang, ihm gegen das Schienbein zu treten. „Nein, jetzt hast du mich schon hergebracht. Ich werde mir ansehen, *was auch immer es ist,* das du mir so dringend zeigen möchtest, dass du mich wie ein Höhlenmensch vor der halben Stadt hinaustragen und mich so vollkommen demütigen musstest!"

Er legte seinen Kopf zur Seite, ließ das auf sich wirken. „Okay, bin gleich zurück."

Er ging hinein, und sie stand da und kochte vor Wut, wagte es nicht, zum Empfang zurück zu rennen. Er würde sie doch nur einfach wieder hierher zurückschleppen. Und sie war auch nicht wild darauf, all diese neugierigen Leute wiederzusehen. Was war denn so verdammt wichtig, dass er es ihr zeigen wollte?

Ryan kam aus dem Haus, erleichtert, dass Liz immer noch auf seiner Veranda stand. Ihre Augen sprühten vor Feuer in seine Richtung, und er wusste, dass er das jetzt richtig machen musste. Er legte das Geschenk in ihre Hände.

Sie sah darauf hinab. „Das ist ein Toaster."

„Ein Toaster für vier Scheiben."

Sie starrte ihn mit offenem Mund an. „Du hast mich den ganzen Weg hierhergeschleppt, um mir deinen neuen Toaster zu zeigen?" Sie schob ihn wieder in seine Hände.

Er gab ihn ihr zurück. „Für uns beide und jeden anderen, der noch kommen wird."

Verwirrt zog sie die Augenbrauen zusammen, während sie zu ihm aufstarrte. „Für Gäste?"

Er schob sich eine Hand durchs Haar. Das lief nicht so,

wie er gehofft hatte. Der dumme Jorge mit seiner Idee einer großartigen, romantischen Geste.

„Nein, nicht für Gäste." Er schluckte schwer. „Es ist wie … Du weißt doch, dass Rührei und Toast zusammenpassen?"

Sie nickte.

„Und selbst, wenn man sie jeden Tag isst. Und selbst, wenn man noch mehr Eier hineingibt, wird es nicht ruiniert, es passt einfach." Er sah ihr tief in die Augen. „Du bist mein Rührei. Und wenn du noch mehr Eier hineintun möchtest, ist es in Ordnung. Dann kann ich einfach mehr Toast machen."

Sie sah auf den Toaster hinab und wieder zu ihm. „Ich bin nicht sicher, ob ich dir folgen kann."

Er schob ihr eine Locke ihres weinfeuchten Haares hinter das Ohr. „Ich liebe dich."

„Oh." Sie öffnete den Mund.

Er nahm einen tiefen Atemzug und zog ein gefaltetes Stück Papier aus der Tasche. „Ich bin nicht gut mit Worten, und Shane konnte mir nicht helfen, aber hier kommt es. Ich habe dir ein Gedicht geschrieben." Er faltete das Papier auf und las es ihr vor.

„Ich habe Verpflichtungen gemieden
aber du bist keine Kugel an einer Kette
ich bin ein besserer Mann durch dich
du bist mein Partner
mein Rührei. Und wir können noch mehr Rührei und Toast machen. Das ganze Ding.
Ich liebe dich
Sag Ja."

Seine Wangen brannten, doch er sah ihr in die Augen, meinte jedes Wort. Und er wartete auf ihre Antwort.

~

Liz blinzelte die Tränen beiseite. „Das ganze Ding? Ich dachte, du willst keine Kinder –"

„Wollte ich erst auch nicht … Ich war doch noch ein Kind, als ich geholfen habe, meine Brüder großzuziehen. Es war schwierig … wir wussten nicht, woher wir unsere nächste

Mahlzeit bekommen sollten. Jetzt ist es anders, verstehst du?" Er ging auf der Veranda auf und ab. „Also … wir haben doch beide gute Jobs. Ich habe das Haus. Du gehst großartig mit Bryce um, und ich gewöhne mich langsam an ihn. Verdammt, wenn Trav ein großartiger Dad sein kann, dann kann ich das doch wohl auch." Er stellte sich vor sie, nahm ihr den Toaster aus den Händen, stellte ihn auf die Veranda und nahm ihre beiden Hände. „Ich möchte dir dabei helfen, Bryce großzuziehen und auch unsere Kinder. Also wirst du Ja sagen?"

„Ja!" Sie warf sich in seine Arme und er hielt sie ganz fest.

Nach einem Augenblick löste er sich von ihr, nahm ihr Gesicht in die Hände, drückte ihr einen zarten Kuss auf die Lippen. „Ich bin froh, dass das geklappt hat. Mein Plan B sah ziemlich hilflos aus."

„Was war dein Plan B?"

„Blumen und Schokolade."

„Der Toaster war besser."

Er grinste. „War er, nicht wahr?" Er hob ihre Hand an seine Lippen. „Wir gehen morgen den Ring aussuchen. Ich dachte mir, du solltest deine Meinung dazu sagen."

„Kluger Mann." Sie deutete auf die Tür und lächelte ihn ein wenig an. „Ist noch irgendetwas anderes da drin, das du mir zeigen möchtest?"

Er hob eine Braue. „Dafür müsstest du aber mit reinkommen."

Sie hob den Toaster hoch und lief hinein. „Lass mich das nur eben in die Küche bringen", rief sie über die Schulter. Er war ihr direkt auf den Fersen.

Sobald sie ihn auf die Arbeitsfläche gestellt hatte, lagen auch schon seine Hände an ihr und zogen sie an sich. Er strich mit seinen Lippen über ihre. „Was hältst du davon, wenn wir gleich an Bryces Cousin arbeiten?"

Sie schob ihn mit beiden Händen weg. „Es ist wirklich anstrengend, Mutter zu sein. Ich möchte etwas Zeit für uns zwei. Vielleicht in drei, vier, fünf Jahren."

„Das ist auch in Ordnung." Er hob sie auf die Arbeitsfläche und schob ihr Kleid hoch, sodass er zwischen ihre Beine kam.

Sie legte ihre Arme um seinen Hals und blickte in seine warmen, haselnussbraunen Augen. „Ich liebe dich", sagte sie. „Ich konnte es vorher nicht sagen, aber ich tue es. Für immer."

„Und ewig", sagte er mit rauer Stimme.

„Mit Toast." Sie verkniff sich ein Lächeln.

Er hob einen Mundwinkel. „Das wirst du mir wohl ewig vorhalten, stimmt's?"

„Nein. Können wir mit der Harley zurück zum Empfang fahren? Das wollte ich schon immer mal ausprobieren."

„Später." Er schob die Träger ihres Kleides hinunter.

„Ja", hauchte sie.

Sie verließen sein Haus strahlend und wie die Idioten grinsend. Er reichte ihr den Helm, den Maggie vor Monaten gekauft hatte, und sie setzte sich auf das Motorrad, ihr Kleid skandalös weit hochgerutscht, und umfasste seine Taille.

Mit dröhnendem Motor fuhren sie los, während die Sonne über Clover Park unterging, zu der Familie und den Freunden, die sie liebten.

EPILOG

Fünf Monate später …

„Hallo, liebe Liebenden! Alles Gute zum Valentinstag!", rief Maggie und reichte Liz eine Rose zu ihrem ersten Maggies und Jorges Valentinstagstanz.

Liz verkniff sich ein Lachen und warf einen vielsagenden Blick in Ryans Richtung.

„Du hörst dich ja an wie Pastewka in SexTV, Gran", sagte Ryan und küsste ihre Wange.

„Ach, du." Sie gab ihm einen verspielten Klaps auf den Arm.

Sie waren mit Freunden und Familie in Jorges Tanzschule, darunter waren auch einige vertraute Gesichter aus dem Tanzkurs. Die einzigen, die im Moment auf der Tanzfläche waren, waren Dick, der lebhafte Gnom, und seine Partnerin Miss Kneiflippe, die tatsächlich lächelte, während er sie gekonnt herumwirbelte. Das Garner's Sports Bar & Grill hatte das Ereignis mit Essen versorgt, natürlich, doch Liz hatte vor, ihren Eltern ein wenig unter die Arme zu greifen, damit sie wenigstens einmal miteinander tanzen konnten.

Rachel kam in einem roten Kleid mit tiefem Ausschnitt und schwarzen Schuhen mit Pfennigabsätzen herein. Ihren Pferdeschwanz hatte sie zu einem Knoten geschlungen, und ihre Brille gegen Kontaktlinsen eingetauscht. Sie hatte einen neuen jüdischen Freund als Date mitgebracht.

„Hey, Rachel, sieh dich mal an", rief Liz und eilte zu ihr. „Heißes Rot!"

„Danke", sagte Rachel.

„Du auch, umwerfend." Sie hob eine Hand, um sich die Augen abzudecken. „Bitte, dieses Leuchten, viel zu viel." Sie schob Liz' Hand beiseite, die von einem Verlobungsring mit einem Diamanten funkelte. Die Hochzeit war bis ins letzte Detail geplant – das ging auf Liz' Konto – und zwar für das Wochenende nach Beginn der Sommerferien im Juni. Sie sah Liz über Schulter. „Hey, Ryan."

„Hey, Rachel." Ryan streckte seine Hand zu dem neuen Typen aus. „Wie geht's? Ich bin Ryan."

„Justin." Seine Stimme war hoch und feminin.

Rachel verzog das Gesicht und setzte schnell ein süßes Lächeln auf. „Könntest du mir etwas Sangria holen?"

„Sollst du haben", quietschte Justin und eilte davon, um ihr zu Diensten zu sein.

Shane hob sein Glas in Rachels Richtung, worauf sie mit einem kleinen Winken reagierte. Shane wurde gleich rot.

Daisy und Trav waren gerade mit Bryce auf der Tanzfläche. Das Baby trug ein dunkelrosa gestricktes Mützchen, das aussah wie ein Nippel. *Musste wohl eine Kreation von Maggie sein.* Mit fast sechs Monaten konnte der Junge bereits sitzen und nach Dingen greifen. Das Beste war, dass er jetzt sechs Stunden am Stück schlief, dank einer Babymassagegruppe. Daisy war wie eine neue Frau.

Liz lächelte, als Trav Bryce hoch in die Luft hielt, und der Junge ein erfreutes Lachen ausstieß. Da Daisy jetzt mit Bryce gut klarkam, war Liz an Neujahr endgültig zu Ryan gezogen. Sie mussten sich immer noch aneinander gewöhnen. Er war damit einverstanden, seine gebrauchten Kleidungsstücke in den Wäschekorb zu legen, und hatte gesagt, dass er es reizend fand, dass sie die Gewürze alphabetisch sortierte. Sie gab sich wirklich große Mühe, seine Stapel von Zeitschriften und Zeitungen und die Trinkgläser im ganzen Haus ebenfalls reizend zu finden. Sie war schon dabei, ein Organisationssystem zu erstellen, mit dem sie ihm helfen konnte. Auch ihr Labeldrucker hatte eine Menge zu tun.

Daisy tanzte derzeit mit Bryce, sodass Trav zu Liz und Ryan an den Rand der Tanzfläche kam. „Ist er nicht großartig?", fragte Trav. „Ich glaube, ich habe nie ein niedlicheres Baby gesehen. Und er ist auch ganz schön schlau. Ich habe ihm gesagt, lass uns mal nach Mama sehen, und er ist ein wenig gehüpft. Ich glaube, er versteht schon Englisch."

„Bryce ist großartig", sagte Liz. „Du und Daisy leistet wirklich ganze Arbeit mit ihm."

„Er ist einfach ein geniales Baby", sagte Ryan. Liz stupste ihn mit den Ellbogen an, doch Trav hatte es gar nicht wahrgenommen.

„Was sagte Maggie, was diese Mütze darstellen soll?", fragte Liz.

Trav grinste. „Sie sagte, es sei eine Himbeere." Er deckte seinen Mund ab und flüsterte: „Aber ich finde, sie sieht aus wie ein Nippel."

„Ich habe das Gleiche gedacht", gestand Liz.

Ryan sah sich die Mütze noch einmal an. „Kein Wort zu Gran."

Trav hob abwehrend die Hände. „Als würde ich das tun." Er beobachtete Bryce einen Moment mit breitem Lächeln im Gesicht.

„Habt ihr beide irgendwelche Fortschritte gemacht?", fragte Ryan ruhig.

Trav runzelte die Stirn. „Nein, aber ich gebe nicht auf."

Ryan klopfte ihm auf den Rücken. „Gut."

Liz verstand, dass ihre Schwester zögerte. Als sie gedacht hatte, sie könnte schwanger sein, hatte sie nicht gewollt, dass Ryan sich ihr gegenüber verpflichtet fühlte. Es war dann schwierig zu wissen, ob die Zuneigung der Person nur *wegen* des Babys da war oder *gleichzeitig* mit dem Baby da war.

Liz übernahm es jetzt einmal mit ihrem anbetungswürdigen Neffen zu tanzen, sein blondes Haar sah aus wie eine Pusteblume, alles stand ihm vom Kopf ab. Er lächelte sie an, zeigte zwei winzige untere Zähne. Sie küsste ihm auf die kleine, speckige Wange. „Bryce is so nice", sang sie. Dann sagte sie den Namen von allem, wohin er sah, während sie sich über die Tanzfläche bewegten. Man ist nie zu jung, um gebildet zu werden, dachte sie sich. Als das Lied endete, verließ sie die Tanzfläche und reichte Bryce an Trav zurück. „Hier ist dein kleiner Junge. Sag da-da."

„Ah-boo", sagte Bryce.

„Fast", sagte Trav. Während er davon ging, konnte Liz hören, wie er immer wieder wiederholte: „Da da, da da, da da."

„Wie lange noch, bis wir eine kleine Liz bekommen?", fragte Ryan. „Du gehst gut mit ihm um. Was meinst du? Wollen wir in den Flitterwochen ein kleines Baby machen?" Er wackelte mit den Brauen in ihre Richtung und strich mit seiner Hand ihren Rücken hinunter, um ihren Hintern zu packen.

Sie schlug seine Hand beiseite. „Ryan! Meine Eltern sind hier. Deine Großmutter. Und wir waren uns doch einig, dass wir warten wollen."

Er lachte nur.

„Bekomme ich bitte eure Aufmerksamkeit?", rief Jorge. Sofort wurde es still im Raum. „Ich bringe euch etwas bei, dann lasse ich euch in Ruhe. Den Tango." Er nickte Arianna zu, die Musik zu starten. Dann legte sich Maggie eine Rose in den Mund, und sie führten ihnen ein paar Tangoschritte vor. „Schließt euch uns bitte an."

„Dann sind wir jetzt wohl dran", sagte Ryan, legte eine warme Hand unten auf Liz' Rücken und führte sie zur Tanzfläche. Er steckte ihr eine Blume hinters Ohr und überraschte sie noch mehr, als er einen schnellen Tango hinlegte, bei dem sie kaum mithalten konnte. Als das Lied endete, beugte er sie über seinen Arm. Ihr Herz pochte, ihr Gesicht war rot, und langsam erhob sie sich wieder in eine aufrechte Position.

„Wo hast du das denn gelernt?", fragte sie.

„Ich habe Jorge gebeten, mir ein paar Privatstunden zu geben, um dich zu überraschen."

„Wow!"

Der nächste Tanz ein Walzer, und Liz übernahm an den Rechauds, um die hungrigen Gäste zu bedienen, damit ihre Eltern tanzen konnten. Rachel tanzte mit Shane. Sie bewegten sich langsam, ruhig, sprachen ab und zu miteinander. Alan Zinkman holte Daisy auf die Tanzfläche, während Trav mit Bryce tanzte. Gran und Jorge konnten ihre Hände nicht voneinander nehmen. Am nächsten Wochenende würden sie eine Kreuzfahrt durch die Karibik machen. Sie wollten auch schnorcheln gehen. Liz hatte zwei Wochen Hawaii für ihre Flitterwochen geplant. Ryan wollte rechtzeitig wieder zurück sein, um mit dem Sommer-Baseballprogramm an der Polizeisportschule loszulegen. Mit den Jungs aus der Mittelstufe klappte es richtig gut. Manche kamen zu jeder Sportart, die er unterrichtete, zu ihm. Liz brachte einem der Jungs das Lesen bei.

Ryan stellte sich hinter sie, verteilte Küsse an ihrem Hals hinunter. Hitze durchströmte sie. Er legte seine Hände an ihre Hüfte, zog sie an sich, so nah, dass sie spüren konnte, wie sehr er sie wollte.

„Lass uns gehen", flüsterte er mit rauer Stimme in ihr Ohr. Er schaukelte ein wenig. Eine Hand rutschte an ihrer Hüfte hoch und noch höher, seitlich an ihre Brust. Sie stieß einen Hauch aus.

„Wir können nicht einfach gehen", protestierte sie schwach.

Er drehte sich um und küsste sie innig, versprach ihr mehr. Ihre Knie gaben nach, und sie packte sein Hemd. Er unterbrach den Kuss und grinste zu ihr hinab.

Sie sagte nichts, packte nur seine Hand und winkte ihrer Familie und ihren Freunden auf dem Weg hinaus zu.

„Euch einen fröhlichen Valentinstag!", rief Ryan ihren Freunden und der Familie zu.

„Lass es krachen, Mädchen!", brüllte Maggie, worauf Liz ihre Faust zu einem solidarischen Gruß hob.

~

Würden Sie gerne von Ryans und Liz' Hochzeit lesen? Dann melden Sie sich für meinen Newsletter an, und Sie bekommen einen exklusiven Bonus-Epilog! Kyliegilmore.-com/DEWildNewsletter

Verpassen Sie nicht das nächste Buch dieser Serie, *Daisy schafft alles*, mit Trav und Daisy!

Realität wird überschätzt …

Die erschöpfte alleinerziehende Mom, Daisy Garner, ist überrascht, als ihr Blog über das Leben mit ihrem geliebten Ehemann und Baby Delight in ihrem charmanten viktorianischen Haus eine landesweite Talkshow an ihre Türschwelle bringt.

Großartig! Nur, dass sie sich das alles ausgedacht hat.

Panik! Jetzt muss sie sich ein viktorianisches Haus leihen und einen Mann finden, der ihren Ehemann im Fernsehen spielen kann.

Travis O'Hare ist bereit, die Rolle zu übernehmen, solange sie ihn wirklich heiraten wird. Er möchte, dass ihr Sohn ein stabiles Heim bekommt, wie Trav es ist nie hatte.

Doch vor der Hochzeit müssen Travis und Daisy noch ein Interview hinter sich bringen mit einem Gastgeber, der auf Quotenfang ist, und einem schleimigen Producer, der sich auf Daisys schwierige Vergangenheit stürzt. Als ein Wintersturm sie alle einsperrt, kommt die Frage auf: Können zwei Menschen, die so tun, als würden sie einander lieben, endlich die Wahrheit erkennen?

***Daisy schafft alles* kommt bald!**

BÜCHER VON KYLIE GILMORE

Happy End Buchblub Reihe

Hollywood Inkognito (Buch 1)

Gefahr im Anzug (Buch 2)

Gefährliches Spiel (Buch 3)

Förmliche Vereinbarung (Buch 4)

Wenn der Bad Boy keiner ist (Buch 5)

Ein Störenfried zum Verlieben (Buch 6)

Schicksalsbegegnungen (Buch 7)

Eine Romantische Chance (Buch 8)

Ein sündhafter Flirt (Buch 9)

Ein unbequemer Plan (Buch 10)

Eine Happy End Hochzeit (Buch 11)

Die Clover Park Reihe

Das Gegenteil von wild (Buch 1)

Daisy schafft alles (Buch 2)

In den Falschen verguckt (Buch 3)

Ein Weihnachtsmann zum Küssen (Buch 4)

Vermieter küsst man nicht (Buch 5)

Nicht mein Romeo (Buch 6)

Bring mich auf Touren (Buch 7)

Clover Park Braut (Buch 7.5)

Gewagte Verlobung (Buch 8)

Retter in der Not (Buch 9)

Eine verführerische Freundschaft (Buch 10)

Ein Geschenk zum Valentinstag (Buch 11)

Raus aus der Tretmühle (Buch 12)

Die Clover Park STUDS Reihe

Almost Over It (Book 1)

Almost Married (Book 2)

Almost Fate (Book 3)

Almost in Love (Book 4)

Almost Romance (Book 5)

Almost Hitched (Book 6)

Die Rourkes Reihe

Königlicher Fang (Buch 1)

Königlicher Hottie (Buch 2)

Königlicher Darling (Buch 3)

Königlicher Charmeur (Buch 4)

ÜBER DEN AUTOR

Kylie Gilmore ist die USA Today Bestsellerautorin der Happy End Buchclub Reihe, der Clover Park Reihe, der Clover Park STUDS Reihe und der Rourke Reihe. Sie schreibt unterhaltsame Romanzen, die die LeserInnen zum Lachen und zum Weinen bringen und zu einem Glas Eiswasser greifen lassen.

Kylie lebt mit ihrer Familie, zwei Katzen und einem verrückten Hund in New York. Wenn sie nicht gerade schreibt, Kinder bändigt oder bei Autorenkonferenzen pflichtbewusst Notizen macht, findet man sie beim Stretching – bis ganz nach oben ins oberste Regal, um dort ihren geheimen Schokoladenvorrat zu erreichen.

www.ingramcontent.com/pod-product-compliance
Lightning Source LLC
Chambersburg PA
CBHW051010180726
48291CB00006B/2056

* 9 7 8 1 9 4 7 3 7 9 3 8 1 *